Tempt Me at Twilight
by Lisa Kleypas

黄昏にほほを寄せて

リサ・クレイパス
平林 祥[訳]

ライムブックス

TEMPT ME AT TWILIGHT
by Lisa Kleypas

日本の友人のみなさんへ

大震災と津波が日本を襲うさまを、世界中の人びと同様、わたしも深い悲しみと恐れとともにニュースで見ました。いまわたしは、みなさんとともにこの悲劇を嘆き、そして、みなさんとともに未来への希望を抱いています。みなさんには、本物の勇気と強さがある。これほどの危機にすら粛々と立ち向かう姿に、心からの感嘆を覚えずにはいられません。平穏な日々が、どうかすぐにまたみなさんのもとに戻ってきますように。復興への道は険しいでしょうが、わたしを含むロマンス業界にかかわるすべての人たちが応援していることを、どうぞ忘れないでください。

リサ・クレイパス

黄昏にほほを寄せて

主要登場人物

ポピー・ハサウェイ……………………ハサウェイ家の三女
ジェイ・ハリー・ラトレッジ…………ラトレッジ・ホテルの経営者
マイケル・ベイニング…………………ポピーの恋人
レオ………………………………………ハサウェイ家の長男。ラムゼイ子爵
アメリア…………………………………ハサウェイ家の長女
ウィニフレッド（ウィン）……………ハサウェイ家の次女
ベアトリクス（ビー）…………………ハサウェイ家の四女
キャム・ローハン………………………アメリアの夫
ケヴ・メリペン…………………………ウィニフレッドの夫。キャムの兄
キャサリン（キャット）・マークス…ポピーとベアトリクスのお目付け役
ジェラルド・ヒューバート……………陸軍省の総務幕僚
エドワード・キンロック………………武器製造業者
ジェイク・ヴァレンタイン……………ハリーの補佐役
アンドーヴァー卿………………………マイケルの父親

1

ロンドン　ラトレッジ・ホテル　一八五二年五月

彼女がまともな結婚をする可能性は、いまにもついえそうになっている――たかが一匹のフェレットのせいで。

しかもポピー・ハサウェイは、ある重要な事実を忘れていた。思い出したのは、策士《ドジャー》を追ってラトレッジ・ホテルの廊下を駆けだしてしまったあとだった。フェレットという生き物には、直線を進むときもジグザグに走る習性があるのだ。

「ドジャー」ポピーは泣きそうな声で呼んだ。「こっちにおいで。ビスケットをあげるから。ヘアリボンだって、なんだってあげるわ！　もう、言うことを聞かないなら襟巻きにしちゃうわよ……」

ポピーは自分に誓った。ドジャーをつかまえたらすぐ、一家の滞在するスイートルームで妹のベアトリクスが野生動物をこっそり飼っている事実を、ホテルのフロントに言いつけてやると。ペットの飼育は固く禁じられているはずだ。もちろん、告げ口などすれば一家そろってここから追いだされる羽目になる。

でも、そんなことはどうだっていい。

なにしろドジャーは、彼女がマイケル・ベイニングからもらった恋文を盗んで逃げたのだ。手紙を取りかえす以上に大切なことなどあるわけがない。万一ドジャーが問題の手紙をどこかに隠し、それを誰かに見つけられたらもうおしまい。社会的地位と優れた人格を兼ね備えた青年とポピーが結婚できる望みは、永遠になくなる。

豪奢に飾りたてられた廊下を、ドジャーは跳ねるようにしなやかに駆け抜け、あともうちょっとというところでつかまらない。恋文は長い前歯に挟まれたままだ。

フェレットを追いかけながらポピーは、どうか誰にも見られませんようにと祈った。どれほど評判のいいホテルだろうと、若いレディはエスコートも付けずにひとりで部屋を出たりしてはならないのだ。でも、お目付け役のミス・マークスはまだベッドのなかだし、妹のベアトリクスは長女のアメリアと一緒に早朝から遠乗りに出かけている。

「ただじゃおかないから、ドジャー!」

いたずらなフェレットは、この世のあらゆるものを自分のおもちゃだとかんちがいしている。籠や箱を見れば必ずひっくりかえし、あるいは中身を確認し、靴下や櫛やハンカチはけっして放っておかない。人の持ちものを盗んでは椅子やソファの下に隠し、洗濯したばかりの服が入った引き出しで昼寝までする。最悪なのは、わんぱくぶりを見ていると心がなごむと言って、家族のみんなが悪さに目をつぶろうとすることだ。

ドジャーのいきすぎたおふざけにポピーが腹を立てるたび、ベアトリクスはごめんなさい、もう二度とこんなまねはさせないわと謝る。そしてドジャーが飼い主の厳しいお説教にもかかわらずまた悪事を働くと、心底がっかりした顔をする。だからポピーもかわいい妹のためならしかたないとあきらめ、憎らしいフェレットとの共同生活に我慢してきた。

でも今度ばかりは見すごすわけにいかない。

ドジャーは廊下の角で足を止め、ちゃんと追っ手がついてきているかたしかめているところだ。すっかり興奮し、楽しんでいるときの癖で、左右に小さくジャンプして小躍りしている。これから襟巻きにしてやろうというのに、愛らしいしぐさを目にすると思わずほほえんでしまう。「でもやっぱり、生かしてはおけないわ」ポピーはそうつぶやくと、怖がらせないようにそっと近づいていった。「さあ、手紙を寄越しなさい」

中二階までの吹き抜けを囲んだ三階の柱廊を、フェレットは一目散に駆けていった。いったいどこまで追いかけなくちゃいけないの……ポピーはうんざりと考えた。ドジャーの行動範囲はかなり広いし、ラトレッジは劇場街で優に五ブロックを占める広大なホテルなのだ。「なにもかも」ポピーは歯嚙みしながらつぶやいた。「ハサウェイ家に生まれたせいなんだわ。くりかえされる災難も、野生動物との暮らしも、火事も呪いもスキャンダルも……」

もちろん家族のことは心から愛している。でもポピーは、ハサウェイ家の一員であるかぎり送れないだろう、ごく普通の静かな生活を求めていた。平穏な暮らしを。予想外の出来事など起こらない人生を。

ドジャーが客室係長の執務室に入っていくのが見えた。三階の客室係長を務めるミスター・ブリンブレーは初老の男性で、たっぷりとした白い口ひげは先端にワックスをつけ、常にぴんと立たせている。一家はラトレッジの常連だ。だからポピーも、三階でなにかあればブリンブレーが逐一、上司に報告すると知っている。万が一ドジャーがブリンブレーに見つかれば、恋文は没収され、ポピーとマイケルの関係は暴露される。ふたりの関係にわずかなりとも不適切な点があろうものなら、マイケルの父アンドーヴァー卿は交際を禁じるにちがいなかった。

ポピーははっと息をのみ、壁にぴたりと背をつけた。ブリンブレーがふたりの従業員とともに部屋から出てきたのだ。「……すぐにフロントに行ってくれたまえ、ハーキンズ」と命じる客室係長の声が聞こえた。「W氏の請求明細を調べてほしいのだよ。請求額がまちがっていると、この前からおっしゃっていてね。むろんそんなわけはないのだが、今後は料金が発生するたびにサインをいただくほうがいいのだろうな」

「かしこまりました」ハーキンズと呼ばれた男性の声がつづき、三人はポピーが隠れているのとは反対の方向へと歩き去った。

彼女は慎重な足どりでブリンブレーの執務室に近づき、戸口から室内をのぞきこんだ。ふた間つづきの部屋には誰もいないようだ。「ドジャー」と切迫した声で呼ぶと、椅子の下でちょろちょろしているのが見えた。「ドジャー、こっちにおいで!」

すると当然のことながら、フェレットはますますはしゃいで飛び跳ね、小躍りをした。

ポピーは唇を嚙み、部屋に足を踏み入れた。広々とした執務室には大きな机がでんと置かれ、その上に帳簿やら書類やらが山と積まれている。暗紅色の革張りの肘掛け椅子が一脚、きちんと机の下にしまわれ、もう一脚、火の気のない大理石の暖炉のそばにもある。

ドジャーは机の脇で立ち止まり、目をきらきらさせてポピーを見つめている。ひげが小刻みにうごめいて大切な恋文をかすめた。微動だにせず見つめるフェレットに、彼女はそろそろと歩み寄った。

「そうよ、いい子ね」となだめながら、ゆっくりと片手を伸ばす。「おまえは本当にいい子、お利口さんだわ。だからそのままじっとしているのよ。手紙を返してもらったら、おまえを部屋まで連れて帰ってあげるからね。ほうら、それをこっちに寄越し——こらっ！」

もう少しというところで、ドジャーは手紙をくわえたまま机の下に潜りこんでしまった。

怒りで顔を真っ赤にしつつ、ポピーは室内を見わたした。なんでもいいからとにかくなにか、ドジャーをつつきだすための道具はないだろうか。炉棚に置かれた銀の蠟燭立てと蠟燭が目に入ったので、それを利用することにした。ところがいくら引っ張っても蠟燭立ては動かない。どうやら炉棚に固定されているらしい。

すると驚いたことに、目の前で暖炉が音もなく回転しはじめた。息をのんで目をまん丸にし、魔法のようになめらかに回転する機械仕掛けの暖炉を見つめる。硬い石のかたまりと思われたものは、別室への扉だったのだ。

ドジャーが大喜びで机の下から現れ、扉をすり抜けていった。

「なんてこと」ポピーはあえいだ。「ドジャー、いいかげんにしなさい！」

フェレットは聞く耳を持たなかった。しかも間の悪いことにブリンブレーが戻ってきたらしく、かすかな話し声が聞こえてきた。

「……もちろんミスター・ラトレッジにもお知らせしておく必要がある。報告書に書いておきたまえ。それから忘れないでほしいんだが——」

ほかの選択肢を考えている暇などない。ポピーは暖炉の向こうへと走った。扉が背後で閉まる。

薄闇につつまれながら、彼女は執務室の会話に耳をそばだて、その場でじっと待った。見つかってはいないようだ。ブリンブレーは依然として、報告書や日常業務について指示を出している。

客室係長が次に部屋を出るまで、だいぶ待たねばならないかもしれない。それがいやなら別の出口を探すしかないだろう。むろん、執務室に戻り、隠れていたことをブリンブレーに打ち明ける手もある。だがどうしてこんなところにいるのか、事情を説明させられる羽目になると思うと恥ずかしくて耐えられない。

ふと振りかえると、そこが長い通路で、頭上のどこかから明かりがもれ入っているのがわかった。ポピーは天井を見上げた。孔が開いており、そこから一筋の陽射しが入って通路を照らしていた。かつてエジプト人が星や惑星の位置を知るためにピラミッドに設けたという、シャフトと呼ばれる孔に似ている。

ドジャーがすぐそばで這いまわる音がした。「そこにいるのね」ポピーは小声で呼びかけた。「ふたりして閉じこめられたのも、みんなおまえのせいよ。悪いと思うなら、ほかに出口がないか探してちょうだい」

フェレットは素直に従い、通路を走って濃い闇のなかへと消えた。ポピーはため息交じりについていった。とり乱しそうになるのを懸命にこらえる。ハサウェイ家が幾度となく災難に見舞われるなかで、パニックに陥ってもなんにもならないことを彼女も学んでいた。

指先で壁をなぞって自分のいる位置を確認しつつ、ポピーは暗闇のなかを進んだ。ほんの数メートル歩いたところで、なにかを引っかくような音が聞こえた。その場でぴたりと立ち止まり、耳を澄ます。

なにも聞こえない。

でもたしかに気配を感じる。前方に黄色い明かりを見つけ、心臓が早鐘を打つ。その明かりがふっと消える。

通路にいるのは自分だけではない。

足音が徐々に近づいてくる。獲物を狙う獣のひたひたという足音が、こちらに向かってくる。

いまよ。ポピーは思った。パニックになるならいま。彼女は身をひるがえし、脱兎のごとく駆けだした。暗い通路で見知らぬ人に追いかけられるのは、さすがのハサウェイ家でもまだ誰も経験していないはず。重たいスカートを呪いつつ、彼女は裾をわしづかみにして走った。けれども追っ手の足はあまりにも速く、逃げおおせることはかなわなかった。

情け容赦なく体をつかまれたとたん、ポピーは叫び声をあげた。追っ手は男だった――それも大柄な。男は彼女の腰に腕をまわし、そのまま胸元へと引き寄せた。片手が顔に添えられ、ぐっと横を向かされる。

「いいか」冷たく低い声が耳をかすめた。「あとほんの少し力を入れるだけで、きみの首はへし折れる。名前を言いたまえ。ここでいったいなにをしている」

2

耳の奥で血がたぎる音がするうえ、男にきつくつかまれているため、ポピーはまともにものを考えることもできない。背中にあたる胸板はとても硬かった。「ちょっとしたまちがいなの」やっとの思いでそう言った。「お願いだから――」

さらに顔を横向きにされ、首の筋が痛いほどにねじれた。「名前を言いたまえ」男に静かに促される。

「ポピー・ハサウェイです」ポピーは息をのんだ。「ごめんなさい。入ろうと思って入ったわけじゃ――」

「きみが、ポピー？」男の腕の力が緩まる。

「ええ」なぜ人のことを知っているような口ぶりなのだろう。「あ、あなたは……このホテルで働いている方ね」

男は問いかけを無視した。片手がなにかを探すかのように、ポピーの腕と胸元を軽くなぞる。彼女の心臓は小鳥の羽ばたきのごとくひっきりなしに打った。

「やめて」とぎれがちに息をしながら訴え、ポピーは身をそらして逃れようとした。

「どうしてここにいる？」男は彼女を自分のほうに向かせた。知りあいの誰も、ポピーをそんなふうになれなれしく扱ったことはなかった。頭上からもれ入る明かりのすぐ近くに立っているせいで、男の引き締まった顔の輪郭と、彫りの深い目元のきらめきが見てとれる。懸命に息を整えつつ、ポピーは首筋を走る鋭い痛みに顔をしかめた。痛むところに手をやり、さすりながら説明する。

「フェレットを……追いかけて客室係長の執務室に入ったら、暖炉が扉みたいに開いて、それでフェレットと一緒になかに入って、別の出口を探していたの」

要領を得ない説明にもかかわらず、見知らぬ男はきちんと理解したらしい。

「フェレット？　妹のペットの？」

「はい」ポピーはためらいがちに答えた。首を撫でさすり、眉根を寄せる。「でも、どうして知っているの……以前にお会いしたかしら？　やめて、さわらないで……痛い！」

男は彼女を後ろ向きにすると、首筋に手を置いた。「じっとしていたまえ」細い筋を巧みに、確信ありげに揉みほぐす。「逃げてもまたすぐにつかまえるよ」

身震いしながらも、ポピーは探るように揉みほぐす男の指の動きに耐えた。ひょっとするとこの男は頭がおかしいのかもしれない。男が指に力を入れ、心地よさと痛みが入り混じったなじみのない感覚を引きだす。ポピーはやみくもに身をよじった。ところが意外にも、焼き焦がすような痛みは徐々にやわらぎ、こわばった筋肉もほぐれていった。彼女はもがくのをやめてうつむき、深々と息を吐いた。

「楽になったか?」男がたずねた。両手の親指でうなじを揉み、その指をドレスのハイネックにあしらわれた、やわらかなレースの下へと忍ばせる。

驚いたポピーは逃げようとしたが、すかさず両手でしっかりと肩をつかまれてしまった。咳払いをして、威厳のある声を作る。

「あの——出口まで案内していただけませんか? 家族からもお礼をしますから。これ以上の質問は——」

「もちろんしない」男はゆっくり手を離した。「ここには誰も、わたしの許可なしには入れない。だから勝手に入る人間などいない、そう高をくくっていたわたしも、いけないのかもしれない」

男のせりふは彼女を咎めたことへの謝罪らしかったが、口調はちっともすまなそうではなかった。

「神に誓って、ここに入ったのはいたずらなフェレットをつかまえるためなんです」と応じるポピーの足元で、ドジャーがスカートの裾をかすめた。

すると見知らぬ男は腰をかがめ、ドジャーを抱き上げた。首筋をつかんで、ポピーに手渡す。

「ありがとう」ドジャーは力を抜いて彼女の腕のなかにおとなしくおさまった。思ったとおり、恋文はもうくわえていない。「泥棒フェレットめ——例のものはどこ? どこにやっちゃったの?」

「探しものか？」

「手紙よ」ポピーは硬い声で応じた。「ドジャーが盗んで、口にくわえたままここに逃げこんだんです……近くに落ちているはずだわ」

「じきに出てくるさ」

「でも、とても大切なものなんです」

「だろうね、そこまで必死に取りかえそうとするくらいなんだから。ついておいで」

ポピーはしぶしぶ同意の言葉をつぶやき、男に肘をつかまれるがままに任せた。

「どこに行くんですか？」

返事はない。

「このことは、誰にも知られたくないんですけど」と思いきって言う。

「そりゃそうだろう」

「秘密にしておいてくれますか？　スキャンダルだけはどうしても避けたいんです」

「スキャンダルを避けたいのなら、若い女性がひとりでホテルの部屋から出たりするもんじゃない」男はいじわるく指摘した。

「別に出たかったわけじゃありません」ポピーは反論した。「ドジャーがあんなまねをするからだわ。手紙を取りかえすためよ。お手間をとらせたお礼は、うちの家族がちゃんとしますから――」

「黙って」

男はポピーの肘を優しく、けれどもしっかりとつかんだまま、闇につつまれた通路を苦もなく進んでいった。ずいぶん歩いたので、執務室とは反対の方角に向かっていたのだろう。しばらく経ってからようやく男が立ち止まり、壁に歩み寄って扉を押し開いた。「どうぞ」ためらいながらもポピーは、男よりも先になかに入った。そこは居間のようなしつらえの部屋で、こうこうと明かりに照らされていた。街路を見下ろすパラディオ式の窓が何枚も並び、一隅に重厚なオークの製図机が置かれ、壁はほぼ隙間なく書架に占められている。なつかしくも心地よい香りが室内を満たしていた。蠟燭に羊皮紙、インク、本の埃――父の書斎の匂いだ。

振りかえると、見知らぬ男は部屋に入って扉を閉めたところだった。

男は年齢不詳だった。三〇代前半だろうが、それにしてはずいぶんと世慣れた雰囲気がある。経験豊富な大人で、どんなことが起ころうと冷静さを失ったりはしないといった風情だ。夜闇を思わせる豊かな髪は短く切りそろえられ、肌の色は白く、そのせいで余計に黒々とした眉が目立つ。顔は堕天使ルシフェルのように端整だった。眉はりりしく、鼻はすっと伸びて高く、口元はどこか思案げ。たくましい顎は鋭くとがり、この世のすべてのものを――自分自身も含めて――少々きまじめに考えすぎる人、という印象を強く与える。

ポピーは頬が赤く染まるのを覚えつつ、特徴的な瞳をじっと見つめた。眼光鋭い瞳は、透きとおった緑色の虹彩が黒く縁どられ、濃いまつげに囲まれている。いまにもそのまなざしに吸いこまれ、食いつくされてしまいそうだ。目の下にはうっすらとくまができていたが、いかめしくも整った面立ちをこれっぽっちも損ねてはいない。

こういうとき、紳士ならなにか気のきいた言葉、場をなごませる言葉をかけるものだが、男は黙したままだ。

なぜ彼は、人の顔をいつまでも見ているのだろう。いったいどこの誰なのだろう。このホテルでどんな立場にあるのだろう。

張りつめた緊張を破るには、自ら口を開くしかなかった。「本と蠟燭の匂いをかぐと……」ポピーはどうでもいい話題を持ちだした。「父の書斎を思い出すわ」

男が一歩近づいてきたので、ポピーは反射的に後ずさった。ふたりはそれきり身じろぎもしなかった。透明のインクで書かれた問いかけが、室内を漂っているかに思える。

「父上は数年前にお亡くなりになったのだろう？」男はその風貌にぴったりの声で言った。洗練されていて、どこか翳《かげ》があり、いかにも頑固そうだ。発音には英国人らしからぬ訛りがあり、母音が平板で、〝R〟のときにひどい巻き舌になる。

男の指摘に、ポピーは目を丸くしてうなずいた。

「母上もそれから間もなくお亡くなりになった」男はつけくわえた。

「どうして……ご存じなの？」

「宿泊客の素性はできるかぎり把握するようにしている」

ドジャーが腕のなかでもがく。かがんで床に下ろしてやると、フェレットは小さな暖炉のそばに置かれた巨大なベルベット張りの椅子にすぐさま飛び乗り、そこで丸くなった。

ポピーは顔を上げ、あらためて男を観察した。さりげなくゆとりをもたせた、仕立てのよい黒い服。上着とズボンは上等な品だが、無地の黒いクラヴァットにはピンも差していないし、シャツは金ボタンでもない。裕福な紳士であることを示す装飾品は、いっさい身に着けていなかった。唯一の装身具は、灰色のベストの前で光る飾り気のない懐中時計の鎖だけ。

「米国人みたいな訛りがあるのね」

「ニューヨーク州のバッファロー出身だ」男は説明した。「といっても、住んでいたのは短いあいだだったが」

「ミスター・ラトレッジに雇われていらっしゃるの？」ポピーは用心深くたずねた。

男が小さくうなずく。

「副支配人かなにか？」

謎めいた表情が男の顔に浮かぶ。「そんなところだ」

ポピーは少しずつ扉のほうに移動した。「では、お仕事の邪魔をしては申し訳ないので、ミスター……」

「部屋に戻るなら付き添いが必要だろう」

たしかにそうだ。人を呼んでほしいと頼んだほうがいいだろうか。でも、ミス・マークスはたぶんまだ起きていない。ゆうべもまた大変だったようだ。彼女はときどき悪夢にうなされることがあって、そんなときは翌日になっても疲れきった顔でぼんやりとしている。しょっちゅうあるわけではないが、ポピーとベアトリクスはそういうとき、ミス・マークスをできるだけゆっくりやすませてあげるようにしている。

男はしばしポピーの顔をまじまじと見つめてから言った。「メイドを呼ぼうか?」

そうしてもらおう。彼女は一瞬思った。でもメイドが来るまで、あとほんの数分だろうとふたりきりでいたくない。男のことがまるで信用できない。

そうした思いが表情に表れたのを見てとったのか、相手は皮肉っぽく口元をゆがめた。

「きみにみだらなまねをするつもりなら、とっくにしている」

ぶしつけな物言いに、ポピーはますます頬を赤らめた。

「口ではなんとでも言えるわ。でも実際には、その気になればいつだってそういうまねをするのではなくて?」

男はつかの間、目をそらした。ふたたびポピーに視線を戻したときには、瞳が愉快げにきらめいていた。「安心なさい、ミス・ハサウェイ」という声は笑いを含んでいる。「なにもしやしない。やはりメイドを呼ぼう」

ほほえんだ男の顔が、なんともいえないぬくもりと魅力にあふれた表情に変わり、ポピーは驚きにつつまれた。鼓動が速くなって、なじみのない甘い感情が胸の奥からわいてくる。

呼び鈴のほうに歩いていく男を見ながら、彼女は行方不明の恋文のことを思い出した。

「あの、メイドを待っているあいだに、さっきの通路に手紙が落ちていないか探してくれませんか? どうしてもあれを取り戻さなくてはいけないんです」

「なぜ?」男はこちらに戻ってきつつたずねた。

「個人的な理由です」ポピーはそっけなく答えた。

「男からもらったもの？」

冷ややかなまなざしを相手に向けようとがんばった。ミス・マークスはしつこい殿方にいつもそういう視線を向ける。

「あなたには関係ないことだわ」

「ラトレッジで起こることはすべて、わたしに関係がある」男はいったん口を閉じ、彼女をじっと見つめた。「男からもらったのだろう？　じゃなかったら、ちがうと答えたはずだ」

ポピーは眉根を寄せて男に背を向けた。珍しい装飾品が並ぶ、棚のひとつに歩み寄る。

金色のサモワール、ビーズをちりばめた鞘におさまる大ぶりの短刀、古代のものとおぼしき石の彫刻品、磁器、エジプトの頭置き、異国の硬貨、素材の異なるさまざまな箱、鉄製と思われる錆びた剣、ベネチアンガラスでできた虫眼鏡《リーディング・ストーン》。

「ここはなんの部屋なの？」彼女はたずねずにはいられなかった。

「ミスター・ラトレッジの〈秘密の部屋〉。装飾品のほとんどは彼が自ら買い集めたものだ。外国からの宿泊客に贈られたものもある。よかったら見てごらん」

ポピーは大いに興味をそそられた。そういえばこのホテルには、欧州の王侯貴族や外交使節をはじめとして、外国人が大勢泊まっている。世にも珍しい贈り物もあるにちがいない。

棚をゆっくりと見ていったポピーは、宝石をあしらった馬の置物の前で足を止めた。銀の馬はいまにも駆けださんばかりに前脚で地面を蹴っている。「すてきだわ」

「中国清朝の太子、奕詝《えきちょ》から賜った」男の声が背後から聞こえた。「天馬だ」

うっとりとなりながら、ポピーは天馬の背を指先で撫でた。

「いまの咸豊帝《かんぽうてい》ね。咸豊だなんて、皮肉な名前だわ」

男はとなりに立つと、おやというふうにポピーを見た。「どういう意味だい？」

「咸豊は、〝あまねし繁栄〟という意味だもの。いまの中国は内乱状態だから、〝あまねし繁栄〟とは程遠いでしょう？」

「帝にとっては内乱よりも、領土拡大をもくろむ欧州のほうが大きな脅威だと思うが」

「そうね」ポピーは暗い顔でつぶやき、天馬を棚の奥のほうにそっと戻した。「いったいあとどれくらい、中国は欧州諸国の圧力に耐えられるかしら」

男がすぐそばに立っているので、糊をきかせたリンネルとひげ剃り石鹸の香りを嗅ぎとることができた。男の強い視線を感じる。

「極東の政治情勢について語れる女性がいるとはね」

頬がまた赤くなる。「わが家は夕食の席で、一般家庭とはかなりちがう会話を楽しむの。姉や妹やわたしが必ず会話に参加するという点だけでも、普通とはだいぶちがうと思うわ。お目付け役からは、自宅ではそれでまったくかまわないけど、社交の場ではあまり知識をひけらかさないよう注意されているの。物知りな女は、殿方に敬遠されるそうだから」

「では、今後は気をつけなければいけないね」男は優しく言ってほほえんだ。「せっかくの知識も、望まれない場所で披露しては無駄になる」

そこへ扉をたたく音がして、ポピーは安堵を覚えた。思ったよりも早くメイドがやってきたらしい。男が戸口に向かい、扉を少しだけ開けると、メイドになにごとか伝えた。メイドがちょこんと頭を下げ、すぐに消える。

「どこへ行ったの？」ポピーはまごついた。「部屋までわたしに付き添ってくれるのではなかったの？」

「紅茶を持ってくるよう頼んだ」

一瞬、言葉が出なかった。「あなたと一緒にお茶を飲むわけにはまいりませんわ」

「すぐに用意できる。このホテルには配膳用の昇降機があるからね」

「そういう問題じゃないわ。たとえ時間があったとしても、あなたとお茶を飲むことはできないの！　それがどれほど不適切な振る舞いか、あなただってよくおわかりでしょう？」

「ホテル内を若いレディがひとりでうろつくのと同じくらい不適切だね」さらりと言ってのける男をポピーはにらみつけた。

「うろついていたんじゃなくて、フェレットを追いかけていただけよ」自分で言いながら、あまりのばかばかしさにますます顔が赤くなる。ポピーはもったいぶった声音を作ろうとがんばった。「好き好んでこういう状況になったわけではないわ。それにいますぐ部屋に戻らないと、とても……とっても困ったことになるの。これ以上ふたりきりでいれば、あなたまでスキャンダルに巻きこまれるわ。ミスター・ラトレッジだって、そういうのは避けたいのではなくて？」

「たしかに」

「だったら、メイドを呼び戻して」

「いまさら遅い。彼女が紅茶を持って戻るのを待とう」

ポピーはため息をもらした。「こんなにひどい朝は生まれて初めて」ふとドジャーを見やると、椅子の座面から糸や綿が飛びだし、宙を舞っていた。彼女は顔面蒼白になった。「こらっ、ドジャー！」

「どうした？」男がたずね、ポピーに歩み寄る。彼女はせっせといたずらをするフェレットに駆け寄ったところだ。

「ドジャーがあなたの椅子を食べているの」ポピーはげんなりした声で答え、フェレットを抱き上げた。「いえ、ミスター・ラトレッジの椅子を。きっと巣を作るつもりだったんだわ。本当にごめんなさい」謝りながら、上等なベルベット張りのふかふかの座面に、ぽっかりと開いた穴を見つめる。「修理代は必ずお支払いしますから」

「気にしなくていい」男は言った。「修理代なら、ホテルの毎月の予算に組みこまれているから」

ポピーは床にしゃがみこみ（コルセットと硬いペチコートを着けた状態では至難のわざだった）、綿を拾い集めて座面の穴に詰めなおした。

「必要なら、どうして椅子がこんなことになったのか文書にしてもかまいませんから」

「体面が汚れてもいいのかい？」男は優しく問いかけ、手を伸ばして彼女を立ち上がらせた。

「わたしの体面なんて、男性の生業に比べたらなんでもありません。椅子が壊れたせいで、あなたは首になる恐れだってある。養うべきご家族が――奥様やお子さんがいるでしょうに。わたしは多少のスキャンダルくらいやりすごせるけど、あなたは新しい働き口を見つけられないかもしれない」

「ご心配いただきどうも」男は言うと、彼女の腕からドジャーを奪い、椅子の上に戻した。

「でも家族はいないし、首になる心配もない」

「ドジャー」ポピーはおろおろと呼びかけた。ふたたび綿が宙を舞いはじめている。フェレットはもう大はしゃぎだ。

「どうせここまでやられたんだから、あとは好きにやらせればいい」

なぜこの人は、ホテルの高価な備品をフェレットなんぞのおもちゃにさせて平気なのだろう。「あなたって」ポピーはきっぱりと言った。「ほかの副支配人とはまるでちがうのね」

「きみもほかの若いレディとはまるでちがうね」

ポピーは思わず苦笑をもらした。「よく言われるわ」

ふとおもてに目をやれば、空は灰青色に変わっていた。砂利敷きの通りを激しい雨がたたき、馬車が巻きあげる臭い埃を洗い流す。

通りから見えないよう気をつけながら、ポピーは窓辺に歩み寄り、道行く人びとが駆け足で雨から逃れるさまを眺めた。落ち着いた様子で傘を広げ、歩きつづける人の姿もある。

通りにずらりと並ぶ行商人は懸命に売り口上を述べている。そこでは想像しうるありとあらゆるものが売られていた。紐でくくった玉ねぎ、猟肉、ティーポット、花、マッチ、鳥かごに入れられたヒバリにツグミ。鳥屋はハサウェイ家の頭痛の種だ。かごに閉じこめられた鳥を、ベアトリクスが一羽残らず救いだそうとするからである。これまでにも義兄のキャムが何羽という鳥たちをベアトリクスのために買いとっては、ハンプシャーの田舎にある屋敷のそばに放ってきた。義兄いわく、ハンプシャーに住む鳥の半分はハサウェイ家が買って逃がしたものだそうだ。

室内に視線を戻すと、男は腕組みをして書架に寄りかかっていた。ポピーの心の内を見透かそうとするかのように、じっと見つめている。一見くつろいだ様子だが、逃げだそうとすればすぐに彼女をつかまえるにちがいなかった。

「なぜまだ誰とも婚約していない?」男はずけずけと訊いてきた。「社交界にデビューしてもう二年か三年は経つだろう?」

「三年よ」ばつが悪そうに答える。

「実家は裕福——持参金をたっぷりはずむだろうと誰もが思うはずだ。兄上は子爵——これも縁談には有利に働く。なのにどうして結婚していない?」

「いつもそうやって、初対面の人間に立ち入った質問をなさるのかしら?」ポピーはあぜんとした。

「いつもというわけじゃない。だがきみには……興味がわいてね」

質問への答えを考えながら、ポピーは肩をすくめた。

「この三年間に出会った男性のなかに、これはと思える方がいなかったの。これっぽっちも魅力を感じなかったわ」

「どんな男がお望みだ?」

「波風のない穏やかな人生をともに歩める方」

「若い女性は普通、胸が高鳴るような恋を夢見るものだが」

彼女は苦笑を浮かべた。「わたしの場合は、平凡な暮らしを夢見ているの」

「波風のない穏やかな暮らしが望みなら、ロンドンはふさわしくないんじゃないか?」

「そのとおりよ。でも、わたしにどうこうできる問題ではないから」ここで口をつぐむべきだった。これ以上詳しく話す必要などない。だがおしゃべりはポピーの悪い癖で、靴下留めでいっぱいの引き出しに目がないドジャーと同様、彼女も話しだすと夢中になってしまう。

「そもそも兄がラムゼイ子爵の位を継いだのがいけないの」

男が眉をつりあげる。「爵位を継ぐのが、いけないことなのか?」

「そうよ」ポピーは熱を帯びた声で言った。「だって、ハサウェイ家の人間には似合わないもの。わが家は先のラムゼイ子爵の遠い親戚なの。兄が爵位を継いだのも、本来継ぐべき人たちが若くして亡くなってしまったからよ。わが家の人間は礼儀作法もなっていないし——上流階級のしきたりなんてさっぱりわからない。プリムローズ・プレースにいたころは幸せだったのに」

いったん口を閉じ、幼いころの幸福な思い出をたどる。藁葺き屋根の居心地のいいコテージ、父が丹精したアポテカリーローズ、コテージ裏手のかごで飼っていたベルギー生まれの折れ耳ウサギのつがい、家中のありとあらゆる場所に山積みされた本。だがあのコテージは兄が爵位を継いだのをきっかけに売り払ってしまった。
「でも人は過去には戻れない、そうでしょう?」ポピーはほとんど断言する口調で言った。腰をかがめ、低い棚に置かれた装飾品を眺める。「これはなに? まあ、アストロラーベね」彼女はそれを手にとった。精緻な紋様が刻まれた数枚の円盤が、縁に目盛りの記された枠にはめこまれている。

「アストロラーベを知っているのか?」男は歩み寄りながら問いかけた。

「ええ、もちろん。天文学者や航海者が使う道具でしょう? それと占星術師が」ポピーは答えつつ、円盤に刻まれた星図に目を凝らした。「ペルシャ製ね。およそ五〇〇年前に作られた品だわ」

「五二〇年前だ」男はゆっくりと告げた。

ポピーは満足げな笑みをもらさずにはいられなかった。「父は中世について研究していたの。だから家にもアストロラーベがいくつかあったわ。木板と紐と釘で作る方法も教わったんだから」円盤をそっと回転させる。「あなたの誕生日は?」

男はあたかもそれを口にしたくないかのように、つかの間ためらってから答えた。

「一一月一日だ」

「さそり座ね」ポピーは言いつつ、手にしたアストロラーベを裏がえした。

「占星術なんぞを信じるのか？」男は小ばかにするようにたずねた。

「いけない？」

「科学的根拠がない術だ」

「どんな思想にも偏見を持たずに向きあうべきだ。父からいつもそう言われていたわ」星図を指先でなぞり、いたずらっぽく笑って男を見る。「さそり座生まれの人は無慈悲だそうね。女神アルテミスがさそりにオリオンの殺害を命じたのも、無慈悲な心ゆえだと言われているわ。オリオンを亡き者にした褒美に、アルテミスはそのさそりを星にしてやったそうだけど」

「わたしは無慈悲ではない。目的のためなら手段を選ばないだけだ」

「それを無慈悲と言うのではないの？」ポピーは笑い声をあげた。

「無慈悲とは、冷酷という意味だろう？」

「つまりあなたは冷酷ではないということ？」

「必要なとき以外は」

ポピーは笑みを消した。「冷酷になる必要なんてこの世にないわ」

「どうやらきみは、世間をまだよくわかっていないらしいね」

この問題を追及するのはよそう。ポピーはつま先立って別の棚をのぞきこんだ。すると、ブリキのおもちゃのようなものが目を引いた。「あれはなに？」

「オートマタだ」

「なにに使うもの？」

男が手を伸ばして色鮮やかな金属の装飾品のひとつをとり、彼女に手渡す。

オートマタの円い土台をつかんだポピーは、しげしげとそれを観察した。小さな競走馬が数頭、走路で位置についている。土台の端に紐が出ているのを見つけたので、そっと引っ張ってみた。とたんに内部のからくりが動きだす。ぜんまい仕掛けなのだろう、小さな馬たちが競走を始めた。

ポピーは歓声をあげた。

「すごくよくできているわ！　妹のベアトリクスに見せたらきっと大喜びするのに。いったいどこで手に入れたの？」

「ミスター・ラトレッジが、くつろぎの時間に手作りしている」

「ほかのも見せていただいていいかしら」ポピーはオートマタに魅了されていた。どれも単なるおもちゃというより、機械工学の小さな傑作だった。波にもまれる船に乗ったネルソン提督、バナナの木に登るサル、ネズミを追いかける猫、鞭をしならせる猛獣使いと首を振りまわすライオン。

熱心に見入るポピーに気をよくしたのか、男は壁にかかった一枚の絵を示してみせた。舞踏室でワルツを踊る複数の男女が描かれている。目をまん丸にしたポピーの前で、絵のなかの紳士たちはまるで生きているかのように、レディたちと踊りだした。

「びっくりした。どういう仕組みなの？」

「これも機械仕掛けでね」男は壁から絵をはずし、むきだしの裏側を見せてくれた。「そら、このはずみ車が回ると、ベルトを通して回転力が伝わる仕組みだ。それからこのピンがレバーを動かし……それによってさらに別のレバーも動きだす」

「すごい！」すっかり夢中になったポピーは、警戒心を失っている。「ミスター・ラトレッジは機械工学に通じているのね。そういえばこのあいだ、フランシスコ会修道士のロジャー・ベーコンの伝記を読んだわ。ベーコン修道士のことは、父がいつもたたえていたの。機械工学を駆使した発明品をたくさん残しているのよ。もちろん当時はそのせいで、魔術師呼ばわりもされたそうだけど。機械仕掛けの青銅の頭像を作ったときなんて――」ふいに言葉を切る。しゃべりすぎだ。「ね、わかったでしょう？　舞踏会や夜会ではいつもこんな調子なの。だから殿方のほうも近づいてこないというわけ」

男の顔に笑みが浮かぶ。

「その手の集まりでは、おしゃべりは歓迎されるものだと思ったが」

「こういう話題は歓迎されないわ」

コン、コン。

ノックの音に、ふたりは同時に振り向いた。メイドが戻ったのだ。

「もう行かなくちゃ」ポピーはぎこちなくつぶやいた。「お目付け役に心配をかけるといけないから」

黒髪の男はずいぶん長いあいだポピーをじっと見つめたのち、「まだ用が済んでいない」

とすこぶる平然とした口調で言った。まるで、自分に逆らう者はいままでいなかったとでもいわんばかり。自分が望めば、何時間でも彼女をその場に引き止められるとでも言いたげだ。

ポピーは深呼吸をした。「でも、やっぱり行かないと」そう穏やかに断って、扉のほうへ向かう。

同時に戸口へ足を向けた男が、手のひらで扉を押さえた。

警戒心が高まるのを感じながら、ポピーは男と向かいあった。首筋と手首と膝の裏で、脈が不規則に打ちはじめる。男との距離はあまりにも近く、たくましい長身にいまにも触れてしまいそうだ。ポピーは壁に身を寄せた。

「行く前に」彼はささやいた。「ひとつ忠告しておこう。若いレディがホテル内をひとりでうろつくのは危険だ。二度とそのような愚かなまねをしてはいけない」

ポピーは身を硬くした。「ラトレッジは評判のいいホテルよ。危険な目になんて遭うわけがないわ」

「いいや、ある」男はつぶやいた。「きみの目の前に、危険が迫っている」

考える間も、動く間も、息をする間さえもなかった。男は身をかがめたかと思うと、彼女の唇を奪った。

びっくりしたポピーは、熱く優しい口づけを受けながら、身動きひとつできずにいた。男のキスはきわめて自然で、彼女は自分が口を開いたことにすら気づかなかった。大きな両の手が頬をつつみこんでなぞり、顔を上向かせる。

片腕が背中にまわされ、体がぴったりと密着した。男のたくましさを感じて、ポピーの胸は激しく高鳴った。息をするたびに惑わすような香りが鼻腔を満たす。アンバーに麝香、糊をきかせたリンネルと、男性の肌の匂い。彼の腕から逃れるべきなのに……唇に優しく、巧みに恍惚感を呼び覚まされ、不安と期待を同時に覚える。唇はやがて首筋へと下りていき、脈打つ部分を探してさらに下へと這っていった。絹の薄物のように快感が幾層にも重なりあい、ついにポピーは身を震わせて背をそらし、男から逃れようとした。

「やめて」と弱々しく訴える。

男は慎重な手つきで彼女の顎をとると、自分のほうを向かせた。ふたりは身じろぎひとつしなかった。ポピーは男の探るような目をのぞきこんだ。すると、あたかも歓迎すべからざるなにかを見いだしたかのように、男の瞳に当惑と嫌悪が浮かぶのがわかった。

彼はいやにゆっくりとポピーから手を離し、扉を開けた。「入りたまえ」と、銀の大きなトレーを手に待っていたメイドに指示を出す。

メイドはすぐさま命令に従った。さすがによく訓練されており、そこにいるポピーに興味を抱くそぶりすら見せない。

それから男は、椅子の上で寝入ってしまったドジャーのほうへ行った。うとうとするフェレットを抱いて戸口に戻り、ポピーに手渡す。もぐもぐと礼の言葉をつぶやきながら、彼女はフェレットを胸に抱いた。ドジャーは目を閉じており、目の周りを囲むアイマスクにまぶたがほとんど同化している。指先にドジャーの小さな鼓動と、純白の下毛のやわらかさを感じた。

「ほかになにか、ご用はございますか？」メイドがたずねた。

「ああ。こちらのレディを部屋までエスコートしてさしあげてくれ。無事に部屋まで送り届けたら、報告に戻るように」

「かしこまりました、ミスター・ラトレッジ」

ミスター・ラトレッジ？

ポピーは心臓が止まるかと思った。男の顔を見上げる。緑の瞳がいたずらっぽく光っていた。あからさまに驚いている様子の彼女を見て、楽しんでいるのだろう。

ハリー・ラトレッジ……人前にめったに姿を現さない、謎に満ちたホテル・オーナー。想像していたのとは、まるでちがう。

驚きと恥ずかしさにつつまれたポピーは、すぐさま彼に背を向けた。廊下に出ると、扉が閉まる音につづき、かんぬきが掛けられるかちゃりという小さな音が聞こえた。宿泊者をからかっておもしろがるだなんて、いったいどういうつもりなのだろう！　でも大丈夫、二度と彼に会うことはないはずだから。

ポピーはメイドとともにハリー・ラトレッジの部屋をあとにした……彼との出会いによって人生が一変してしまったことには、気づきもしないまま。

3

ハリーは暖炉に歩み寄り、炎をじっと見つめた。

「ポピー・ハサウェイ」と呪文を唱えるかのようにささやく。

彼女のことは過去に二度、遠くから見かけている。一度目はラトレッジの前で馬車に乗りこむところ。二度目はラトレッジで催された舞踏会で。ハリー自身はその舞踏会に参加しなかったが、上階のバルコニーからしばらく様子を眺めていたのだ。そのときは整った面立ちと赤茶色を帯びた黒髪を美しいと思ったものの、これといって惹かれるものは感じなかった。

けれどもじかに話をしてみて、ハリーは気づいてしまった。

椅子に腰を下ろそうとして、座面に目が留まる。ベルベットの張り地がぼろぼろに破れ、穴から綿が飛びだしていた。

別の椅子に座りながら、彼は思わず笑みをもらした。

ポピー。なんて無邪気な娘なのだろう。この部屋のコレクションを眺めながら、アストロラーベやフランシスコ会修道士について思いつくままにおしゃべりをしていた。彼女の唇からこぼれるきらきらした言葉は、まるで舞い散る紙ふぶきだった。輝くばかりの知性にいつもの彼ならいらだちを覚えていただろうに、なぜか喜びを感じてしまった。彼女にはなにかがある……あれはそう、フランス人が言うところのエスプリ。生き生きとした精神から生まれる才知だ。それにあの純真で、生意気で、いかにも裏のなさそうな面立ち。

彼女を手に入れたい。

ジェイ・ハリー・ラトレッジはいつだって、なにかをほしいと思う前にすでにそれを手に入れていた。規則正しくも多忙な日々のなかで、食事は空腹を感じる前に供され、クラヴァットはわずかなしわもできないうちに取り替えられ、業務報告書は命じもしないうちに提出される。女性もよりどりみどりで拒まれることもなく、彼が望むであろう言葉が必ず耳元でささやかれる。

そろそろ妻を迎えるべきなのは自分でもわかっている。少なくとも、知人の大部分はそうみなしている。とはいえ彼らは、結婚をよきものとして勧めているわけではない。ハリーもわれわれと同じように、結婚というくびきから逃れられない状態になってしまえばいい、そんな思いから勧めているだけだ。だから結婚について、いままでまじめに考えたことはなかった。けれどもポピー・ハサウェイには、どうにも抗えない魅力を感じる。

ハリーは上着の左袖に手を入れ、ポピーの手紙を取りだした。差出人はマイケル・ベイニング。ハリーも知る青年だ。ウィンチェスター・カレッジの出身で、生来の学問好きから立派な成績をおさめたとか。しかも同輩たちとちがい、借金をしたことも、スキャンダルを起こしたためしもない。その容貌に心奪われるレディはけっして少なくなく、いずれ受け継ぐ爵位と財産に惹かれるレディは数知れない。

眉根を寄せつつ、ハリーは手紙に目を通した。

最愛なるきみへ
先だってのきみとの会話を思い出しながら、きみの涙が落ちたわが手首にキスをしました。ともにいられないあいだ、昼となく夜となくぼくもまた涙を流していることを、どうか信じてほしい。出会いの日以来、ぼくはきみ以外のいっさいを考えられなくなってしまった。きみへの燃える思いでどうにかなってしまいそうだよ。この気持ちを、お願いだから嘘だなんて言わないでおくれ。

そして、どうかあとほんの少しだけ待ってほしい。すぐに父と話をするから。きみだけを心から思うぼくの気持ちを理解してくれたら、父も結婚を許してくれるはずなんだ。父とは深い絆で結ばれていてね。父は自分がそうだったように、息子のぼくにも幸福な結婚をと願ってくれているんだ。ああポピー、母が生きていたらさぞかしきみを気に入っただろうに……明るくて良識があって、ご家族を愛し、家庭を大切にするきみをね。母が存命だったらきっと、きみ以上にぼくにふさわしい女性はいないと父を説得してくれたと思うよ。

とにかく、もうしばらく待っていておくれ。ぼくもきみを待っている。

ぼくは相変わらず、きみの魔法にかけられたままだよ。

——M

かすかなあざけりの声がハリーの口からもれる。暖炉を凝視した彼は真剣な面持ちで、すばやく策を練った。燃えさかる薪がぽん！と音をたてながら勢いよく爆ぜ、熱と白光を放つ。なぜベイニングは、ポピーに待ってくれなどと言うのだろう。まったく理解しがたい。わが身の細胞という細胞は、彼女を求めるあふれんばかりの気持ちでじれているのに。

ハリーは高額紙幣を扱うのにも似た丁寧さで手紙をたたみなおし、それを上着のポケットにしまった。

家族とともに滞在するスイートルームに無事に戻ったポピーは、ドジャーをお気に入りの寝床に連れていった。ベアトリクスがやわらかな布で内張りをした籠だ。フェレットは目を覚ましもせず、ぼろ切れみたいにぐんにゃりとしている。

ポピーは壁に背をもたせて目をつぶった。肺の奥からため息が上ってくる。

どうして彼はあのようなまねをしたのだろう。

そもそも、どうして自分は彼を受け入れてしまったのだろう。

あんなふうに乙女にキスをするのは、絶対に紳士ではない。自分が恥ずかしくてならない。ほかの誰かが同じ振る舞いをしたら、きっと厳しく非難するだろうに。ポピーはマイケルだけを思っているはずだった。

だったらなぜ、ハリー・ラトレッジの口づけにこたえたりしたのか。

誰かに相談したいが、やはり忘れてしまうのが一番だ。

不安げな表情を隠して、ポピーはお目付け役の部屋の扉をノックした。

「ミス・マークス？」

「どうぞ」弱々しい声がかえってくる。

こぢんまりとした寝室に入ると、ナイトドレスに身をつつんだミス・マークスは洗面台の前に立っていた。

ひどい顔だった。肌は青ざめ、穏やかな青い瞳はくまに囲まれている。ふだんはきっちりと編んでヘアピンでまとめている茶色の髪も、もつれて肩にたれている。薬包紙を傾けて舌に粉薬をのせたミス・マークスは、ごくりと音をたてて水で飲みくだした。

「大丈夫？」ポピーは静かに声をかけた。「なにか必要なものがあれば言って」

ミス・マークスはかぶりを振り、顔をしかめた。「大丈夫よ。心配してくれてありがとう」

「朝方にまた悪夢を見たのね？」ポピーは訊きながら、化粧だんすに歩み寄って靴下や靴下留めや下着を探すお目付け役を、気づかうように見つめた。

「ええ。その前に起きればよかった。ごめんなさいね」

「謝る必要なんてないわ。もっと楽しい夢を見られればいいのにって思っただけ」

「ふだんは楽しい夢をちゃんと見ているのよ」ミス・マークスはうっすらとほほえんだ。

「なかでも楽しいのはラムゼイ・ハウスに戻る夢ね。ニワトコが花ざかりで、生垣にはゴジュウカラが巣を作っているの。とっても静かで、穏やかな日々。あのころが恋しいわ」

　ポピーだってラムゼイ・ハウスが恋しかった。ロンドンはたしかに都会的で娯楽に事欠かないが、ハンプシャーとはまるで比べものにならない。姉のウィニフレッドや、その夫でラムゼイ領を管理しているメリペンにも会いたい。

「社交シーズンはもうすぐ終わりよ。だからじきに戻れるわ」

「それまで生きていられればいいけど」ミス・マークスがつぶやく。

　ポピーは思いやり深くほほえんだ。

「ねえ、まだやすんでいたら？　額にのせる濡れタオルを持ってきてあげるわ」

「そういうわけにはいかないでしょう。着替えをすませて、濃い紅茶を飲めば治るわ」

「そう言うと思った」ポピーは苦笑をもらした。

　ミス・マークスは骨の髄まで昔ながらの英国人気質が染みついており、情緒だの心の機微だのを不要なものとみなしている。年はまだ若く、ポピーよりほんの少し上なだけだが、その冷静沈着ぶりは尋常ではなく、いかなる問題が偶発的にあるいは人為的に起ころうと、まばたきひとつせず対応するはずだ。唯一とり乱すのはハサウェイ家長男のレオを前にしたときだけ。兄の皮肉めかした冗談にだけは、どうにも我慢がならないらしい。

　彼女は二年前に家庭教師としてハサウェイ家に雇われた。ポピーやベアトリクスに学問を授けるだけではなく、レディが上流社会で厄介ごとに巻きこまれないために身につけるべきいくつもの決まりも教えてくれた。現在は、姉妹の話し相手《コンパニオン》兼お目付け役を務めている。

　当初ポピーたちは、学ぶべき約束ごとがあまりにも多いのでしりごみしたものだった。けれどもミス・マークスが「では楽しみながら身につけていきましょう」と提案し、姉妹が容易に覚えられるよう約束ごとを詩にしてくれた。

たとえばこんな具合に——

レディになりたければ
礼儀正しく振る舞いましょう
晩餐を楽しみたければ
お肉《ミート》は牛肉《ビーフ》と呼びましょう
スプーンは振りまわさず
フォークで銛《もり》のように突いたりせず
皿の上で料理をもてあそんだりせず
おしゃべりも控えめにね

街なかを歩くときの決まりならこんなふう——

通りを走ってはいけません
知らない人に出会ったら

声をかけずに
お目付け役に任せましょう
ぬかるみをまたぐときは
スカートをまくりあげて脚を見せたりしないよう
軽くつまんで右にまとめ
足首隠して歩いてね

ベアトリクスのためだけの詩もあった――

お宅を訪問するときは、手袋と帽子を忘れずに
でもリスとネズミはお留守番
四本足の生き物は
一緒にお邪魔させないでね

この型破りな教え方が功を奏し、姉妹は恥をかかずに社交シーズンを過ごせるだけの自信を持てるようになった。一家はミス・マークスの機転を大いに賞賛した。兄だけが、エリザベス・バレット・ブラウニングの足元にも及ばない詩だと皮肉めかした。するとミス・マークスは、あなたに詩の価値がわかるほどの感受性があるとは思えないとやりかえした。

それにしても、どうして兄とミス・マークスはあそこまで敵意をむきだしにするのだろう。

「じつは好きあっているのだと思うわ」ベアトリクスはさらりと言ってのけたものだ。

ありえない意見に、ポピーは声をあげて笑った。

「同じ部屋にいるだけで戦争を始めるふたりなのよ。幸い、同じ部屋にいることは少ないけど。なのになぜそんなふうに思うの?」

「フェレットをはじめとする動物の雄雌だって、けんかまがいの交尾を——」

「ビー、交尾の話はやめて」ポピーはたしなめ、笑いを押し殺した。一九歳になる妹はいつもこんなふうにレディとしての慎みをあっけらかんと軽んじてみせる。「下品でしょう——そもそも、どうしてそんなことを知っているの?」

「だいたいのところは獣医学の本で読んだわ。あとはたまに現場を見かけたり。ほら、動物ってあまり奥ゆかしくないでしょう?」

「たしかにね。だけどそういう知識は口にしないほうがいいわ。ミス・マークスの耳に入ったら、覚えるべき詩が増えるだけだから」

ベアトリクスは無垢な青い瞳でしばし姉を見つめた。

「動物たちの子作りを……レディが観察してはなりません……」

「コンパニオンに叱られます」ポピーはあとを継いだ。

ベアトリクスはにんまりとした。

「とにかく、ふたりが惹かれあうのは当然よ。お兄様は子爵だし、とってもハンサムだもの。

ミス・マークスだって知的で美人だわ」

「お兄様が知的な女性と結婚したがっているなんて、聞いたためしがない」ポピーは反論した。「でもたしかに、ミス・マークスは美人ね。とくに最近はすごくきれいになったんじゃないかしら。以前はかわいそうなくらい痩せて青白い顔をしていたから、彼女の容姿をどう思ったことはなかったけど。このごろは少しふっくらしてきたものね」

「五、六キロは太ったでしょ」ベアトリクスはうなずいた。「それにずっと明るくなった。最初のころは、よほどつらい目に遭ってきた人なのねと思ったけど」

「わたしも思った。でも実際の話、過去にいったいなにがあったのかしらね」

いまのところ、その答えはわからずじまいだ。でも今朝のように疲れたミス・マークスの顔を見れば、くりかえされる悪夢は過去の秘密と関係しているのだろうとわかる。

衣装だんすに歩み寄り、ポピーはずらりと並ぶしわひとつないドレスを眺めた。どれも地味な色合いで、しかつめらしい純白の襟と袖口がついている。「今日はどのドレスにする？」彼女は優しくたずねた。

「どれでもかまわないわ」

ポピーはウールの綾織の一枚を選び、その濃紺のドレスを乱れたベッドの上に広げた。如才なく背を向けて、ミス・マークスがナイトドレスを脱ぎ、シュミーズとドロワーズ、靴下を身に着けるのを待つ。

彼女が頭痛で苦しんでいるときに、新たな難題を持ちかけるのだけは避けたい。けれども今朝の出来事は、やはり隠しておくわけにはいくまい。万が一、ハリー・ラトレッジとの一件がわずかなりとも外部にもれた場合を考えれば、ミス・マークスに事前に対策を練っておいてもらったほうがいい。

「あのね」ポピーは慎重に口を開いた。「これ以上、頭痛を重くしたくはないのだけど、話しておくべき……」すぐさまミス・マークスに鋭い視線を向けられ、ポピーの声はとぎれた。

「なにがあったの、ポピー?」

やはりいま話すのはよくない。そもそも……本当に彼女に打ち明けるべきなのだろうか。ハリー・ラトレッジと今後会う心配はまずない。ハサウェイ家が参加する社交行事に、彼が顔を出す可能性はきわめて低いはずだ。それに、眼中にもない娘を相手に、彼があえて揉めごとを起こすこともあるまい。ふたりは住む世界がちがうのだ。

「このあいだ夕食のときに、ピンクのモスリンのドレスに染みをつけちゃったの」ポピーはとっさに話を作った。「そうしたら今度は油の染みまで」

「それは大変」ミス・マークスはコルセットの前の留め具をはめていた手を休めた。「鹿角《ろっかく》精《せい》を水で溶いて、海綿につけてたたいてみましょう。たぶんそれできれいになるはずよ」

「そうね、そうしてみる」

嘘をついた自分にかすかな罪悪感を覚えつつ、ポピーはミス・マークスの脱いだナイトドレスをたたんだ。

4

ジェイク・ヴァレンタインはラテン語で言うところのフィリウス・ヌリウス、つまり非嫡出子として生まれた。母親のエディスはオックスフォードの裕福な弁護士に仕えるメイドで、父親は当の弁護士だった。母子をいっぺんに追い払うため、弁護士は乱暴者の農夫に金をつかませ、母親と結婚させた。農夫に罵られ殴られる毎日にうんざりしたジェイクは、一〇歳のときに家出をし、ロンドンに出てきた。

それから一〇年間、鍛冶屋で働いた。体はすっかり大きくたくましくなり、信頼できる働き者との評判も得た。それ以上のものは望まなかった。仕事は安定していたし、食べ物には困らなかったし、外の世界に興味もなかったからだ。

だがある日、黒髪の紳士が鍛冶屋に現れ、話があると言った。紳士の上等な服と洗練された物腰に圧倒されたジェイクは、生い立ちや仕事について山ほどの質問を浴びせられ、どぎまぎしながら答えた。質問を終えた紳士は驚いたことに、自らの近侍として彼を雇いたいと申し出た。賃金は鍛冶屋の数倍だった。

いぶかしんだジェイクは、経験もなく、ろくに教育も受けておらず、性格も外見も粗野としか言いようのない自分などをなぜ雇いたいのかと紳士にたずねた。「あんたならロンドンの近侍を雇えるんじゃないの？」そう指摘した。「なんでおれなんかがいいのさ」

「経験豊富な近侍というのは、ゴシップ好きだし、英国はもちろん欧州大陸の上流家庭で働く使用人とも通じている。きみはたいそう口が堅いそうじゃないか。わたしは経験よりもその点を重んじていてね。それにきみは、腕っぷしも強そうだ」

ジェイクは疑い深げに目を細めた。「近侍がけんかをする必要なんてあるのか？」

紳士はほほえんだ。「きみにはいろいろとやってほしいことがあってね。楽な仕事もあれば、そうでない仕事もある。さあ、この話を受けるか断るか決めたまえ」

こうしてジェイクは、ジェイ・ハリー・ラトレッジのもとで働くようになった。当初は近侍だったが、現在は補佐役とでも呼ぶべき立場にある。

彼はラトレッジのような人間をほかに知らない。ラトレッジは偏屈で、性急で、巧みに人を操り、他人に多くを求める。ラトレッジほど人の心を読むのに長けた人間にはいままで会ったことがない。なにしろあるじは、出会ってものの数分後には相手をすっかり品定めしてしまう。自分の望むままに人を動かすのはお手のもの。十中八九、話を思いどおりに進める才能を持っている。

ラトレッジの脳みそは一秒たりとも休まないかのようだ。必要に迫られて眠るときだってそう。脳みそが常に働いているのである。実際ジェイクは、あるじが頭のなかである問題の解決策を練りつつ、同時に手紙を書き、さらに筋のとおった会話までするさまを見たことがある。ラトレッジは飽かずに情報を求め、その記憶力たるや目を見張るほどだ。一度見たり、読んだり、聞いたりしたことは絶対に忘れない。だから人びとはラトレッジに嘘がつけない。愚かにもそのようなまねをした者は、ラトレッジに抹殺された。

ラトレッジは惜しみなく優しさや思いやりを示す人でもあり、かんしゃくを起こすことはまずない。とはいえ彼が使用人たちをどの程度、本気で気にかけているのかはまったくわからない。彼のなかには氷河のごとく冷たい心がある。ジェイクはあるじのさまざまな一面を知ってはいるが、いまもなお赤の他人という気がしている。

だがそれでもかまわなかった。ラトレッジのためならジェイクは命も惜しくない。ホテルの従業員もみな、ラトレッジにはきわめて忠実だ。仕事はたしかにきついが、賃金をはじめとして待遇は十分だ。だから従業員たちは、あるじのプライバシーを徹底的に守るよう努めている。あるじの数知れない交友関係について噂する者さえいない。そもそもあるじは、仲間として迎える人間を念入りに吟味するのが常だった。

当然ながら、ラトレッジは女性からも好かれる――彼にとって美しい女性の腕のなかは、荒れ狂うエネルギーのはけ口だ。とはいえ相手の女性からわずかなりとも愛情らしきものを示されれば、すぐさまジェイクに命じてその女性のもとに手紙を届けさせ、以後いっさいの連絡を絶つ。つまり、あるじが苦手とする女性の涙や怒りやその他もろもろの感情を、代わりに受け止めるのもジェイクの仕事なのである。ただしジェイクが彼女たちに同情することはない。ラトレッジがいつも、彼女たちの傷ついた心を癒すため、手紙と一緒に途方もなく高価な宝石を贈るからだ。

ラトレッジの暮らしには、女性の立ち入りがけっして許されない領域がある。女性をホテル内の住まいに泊まらせることはないし、〈秘密の部屋〉へは足を踏み入れることも認めない。難題が持ち上がったとき、あるじは必ずその部屋で対策を練る。始終訪れる眠れない晩には製図机に向かい、時計の部品や紙切れや針金を使ってオートマタを作り、活発すぎる脳をやすませる。

だからジェイクは、〈秘密の部屋〉であるじが若い女性と一緒にいたとの話をメイドから聞かされたとき、これは大事件だと思った。

ホテルの厨房で、ジェイクはゆで卵のクリーム和えとカリカリに焼いたベーコンの朝食を胃に流しこんだ。ふだんの彼はゆっくりと時間をかけて食事を楽しむ。だが今朝は、ラトレッジとの打ち合わせに遅れそうだった。

「そんなに慌てなくても」料理長のアンドレ・ブルサールが注意した。二年前にラトレッジがフランス大使館から引き抜いてきたブルサールは、おそらくこのホテルでただひとり、あるじよりも睡眠時間が短い。若き料理長は三時に起床して朝市に出かけ、最高の食材を自ら吟味する。金髪に痩せ型で一見弱々しいのに、陸軍司令官さながらの規律と意志の強さを身につけている男だ。

ソースを泡立てる作業の途中で手を止めたブルサールは、愉快そうにジェイクを見ていた。

「ちゃんと嚙んだほうがいいよ、ヴァレンタイン」

「噛んでる時間なぞない」ジェイクは応じ、ナプキンを脇にやった。「午前中の業務をミスター・ラトレッジから――」いったん言葉を切り、懐中時計を確認する。「二分三〇秒後に聞かなくちゃいけないんだ」

「なるほど、午前中の業務ね」料理長は雇い主の口まねを始めた。「ヴァレンタイン、ポルトガル大使のために火曜日に夜会を開くから準備を頼む。夜会の締めくくりには花火を打ち上げるんだ。それと、新しい発明品の図面ができたから、特許事務所に持っていってほしい。その帰り道にリージェント・ストリートで、フランス産のキャンブリック地のハンカチを六枚買ってこい。刺繍入りじゃないシンプルな品だぞ、レース付きなんてもってのほか――」

「いいかげんにしろよ、ブルサール」ジェイクは笑いをこらえた。

料理長がソースに注意を戻す。「ところで……例の娘の素性がわかったら、ぜひとも教えてくれよ。お礼として、食堂に運ぶ前にペストリー皿から好きなのを選ばせてやる」

ジェイクは茶色の瞳を細めて、キッと料理長を見やった。「例の娘って?」

「とぼけるなよ。ミスター・ラトレッジが今朝、一緒にいたという娘さ」

ジェイクは眉根を寄せた。「その話、誰から聞いた?」

「この半時のあいだに、少なくとも三人からね。もうみんな噂しているよ」

「当ホテルの従業員に噂話は禁物だぞ」ジェイクは険しい声で言った。

ブルサールは呆れ顔をした。「外部の人間に対してはたしかにそうだけど。ミスター・ラトレッジだって、従業員同士の噂話を禁ずるとは言ってないよ」

「だいたい、〈秘密の部屋〉に女性がいたくらいでどうしてそんなに騒ぐんだ」

「どうしてって……ミスター・ラトレッジがこれまで誰もあの部屋に入れなかったからじゃないのかい？　あるいは、これを機にミスター・ラトレッジが妻を迎え、なんにでも口出しするのをやめてくれるのを期待しているとか」

　ジェイクは苦笑交じりに首を振った。

「結婚なんて、まさか。ホテルという恋人がいるのに」

　料理長は訳知り顔でジェイクを見つめた。「きみもわかってないなあ。ミスター・ラトレッジだって、ふさわしい相手を見つけたら結婚するとも。フランスでは〝妻とメロンは選ぶのに時間がかかる〟と言うけど、彼はそれを実践しているだけだよ」上着のボタンを留め、クラヴァットの位置を直すジェイクを眺める。「とにかく、情報を待っているよ、わが友《モナミ》」

「ミスター・ラトレッジの私生活について、おれが一言たりとも他人に明かさないことくらい知っているだろう？」

　ブルサールは嘆息した。「ばかみたいに忠実なんだからなあ。もしも人殺しを命じられたら、やっぱり従うのかい？」

　料理長の口調は軽かったが、灰色の瞳は真剣だった。ハリー・ラトレッジの冷酷さのほどを、あるいはジェイク自身の忠誠心の厚さを、当のジェイクを含む誰もが計りかねていたからだ。

「そんな命令は受けていない」ジェイクは答え、やや間を置いてから冗談めかしてつけくわえた。「まだ」

部屋番号のないスイートルームを目指して三階に急ぎ向かう途中、ジェイクは裏階段で何人もの従業員とすれちがった。ホテルの裏手にある出入り口とこの階段は、使用人と配達員専用だ。すれちがいざま、数人が質問や相談を投げかけてきたが、彼は首を振って応対を断り、歩を速めた。ラトレッジとの朝の打ち合わせには絶対に遅れないよう気をつけている。打ち合わせはたいてい一五分ほどで終わるが、なにしろあるじは時間にうるさいのだ。

やがて目的地に到着し、ジェイクは足を止めた。ラトレッジの住まいは、大理石やたいそう高価な美術品で飾られた、こぢんまりした広間の奥に設けられている。私用の広間から延びる内廊下を進むと狭い階段とホテル横手に出る扉があるので、あるじは正面玄関を通らずに建物へ出入りができる。彼は周囲の人間の行動を逐一把握する一方で、自らの動きはけっして余人に悟らせない。食事もほとんどひとりで済ませるし、ホテルへの出入りは時間が決まっていないし、ときにはいつ戻るとも告げずに消えてしまう。

扉をたたいたジェイクが待っていると、入れ、というこもった声が聞こえてきた。

室内に足を踏み入れる。四部屋からなる住まいは、共同住宅にすれば一五部屋ほどに区切れるだろう。「おはようございます、ミスター・ラトレッジ」ジェイクは呼びかけながら書斎に入った。

あるじは巨大なマホガニーの机についていた。机には引き出しがずらりと並ぶ棚が作りつけられている。机上は例のごとく紙挟みや書類や本、手紙、招待状、印章入れ、各種の筆記具でいっぱいだ。ちょうど手紙を書き終えたところらしく、彼は溶かした封蠟に手際よく印章を押しつけた。

「おはよう、ヴァレンタイン。業務報告会の結果は？」

ジェイクは支配人たちからあがってきた日報を手渡した。

「おおむね順調です。ただ、ナガラジャの使節団のことで少々問題が」

「というと？」

ビルマとシャムに挟まれた小国、ナガラジャ王国は、先ごろ英国と同盟を結んだばかりだ。

「フロントの統括者によると」ジェイクは説明をつづけた。「使節団が昨夕ホテルに到着後、すでに三度も部屋を換えたそうです」

ラトレッジが両の眉をつりあげる。「部屋に問題が？」

「いいえ、部屋そのものには……問題は部屋番号だそうで。ナガラジャでは不吉とされる番号だったようです。最終的に二一八号室で納得したのですが、部屋を移って間もなく、今度は二階の客室係長がその部屋から煙の臭いがしているのに気づきまして。新たな土地に到着したときの儀式とやらを行うために、使節団が青銅の皿の上で小さな火をおこしたのだそうです。その火があいにく大きくなり、絨毯《じゅうたん》を焦がしたとか」

あるじは口元に笑みを浮かべた。「たしかナガラジャ人は、ありとあらゆる機会に儀式をするんだったな。彼らがいつでも聖なる火をおこせるよう、適当な場所を見つけてやってくれ。ホテルを燃やされてはかなわん」

「かしこまりました」

ラトレッジが日報をめくり、「現在の客室稼働率は？」と顔も上げずにたずねる。

「九五パーセントです」

「上出来だ」あるじは日報から目を離さなかった。

沈黙がつづくなか、ジェイクはなんとなく机上に視線を走らせた。すると、差出人にマイケル・ベイニング、受取人にミス・ポピー・ハサウェイと記された手紙が視界に入った。どうしてこんなものがここにあるのだろう。ポピー・ハサウェイといえば……シーズンを迎えるたびにこのホテルに泊まる一家のひとりだ。シーズンになると、市内に屋敷を所有しない貴族はみな彼らのように、家具調度類の整った邸宅を借りたり、ホテルに滞在したりする。ハサウェイ家は三年前からの常連客だ。ひょっとしてポピー・ハサウェイこそが、今朝あるじの部屋にいたという娘なのだろうか。

「ヴァレンタイン」あるじがぶっきらぼうに呼びかけた。「〈秘密の部屋〉の椅子を一脚、修理に出しておいてくれ。今朝方ちょっとした災難に遭った」

いつものジェイクならこんなとき、質問をしてはならないと心得ている。

「災難と言いますと？」

「フェレットに座面を食いちぎられたんだ。中綿で巣を作ろうとしたんだろう」

フェレット？

ということはやはり、ハサウェイ家がからんでいるにちがいない。

「その生き物はまだどこかに身を潜めているんですか？」

「いや、無事に飼い主のもとに戻った」

「ハサウェイ家の姉妹のもとに？」

透きとおった緑の瞳が、警告するように光った。「ああ、そうだ」日報を脇にやったラトレッジは椅子の背に身をもたせた。いかにもくつろいだ姿勢だが、指先はいらだたしげに机をとんとんとたたいている。「ちょっと雑用を頼まれてくれ。まず、アッパー・ブルック・ストリートのアンドーヴァー卿のお宅を訪問しろ。明日か明後日に、できれば当ホテルで卿と話しあいがしたい。このことは誰の耳にも入れるな。卿には、きわめて重要な用件だと匂わせておけ」

「承知しました」難しい仕事ではないだろう。ハリー・ラトレッジに会いたいと言われて、すぐに応じない人間はいない。「アンドーヴァー卿というと、ミスター・マイケル・ベイニングの父親ですね？」

「そのとおり」

いったいなにが起きているのだろう。

ジェイクがさらになにか言おうとする前に、ラトレッジは午前中の業務命令を再開した。「それが済んだら――」革紐で綴じた縦長の紙挟みを差しだす。「陸軍省のサー・ジェラルドにこいつを届けてほしい。直接、彼に手渡すんだぞ。そのあとはワザーストン＆サンに行って、わたしのつけでネックレスとブレスレットを買え。上等な品をな。買ったらミセス・ローリングズの自宅に届けるんだ」

「ミスター・ラトレッジからよろしくとのことです、とお伝えしておけばいいですね？」

「いや、こいつを一緒に渡せ」ラトレッジは封蠟で閉じられた手紙を差しだした。「彼女とは別れる」

ジェイクはげんなりした顔になった。やれやれ、また愁嘆場か。

「イースト・ロンドンに使い走りに行って、追いはぎに襲われるほうがましですよ」

ラトレッジは笑みを浮かべた。「では、今週中にもその業務を命じてやろう」

あるじを軽くにらんでから、ジェイクは部屋をあとにした。


ポピーにはよくわかっている。「結婚」という目標を果たすうえで、自分には利点と弱点の両方があることを。

利点その一。ハサウェイ家は裕福だから、彼女にはたっぷりの持参金がつく。

弱点その一。兄は子爵だが、ハサウェイ家はけっして由緒正しい名家ではない。

利点その二。彼女は美人だと言われている。

弱点その二。彼女はおしゃべりでどじなうえ、緊張するとそうした傾向が顕著になる。

利点その三。昨今の貴族はかつてのようにえり好みができない立場にある。貴族の権力が徐々に弱まる一方で、実業家や商人といった人びとが急速な台頭を遂げつつあるからだ。その結果、裕福な庶民と財政難に陥った貴族の結婚は著しく増加した。貴族が庶民との交流を余儀なくされる場面もますます増えている。

弱点その三。マイケル・ベイニングの父である子爵は常に最上のものを求める。息子にまつわることではとりわけそうだ。

「子爵だってきっと、前向きに検討してくださるはずよ」ミス・マークスはそう言ってポピーを励ました。「いくら非の打ちどころのない家柄とはいえ、どう見ても資産は減るいっぽうだもの。つまりご子息は、財力のある家の娘と結婚しなければならない。ハサウェイ家の娘が選ばれる可能性はあるわ」

「そうだといいんだけど」ポピーはしみじみと応じた。

マイケルとなら幸せになれるにちがいなかった。彼は理知的で思いやり深く、笑みの絶えない人で……生まれながらの紳士だ。ポピーはマイケルを愛していた。彼への愛は、燃えさかる炎というよりむしろ、優しくまたたきつづける光に似ていた。彼の人柄だって好きだ。自信に満ちあふれていながら、傲慢なところはまったくない。レディがこんなことを言うべきではないが、容貌にも優れていると思う。栗色の髪は豊かで、茶色の瞳は優しげだし、長身はとてもたくましい。

でも初対面のときは、こんなに簡単でいいのかしらと思ったものだ……出会った瞬間、彼に恋をしてしまったのだから。

「まさかぼくをもてあそんでいるわけじゃないよね」ロンドンの某邸宅で開かれた夜会でともにギャラリーをそぞろ歩いていたときに、マイケルが訊いてきた。「つまりその、きみの優しさにはそれ以上の思いが込められているように思えるんだけど、ぼくのかんちがいじゃないよね」彼は油彩の大きな風景画の前で立ち止まった。「じつはね、ミス・ハサウェイ……いや、ポピー……ぼくはきみといるだけですごく幸福で、もう片時も離れていたくないくらいなんだ」

突然の告白に驚いたポピーはマイケルの顔を見上げた。「本気なの？」とささやく。

「きみへのこの愛が？」マイケルもささやきかえし、苦笑を浮かべた。「ポピー、きみを愛さずにいることなんてできやしないよ」

ポピーはとぎれがちに息を吸った。体中が幸福感に満たされていた。

「こんなときレディはどうするべきなのか、ミス・マークスに教わってなかったわ」

マイケルはにっこり笑うと、あたかも重要な秘密を告げるかのように耳元に唇を寄せてきた。「ごく控えめに、相手の気持ちを後押しすればいいんだよ」

「わたしも愛してるわ」

「それは控えめとは言えないな」マイケルは茶色の瞳をきらめかせた。「でも、そう言ってもらえて嬉しいよ」

その後ふたりはきわめて慎重に交際をつづけた。マイケルの父のアンドーヴァー子爵が、たいそう口うるさいたちだったからだ。子爵は息子によれば善人らしいが、ひどく厳格な人柄だという。だからマイケルは、交際を認めてくれるよう父に話をするのはしばらく待ってほしいと言った。ポピーはいくらでも喜んで待つつもりだった。

けれども彼女の家族はそこまで従順ではなかった。彼らにとってポピーはかけがえのない存在であり、正々堂々と、誇りをもって求愛されるのが当然なのである。

「わたしがアンドーヴァー卿に会って、話をつけてきてあげようか?」ラトレッジ・ホテルの部屋に家族みんなで集まって食後のくつろぎの時間を過ごしているとき、義兄のキャム・ローハンが提案した。長椅子に座るキャムのとなりでは、アメリアが六カ月になる赤ん坊を抱いている。赤ん坊は、いずれローナン・コールというガッジョの名前で呼ばれることになるが、いまはロマの名前であるライが呼び名となっている。ガッジョというのはロマ語で「ロマではない人」という意味だ。

ポピーはミス・マークスと一緒に別の長椅子に腰かけており、ベアトリクスは暖炉の前の床に座って、メデューサと名づけたペットのハリネズミと遊んでいた。ドジャーはお気に入りの籠のそばで不機嫌そうにしている。フェレットなりに、棘だらけのメデューサに近づくのは賢明ではないと、さんざん痛い目に遭ったあげくに学んでいた。

眉根を寄せて義兄の提案を検討しつつ、ポピーは刺繍から顔を上げた。

「名案とは思えないわ」と残念そうに告げる。「キャムが説得上手なのは知っているけど……マイケルが、アンドーヴァー卿の扱い方は自分が一番よくわかっているからと言うの」

義兄は思案顔になった。少々伸びすぎた黒髪と片耳に光るダイヤモンドのせいで、まるで異国の王子様のように見える。実際には、工場経営で莫大な財産を築いている実業家なのに。アメリアと結婚してから、彼はハサウェイ家の事実上のあるじとなった。変わり者の集まりである一家を、彼ほど巧みにまとめ上げられる人間はほかにいまい。義兄は一家を、「わが部族」と呼んでいる。

「ポピー」義兄が呼びかける。くつろいだ声音だが、まなざしは真剣だ。「ロマのことわざに、〝陽のあたらない樹は実を結ばない〟というのがあってね。わたしには、ベイニングがガッジョらしくきみに求愛する許しを得たうえで、堂々と交際しようとしないのが不思議でならないんだよ」

「それは――」ポピーは慎重に口を開いた。「たしかにロマならもっと……まわりくどくない求愛の仕方があるのでしょうけど」

とたんにアメリアがぷっと噴きだした。義兄はあからさまにそれを無視している。ロマの求愛の仕方を知らないのだろう、ミス・マークスは首をかしげていた。愛する女性を夜中にベッドからさらって求愛するのが、ロマのならわしだ。

「キャムだってわかっているはずよ」ポピーはつづけた。「英国貴族にとって求愛の過程は、そんな単純なものではないの」

「そうよね」アメリアが淡々とした口調で言う。「英国貴族はまるで銀行との取引さながら、情緒たっぷりに結婚の条件を交渉するものね」

ポピーは姉をにらんだ。「お姉様はいったい誰の味方なの?」

「あなたの味方に決まっているでしょう」姉は青い瞳を心配そうにくもらせた。「だからこそ、いまみたいにこそこそした求愛の仕方には賛成できないの。社交行事に行くのも別々だし、あなたとミス・マークスを馬車で遠乗りに連れていってくれることもない……あなたとの交際がまるで恥、あるいは不名誉だといわんばかりだわ。人に言えないやましい秘密じゃあるまいし」

「ミスター・ベイニングの気持ちが信じられないとでもいうの？」

「そんなふうには思っていないわ。彼のやり方が理解できないだけ」

ポピーは短いため息をついた。「貴族の息子なら普通はわたしのような娘は選ばないもの。だから彼は慎重にことを運ばなくちゃいけないのよ」

「あなたはわが家で一番、普通だわ」姉が反論する。

ポピーは暗い顔で姉を見つめた。「そんなの自慢にもならない」

姉はいらだたしげにミス・マークスに視線を投げた。

「どうやらわが妹は、変人一家に生まれたと思いこんでいるみたいね。なにせ常軌を逸した家族だから、ミスター・ベイニングはこれから必死の説得やらなにやらを試みなくちゃいけないんですって。正々堂々と子爵に向きあって、〝父上、ぼくはポピー・ハサウェイ嬢と結婚します、お許しいただけますね〟と言うだけではだめらしいわ。ねえ、いったいどうしてミスター・ベイニングはそこまで慎重になるんだと思う？」

ミス・マークスもさすがに言葉が見つからないらしい。

「ミス・マークスを困らせないで」ポピーは姉をいさめた。「しかたがないじゃない。だってお姉様とウィンはロマと結婚したし、お兄様は札付きの放蕩者だし、ベアトリクスは王立動物学協会よりたくさんペットを飼っているし、わたしは社交界のしきたりをわかっていないうえに、どれだけがんばってもお上品な会話ができないわ。お父様にいきなり結婚の許しを求めても無理だとミスター・ベイニングが考えるのは、むしろ当然じゃない?」

姉は反論したそうな顔だったが、こうつぶやくにとどめた。

「お上品な会話なんてつまらないと思うけど」

「わたしの話もつまらないの」ポピーはむっつりと応じた。「問題はそこよ」

そこへベアトリクスが、手のひらの上で丸くなったハリネズミから顔を上げて口を挟んだ。

「ミスター・ベイニングの話はおもしろいの?」

「彼がわが家を訪問してくれさえすれば」アメリアが応じる。「そんな質問もしなくて済むのにね」

「だったら」ミス・マークスが慌てて、とりなすように言う。「チェルシーで開かれているフラワーショーにみんなで一緒に行きませんかと、明日にでもミスター・ベイニングをお誘いしてはどうかしら。そうすれば彼とゆっくり過ごせるでしょうし——彼の気持ちも確認できるのではない?」

「名案だわ!」ポピーは歓声をあげた。それならば、マイケルがラトレッジ・ホテルの部屋を訪問するよりずっと自然で、人に詮索される心配もない。「そうよ、彼と話をしてみればお姉様の不安もなくなるはずよ」

「だといいけど」姉はまだ疑わしげに、細い眉のあいだに小さなしわを作った。ミス・マークスに向きなおる。「ポピーのお目付け役として、秘密主義のミスター・ベイニングにも何度か会っているのでしょう？　どんな印象だった？」

「わたしの見るかぎりでは」ミス・マークスは用心深く口を開いた。「高潔な紳士ですわ。評判は上々、女性を誘惑したという噂もないし、金づかいも荒くない。公の場でけんかをした話も聞かないし、要するにラムゼイ卿とは正反対」

「悪い男ではなさそうだな」キャムは重々しく評すると、金褐色の瞳をきらめかせて妻の顔を見下ろした。ふたりはまなざしだけで言葉を交わし、やがてキャムは優しくつぶやいた。

「さっそく彼に招待状を送りましょう、愛する人《モニシャ》」

アメリアのやわらかそうな唇に一瞬、苦笑が浮かぶ。

「あなたがフラワーショーなんかに自ら足を運ぶなんて」

「花は好きですから」キャムはさらりと言ってのけた。

「草原や湿地に咲く花でしょう？　花壇や鉢にきれいに植えられた花は嫌いなんじゃなかった？」

「数時間なら我慢できますよ」キャムは請けあった。妻の首筋に落ちた後れ毛を指先でけだるくもてあそぶ。「ベイニングのような義家族を迎えるためなら、そのくらいの努力はしないと」ほほえんで、さらにつけくわえる。「わが家にもひとりくらい、立派な紳士がいたほうがいいですからね」

5

翌日、マイケル・ベイニングのもとに招待状が届けられた。招待はすぐに受け入れられ、ポピーは大喜びだった。「あとは時間の問題よ」彼女はベアトリクスに言いながら、自分を抑えきれず、興奮してドジャーのように飛び跳ねた。「いよいよミセス・ポピー・ベイニングになるんだわ。彼を愛してる、みんなを、この世のすべてを愛してる……ビー、あなたの臭いフェレットだって愛してるわ！」

すでに昼前で、姉妹は散歩用のドレスに着替え済みだ。空は晴れわたり、砂利敷きの小道が設けられたホテルの庭にも、色とりどりの花々が咲き誇っている。

「早く散歩に行きたいな」窓辺に立ったポピーは広々とした庭を見下ろしながらつぶやいた。「ハンプシャーを思い出すわね、お花がとってもきれい」

「ぜーんぜん思い出さないわ」ベアトリクスが反論する。「ここの庭は整然としすぎているもの。薔薇園はいい香りがするから好きだけど。わたしね、ちょっと前、お姉様とキャムが出かけたあとに庭師とおしゃべりしたの。どうやったらあんなに立派な大輪の薔薇に育てられるのか、秘訣を教えてもらっちゃった」

「魚のスープに酢とほんの少しの砂糖を混ぜたものを、花開く直前のつぼみにかけるんですって。薔薇の大好物だそうよ」

ポピーは鼻梁にしわを寄せた。「なんだかおいしくなさそう」

「庭師いわく、ラトレッジ翁《おう》が大変な薔薇好きらしいわ。それでいろいろな人たちが、珍しい薔薇を贈ってくれたんですって。藤色の薔薇は中国産で、メイデンズブラッシュはフランス産――」

「ラトレッジ翁?」

「実際には、庭師はミスター・ラトレッジと呼んでいたけど。でもきっとお年寄りよ」

「どうしてそう思うの?」

「だって、謎につつまれた人だし、誰も顔を見てないじゃない。ミスター・ラトレッジの噂を聞いていると、正気を失ってウィンザー城に幽閉されたジョージ三世を思い出しちゃう」

ベアトリクスはにんまりとした。「ミスター・ラトレッジも屋根裏に閉じこめられているんだわ」

「ねえ、ビー」ポピーは声を潜めた。妹に打ち明けたい衝動を抑えられない。「あることを教えてあげるけど、絶対に内緒よ」

妹は興味津々に目を細めた。「なあに?」

「話す前に、誰にも言わないと約束して」

「誓って約束する」

「なにかに誓ってよ」

「じゃあ、すべての動物の保護者たる、アッシジの聖フランシスコに」というベアトリクスのせりふになおもポピーがためらっていると、妹は熱のこもった声でつけくわえた。「海賊にさらわれ、船に乗せられて、ポピーの秘密を吐かなきゃ海にせり出した板の上を歩かせるぞ、海中には腹をすかしたサメがうようよいるんだ、って脅されても絶対に言わない。ならず者に縛りあげられ、蹄鉄をはめた馬の大群の前に放りだされて、秘密を吐かないと馬どもに踏ませるぞと脅されても――」

「わかったわ、約束よ」ポピーは笑いながらさえぎった。妹を隅のほうに引っ張っていき、小声で打ち明ける。「じつは、ミスター・ラトレッジに会ったの」

ベアトリクスの青い瞳が大きく見開かれる。「ポピーが？　いつ？」

「昨日の朝」と答えてからポピーは、暖炉の奥にあった通路や〈秘密の部屋〉、ラトレッジ本人についても含め、一部始終を話して聞かせた。唯一話さなかったのは、彼とのキス。ポピーはあれをなかったこととみなしていた。

「ドジャーったらとんでもない迷惑をかけたのね。あの子に代わって謝るわ」ベアトリクスは心から謝罪した。

「いいのよ、ビー。でもせめて……あの手紙をなくさずにいてくれたらよかったんだけど。誰にも見つかりさえしなければ、ひとまず問題はないんだもの」

「そうするとミスター・ラトレッジは、よぼよぼの狂人ではなかったわけね？」妹は残念そうにたずねた。

「よぼよぼだなんて、とんでもない」

「どんな人だった？」

「それが、すごいハンサムだったの。背もとても高くて――」

「メリペンくらい？」

ロマとアイルランド人の血を引くケヴ・メリペンは、少年のころにハサウェイ家に引き取られた。ロマの部族を領地から追放しようとした地元民の襲撃に遭い、瀕死の状態で置き去りにされた彼を、ハサウェイ一家が見つけて迎え入れ、以来、ともに暮らしてきた。一家の次女であるウィニフレッドとは一年ほど前に結婚したばかりで、現在はレオ不在時のラムゼイ領の管理という重責を担っている。新婚夫婦はこのシーズン中もハンプシャーで幸せに過ごしており、美しく静かなラムゼイ・ハウスで楽しくやっている。

「メリペンみたいに大きな人がほかにいるわけがないでしょう？」ポピーは指摘した。「それでも、ミスター・ラトレッジもかなりの長身だったわ。髪の色は黒で、射るような緑の瞳をしていて……」思い出すなり、彼女の心臓はとくんと鼓動を打った。

「彼が気に入ったのね？」

ポピーは返事をためらった。

「ミスター・ラトレッジには……なんだか落ち着かない気分にさせられるわ。魅力的だけど、情け容赦のない感じがして。まるでウィリアム・ブイレクの詩に出てくる堕天使みたい」

「わたしも会ってみたいな」ベアトリクスは言った。「それに、その〈秘密の部屋〉とやらにも行ってみたい。ポピーがうらやましいわ。わたしなんて、このごろちっともおもしろいことがないんだもの」

ポピーは小さく笑った。「ロンドンでシーズンを過ごしているっていうのに？」

妹が呆れ顔をする。

「ロンドンのシーズンなんて、カタツムリの競走くらいつまんない。それも一月の、死にかけたカタツムリの競走よ」

「ふたりとも、用意ができたわ」ミス・マークスの軽やかな声が聞こえてきて、当人が部屋に現れた。「パラソルを忘れないでね──日焼けしたら困るでしょう？」三人はそろってスイートルームをあとにし、しずしずと廊下を進んでいった。そうして大階段へとつづく角を曲がろうとしたとき、いつもはひっそりと静かなホテルで、なにやら騒動が起こっているのに気づいた。

複数の男性の声が飛び交う。すっかり狼狽した声。少なくともひとりは激高しているようだ。外国人の訛りも確認できる。なにかがどしんと飛び跳ねる音。がたがたと揺れる奇妙な、金属的な音。

「いったいなにごと……」ミス・マークスが息をのみ、つぶやいた。

角を曲がりきったところで、三人はつと立ち止まった。六、七人の男性が、配膳用の昇降機の前に群がっている。金切り声が空気を切り裂いた。

「女の人の声かしら」ポピーは青くなった。「それとも子ども?」

「あなたたちはここにいてちょうだい」ミス・マークスが険しい口調で姉妹を制する。「わたしが行って見てくる――」

切迫した叫び声が二度三度とつづき、三人は身をすくめた。

「きっと子どもだわ」ポピーは断言すると、ミス・マークスの注意も聞かずにずんずんと歩きだした。「助けてあげなくっちゃ」

ベアトリクスはといえば、すでに姉の前を走っている。「子どもじゃないわ」彼女は肩越しに叫んだ。「サルよ!」

6

剣術以上におもしろいスポーツはない、ハリーはそう考えている。すっかり廃れてしまったところがまたいい。剣はもはや武器としても装身具としても必要とされていないし、剣術をたしなむのはいまや、軍人かひとにぎりの熱心な好事家だけ。だが彼は、剣術の優美な身のこなしに魅了されていた。あの精緻な動きは、肉体と精神の両面を鍛錬してこそ体得できる。なにしろ数手先の動きを頭のなかで考えておかねばならないのだ。とはいえハリーには、ごく自然にそれができるのだが。

一年前、ハリーはとある剣術クラブに加入した。約百人の会員は貴族に銀行家、俳優、政治家、さまざまな階級の軍人とじつに多彩だ。以来、週に三回、数人の信頼できる友人たちと手合わせをするようになった。六尺棒や、フォイルと呼ばれるよくしなう剣を使い、眼光鋭い師匠の前で技を磨くのである。クラブには着替え用の部屋とシャワー室が完備されているが、たいてい長い列ができているので、ハリーは稽古を終えるとすぐに帰宅するのが常だ。

今朝の稽古はとりわけきつかった。ふたりの敵を同時に倒す方法を習ったのだ。やりがいはあったが、容易に身につくはずもなく、稽古後はみなあざだらけで疲れ果てていた。ハリーも胸と上腕をしたたかに打たれ、全身汗みずくだった。

稽古を終えたあとは白い運動着のまま、革の防具だけはずしてホテルに戻った。帰ったらまずシャワーを浴びるつもりだった。けれどもホテルに到着するなり、シャワーはあとまわしにするしかないと思い知らされた。

裏口から建物内に足を踏み入れた彼を迎えたのは、支配人のひとり、ウィリアム・カリップだった。まだ年若いカリップは、眼鏡の向こうの瞳を心配そうにくもらせ、「ミスター・ラトレッジ」と申し訳なさそうに呼びかけた。「戻られしだいご報告するよう、ミスター・ヴァレンタインから申しつかっていまして……ちょっと問題が……」

ハリーは無言で部下を見つめ、つづく言葉を忍耐強く待った。カリップは急かされると、かえってなにも言えなくなってしまうたちだ。

「ナガラジャの使節団のことなんですが」カリップは言った。

「またボヤ騒ぎか?」

「いいえ。使節団が女王陛下に明日、献上する予定のある品が、行方不明になりまして」

ハリーは眉根を寄せ、使節団の持参した高価な宝石や美術品、織物などを思い浮かべた。

「陛下への献上品なら地下の一室に保管してあるはずだ。それがどうして行方不明になる?」

「それが、じつは、自らどこかに行ってしまったらしくて」部下は荒い息を吐いた。

「いったいどういうことだ?」ハリーは眉をつりあげた。

「献上品のなかに、動物のつがいがいたのです……ブルーマカクという珍しいサルで……ナガラジャに広がるチークの森だけに住むとか。リージェント・パークの動物園に贈られる予定だそうです。もちろん二匹とも檻に入れてあったのですが、一匹が鍵の開け方を覚えてしまったらしくて――」

「なんてことだ！」信じられない、という思いにつづいて怒りを覚えたが、ハリーは懸命に、冷静な口調を保とうとした。「ひとつ訊いていいか。どうして誰も、わがホテルに二匹のサルが滞在していると報告しなかった？」

「それが、どうやら少々いきちがいがあったようです。フロントのミスター・ラフトンは日報にまちがいなくサルのことを書いたそうなんですが、ミスター・ヴァレンタインはそんな報告は絶対に読んでいないとおっしゃいまして。ミスター・ヴァレンタインが激怒されたものですから、メイドがひとりと客室係ふたりがすっかり怯えてしまって、現在は従業員一同が手分けしてサルを捜すとともに、お客様方に気づかれないよう――」

「おい」ハリーは歯噛みして、必死に気持ちを静めた。「サルはいついなくなったんだ？」

「小一時間ばかり前に」

「ヴァレンタインはどこだ？」

「三階に行かれて、そのあとはわたしも存じません。配膳用の昇降機のそばで、サルの糞とおぼしきものをメイドが見つけたとかで」

「サルの糞を昇降機のそばで見つけた？」わが耳を疑い、ハリーは思わずくりかえした。まったく。どこからともなく現れたサルに年寄りの客が仰天して卒中を起こすか、女性客か子どもが噛まれるか、とにかくとんでもない事件が起こるのは時間の問題だ。

いまいましいサルを発見するのはおそらく不可能だろう。建物は迷路さながら、入り組んだ廊下でつながれ、隠し扉や通路もあちらこちらにある。捜索は一日二日では終わらないだろうし、その間、館内は上を下への大騒ぎになる。そうなったらホテルはつぶれるかもしれない。それだけではない。ハリー自身がこの先何年間も物笑いの種にされるだろう。連中がそれに飽きるころには……。

「どいつもこいつも、ただじゃすまさん」ハリーが怖いくらい優しい口調で言うと、カリップは身をすくめた。「おまえはわたしの部屋に急げ。執務室にマホガニーの棚があるから、ドライゼを取ってこい」

「ドライゼといいますと?」カリップはまごついた。

「銃だよ。後装式の銃はそれ一丁だからすぐにわかる」

「後装式……」

「茶色のだ」ハリーは辛抱強く説明した。「側面に太いボルトが飛びだしている」

「承知しました!」

「それと、頼むから銃口を人に向けるなよ。弾が込めてあるからな」

フォイルを握りしめたまま、ハリーはホテル裏手の階段を一段抜かしで駆けあがった。途中、リネン類の入った大きな籠を抱えたふたり組のメイドを追い抜かして驚かせた。

三階に到着すると、配膳用の昇降機のほうに向かった。昇降機の前には、ヴァレンタインにナガラジャの使節三人、三階の客室係長であるブリンブレーがそろっていた。かたわらには木と金属でできた檻。男たちは昇降機の出し入れ口をのぞきこんでいる。

「ヴァレンタイン」とぶっきらぼうに呼びかけつつ、ハリーは右腕と頼む男に歩み寄った。

「見つかったのか？」

ジェイク・ヴァレンタインがげんなりした顔を向けた。

「オスザルが滑車の縄を伝って上に逃げてしまったんですよ。いまは昇降機のかごのてっぺんに座っています。かごを下げようとしてみたんですが、そうするとやつが縄にぶら下がって、下げさせまいと抵抗するんです」

「手の届く範囲にいるのか？」

ヴァレンタインの視線が、ハリーの手に握られたフォイルにすばやくそそがれる。ホテル内をうろつかれる前に、サルを串刺しにしてやる――そんなハリーの意図をすぐに読み取ったのか、部下は大きく目を見開いた。

「無理だと思いますよ」ヴァレンタインは指摘した。「かえってやつを怒らせるだけじゃないかと」

「食べ物で釣ってみたか？」

「引っかかりませんでした。リンゴを差しだしたら、人の手を食おうとするしまつで」ヴァレンタインが横目で昇降機のほうを見る。ほかの男たちは、強情なサルを口笛で呼んだり、なだめすかしたりしている。

使節のひとり、初老のナガラジャ人が一歩前に進みでた。痩身を薄手の上下につつみ、両肩に華やかな織地の布をかけた使節は、弱りきった表情を浮かべている。「ミスター・ラトレッジでいらっしゃるか？　ああよかった、女王陛下への大切な献上品を捕獲してくださるのだな？　あれはたいそう貴重なマカクで。珍種なのです。けがをさせぬよう頼みますよ」

「貴殿のお名前は？」ハリーは無愛想にたずねた。

「ニーランですが」使節が応じる。

「ミスター・ニーラン、サルが心配なのはわかりますが、わたしにはお客様方の安全を守る義務がある」

使節は渋い顔をした。

「陛下への献上品にけがなどさせれば、むしろあなたがお困りになるのではないか？」

相手に険しい視線を向けつつ、ハリーは淡々と応じた。

「ニーラン、いまから五分以内にあんたが昇降機からサルを引っ張りだして檻にぶちこめなかったら、やつを串焼き《ケバブ》にしますよ」

ハリーの言葉に心底、憤慨した表情を浮かべながらも、使節は昇降機の出し入れ口に駆け寄った。興奮したサルがわめき、つづけて数回うなるのが聞こえる。

「ケバブというのがなんだか見当もつかないが」ヴァレンタインが誰にともなく言った。「サルもケバブにはなりたくないみたいだな」

それに対してハリーがなにかかえそうとする前に、上司の背後に人影を見つけたらしく、ヴァレンタインがうめいた。「お客様が」とつぶやく。

「くそっ」ハリーは口のなかで悪態をつき、どう説明したものやらと考えつつ、客に向きなおった。

女性が三人、こちらに向かってくる。黒髪の少女が先頭で、残るふたりがそれを追うかたちだ。ハリーは小さな衝撃とともに、後ろのふたりがキャサリン・マークスとポピー・ハサウェイなのを見てとった。先頭を走るのはベアトリクスだろう。彼の横をすり抜けて昇降機にたどり着こうと、一心に駆けてくる。

その行く手を、ハリーはすぐさまさえぎった。

「おはようございます、お客様。恐れ入りますが、これ以上先には行かれませぬよう。お客様も行きたいとは思われませんでしょうが」

つと立ち止まったベアトリクスは、姉と同じ真っ青な瞳で彼を食い入るように見つめた。キャサリン・マークスは冷ややかな目つきでにらんでいる。頬を赤く染めたポピーが大きく息をついた。

「妹をご存じないのね。妹は、そこに動物がいるとわかったら一目見ずにはいられない性分なの」

「おや、どうして当ホテルに動物がいるなどと？」ありえない、といわんばかりの口調でハリーはたずねた。

マカクがここぞとばかりに熱の入った叫び声をあげる。

ポピーは彼から目をそらさずににっこりと笑った。いまの状況と、それをどうすることもできない自分にいらだちつつも、ハリーは笑みをかえさずにはいられなかった。本物のポピーは、記憶のなかの彼女よりもずっと魅力的だった。澄んだ瞳はどこまでも青い。ロンドンにきれいな女は掃いて捨てるほどいる。だがポピーのように知性と、それとはどこか不釣り合いな色気を兼ね備えた女はひとりとしていない。ハリーはいますぐ彼女をどこかへ連れ去り、自分だけのものにしたくてたまらなかった。

だが彼はすぐに笑みを消した。ふたりが会ったことは内緒にしておく約束だったはずだ。彼は慇懃無礼におじぎをしてみせた。「申し遅れましたが、ハリー・ラトレッジです」

「わたしはベアトリクス・ハサウェイ」妹のほうが先に自己紹介をした。「こちらは姉のポピーと、お目付け役のミス・マークスよ。あの昇降機にはサルがいるのでしょう?」ベアトリクスはごく淡々とたずねた。まるで、ホテルや人家で異国の動物を見つけるのは日常茶飯事だといわんばかりに。

「ええ、しかし——」

「そんなんじゃ、つかまりっこないわよ」ベアトリクスがさえぎる。

話の腰を折られるなど生まれて初めてだ。ハリーはまたもや笑みをもらしそうになるのをこらえた。「いえ、手前どもで解決できますので、ミス——」

「手伝ってあげる」ベアトリクスは断言した。「すぐに戻るから待っていて。サルを興奮させないでね。それと、その剣で突いたりしてはだめよ——うっかり刺し殺しちゃうといけないから」言うだけ言うと、彼女は駆け足で廊下をとってかえした。

「うっかりじゃないんだが……」ハリーはつぶやいた。

ミス・マークスがハリーからベアトリクスへと視線を移し、口をあんぐりと開ける。

「そんなふうにホテル内を走ってはいけません！　すぐに止まりなさい！」

「きっと、いい考えがあるのよ」ポピーが指摘した。「ついていったほうがいいわ、ミス・マークス」

ミス・マークスはポピーに向きなおった。「では、あなたも一緒にいらっしゃい」

けれどもポピーはそこから動かず、無邪気に応じた。「わたしはここで待っているわ」

「でも、あなただけ残して――」ミス・マークスは小さくなっていくベアトリクスの背中を目で追い、ふたたびポピーへと視線を戻した。その一瞬のあいだに、悶着を起こしかねないのはどちらか判断したのだろう、レディらしからぬ悪態をつくなり、廊下を駆けていった。

気づくとハリーは、ポピーとふたりで廊下に立っていた。ポピーも妹同様、マカクのいたずらに狼狽している気配はまるでない。片やフォイル、片やパラソルを手にしたふたりは、その場で見つめあった。

彼の運動着へとポピーの視線が移動する。このような場合、お目付け役のいない若いレディは澄まして黙りこむか、乙女らしく落ち着かないそぶりを見せるものだが……ポピーはごく普通に会話を始めた。

「剣術は肉体を使ったチェスだ、父がそう言っていたわ。素晴らしいスポーツだって」

「あいにくまだ初心者でね」ハリーは応じた。

「小鳥をつかむあんばいでフォイルを握るのがこつだと教わったわ。小鳥を逃がさないようにしっかりと、でもつぶさないように優しく」

「お父上から、きみも習ったのかい？」

「ええ、もちろん。娘四人に、それは熱心に教えてくれた。剣術以上に女性向きのスポーツはほかにないと言っていたわ」

「同感だ。女性は身のこなしが機敏でしなやかだからね」

ポピーはふっと笑った。「でも、あなたから逃げられるほど機敏ではないわ」

皮肉めかしたせりふに、ふたりとも苦笑いだった。

どちらが相手に歩み寄ったのか、いつの間にか互いの距離が最前よりも近くなっている。ポピーはかぐわしい香りを発していた。甘い肌の匂いと、香水と石鹼の香り。やわらかな唇の感触を思い出し、ハリーはふたたび口づけたい衝動に駆られ、手を伸ばしたくなる自分を抑えるだけで精一杯だ。息もできなくなっていることに、驚きとともに気づく。

「ミスター・ラトレッジ！」ヴァレンタインが呼ぶ声に、ハリーは現実に引き戻された。

「マカクが昇降機の縄を上っていきます」

「どうせ行き止まりだ」ハリーはぶっきらぼうにかえした。「かごを上げて、サルを天井に釘づけにしてみたらどうだ？」

「けがをしたらどうするんです！」使節がわめく。

「すればいいんだ」邪魔に入られていらだったハリーは、いまいましげに応じた。わがままなサルの捕獲手段なんぞ考えたくもない。ポピー・ハサウェイとふたりきりになりたい。

そこへ、きわめて用心深い手つきでドライゼを持ち、ウィリアム・カリップが現れた。

「お持ちしました!」

「ごくろう」ハリーは手を伸ばして銃を受け取ろうとした。ところがポピーがいきなり後ずさり、彼の胸に肩からぶつかった。両の腕をつかんで体を支えてやると、彼女が怯えて身を震わせているのがわかった。ハリーは慎重に彼女を自分のほうに向かせた。顔は青ざめ、焦点も合っていない。「どうした?」抱き寄せながら優しくたずねる。「銃のせいか? こいつが怖いのかい?」

ポピーはうなずいて、懸命に息を整えようとしている。

そんな彼女に対する自分自身の反応に、ハリーは大きな驚きを覚えていた。保護欲が大波のごとく押し寄せてくる。ポピーは片手を彼の胸にあてたまま、息を詰めて震えている。

「大丈夫だ」ハリーはつぶやいた。こんなふうに誰かに頼られたのは、いったいいつ以来だろう。いや、おそらく生まれて初めてだ。彼女をしっかりと抱きしめ、安心させてやりたい。自分でも知らぬ間に、ずっと前から、こうやって頼ってくれる人を求め、待っていた気がする。

穏やかな声音のまま、ハリーは部下に命じた。

「カリップ、銃はもういらん。棚に戻してきてくれ」

「承知しました」

　ポピーはうつむいたまま、彼の腕のなかから出ようともしない。あらわになった耳はとてもやわらかそうだった。香水の香りが鼻腔をくすぐる。彼女のすべてをくまなく探り、落ち着きを取り戻すまで抱いていてやりたい。「大丈夫」とくりかえしたハリーは、手のひらで弧を描くようにしてポピーの背中を撫でた。「銃はもうないよ。怖がらせてしまって、すまなかったね」

「いいえ、わたしこそごめんなさい……」ポピーは身を引き離した。青ざめていた頰には赤みが戻っている。「いつもはこんなに臆病じゃないのだけど、びっくりしてしまって。じつは昔――」いきなり言葉を切り、もじもじしながらつぶやいた。「つまらないおしゃべりはやめなくちゃ」

　だがハリーはつづきを聞きたかった。彼女のすべてに興味津々だった。理由などわからない。とにかく彼女に惹かれていた。

「聞かせてくれないか」彼はそっと促した。

　ポピーは肩をすくめると、退屈しても知らないからとばかりに苦笑を浮かべた。「子どものころ、父の弟にあたるハワードおじさんが大好きだったの。おじさんは奥さんも子どももいなかったから、わたしたちきょうだいをそれはかわいがってくれたわ」

　当時を懐かしむかのように、彼女は口元に笑みをたたえた。「おじさんは、わたしのおしゃべりにも辛抱強くつきあってくれた。ほかのみんなはじきにそっぽを向くのに、おじさんはどんなときも、時間ならいくらでもあるといわんばかりに話を聞いてくれた。ある朝、父が村の人たちと狩りに出かけているときに、おじさんがわが家に来たの。父たちが獲物の鳥を手に帰ってくる声が聞こえたから、おじさんとわたしは通りに迎えに出た。そのときだったわ。誰かの散弾銃が暴発して……その人が銃を落としたのか、それとも持ち方がいけなかったのかわからないけど……大きな音がしたのは覚えてる。雷みたいな音で、次の瞬間には、腕と肩に鋭い痛みを感じた。おじさんを振りかえったわ。おじさんは、ゆっくりと地面にくずおれるところだった。弾がおじさんを直撃したの。わたしも流れ弾でかすり傷を負った」

ポピーは口ごもった。瞳は涙で光っている。「おじさんは血だらけだった。すぐに駆け寄って、両腕で頭を抱きかかえて、どうすればいいのとたずねたわ。そうしたらおじさんは、ずっといい子でいてくれってささやいた。そうすれば、いつかまた天国で会えるからって」咳払いをし、短くため息をつく。「ごめんなさい。おしゃべりがすぎたわ。こんな話をあなたに――」

「いや」ハリーはさえぎった。なじみのない不可解な感情が胸に押し寄せ、心底とまどっていた。「きみの話なら、一日中聞いていてもいい」

ポピーは仰天の面持ちで目をしばたたいた。物悲しさはすでに消えたのか、照れくさそうに口元に笑みを浮かべた。

「ハワードおじさんを除けば、そんなふうに人から言われるのは初めて」

そこへ、昇降機の前に集まった男たちの騒ぐ声が聞こえてきた。マカクがまた縄を上りだしたらしい。

「くそったれめ」ハリーはぼやいた。

「もう少しだけ待って」ポピーが必死に訴える。「妹は動物の扱いが本当に上手なの。きっとあの子なら、けがをさせずにサルをつかまえられるはずよ」

「霊長類を扱った経験はさすがにないだろう?」ハリーは皮肉めかした。

ポピーはしばし考えてから答えた。「ロンドンの社交シーズンを過ごしているんだもの。それも経験のうちに入るでしょう?」

ハリーはくっくっと笑った。彼が心から笑うことなどめったにないので、ヴァレンタインもブリンブレーも驚いて上司を見つめた。

ほどなく、腕になにかを抱えたベアトリクスが駆け足で戻ってきた。あとを追いながら叱りつけるミス・マークスには目もくれない。「待った?」ベアトリクスはほがらかに言った。

「砂糖菓子の壺なんかどうするの?」ポピーがたずねた。

「食べ物で釣る作戦ならもう試したんですよ」ヴァレンタインが説明した。「効き目なしでした」

「でもこれならうまくいくわ」ベアトリクスは自信満々に、昇降機の出し入れ口へと向かった。「壺をサルのところまで上げてやって」

「ひょっとして、お菓子に混ぜ物を?」ヴァレンタインが期待を込めて問いかける。

とたんに三人の使節が、マカクに眠り薬だの毒だのを盛ったりしないでくれとわめきだす。

「まさか、そんなことしやしないわ」ベアトリクスはさえぎった。「眠り薬の入ったお菓子なんて食べたら、サルは下に落っこちてしまうでしょう？　希少動物にけがをさせるわけにはいかないわ」

彼女が請けあうと、使節たちはおとなしくなった。

「なにか手伝えることはある、ビー？」ポピーはたずねながら妹に歩み寄った。

すると妹は姉に、丈夫そうな絹紐を手渡した。

「じゃあ壺の首にこの紐をしっかり結んで。こういうのはポピーのほうが得意でしょう？」

「巻き結びにする？」ポピーは紐を受け取りながら提案した。

「そうね、それがいいわ」

ヴァレンタインは疑わしげに姉妹を見やってから、ハリーに向きなおった。

「ミスター・ラトレッジ――」

ハリーは身ぶりで部下に黙っていろと命じ、姉妹の思うとおりにやらせた。うまくいくかどうかはともかく、ふたりがなにをするつもりなのか興味津々で、止める気などこれっぽっちも起こらない。

「紐の反対端は、持ち手になるように輪にしてくれる？」ベアトリクスが姉に指示を出す。

ポピーは眉根を寄せた。「もやい結びで？　まだちゃんと覚えているかしら」

「わたしがやろう」ハリーは自ら志願すると、ふたりに歩み寄った。

紐を渡しながら、ポピーが目を輝かせる。

ハリーはまず紐を数回、指に巻きつけて輪を作り、そこへ紐の端を左右から通して、きっちりと編みこんだような紐玉を作った。みなの視線を意識して、仕上げに手際よく、全体をきゅっと締める。

「上手ね」ポピーが褒めた。「なに結びというの？」

「皮肉にも、サルのこぶし結び《モンキーズ・フィスト》と呼ばれている」

「本当に？　冗談でしょう？」ポピーはほほえんだ。

「結び方のことで冗談を言ったりしないさ。よくできた結び方にはある種の美を感じるからね」ハリーは紐をベアトリクスに戻し、彼女が壺を昇降機のかごの上にのせるさまを眺めた。なるほど。「名案だ」と思わずつぶやく。

「でも失敗する可能性もある」ベアトリクスが言った。「サルのほうが人間より利口だったらね」

「答えを知りたくない気分だな」ハリーは淡々とかえした。出し入れ口から昇降路に手を差し入れ、ゆっくりと縄を引っ張って、サルが潜んでいる天井へと壺を上げる。ベアトリクスは絹紐の端を握りしめている。

あたりはしんと静まりかえっていた。一同は息を詰めてなりゆきをうかがっている。

どん！

サルがかごの上に飛び降りた。いぶかしむようなうなり声が昇降路に響く。ごそごそという音に静寂がつづき、絹紐がぐっと引っ張られた。いやがるサルの鳴き声が空気を切り裂き、かごをどしどしと踏みしめる音がする。

「つかまえたわ！」ベアトリクスが叫んだ。

すかさずハリーは彼女の手から絹紐を奪った。同時にヴァレンタインがかごを下ろしにかかる。「ミス・ハサウェイは下がっていて」

「わたしがやるわ」ベアトリクスは聞かなかった。「相手があなただと、サルが飛びかかる可能性があるもの。わたしは動物に信頼されるたちなの」

「それでも、お客様にけがをさせる危険を冒すわけにはいかない」

ポピーとミス・マークスが、ベアトリクスを昇降機から離れたところへと引っ張った。口をあんぐりと開けて眺める三人の前に、青みを帯びた黒い毛の大きなサルが姿を現した。鼻の周りは毛がなく、その上で大きな瞳が光っており、頭部を覆う一房の毛が笑いを誘う。体格はがっしりとして力強く、尾はごく短い。表情豊かな顔はいまや怒りにゆがんでいて、きーっと鳴くたびに白い歯がのぞいた。

サルの片手は、お菓子の壺にはまっていた。いらだったサルは気がふれたように手を引き抜こうとするものの、うまくいかない。壺に入れた手をこぶしに握っているせいだ。握ったお菓子を離さなければ壺から手を引き抜けないのが、わからないのである。

「なんてかっこいいおサルさんなの！」ベアトリクスは歓声をあげた。

「メスのサルにとってはね」ポピーが皮肉めかした。

ハリーは片手で絹紐を、もう一方の手でフォイルを握っている。サルは思っていたよりも大きく、その気になれば人に大けがをさせることもできそうだ。その顔つきを見れば、誰を最初に襲おうかと思案しているのは一目瞭然だった。

「こっちに来るんだ」ハリーはつぶやき、サルを檻のほうへと引っ張った。

そこへ、ベアトリクスがポケットから砂糖菓子を取り出し、檻のなかに投げ入れた。「ほら、お食べ。おなかがすいているんでしょう?」彼女はサルに話しかけた。「おまえのおやつはそこよ。入りなさい。そんなに騒がないの」

奇跡が起こった。サルは言われたとおり、壺を引きずりながらハリーを凶暴な目つきでにらむと、檻に自ら入り、空いているほうの手でお菓子をかき集めた。

「壺はこっちにちょうだい」ベアトリクスは忍耐強く話しかけ、絹紐を引っ張って、壺を取り戻した。壺に入っていた砂糖菓子も檻のなかに投げ入れてやり、扉を閉める。ナガラジャの使節がすぐさま鍵を掛けた。

「檻に鎖を三重に巻いておけ」ハリーはヴァレンタインに命じた。「もう一個の檻にもだ。それが済んだら、サルたちはすぐにリージェント・パークに送れ」

「かしこまりました」

ポピーはベアトリクスに歩み寄り、見るからに誇らしげに妹を抱きしめた。

「さすがね、ビー! サルが握ったお菓子を離さないはずだって、どうしてわかったの?」

「だって、サルは人間と同じくらい貪欲なことで有名だもの」というベアトリクスの説明に、ポピーは声をあげて笑った。

「ふたりとも」姉妹を静かにさせようと、ミス・マークスが低い声で呼びかけ、脇のほうに連れていく。「みっともないわ。われわれはもう行きましょう」

「そうよね」ポピーはこたえた。「ごめんなさい、ミス・マークス。散歩に出かけましょう」

けれどもその場を去ろうとするミス・マークスの努力もむなしく、ベアトリクスがナガラジャの使節に取り囲まれてしまった。

「ご尽力、まことにありがたい」使節団長であるニーランが礼を述べる。「心から感謝しますぞ。わが国もわが国王からもお礼を申しあげる。ヴィクトリア女王にも、あなたの勇敢なる行動をご報告せねば――」

「いいえ、けっこうですわ」ミス・マークスは硬い声でさえぎった。「女王陛下に報告いただく必要はございません。ミス・ハサウェイの名が公に出たりすれば、かえって体面に傷がつくのです。彼女の親切を本当にありがたく思っていただいているのなら、どうかこのことはご内密に」

使節たちは三人で話しあい、やがて大きくうなずいた。

ベアトリクスはため息をつきながら、檻ごと運ばれていくサルを見送った。「わたしもサルがほしいな」とものほしげにつぶやく。

ミス・マークスは、困ったものね、といわんばかりの表情を浮かべてポピーを見つめた。

「未来のだんな様についても、同じくらい熱心に考えてくれるといいのだけれど」

笑いそうになるのを必死にこらえて、ポピーは神妙にうなずいた。

「昇降機を掃除しておけ」ハリーは部下に指示した。「隅から隅までだ」

男たちはすぐさま指示に従った。ブリンブレーは昇降機のかごを下ろしにかかり、ヴァレンタインは落ち着きはらった足どりですばやくその場を離れた。

女性陣に向きなおったハリーは、三人を順繰りに見ていった。ミス・マークスの毅然とした顔にやや長く視線を向ける。「お三方とも、ご協力ありがとうございました」

「お安いご用だわ」ポピーは瞳を躍らせた。「強情なサルがまたなにか問題を起こしたら、すぐに呼んでください」

ハリーは体内で血がほとばしるのを覚えた。ポピーを抱きしめ、組み敷く扇情的なイメージが、頭のなかに映しだされる。笑みをたたえたポピーの唇。ふたりのほかには誰もおらず、彼女が耳元でささやきかける。やわらかな乳白色の肌が闇に浮かぶ。肌と肌がぬくもりを伝えあい、彼女に触れるたびに快感があふれだす。

彼女のためなら、すべてを失っても惜しくない。この魂の最後のひとかけらだって。

「では、ごきげんよう」ハリーは自分がそうつぶやくのを聞いた。かすれてはいるが、冷静そのものの声だった。ポピーの前から立ち去らねば。

とりあえずいまは。

7

「おかげでわかったわ」ベアトリクスがポピーに言った。ミス・マークスは、ちょっと用事があるからと断ってどこかへ出かけてしまった。姉はすでにベッドに入り、妹はドジャーを風呂に入れ終えて、暖炉の前で体を拭いてやっている。「ミスター・ラトレッジについてポピーが言った言葉の意味が」ベアトリクスはつづけた。「あれなら、落ち着かない気分になるのも無理はない」暖かなタオルにくるまってうっとりしているフェレットに、にっこりとほほえみかける。「ドジャーは本当にお風呂が好きね。きれいにしたあとは、いい香りがするものね」

「いつもそう言うけど、ドジャーはいつも同じ臭いがするわよ」ポピーは肘をついて身を起こし、妹とフェレットを眺めた。長い髪が両の肩を覆う。興奮して眠れそうになかった。

「ビーもミスター・ラトレッジを前にしたら同じ気持ちになったということ?」

「ううん。ポピーの気持ちが理解できたってこと。彼、まるで獲物を狙う捕食動物みたいな目でポピーを見ていたもの。身を潜ませ、獲物が現れたら跳びかかる獣よ」

「ビーは想像力が豊かね」笑い声をあげて、ポピーは妹の意見を突っぱねた。「でも彼は獣じゃないわ。普通の男性」

ベアトリクスはなにも言いかえさず、一心にドジャーの毛皮を拭いている。妹が身をかがめると、フェレットは上半身を伸ばして鼻先にちゅっとキスをした。

「ねえ、ポピー……ミス・マークスはわたしをまともなレディにしようとがんばっているし、わたしも彼女の言うとおりにしようと努力しているわ。それでもやっぱり、みんなと同じように世界を見ることはできないの。わたしから見れば、人間と動物に大きなちがいはない。みんな同じ、神様の創造物にすぎない。わたしね、初対面の人でもすぐに動物にたとえられるの。キャムに初めて会ったときだって、ああ、この人はキツネだわってわかった」

「たしかにキャムは、キツネに似たところがあるけど」ポピーは笑った。「メリペンはどう？　クマ？」

「まさか、馬に決まってるじゃない。お姉様はメンドリ」

「むしろフクロウに似てない？」

「まあね、でも、ハンプシャーで飼っていたメンドリが、巣のそばに近づいた牛を追いかけまわしたことがあったでしょう？　お姉様はまさにあのメンドリよ」

ポピーはにっこりした。「言えてる」

「ウィンは白鳥ね」

「わたしも鳥？　ヒバリかしら。それともコマドリ？」

「ううん、ポピーはウサギ」

「ウサギ？」ポピーは顔をしかめた。「なんだか気に入らないわ。どうしてウサギなの？」

「いいじゃない、ウサギなら。ウサギはきれいで、やわらかくて、みんなに愛される。とても社交的なたちだけど、じつはつがいでいるのが一番幸せなのよね」

「でも、臆病だからいやだわ」ポピーは抗議した。

「いつもというわけじゃない。ほかの動物とも仲よくなれるくらいだもの。猫や犬ともね」

「ならいいけど」ポピーはあきらめた。「ハリネズミって言われるよりはましだわ」

「ハリネズミはミス・マークスでしょ」ベアトリクスが当然のように言うので、ポピーはまたもや笑った。

「そういう自分はフェレットなんでしょう、ビー？」

「そうよ。でも人の話の腰を折らないで」

「ごめん、ごめん、つづけて」

「ミスター・ラトレッジは猫よ。孤独な狩人なの。ウサギが大好物のね」

困惑したポピーは目をしばたたいた。「それってつまり、彼がわたしに興味を……いやだ、やめてよ、そんな気全然ないわ。そもそも彼にはもう会わないだろうし……」

「だといいけど」

脇腹を下にベッドに横たわりながら、ポピーは暖炉の揺れる明かりを受ける妹の顔を見つめた。冷たい不安が骨の髄までしみわたっていく。

ハリー・ラトレッジを恐れているからではない。

彼に好意を抱いている自分に気づいたからだ。

キャサリン・マークスにはわかる。ハリーはなにかをたくらんでいる。いや、彼はいつだってなにかをたくらんでいるのだ。そのくせキャサリンには元気だったかともたずねない――彼女などこれっぽっちも気に留めていない。なぜならハリーにとって、キャサリンを含む周りの人間のことを考えるのは、時間の無駄だから。いったいどのような仕組みでハリー・ラトレッジの血管に血が流れているのか不思議でならないが、原動力が心臓でないことだけはたしかだ。

ハリーの存在を知ってからもうずいぶん経つが、キャサリンは彼に一度としてなにかを頼んだ覚えがない。誰かに施しをするたび、ハリーはその事実を、あのいまいましいほど冴えた頭にしまいこんだ見えない帳簿にしっかりと書きつける。そうなったが最後、彼が利子をつけて相手に見返りを求めるのは時間の問題だ。周囲の人間に恐れられるのも当然だろう。ハリーにはまた、権力者の友人もいれば、権力者の敵もいる。それでいてハリーは、友人と敵のどちらとみなしているか、当人にはまず悟らせない。

近侍だか補佐役だかよくわからないが、とにかく男性が、ハリーの豪奢な住まいへとキャサリンを招き入れた。彼女は冷ややかな声で小さく礼を言った。両手を膝に置いて、応接間のソファに腰かける。応接間は、来訪者を威圧することを目的としたかのようなしつらえだった。淡い色合いのつややかな布地で飾りたてられ、冷たい大理石がぜいたくに使われ、ルネサンス期のものとおぼしき高価な美術品が並べられている。

やがてハリーが現れた。大きな体に、驚くほどの自信をたたえている。例のごとく、着ているものは優雅そのもので、身だしなみは完璧だ。

キャサリンの前に立った彼は、尊大な緑の瞳で彼女をしげしげと見つめた。

「やあ、キャット。元気そうだな」

「地獄に堕ちて」キャサリンは静かに言った。

きつく結ばれた彼女の指に視線を落とし、ハリーはけだるい笑みを浮かべた。

「あいにく、わたしが地獄の番人なんでね」ソファの端のほうを顎でしゃくり、「座っても？」とたずねる。

短くうなずいたキャサリンは、彼が座るのを待って口を開いた。

「呼びだしたりして、いったいなんの用？」と張りつめた声で詰問する。

「今朝の騒動はなかなかおもしろかったと思わないか？ハサウェイ家の姉妹はじつにいい子たちだ。きみと仲よしの退屈なレディたちとは大ちがいだよ」

ゆっくりと視線を上げ、鮮やかな緑の瞳をのぞきこんだキャサリンは、ひるんではだめよと自分に言い聞かせた。ハリーは周囲の人間にけっして本心を悟らせない……けれども今朝はちがった。いつもは巧みに隠している飢えを、あからさまに宿した瞳でポピーを見つめていた。彼のような男から身を守るすべを、ポピーはなにひとつ知らないというのに。

キャサリンは懸命に、冷静な口調を保った。「姉妹についてあなたと話をする気はないわ。

それと、あの子たちに近づいたらただじゃおかないから」

「ただじゃおかない？」ハリーは妙に優しい声でくりかえした。瞳はからかうように光っている。

「わたしの家族を傷つけないでちょうだい」

「家族だって？」ハリーは黒い眉を片方つりあげた。「きみにそんなものいないだろう？」

「お仕えしている家族、という意味よ」キャサリンは冷ややかに、威厳をもって応じた。

「教え子と言ってもいいわ。とくにポピーには絶対に手を出さないで。今朝、あなたがどんな目であの子を見ていたか知っているのよ。万が一あの子を傷つけたりしたら――」

「誰かを傷つけるつもりなどないさ」

「つもりはなくても、結果的にそうなることだってあるわ」相手がむっとして目を細めるのを見て、キャサリンは小さな満足を覚えた。「ポピーはあなたなんかにはもったいないお嬢さんなの。それにもう手遅れよ」

「わたしには、手遅れなんて言葉は通用しないんだよ、キャット」というハリーの声音には、傲慢さのかけらも潜んでいなかった。なぜならそれは真実だから。それゆえにキャサリンは、余計に大きな不安に駆られる。

「ポピーはね、婚約したも同然なの」彼女は鋭く言いかえした。「愛する男性がいるのよ」

「マイケル・ベイニングだろう？」

驚愕のあまり、心臓が大きく鼓動を打ちはじめる。「どうして知っているの？」

ハリーは問いかけを無視した。「まさかあのアンドーヴァー子爵が、厳格で知られるあの男が、息子の結婚相手としてハサウェイ家の娘を認めると本気で思っているのかい？」

「ええ。子爵はご子息を愛してらっしゃるわ。だからポピーが一風変わった家の娘だとわかっても、気になさらないはずよ。未来の跡取りの母親として、ポピー以上にふさわしい子はいないもの」

「アンドーヴァーは貴族だ。彼にとっては血筋がすべて。ハサウェイの血筋は容貌には恵まれているが、純粋とは言えない」

「あの子の兄はれっきとした子爵よ」キャサリンはぴしゃりと言い放った。

「たまたま爵位を継いだだけだろう？　ハサウェイ家は家系樹の末端に小さくぶらさがった小枝にすぎない。たしかに彼女の兄はラムゼイ子爵だが、上流社会での立場はきみやわたしと変わらない。アンドーヴァーだってそのくらい承知している」

「俗物根性まるだしね」キャサリンはあたうかぎり穏やかに言った。

「どこが。わたし自身は、ハサウェイ家の血筋が純粋でなくてもこれっぽっちも気にしない。むしろ純粋でないほうがありがたいくらいだね。貴族の令嬢方のつまらないことといったら──誰ひとりとして、あの姉妹の足元にも及ばない」ほんのつかの間、ハリーは心からの笑みを見せた。「じつに個性的な姉妹だ。野生のサルを、お菓子の壺と紐でつかまえるとは」

「ふたりにかかわらないで。あなたは、猫がネズミにするように他人をもてあそぶ人よ。遊び相手ならほかで見つけて、ハリー。楽しませてくれる女性には困っていないはずよ」

「だからこそ、つまらないんだよ」ハリーは重々しく言った。「おっと、まだ話は終わっちゃいない。ひとつ質問があるんだ。ポピーからわたしについてなにか聞いていないかい？」

キャサリンはけげんそうに首を振った。

「謎につつまれたラトレッジの経営者にようやく会えてよかった、としか」ハリーをじっと見つめる。「ほかにもまだ、ポピーがわたしに言うべきことでもあるの？」

ハリーはとぼけた表情を浮かべた。

「いや別に。わたしに興味を抱いてくれたかなと思っただけさ」

「ポピーはあなたなどなんとも思っていないわ。あの子はミスター・ベイニングを愛しているの。あなたとは正反対の、善良で高潔な紳士をね」

「ひどい言い草だな。だが幸い、こと恋愛においては、多くの女性は善良な男よりも悪い男を選ぶものでね」

「知ったような口をきくわりには」キャサリンは辛辣にかえした。「愛についてまるでわかっていないのね。ポピーは絶対に、真心を捧げた男性以外の人を選んだりしないわ」

「真心なんかベイニングにくれてやる」ハリーは平然と言った。「それ以外のすべてを手に入れられるなら」

怒ってまくしたてるキャサリンを無視して、彼は立ち上がると扉のほうへ行った。「出口はこっちだ。早く姉妹のもとに戻って、気をつけろと警告したいんだろ？　健闘を祈るよ」

このような底なしの不安を覚えるのは久しぶりだった。あのハリーがポピーを……まさか本気でどうにかするつもりだろうか。それとも、残酷ないたずらでキャサリンをいたぶろうとしているだけなのだろうか。

いや、やはりあれはただの芝居ではない。ハリーは本気でポピーを手に入れるつもりだ。ポピーの優しさもおおらかさも思いやりも、彼が住むきらびやかな世界にはまったくないもの。ポピーを利用して、貪欲な自分としばし別れる算段にちがいない。けれどもそうなったら、そもそもハリーを惹きつける理由となった彼女の快活さや無垢な魅力は、すべて失われてしまう。

どうすればいいのかわからなかった。ハリー・ラトレッジとの関係を明かすわけにはいかない。ハリーもそうしたキャサリンの事情はわかったうえなのだろう。

阻止するすべはただひとつ。ポピーとマイケル・ベイニングの婚約をできるかぎり早く認めてもらい、世間に公表するのだ。ベイニングは明日、ハサウェイ家の面々とともにフラワーショーに行くことになっている。そのあとでなんとかして、話を早く進めたほうがいいとベイニングに働きかけてみよう。キャムとアメリアにも、婚約は急ぐべきだと伝えておこう。

だが万一、婚約がかなわなかったときは――どうかそんなことになりませんように――ポピーとの海外旅行を提案してみよう。フランスかイタリアがいい。あの癪にさわるラムゼイ卿が同行すると言いだすかもしれないが、それも我慢しよう。ポピーをハリー・ラトレッジから守るためなら、キャサリンはなんでもするつもりだ。

「起きなさい、ねぼすけ」アメリアは大またで寝室に入った。やわらかなレースをふんだんにあしらった化粧着をまとい、漆黒の髪は一本にきっちりと編んで肩にたらしている。赤ん坊のライに乳をあげ終え、ひとまず息子は乳母に任せて、次は夫を起こす仕事にとりかかろうというところだ。

キャムはもともと、夜は遅く床に就き、朝はゆっくり起きるのが好きだ。つまり早寝早起きのアメリアとは正反対。

窓辺に歩み寄ったアメリアは、さっとカーテンを開けて朝の光を招き入れた。とたんに恨みがましいうめき声がベッドのほうから聞こえてくる。「おはよう」彼女はほがらかに言った。「じきにメイドが着替えを手伝いに来るわ。あなたもなにか着ていたほうがいいわよ」

それから化粧台のほうに行き、引き出しから刺繍入りの靴下を引っ張りだした。視界の隅で、キャムが伸びをする姿をとらえる。しなやかでたくましい体。肌はクローバーのハチミツを思わせる琥珀色に輝いている。

「こっちにおいで」毛布を持ち上げながら、夫は寝起きのかすれ声で誘った。

アメリアは喉の奥で笑った。「だーめ。今朝は忙しいの。あなた以外のみんながね」

「わたしもみんなの仲間入りがしたい。だからこっちにおいで。モニシャ、こんな朝早くからあなたを追いかけまわす男にはなりたくないんだ」

夫をにらみつつも、アメリアは言われたとおりにした。

「どこが朝早いものですか。いますぐ顔を洗って着替えないとフラワーショーに遅れそうなのに」

「花がなくなるわけでもないのに」キャムは呆れ顔で首を振って笑った。ガッジョのやり方にはついていけない——そんなふうに思うことがあるたび、彼はそうやって笑う。夫のまなざしは熱く、けだるげだ。「もっとそばにおいで」

「あとでね」アメリアは思わず引きつった笑い声をあげた。夫が驚くべき俊敏さで腕を伸ばし、手首をつかまれる。「だめよ、キャム」

「よき妻はけっして夫を拒まないものだよ」夫はからかった。

「メイドが——」アメリアは息をのんだ。ベッドに引っ張り上げられ、金色に光る温かな肌に抱き寄せられる。

「待たせておけばいい」キャムは化粧着のボタンをはずしていった。手のひらがレースの上をかすめ、指先が敏感な胸の丸みを探りあてる。

アメリアの笑いはやがてかき消えた。彼女の心はキャムにはお見通しだ——心の奥底まで——キャムはそこに隙を見つけるたび、ためらうことなく彼女を奪う。アメリアは目を閉じて夫のうなじに手を伸ばした。絹を思わせるさらさらした髪が、液体のように指のあいだからこぼれる。

やわらかな首筋に口づけながら、キャムは片膝を彼女の脚のあいだに差し入れた。「いまこの場がいいか、それともフラワーショーの垣根の裏がいいか。あなたが決めてください」

アメリアはわずかに身をよじった。抵抗しようとしたわけではない。化粧着を肩から脱がされ、下ろされた袖で両腕の動きを封じられて、高ぶりを抑えきれなかったからだ。「キャム」彼女はやっとの思いで夫を呼んだ。身をかがめた夫があらわになった胸に口づける。「遅れちゃう……」

キャムはロマニー語で愛の言葉をささやいた。情熱をほとばしらせるときはいつもそうだ。異国の言葉が熱を帯び、アメリアの敏感な肌に落ちる。それから数分のあいだ、キャムは彼女を自分だけのものとし、奪いつくした。いっさいの禁忌がないその行為は、もしもキャムの優しさがなかったなら、野蛮と形容できるかもしれない。

「キャム」ことを終えたあと、アメリアは両の腕を夫の首にしっかりとまわしたまま呼びかけた。「今日、ミスター・ベイニングと話すつもり？」

「パンジーやサクラソウについて？」

「ポピーとの今後について」

妻を見下ろしながらほほえんだキャムは、後れ毛を指先でもてあそんだ。

「いけませんか？」

「いいえ、話してほしいの」アメリアは眉根を寄せた。「だって、いまだに父親に結婚を切り出せずにいるミスター・ベイニングを、当のポピーが許してしまっているんだもの」

妻の眉間に浮かぶ小さなしわを、キャムは親指の腹でなぞって消した。

「たしかに時間がかかりすぎる。ロマはベイニングみたいな男のことをこんなふうに言うんです。〝魚を食べたいと言うわりには、水のなかに入るのをいやがる男〟」

アメリアは乾いた笑い声をあげた。「あんなふうに陰でこそこそやられると、じれったくてたまらない。父親のところに行って、正直に話せばいいのに」

高級賭博クラブの支配人だったころに貴族の生き方を多少なりとも学んだキャムは、淡々と指摘した。「ベイニングのようにいずれ父親から多くを受け継ぐ男は、慎重にならざるを得ないんですよ」

「そんなことは関係ないわ。彼のせいで、ポピーがどれだけ期待に胸をふくらませているか。破談にでもなれば、あの子は打ちのめされてしまうわ。それに、彼がいるためにほかの殿方からも求愛されず、けっきょくこのシーズンを無駄に過ごすことに――」

「しーっ」キャムは横向きになって妻を抱き寄せた。「モニシャ、たしかにあなたの言うとおり……人目を忍ぶ求愛なんてやめさせなければ。ベイニングには、そろそろ行動を起こすべきだと言いましょう。必要なら、父親とも話しますから」

「ありがとう」アメリアは夫の胸元に頬を寄せてくつろいだ。「早く結婚が決まるといいわね。なんだか最近、あのふたりはうまくいかないのではないかしらと不安でたまらなかったの。わたしの思いすごしだといいのだけど。ポピーには絶対に幸せになってほしいわ……でも、もしも彼が妹に悲しい思いをさせたらどうする？」

「慰めてあげましょう」キャムはささやき、妻を優しく抱いた。「われわれが愛してやれば大丈夫。そのための家族なんですから」

8

緊張と興奮で、ポピーはめまいすら覚えていた。マイケルは間もなくホテルに着き、ふたりはともにフラワーショーにおもむく。秘密めかした求愛を公のものとするための、これは第一歩となるだろう。

服は、黒いベルベットでトリミングをほどこした散歩用の黄色いドレスに着替えておいた。幾層にも重なったスカートは、ところどころに黒いベルベットリボンがあしらわれている。ベアトリクスのドレスも、ブルーに茶色のトリミングと色は異なるがデザインは同じだ。

「すてきだわ」家族で滞在するスイートルームの応接間に姉妹が入っていくと、ミス・マークスがほほえみながら言った。「フラワーショーではきっと、ふたりが一番エレガントなレディだと褒めそやされるでしょう」ポピーの巻き毛の乱れた部分に手を伸ばし、ヘアピンをしっかりと挿しなおす。「ミスター・ベイニングもあなたから目をそらせなくなるはずよ」

「でも、ちょっと到着が遅れているみたい」ポピーはこわばった声で言った。「彼らしくないわ。なにかあったのでなければいいけど」

「じきにみえるわ、安心なさい」

そこへキャムとアメリアも現れた。ピンクのドレスに身をつつんだ姉はまばゆいばかりだ。ほっそりとしたウエストは、ブーツと揃いの茶色の革ベルトできゅっと締め上げている。

「出かけるにはもってこいのお天気ね」姉は青い瞳をきらめかせた。「といっても、ポピーは花なんか視界に入らないかもしれないけど」

みぞおちに手をあてたポピーは、とぎれがちにため息をついた。

「緊張して気持ちが悪くなりそう」

「わかるわ」アメリアは妹に歩み寄って抱きしめた。「ロンドンでシーズンを過ごす必要がなかった自分は、本当に運がよかったと思うもの。わたしにはポピーみたいな忍耐力がないから。国もいっそ、ロンドン中の男性に結婚するまで独身税を課したらいいんだわ。そうすれば殿方も早く相手を決めようとするでしょう?」

「そもそも、結婚しなくちゃいけない決まりがあるの?」ベアトリクスがまぜっかえす。「アダムとイヴだって誰とも結婚しなかったでしょう? ふたりは自然のなりゆきで一緒に暮らすようになったわ。ふたりがそうだったのに、どうしていまの人間は結婚しなくちゃいけないのかしら」

ポピーはこわばった笑い声をあげた。

「ミスター・ベイニングの前では、そういうおかしな話題は出さないでね、ビー。彼は慣れていないから……いまみたいな、なんというか……」

「興味深い議論には」ミス・マークスが助け舟を出す。

アメリアはにっこりとした。「心配いらないわ、ポピー。今日はみんな静かに、おとなしくしていましょう。おふざけはいっさいなしよ」

「ありがとう」ポピーは心から礼を言った。

「わたしもおとなしくしてなくちゃだめ？」ベアトリクスがたずね、ミス・マークスが大きくうなずく。

ため息交じりに片隅のテーブルに歩み寄ったベアトリクスは、ポケットに忍ばせていたものを取りだしはじめた。

そのとき、扉をたたく音が聞こえてきた。ポピーは動悸を覚えつつ、「彼だわ」とささやいて息をのんだ。

「わたしが出ましょう」ミス・マークスが言い、ポピーに笑顔を向ける。「ほら、深呼吸をして」

うなずいたポピーは、落ち着きなさいと自分に言い聞かせた。姉と義兄が見つめあい、無言の言葉を交わす。ふたりはそれは深く理解しあっている。互いの心の内まで読みとっているのかと思えるほどに。

ウサギはつがいでいるのが一番幸せ――ベアトリクスの言葉を思い出し、ポピーは笑みをもらしそうになった。妹の言うとおりだ。自分は誰かに愛され、その人とともに生きていきたい。ずっとそのときを待っているのに、同年代の友人たちが結婚して、ふたり、三人と子どもまでなすなか、いまだに夫さえ迎えられずにいる。どうやらハサウェイ家の人間はみな、愛を見つけるのに時間がかかるらしい。

そこまででポピーの物思いは断ち切られた。マイケルが部屋に現れ、おじぎをする。わきおこる喜びは、彼の顔を目にするなりしぼんでしまった。ありえないくらい険しい表情だった。顔色は青ざめ、一睡もしていないかのように目が充血している。病気ではないかと思ったほどだ。

「ミスター・ベイニング」ポピーは優しく呼びかけた。心臓が、網から逃れようともがく小さな動物さながらに暴れだす。「ご気分でもお悪いの？　なにかあった？」

その場に集まる人びとを見るマイケルの茶色の瞳は、いつものぬくもりを失ってひどく冷え冷えとしていた。「申し訳ありません」彼はかすれ声でつぶやいた。「なんと言えばいいのか」喉の奥で息がとぎれる。「じつは……問題があって……もうだめなんです」視線をポピーだけに向ける。「ミス・ハサウェイ、お話があります。できれば、少しのあいだふたりきりで……」

いやな沈黙が流れた。キャムが無表情にマイケルを見つめ、これから起こることを否定するかのように、アメリアが小さくかぶりを振る。

「それは適切とは言えませんわ、ミスター・ベイニング」ミス・マークスが指摘した。「ミス・ハサウェイの体面にかかわりますから」

「そうですよね」マイケルは額に手をやった。その手が震えているのが、ポピーにはわかった。

なにか大変なことが起こったにちがいない。

胸の奥がしんと冷えていく。呆然とした声は、自分のものとは思えなかった。

「お姉様、ふたりで話すあいだ、一緒にいてくださる？」

「ええ、もちろん」

姉以外の家族全員が、その場を離れた。

シュミーズの下を冷たい汗が伝わり、わきの下が湿ってくるのをポピーは覚えた。彼女はソファに腰をおろし、いぶかしげに細めた目でマイケルを見つめた。「あなたも座って」と勧める。

マイケルはためらい、窓辺に下がったアメリアに視線を投げた。

「どうぞおかけになって、ミスター・ベイニング」姉が窓外を見ながら言う。「わたしはいないものと思ってくれてかまいませんから。ふたりきりにしてあげられなくて、ごめんなさいね。でも、ミス・マークスの言うとおりだと思うの。ポピーの体面は守らなければ」

なじるような口調ではなかったのに、マイケルはあからさまにしりごみした。やがてポピーのとなりに腰かけると、彼女の両手をとり、頭をたれた。その指はポピーの指よりいっそう冷たいくらいだった。「ゆうべ、父とひどい言い争いになってね」マイケルはくぐもった声で言った。「きみとの関係について、ぼくがきみとの結婚を望んでいることについて、噂を耳にしたらしい。それで父が……激怒して」

「大変だったでしょう」ポピーはマイケルを思いやった。父親とけんかをするような人ではないのに。父親を心から尊敬していて、いつだって喜ばせようと努めているのに。

「大変どころではなかったよ」マイケルはとぎれがちに息をした。「こまかい部分は省くけれど、延々と醜い言い争いをした結果、父から最後通牒を突きつけられた。きみと結婚したら、勘当するそうだ。もう息子とは思わないし、相続人からもはずすって」

部屋は沈黙につつまれ、アメリアがはっと息をのむ音以外なにも聞こえない。

ポピーの胸に痛みが広がっていき、肺から空気を押しのける。「理由は？」彼女は絞りだすようにしてたずねた。

「きみが、ベイニング家の花嫁にふさわしくないからとしか」

「時間をかけてお父様を説得して……それでお父様の気が変わるなら……わたし待てるわ、マイケル。いつまでも」

マイケルはかぶりを振った。

「待っていてほしいなんて言えない。父は絶対に意見を曲げない人なんだ。説得できたとしても何年もかかる。その間に、きみならきっと幸せをつかめるよ」

ポピーは彼をじっと見つめた。「わたしの幸せは、あなたとともにあるのよ」

顔を上げたマイケルの瞳は、涙に濡れていた。「ごめんよ、ポピー。期待させてすまなかった。認めてもらえるはずなどなかったのに。父をわかったつもりになっていたぼくが愚かだったんだ。ちゃんと話せば、愛する女性との結婚を認めてもらえるとばかり思っていた。きっとぼくの気持ちを尊重してくれるだろうって。それに——」マイケルは声をうわずらせ、音をたてて息をのんだ。「きみのことは心から愛しているよ。ぼくは父を……くそっ、父を一生許さない」ポピーの手を離すと、彼は上着のポケットをまさぐり、紐でくくった一束の手紙を取りだした。彼女が送った恋文だ。「返すべきだと思って」

「あなたからの手紙はお返しできないわ」震える手でそれを受け取りながら、ポピーは言った。「手元に残しておきたいの」

「もちろん、そうしてくれてかまわないよ」

「マイケル……愛してる」

「ぼくは……期待をもたせるようなことは言えない」

打ちひしがれた思いで、ふたりはただ黙って身を震わせながら見つめあった。

息苦しいほどのしじまを、アメリアの声が切り裂く。幸いにも、姉は理性を失ってはいなかった。

「子爵が反対なさったからといって、あきらめることはないのではなくて、ミスター・ベイニング。あなたが爵位とそれにともなう資産を引き継ぐのを、お父様だとて止められないはずだわ」

「ええ、でも――」

「妹をグレトナ・グリーンに連れていけばいいわ。馬車は用意します。妹の持参金があれば、ふたりで十分に暮らしていけるでしょう。足りなければ、夫に言って増やしてもらえばいいわ」姉はマイケルの顔をひたと見据えた。「妹を愛しているのなら、結婚して。どんな嵐に見舞われようと、ハサウェイ家はあなたたちを守りとおすわ」

この瞬間ほど、姉への深い愛情を覚えたことはない。ポピーは弱々しい笑みを浮かべながら、涙があふれそうな瞳で姉を見つめた。

けれどもその笑みは、マイケルの気乗りのしない返事とともにかき消えた。

「いずれ爵位と不動産を相続できるとしても、父が亡くなるまでは、ぼく自身の資産だけで生きていくことになるわけですよね。あいにくぼくにはそんなものないんですよ。それに、妻の実家の施しを受けながら暮らすなんて」

「家族からの援助は施しではないわ」アメリアは反論した。

「あなたはベイニング家がどのような家かわかってらっしゃらないんだ。これは名誉の問題なんです。ぼくはひとり息子で、生まれたときからずっと教えこまれてきました――ベイニング家の名誉と爵位を守るのが、ぼくの義務なんです。いわばそれだけがぼくの生きがいで。勘当されて、父と別の世界で生きていくなんてできやしない。スキャンダルにまみれ、つまはじきにされるなんて耐えられない」マイケルはうつむいた。「話しあうことにも、もう疲れてしまったんです。一晩中ずっと考えていたものですから」

見ると姉はいらだった表情を浮かべていた。妹のために、どこまでもマイケルとの話しあいをつづけるつもりらしい。ポピーは姉の視線をとらえると首を振ってみせ、〝なにを言っても無駄よ〟と無言で伝えた。マイケルはもう決めてしまったのだ。彼は父親に逆らえない。これ以上、意見を交わしても、彼をますますみじめな気持ちにさせるだけだ。

口を閉じた姉は、ふたたび窓外に視線をやった。

「ごめんよ」長い沈黙の末、マイケルはポピーの両手をふたたび握りしめてつぶやいた。「きみを騙すつもりはなかった。きみへの思いは――きみに伝えた言葉は、すべて本心だよ。時間を無駄にさせてしまったことだけが、残念でならないよ。きみのような立場の女性にとって、貴重な時間を」

もちろんマイケルに、ポピーを侮辱するつもりなどなかっただろう。けれども彼女はたじろいだ。

わたしのような立場の女性。

二三歳で、まだ独身。ロンドンのシーズンをすでに三度も過ごしてきたのに。

マイケルの手から、そっと自分の手を引き抜く。「一秒たりとも無駄ではなかったわ」ポピーはやっとの思いで言った。「あなたと出会えてよかった。だから後悔などしないで。わたしもしないから」

「ポピー」と呼ぶやるせない声に、彼女はいまにも打ちのめされそうになった。

泣き崩れるところを見られたくない。「もう行って」

「どうかわかってほしい――」

「わかったわ。大丈夫。あなたの気持ちはちゃんと――」言葉を失い、ぐっと息をのみこむ。

「だからもう行って。お願い」

姉がこちらに来る気配をポピーは感じた。マイケルに声をかけながら、妹がとり乱すところを見せまいと、彼を部屋の外に案内していく。さすがはアメリアだった。自分よりずっと大きな男性が相手だろうと、意のままにするのをためらいもしない。

まさに牛を追うメンドリね。ポピーは思い、熱い涙が頬を伝うのを感じながらくすくすと笑った。

扉をぴったりと閉ざしてから、アメリアはとなりにやってきて腰をおろし、ポピーの両肩に手を置いた。涙にかすむ目をじっとのぞきこむ。「立派だったわ、ポピー」という声はかすれていた。「もっと邪険にしてあげたってよかったのに。あなたはわたしの誇りよ。自分がどれほど大切なものを失ったか、彼はきっとわかっていないわね」

「彼が悪いわけではないもの」

姉は袖のなかからハンカチを取りだし、妹に渡した。

「それはどうかしら。でもここで彼を責めてもなんにもならないわね。だけどこれだけは言わせて……彼、あきらめが早すぎるのよ」

「とても従順な息子だから」ポピーは何度も涙をぬぐい、しまいには面倒になって、濡れた瞳にハンカチを押しあてた。

「だったら……次は、自分で生計が立てられる男性を探しなさい」

ハンカチに顔をうずめたまま、ポピーはかぶりを振った。

「わたしを選んでくれる男性なんていないわ」

姉は妹を両腕で抱きしめた。

「いるわ。いるに決まってるじゃない。あなたを待っているはずよ。あなたを見つけてくれる。マイケル・ベイニングなんか、遠い思い出になる日が来るわよ」

ポピーはさめざめと泣いた。何度もしゃくりあげたせいで、肋骨のあたりが痛くなるほどだった。「でもやっぱり」絞りだすように言う。「つらいの、お姉様。一生立ちなおれないかもしれない」

アメリアは妹の頭をそっと肩にもたせ、濡れた頰にキスをした。

「わかるわ。わたしもそんなふうに思ったことがあったもの。いまでもあのときの痛みを忘れてはいないほどよ。思う存分泣いたあとは怒りがわいてきて、次は絶望に打ちひしがれ、また怒りがわいてくる。でもね、痛みを癒してくれるものはちゃんとある」

「たとえば?」ポピーはとぎれがちにため息をつきながらたずねた。

「時間、祈り、そしてなんといっても家族の愛情。みんなあなたを愛しているのよ、ポピー」

力ない笑みを浮かべて、「お姉様やベアトリクスがいてよかった」とつぶやくと、ポピーは姉の肩に顔をうずめて泣いた。

その晩遅く、ハリー・ラトレッジの私室の扉を決然とたたく者がいた。翌朝のため、洗いたての服を用意し、黒革の靴を磨く作業にあたっていたジェイク・ヴァレンタインは、いったん手をやすめた。戸口に向かうと、なんとなく見覚えのある女性が立っていた。小柄で痩せ型。茶色の髪に青い瞳で、鼻梁に丸眼鏡をのせている。ジェイクはしばし女性を見つめ、誰だったか思い出そうとした。

「なにかご用でしょうか」

「ミスター・ラトレッジに会わせてちょうだい」

「あいにく留守にしておりますが」

月並みな言い訳に、女性は口元をゆがめた。あるじが来訪者を望まないとき、使用人はたいていその手の文句を使う。女性は痛烈な蔑みを込めて言った。

「それは彼がわたしに会うのを拒んでいるという意味？　それとも実際に留守にしているのかしら？」

「どちらであれ」ジェイクは冷ややかに応じた。「今夜はミスター・ラトレッジにはお会いになれませんよ。じつを言えば、本当に留守にしているのです。伝言があればお預かりしますが」

「ではお願い。ポピー・ハサウェイを傷つけた罪で地獄に堕ちて朽ち果てるがいいわ。今度あの子に近づいたら、わたしが命をもらうから。そう伝えて」

ジェイクはまるで警戒するそぶりを見せずにうなずいた。あるじを殺すといって脅してくる人間などそう珍しくもない。「あなたのお名前は？」

「いいから伝言して」女性はにべもなく言った。「名前など言わなくてもわかるわ」

マイケル・ベイニングの訪問の二日後、ハサウェイ家の長男であるラムゼイ子爵レオ・ハサウェイが家族のもとに現れた。ロンドンの遊び人と呼ばれる男性はみなそうだが、レオもまた、シーズンのあいだはメイフェアのこぢんまりとしたテラスハウスを借り、六月の終わりに田舎の領地に戻るのが常だ。ラトレッジ・ホテルのスイートルームに家族と一緒に泊まってもいいのだが、できればプライバシーを重んじたかった。

レオのことは誰もがハンサムだと認めるだろう。長身で肩幅が広く、髪は茶色で、瞳はたいそう個性的。妹たちとちがう薄いブルーの瞳は、黒く縁取られた氷河を思わせた。印象的な、厭世観の漂う瞳だ。自称、放蕩者のレオはその役割を巧みに演じ、周りのいっさいがっさいを気に留めていないかのように振る舞う。けれどもときおりその仮面を脱ぎ捨てることがあり、すると素晴らしく思いやり深い紳士が姿を現す。ごくまれに訪れるそういうとき、キャサリンはとりわけ落ち着かない気分にさせられる。

一家がロンドンにいるあいだ、レオはいつも多忙にしていて家族のもとにめったに顔を出さない。キャサリンにはありがたいことだった。なぜなら、初対面のときから直感的に彼への嫌悪を覚えていたから。一方のレオのほうも、彼女に猛烈な反感を抱いた様子だった。以来ふたりは、顔を合わせれば競っていやみを言いあい、相手の弱点をなんとかして探りだそうとする。ふたりともなぜか、相手に身のほどを思い知らせてやらずにはいられないのだった。

スイートルームの扉を開けたキャサリンは、レオがそこに立っているのを見るなりぎくりとした。大柄なわりにはほっそりとした彼の今日のいでたちは、ワイドラペルの黒い上着に、折り目のないゆったりとしたズボン、銀のボタンをあしらった派手な紋織のベストというしゃれたものだ。

冷ややかな目で彼女を値踏みしたレオの口の端に、尊大な笑みが浮かぶ。

「やあ、ミス・マークス」

無表情をよそおい、キャサリンは蔑みを込めた声で応じた。

「あら、ラムゼイ卿。お楽しみのところを、わざわざご家族に会いにいらっしゃるとは驚きましたわ」

レオははて、という顔をした。

「いったいなにを、かりかりしているんだい？　きみも口を慎むすべさえ学べば、殿方の心を射止める可能性がぐっと高まるのに」

キャサリンはいらだちに目を細めた。

「殿方の心を射止める気なんてありませんわ。そもそも殿方がいったいなんの役に立つのかしら」

「少なくとも、この世に女性を増やすには男の助けが必要だ……それより、わが妹は？」

「打ちひしがれてます」

レオはぎゅっと口を引き結んだ。「入れてくれ、ミス・マークス。妹に会う」

キャサリンはしぶしぶ脇にどいた。

応接間に入るなり、レオは本を手にひとりでソファに座るポピーを見つけた。胸の内を探るようにじっと見つめる。いつもはつらつとしていた妹は、青ざめ、やつれた顔をしていた。ひどく疲れた様子で、悲嘆のあまり一気に年をとったかに見える。

胸にふつふつと怒りがわきおこった。この世でレオが気に留めている人間はほんのひとにぎりで、ポピーはそのひとりなのだ。

神は不公平だ。誰よりも愛を求め、それを手に入れようと懸命に努力している者にかぎって、その困難さを思い知らされる。そもそもロンドン一の美貌を誇るポピーが、いまだに結婚相手を見つけられないのがおかしい。けれども友人知人の顔を思い浮かべ、妹にふさわしい男がいるだろうかと検討してみると、多少なりとも似つかわしい者はひとりもいなかった。人柄はよくても、愚か者だったり年寄りだったり。好色漢や道楽者、無頼などはもってのほか。けっきょく、上流社会にはろくでもない男しかいないのだろう。レオ自身もそのひとりだが。

「久しぶりだな、ポピー」レオは優しく声をかけながら妹に歩み寄った。「みんなは？」

ポピーは弱々しい笑みを浮かべた。「キャムはお仕事、お姉様とベアトリクスはライを乳母車に乗せて公園でお散歩よ」兄が座れるよう、ソファにのせていた脚をどける。「元気だった、お兄様？」

「わたしのことはいい。おまえは？」

「絶好調よ」ポピーはけなげに答えた。

「うん、たしかに元気そうだ」腰をおろしたレオは腕を伸ばし、ポピーを抱き寄せた。抱きしめながら背中をたたいていると、妹のすすり泣きが聞こえてきた。「あのろくでなしを」と静かに言う。「亡き者にしてやろうか?」

「いいの」ポピーはくぐもった声で応じた。「彼のせいじゃないもの。本気でわたしとの結婚を望んでくれていたのよ。それにとてもいい人だった」

レオは妹の頭のてっぺんにキスをした。

「善良な男なんて信じるんじゃない。がっかりさせられるぞ」

皮肉めかしたせりふにも笑みを見せず、ポピーは身を離して兄を見つめた。「家に帰りたいわ、お兄様」と訴える声はもの悲しげだ。

「おまえの気持ちはわかる。でも、帰らせるわけにはいかない」

妹は目をしばたたいた。「どうして」

「そうよ、どうして」ミス・マークスが詰問しながら、そばの椅子に腰かける。

お目付け役のほうに一瞬、しかめっ面を向けてから、レオは妹に向きなおった。「すでに噂になっているんだ」彼は淡々と説明した。「ゆうべ、スペイン大使の奥方が主催した大夜会に行ったんだが――あの手の催しは、招待されたことを自慢するために行くんだな――おまえとベイニングについて、数えきれないくらいの人間に訊かれた。ベイニングに恋をしたおまえを、やつの父親が息子にふさわしい相手ではないと判断し、やつがおまえを捨てた、そういう話になっていた」

「ロンドンの社交界では、事実がスキャンダルになることもあるんだよ。ひとつ真実を口にしたら、そいつを隠すためにまた別の真実を口にしなくちゃいけない」

「事実だわ」

ポピーは心からの笑みを浮かべた。「まさか、わたしに助言しているつもり？」

「そうだ。いつもなら、わたしの助言など聞くもんじゃないと言うところだが、今回は聞いたほうがいいぞ。シーズンを締めくくる大規模な催しとして、ノーベリー夫妻が舞踏会を来週――」

「お断りの手紙を書いたところです」ミス・マークスがさえぎった。「ポピーが行きたくないと言うものですから」

レオは彼女をキッとにらんだ。「手紙はもう届けたのか？」

「いいえ、でも――」

「では破り捨てろ。命令だ」と言うと、ミス・マークスは痩せた体をこわばらせた。その光景につい、ゆがんだ喜びを覚える。

「待ってよ」ポピーが抗議の声をあげた。「わたしは行きたくないの。みんなに好奇の目で見られるに決まってる――」

「ああ、そうだろうな。ハゲタカみたいに貪欲な目で見られるはずだ。だからこそ舞踏会に出るんだよ。出なかったらおまえは、勝手な噂でぼろぼろにされる。次のシーズンでは情け容赦なくなぶりものにされるぞ」

「別にそれでもかまわないわ。もう社交界になんて顔を出すつもりはないもの」

「いまはそう思っていても、気が変わるかもしれないだろう？　わたしはそうなってほしいと思ってる。だからこそ今度の舞踏会には出なくちゃならないんだ。一番いいドレスを着て、髪にはブルーのリボンを着けろ。その場にいるみんなに、マイケル・ベイニングなどなんとも思っていないところを見せてやるんだ。うつむいたりせず、明るく笑って、ダンスを楽しむんだよ」

「そんな」ポピーはうめいた。「できるかどうか自信がないわ」

「できるとも。面子をつぶされたくはないだろう？」

「面子なんてないもの」

「わたしにもない。それでもやっぱり、つぶされまいとがんばってるじゃないか」レオは気乗りのしなさそうな妹の顔から、感情のうかがい知れないミス・マークスの顔へと視線を移した。「くそっ、きみからも、お兄様のおっしゃるとおりだと言ってくれよ。妹は舞踏会に行くべきだ、そう思わないか？」

　キャサリンはためらい、困った表情を浮かべた。認めるのは癪にさわるが、たしかにレオの言うとおりだった。ポピーが笑顔で堂々と舞踏会に出席すれば、ロンドン社交界のゴシップを封じることができる。けれども直感が、できるだけ早くポピーを安全なハンプシャーに連れ帰るべきだと告げている。なぜならロンドンにいるかぎり、彼女にハリー・ラトレッジの魔の手が及ぶ危険性があるから。

とはいうものの……ハリーはめったにそうした催しに参加しない。娘の相手探しにやっきになっている婦人方が、売れ残った独身男性をわなにかけようと競いあう場だからだ。つまりハリーがノーベリー家の舞踏会におもむく可能性はまずない。彼が顔を出そうものなら、舞踏会は婦人たちの闘いの場と化すだろう。

「下品な言葉は慎んでください」キャサリンはまずレオをたしなめた。「たしかにあなたの言い分にも一理あります。でも、ポピーにとってはけっしてたやすいことではないわ。万一、その場で涙を流してしまうなり、とり乱した姿を見せようものなら、火に油をそそぐも同然でしょう?」

「泣いたりしないわ」ポピーが疲れ果てた声で言った。「もう一生分の涙を流した気がするもの」

「いい子だ」レオは穏やかに言った。不安げな表情のキャサリンを見やり、顔をほころばせる。「ようやくきみと意見が一致したな、ミス・マークス。だが安心したまえ――二度とこんなことはないから」

9

ノーベリー家の舞踏会は、ロンドン中心部の閑静な住宅街、ベルグレーヴィアにある屋敷で開かれた。ナイツブリッジやスローン・ストリートの交通量と喧騒に圧倒されても、ひとたびベルグレーヴィア・スクエアにたどり着けば、秩序に満ちた静けさがオアシスのように迎えてくれる。そこにあるのは、大理石造りの巨大な大使館に、純白のゆったりとしたテラス。荘厳とした大邸宅には髪粉を振りかけた長身の従僕とでっぷり太った執事が仕え、通りでは丸々とした子犬を抱く青白い顔のレディを乗せた馬車が行き交う。

近隣地区に住まう庶民が、幸運にもベルグレーヴィアに居を構えた人びとに関心を抱くことはない。庶民の話題はもっぱら地元に密着したものばかりだ。たとえば、誰がどの家に引っ越したか。どの通りの修繕が必要で、誰の家でどんな集まりがあるか。

レオの言い分にキャムとアメリアまで賛成したので、ポピーは心底がっかりした。マイケルに捨てられたとの噂をこれ以上広められたくなければ、堂々と舞踏会に出て、落ちこんでなどいないところを見せるべきだというのだ。「ガッジョもこういうときばかりは妙に記憶力がいいからね」キャムは皮肉めかした。「他人の恋愛の行く末にいったいどうしてそこまでこだわるのかわからないが、とにかくガッジョはいつまでも話題にしたがる」

「ほんの一晩だもの」姉は心配そうに言った。「なんでもない顔ができるわよね、ポピー？」

「ええ」ポピーはのろのろと答えた。「お姉様たちが一緒にいてくれるなら、できるわ」

けれども屋敷の前廊につづく階段を上りながら、ポピーはすでに後悔と不安にさいなまれていた。勇気を奮いたたせるために口にしたワインで胃がきりきりし、コルセットもいやにきつく感じられた。

ドレスは幾層にも重ねたサテンの上に、さらにペールブルーの紗織をかけたものをまとっていた。ウエストはサテンのベルトできゅっと締め、深く刳った胸元から肩にかけてブルーのチュールがあしらわれている。髪は姉が丁寧に巻いて細いブルーのリボンを編みこみ、ピンでまとめてくれた。

約束どおり、レオも家族に同行している。階段を上るときには兄がポピーのエスコート役となり、姉たちはその後ろについた。熱気でむっとする邸内は、花と音楽と、そちこちで同時に繰り広げられる会話であふれかえっていた。扉はすべて取り払われており、招待客が舞踏室から食堂、娯楽室へと自由に行き来できるらしい。

玄関広間にたどり着いた一行は、ノーベリー夫妻の出迎えを受ける長い列の末尾に並んだ。

「よくもまあ、みんな気取った顔でおとなしくしていられるものだな」招待客の群れを見ながら兄がつぶやいた。「長居は無理そうだ。気が変になる」

「最初のダンスが終わるまでは一緒にいてくれる約束よ」

兄は嘆息した。「おまえのためなら我慢するよ。でもこういう集まりは吐き気がする」

「わたしも」ミス・マークスがうんざりした口調で言い、一同を驚かせる。彼女はまるで敵地をうかがうかのように、群衆のほうをにらんでいた。

「これは、これは。またもやきみと意見が一致するとは」レオはどこか愉快げな、それでいて困惑した面持ちでミス・マークスを見やった。「これくらいにしておこう、ミス・マークス。胃がひっくりかえりそうだ」

「そういう言葉は控えてください」彼女はぴしゃりとたしなめた。

「胃のことか？　どうして」

「内臓の具合を口にするなんて無神経ですわ」長身のレオを上から下まで、蔑みを込めた目で見る。「そもそも誰もあなたの体なんかに興味ありませんから」

「そうかな。じつを言えば、これまでにもう何人もの女性から体のある部分について――」

「レオ」キャムがさえぎり、いい加減にしろとばかりににらんだ。

ようやくニューベリー夫妻からの歓迎を受けたあと、一行は思い思いの場所へと散った。レオとキャムは娯楽室へ、女性陣は食堂へ。アメリアはすぐに、おしゃべりに興じる既婚婦人方につかまってしまった。

「食欲がないわ」ポピーはつぶやき、コールドミートや牛肉、ハム、ロブスターのサラダなどが並ぶテーブルを不快げに見やった。

「わたしはおなかぺこぺこ」ベアトリクスがすまなそうに言う。「ちょっとつまんできてもいい？」

「もちろん。ここで待っているわ」

「サラダだけでも食べなさい」ミス・マークスがポピーに助言した。「変に思われないように。それと、笑って」

「こんなふうに？」ポピーは口の端を上げてみた。

ベアトリクスが眉をひそめる。「それじゃ全然かわいくない。鮭みたいだわ」

「鮭になった気分だもの。茹でて、ほぐされて、鍋に入れられた鮭よ」

ビュッフェに並ぶ客のために、従僕が皿に料理を盛り、手近なテーブルへと運んでいく。

ポピーがその列に並んでいると、レディ・ベリンダ・ウォールズコートが近づいてきた。

ベリンダとはこのシーズンに親しくなった。社交界にデビューするなり数人の好ましい殿方から求愛を受けた彼女は、あっという間に婚約までこぎつけた。

「ポピー」ベリンダは優しげに声をかけた。「よかった、お会いできて。あなたは来ないかもしれないと、みなさんがおっしゃっていたから」

「シーズンを締めくくる舞踏会なのに？」ポピーは笑顔を作った。「来るに決まっているでしょう？」

「本当によかった」ベリンダは思いやり深くポピーを見つめ、声を潜めてつづけた。「でも、残念だったわね。心から同情するわ」

「あら、同情していただくようなことなんてなにもないわ」ポピーは明るく応じた。「とっ

「けなげな方。大丈夫、いつかきっとあなたの前にカエルが現れて、ハンサムな王子様に変身するわ」

「そのとおり」ベアトリクスが割って入った。「これまでポピーが出会った王子様はみんなカエルに変身しちゃったんだものね」

困惑した表情を浮かべたベリンダは、こわばった笑みをたたえて姉妹から離れていった。

「ミスター・ベイニングはカエルじゃないわ」ポピーは妹に抗議した。

「それもそうね。カエルに悪いもの。カエルのほうがずっとかわいいわ」

さらに抗議しようと口を開いたポピーの耳に、ミス・マークスの忍び笑いが届く。ポピーも思わず笑いだし、しまいにはビュッフェに並ぶ人びとの注目を浴びるしまつだった。

ベアトリクスが食事を済ませたところで、三人は舞踏室へと移動した。階上のギャラリーから楽団の奏でる音楽が絶え間なく流れてくる。巨大な舞踏室は八基のシャンデリアで照らされ、あふれんばかりの薔薇と緑の濃厚な匂いが満ちている。

情け容赦なく締めつけてくるコルセットのせいで、ポピーは肺に空気を取りこむのにも一苦労だ。「なんだか暑いわ」

彼女の頰が汗ばんでいるのに気づいたミス・マークスは、すぐさまハンカチを取りだし、一隅にずらりと並ぶ籐椅子のほうへといざなった。

「本当に暑いわね。すぐにお兄様かミスター・ローハンを捜してくるから、少し外に連れて
ても元気だもの！」

いってもらいなさい。その前に、ベアトリクスの様子を見てくるわね」

「ええ、お願い」ポピーはやっとの思いで返事をした。見るとベアトリクスの前にはすでに紳士がふたり現れ、ダンスを申し込んでいる。妹はポピーとちがい、男性とも気さくに話せるたちだ。ふたりの紳士はベアトリクスにうっとりとなっている。妹がふだん野生動物に接するときと同様、ユーモアを交えて優しく、忍耐強く対応するからだろう。


ダンスカードに名前を書きこむ妹にミス・マークスが助言を与えているあいだ、ポピーは椅子の背にもたれて、鉄の枷のごときコルセットに負けじと息をすることに集中しようとした。けれども運悪く、花輪模様の美しい柱の向こう側から女性たちの会話が聞こえてきた。


若い女性が三人、意地の悪い喜びのにじむ低い声でしゃべっている。

「ミスター・ベイニングが彼女を選ぶわけがないわ」ひとりが断言した。「たしかに彼女はきれいよ。でも社交界には向いてない。知りあいの殿方が、王立美術館で開かれたこぢんまりした展覧会で、彼女に話しかけてみたんですって。そうしたら彼女、なんだかつまらないことをぺちゃくちゃとしゃべりだしたらしいの……大昔にフランスの舞踏会で、ルイ何世かの御前で羊を宙に浮かせる実験が行われてどうのこうのって。ありえないと思わない？」

「ルイ一六世よ」ポピーはささやいた。

「でも、しかたないのかもしれないわね」別のレディが指摘した。「変わったご一家だもの。ラムゼイ卿だけは社交界に向いていなくもないけど、あの方もなにかと評判だから」

「ろくでなしらしいわね」もうひとりが同意した。

それまで熱っぽかったポピーの体は、急速に冷えていった。不快感に目を閉じ、消えてしまいたいと思う。やはり来るのではなかった。マイケル・ベイニングなどなんとも思っていない、悲嘆に暮れてなどいないと、みんなに示してみせたかったけれど……実際には彼をまだ思っているし、悲嘆に暮れている。ロンドンでは誰もがうわべをとりつくろい、見栄を張る……でも、自分の心に正直でいるのはそんなに許されないことなのだろうか。

きっとそうなのだろう。

無言で座ったまま、手袋をはめた手をぎゅっと握りあわせていると、舞踏室の入り口のほうからなにやらざわめきが聞こえてきた。社交界の重要人物が現れたのだろう。王族の誰かか、軍の偉い人か、あるいは有名な政治家か。

「どなたかしら」柱の向こうにいる女性のひとりがたずねる。

「初めて見る方ね」と別の女性。

「ハンサムじゃない？」

「ほんとね。きっとよほどの人物よ。そうでなかったら、あんなに騒がれないもの」

軽やかな笑い声。「それにレディ・ノーベリーが、あんなにうきうきした顔をするわけがないもの。見て、頬まで真っ赤にして！」

好奇心に駆られたポピーは思わず身を乗り出し、一目見ようとした。けれども視界に入るのは、周囲よりひときわ高い長身と黒髪だけ。その男性は舞踏室へと足を踏み入れながら、周りの人と気さくにおしゃべりを楽しんでいた。宝石で飾りたてたレディ・ノーベリーが満面の笑みを浮かべて、男性の肘に太い腕をからめている。

男性の顔を見るなり、ポピーは乗り出した体を椅子の背に戻した。

ハリー・ラトレッジだった。

いったいどうして彼がここに。それに、なぜ彼を見たとたんに笑みがこぼれたのか。たぶん、前回彼と会ったときのことを思い出したからだろう。あのときハリー・ラトレッジは剣術用の白い運動着姿で、いたずらなサルを串刺しにしようとしていた。ところが今夜の彼ときたら黒の夜会服に身をつつみ、ぱりっとした純白のクラヴァットまで巻いて、怖いくらいハンサムだ。立ち居振る舞いも話をするさまもじつに気取りがなく、なにをするときもあのように堂々としているのだろうと思わせる。

そこへミス・マークスが戻ってきた。ベアトリクスは金髪の紳士と一緒に、ワルツを踊る人の群れのほうへと向かっている。「気分はどう――」口を開きかけたミス・マークスが鋭く息をのむ。「あの男……どうしてここに」

彼女が〝あの男〟などと乱暴な物言いをするのはかつて聞いたためしがない。お目付け役の意外な反応に眉根を寄せながらも、ポピーは応じた。

「わたしもびっくりしたわ。でも、どうしてミス・マークスが――」

お目付け役の視線の先を追ったポピーは言葉を失った。

彼女が見ていたのはハリー・ラトレッジではない。

マイケル・ベイニングだった。

ポピーの胸に耐えがたいほどの痛みが広がる。引き締まった体に、端整な面立ち。元恋人は部屋の向こうに立ち、ポピーにじっと視線をそそいでいた。彼女を拒絶し、ゴシップの的にしておきながら、どうして舞踏会に来られるのだろう。ひょっとして次の恋人を探すため？　きっとそうだ、自分がベルグレーヴィアで夫探しに夢中なレディを相手にダンスを楽しんでいるころ、ポピーはホテルのスイートルームで枕を濡らしているとでも思ったのだ。

本当はポピーだって、そうしていたかった。

「なんてこと」彼女はささやき、気づかわしげな表情のミス・マークスを見つめた。「こっちに来させないで」

「彼も醜態を演じるつもりはないはずよ」お目付け役は穏やかに指摘した。「むしろ、二言三言の言葉を交わしたほうが、お互いに気が楽になると考えているのでしょう」

「どうしてそんな」ポピーは声を荒らげた。「いまはそんなことできない。彼と向きあうなんていや。お願いよ、ミス・マークス――」

「そうね、向こうに行ってもらいましょう」ミス・マークスは優しく言うと、背筋をぴんと伸ばした。「心配いらないわ。落ち着いて」ポピーの前に立ちはだかり視界をさえぎってから、マイケルに話をつけに向かう。

「ありがとう」聞こえないのは承知のうえで、ポピーはお目付け役に礼を言った。悲嘆のあまり涙があふれそうになるのを覚えて、目の前の床をひたすら見つめる。泣いてはだめ。こらえるのよ。こんなところで――。

「ミス・ハサウェイ」レディ・ノーベリーがほがらかに呼ぶ声が、必死に自分に言い聞かせていたポピーを現実へと引き戻した。「こちらの殿方が、あなたにご紹介いただきたいとおっしゃるのよ！　本当になんて幸運なお嬢さんなんでしょう。ご紹介するわ、あのラトレッジ・ホテルを経営なさっているミスター・ハリー・ラトレッジ」

丹念に磨き上げられた黒革の靴が視界に入る。ポピーは打ちひしがれたまま顔を上げ、鮮やかな緑の瞳を見つめた。

ハリーがおじぎをし、彼女の瞳をとらえる。

「ミス・ハサウェイ、よろしかったらワルツを――」

「ええ、ぜひ」ポピーは言うなり、文字どおり椅子から飛び上がってハリーの腕をとった。喉の奥が詰まって、なかなか言葉が出てこない。「さあ、早く」

まごついたレディ・ノーベリーが笑い声をあげた。「まあ、ずいぶん熱心だこと」

あたかも命綱にすがるかのように、ポピーはハリーの腕をきつくつかんだ。上等なウールの袖を握りしめる彼女の指に、ハリーが視線を落とす。彼は空いているほうの手をポピーの手に重ね、親指で手首を撫でた。互いの手袋越しにも、ポピーは安らぎを感じとれた。

そこへちょうど、マイケル・ベイニングとの話を終えたミス・マークスが戻ってきた。ハリーの顔を見るなり眉間にしわを寄せ、「許しません」と抗議をする。

「許しません？」ハリーは口元に笑みを浮かべた。「まだなにも訊いていないのに」

ミス・マークスは冷ややかに彼をにらんだ。

「ミス・ハサウェイと踊るつもりなのでしょう?」

「異論がおありですか?」ハリーは無邪気にたずねた。

「大ありだわ」ミス・マークスのあまりにも無愛想な態度に、レディ・ノーベリーもポピーもいぶかしむばかりだ。

「ミス・マークス」レディ・ノーベリーが割って入る。「こちらの紳士のお人柄なら、わたくしが保証しますわよ」

ミス・マークスはキッと唇を結んだ。涙が光るポピーの瞳と、赤く染まった頬に気づくなり、いまにもとり乱しそうになっているのだと悟ったらしい。「ダンスが終わったら、彼の左腕をとって言うのよ」彼女は厳しい声でポピーに指示した。「すぐにわたしのところまでエスコートし、それが済んだら立ち去るようにって。いいわね」

「ええ」ポピーはささやき、ハリーの広い肩越しに部屋の向こうへ視線をやった。

青ざめた顔をしたマイケルが、じっとこちらを見ている。

自分が置かれた状況に耐えられない。いますぐ舞踏室から走って逃げだしてしまいたい。でもダンスを踊らねばならないのだ。

ハリーはワルツに興じる男女の群れのほうにポピーをいざない、手袋をはめた手を彼女の腰に置いた。ポピーも腕を伸ばし、震える手をそっと彼の肩にのせ、もう一方の手で彼の手を握りしめた。ほんの一瞬、周囲に視線を投げたハリーは、それですべてを把握したらしい。ポピーの頬を伝う涙。マイケル・ベイニングのこわばった表情。そして、周りの人間の好奇心に満ち満ちた目。

「どうしてほしい？」ハリーは静かにたずねた。

「どこかへ連れていって。できるだけ遠くに。ティンブクトゥまで」

そのせりふに笑みを浮かべつつ、ハリーは思いやり深く彼女を見つめた。「あいにくティンブクトゥはいま、欧州人の入国を認めていないのではないかな」踊る人びとの輪へとポピーを引きこみ、時計回りの流れにのって、反時計回りのすばやいターンをくりかえす。転ばずにいるためには、ためらわず彼の動きに合わせるしかない。

マイケル以外に集中できるものがあるのが、心からありがたかった。思ったとおり、ハリーはたいそうダンスがうまく、そのなめらかでいて力強いリードに身を任せるうち、心が安らいでいった。

「ありがとう。変に思ったでしょう、どうしてわたしが――」

「いや全然。きみの顔にすべて書いてある。ベイニングと、こっちを見ている連中の顔にも。きみは本心を隠すのがあまり上手ではないようだ」

「だって、いままでは隠す必要なんてなかったもの」悲しむべきことに、ポピーの喉は詰まり、目の奥もちくりと痛みはじめている。彼女は衆目の前で泣き崩れそうになっていた。落ち着きを取り戻そうとして深呼吸をすると、コルセットが肺を締めつけ、めまいに襲われた。

「ミスター・ラトレッジ」ポピーは苦しげに呼びかけた。「外の空気が吸いたいから、テラスに連れていってくださる？」

「もちろん」穏やかな声が安心感を与えてくれる。「もう一周したら、ここを抜けだそう」

こんなときでなかったなら、ポピーはハリーの自信に満ちあふれたリードと、軽快な音楽に喜びを覚えていただろう。彼女は思いがけない救い主をまじまじと見つめた。優雅な夜会服に身をつつんだハリーに目がくらみそうになる。豊かな黒髪は丁寧に後ろに撫でつけてあった。とはいえ目の下にはまたもやうっすらとくまが浮いている。瞳をのぞきこめば、悩める魂が見えそうだ。夜もあまり眠れないにちがいない。体のことを気づかってくれる人はいないのだろうか。

感覚が麻痺したかのようなわびしさにつつまれていてもなお、ポピーにはわかった。ハリー・ラトレッジは、彼女に関心を抱いていると周囲に誤解されるのを承知のうえで、ダンスを申し込んだのだ。

でも、彼が自分に関心を抱くわけがない。

「どうして」ポピーはよく考えもせず、唐突にたずねた。

「どうしてって、なにが」

「なぜわたしをダンスに誘ったの」

ハリーは返事をためらった。気の利いたせりふを口にするべきか、それとも正直に言うべきか決めかねている様子だったが、けっきょく後者を選んだ。

「きみを抱きしめたかったから」

心の底から当惑し、ポピーは真っ白なクラヴァットをひたすら見つめた。いままでなかったなら、こんな状況でなかったなら、彼の言葉に心が浮きたっただろうに。でもマイケルに捨てられた悲嘆に暮れているいま、そんな気分にはとうていなれない。

ハリーは踊る人びとの輪から驚くほどすばやい身のこなしでポピーを引き離すと、テラスへとつづくフランス戸のほうに引っ張った。ポピーは抗いもせず従った。誰に見られようが見られまいがかまわなかった。

外の空気は涼しくて心地よく、肺のなかがすうっとしていくのを感じた。ポピーは短い呼吸をくりかえし、息が詰まる舞踏室から逃れられたことを心底ありがたく思った。熱い涙が頬を伝う。

「おいで」ハリーが言い、屋敷の横幅いっぱいに延びるテラスの隅のほうへといざなった。眼下に広がる芝生が、静かな海原に見える。ハリーに引っ張られた先は影につつまれていた。彼が上着のポケットに手を入れ、上等なリンネルのハンカチを差しだす。

ポピーは受け取ったハンカチで涙を拭いた。「ど、どれだけ謝っても」ととぎれとぎれに言う。「謝りたりないわね。せっかくダンスに誘ってくださったあなたに、な、泣き虫のお守りをさせてしまうなんて」

どこか愉快げに、それでいて思いやり深く彼女を見つめながら、ハリーはテラスの手すりに肘をのせて寄りかかった。沈黙がありがたかった。どんな言葉も傷ついた心を癒せはしないとわかっているかのように、彼は無言で待っている。

ゆっくりと息を吐いたポピーは、夜風の冷たさと心地よい静けさに心が穏やかになっていくのを実感した。「ミスター・ベイニングは、結婚を申し込んでくれるはずだったの」彼女は打ち明け、子どもみたいにちんと洟をかんだ。「でも気が変わったのですって」

じっと見つめてくるハリーの瞳が、暗闇のなかで猫の目のごとく光る。「理由は？」

「お父様に反対されたから」

「それできみはショックを受けた？」

「ええ」と答えてからポピーは言い訳がましくつけくわえた。「だって彼が、きっと許してもらえると言っていたんだもの」

「ミスター・ベイニングのような立場の男性は、望む相手とはなかなか結婚できないものだ。彼らには、自分自身の希望よりも重視しなければならないことがたくさんある」

「愛情よりも大切なものがあるというの？」ポピーは苦々しげに詰問した。

「もちろん」

「そうはいっても、けっきょく結婚は同じ神によって創りだされた男女がするものでしょう？　それ以上でも以下でもないはずよ。そんなふうに考えるわたしが子どもなの？」

「そうだね」ハリーは淡々と答えた。

おもしろくもなんともないのに、なぜかポピーは笑ってしまった。

「おとぎ話の読みすぎね。王子様はドラゴンを倒し、ならず者を退散させ、使用人の娘を妻に迎えてお城で幸福に暮らす、だなんて」

「おとぎ話はあくまで楽しむものだ。人生の道しるべにはならない」ハリーはそう言って、きちょうめんな手つきで手袋をはずすと上着のポケットにしまった。両腕を手すりにのせ、横目でポピーを見る。「王子様に捨てられた使用人の娘は、これからどうする?」

「家に帰るわ」ポピーは湿ったハンカチをぎゅっと握りしめた。「わたしはロンドンにも、この街が生みだす幻想にもついていけないから。ハンプシャーの田舎に帰って、静かに暮らしたい」

「いつまで?」

「一生」

「そうして農夫と結婚する?」ハリーは疑わしげにたずねた。

「そうね」ポピーは頰に残る涙の跡をぬぐった。「農夫と結婚すれば、きっといい奥さんになれると思うわ。牛の相手は得意なの。ホッチポッチも作れるし。それに波風のない静かな暮らしなら、読書もたっぷりできる」

「ホッチポッチ? なんだいそれは?」ハリーは興味津々といった口調でたずね、彼女のほうに身を乗り出した。

「野菜と肉のスープ」

「誰に教わったんだい?」

「母よ」ポピーはとっておきの秘密を教えるときのように声を潜めた。「隠し味にね」ともったいぶって言う。「エールを少し入れるの」

ふたりの距離は妙に近かった。ハリーから離れるべきなのはわかっている。けれどもそばにいるだけでなぜか安心できるうえ、彼からさわやかな、惑わすような匂いが漂ってくる。夜風が吹いてあらわな腕に鳥肌がたち、ハリーの大きさとぬくもりをひしひしと感じる。彼に擦り寄り、ベアトリクスの小さなペットをまねて、暖かそうな上着のなかに身をうずめてしまいたい。

「きみは農夫の妻向きじゃない」ハリーが言った。

ポピーは苦笑交じりに彼を見た。「わたしを妻に迎える農夫なんていないということ?」

「いいや」ハリーがゆっくりと口を開く。「きみの考え方を尊重してくれる相手を探すべきだ」

ポピーはしかめっ面をした。「あんまり大勢はいないでしょうね」

ハリーはほほえんだ。「大勢はいらないだろう? ひとりで十分なはずだ」ポピーの肩をつかむ。チュールをあしらったドレスの袖越しに、手のひらのぬくもりが伝わってくる。チュールの端をもてあそんでいた親指が肌をかすめ、ポピーは胸がきゅんとするのを覚えた。「ポピー」と呼ぶ声は優しかった。「きみに求愛する許しを得たいと言ったらどうする?」

あまりにも意外なせりふに、頭のなかが真っ白になる。

でもついに、求愛の許しを乞う人が現れたのだ。

相手はマイケルではなかった。四度におよぶ社交シーズンに出会った、内気なわりにどこか尊大な貴族でもない。相手はハリー・ラトレッジ、ほんの数日前に知りあったばかりの、人目を避けて暮らす謎めいた男性だ。

「どうしてわたしに？」ポピーはそう問いかけるのが精一杯だった。

「きみは個性的だし美人だ。きみの名前を呼ぶだけで、なぜかほほえみたくなる。それになんといっても、ホッチポッチを食べたければきみを妻に迎えるしかない」

「ごめんなさい、でも……無理だわ。名案とは思えないもの」

「わが人生で一番の名案だと思うけどね。なぜ無理なんだい？」

ポピーは大いに混乱し、思わず口ごもった。「き、求愛期間を過ごすのが苦手なの。胃がきりきりするもの。それに最後は落胆させられるだけだし」

わずかに浮きでた鎖骨をハリーの親指が探りあて、ゆっくりとなぞる。

「きみの過ごした求愛期間は本来のものとはちがうようだが、なんならそういうのは全部なしにしてもいい。時間の節約にもなる」

「なしにしたいわけではないわ」ポピーはますます混乱した。ハリーの指先が首筋をなぞるのを感じて、身を震わせる。「わたしが言いたいのは……つらい思いをしたばかりなのに、あまりにも急すぎるということなの」

「前回きみに求愛したのは、ただの坊やだ。坊やは大人の指示に従わなくちゃいけない」ささやきかけるハリーの熱い息が、ポピーの唇をかすめる。「今度は人に指図されない、大人の男に求愛されてみないか？」

大人の男。たしかに彼はそうだ。

「そもそも、のんびり待ってもいられない状況だ」ハリーはつづけた。「なにしろきみはすぐにもハンプシャーに帰るつもりでいる。ポピー、わたしが今夜ここに来たのはきみに会うためなんだよ。それ以外の理由でこんな場所に来やしない」

「舞踏会が嫌いなの？」

「嫌いじゃないさ。ただ、ふだん顔を出すのはもっと別の人種が開くやつでね」

それがいったいどのような人たちなのか、ハリーがふだんどんな人と交流しているのか、ポピーには想像すらつかない。彼はあまりにも謎に満ちている。それにあらゆる意味で経験が豊富すぎて、ポピーは圧倒されるばかりだ。彼女が望む静かで平凡で健全な暮らしを、彼はけっして与えてくれまい。

「ミスター・ラトレッジ、悪くとらないでいただきたいのだけど、わたしにはどうしても、夫に望む条件があなたに備わっているとは思えないの」

「どうしてわかる？　わたしには、きみにまだ見せていない優れた面がいっぱいあるのに」

ポピーは弱々しく笑った。「あなたなら、魚を説得して皮を脱がせることもできそう。でも、やっぱりわたし――」ポピーは息をのみ、言葉を失った。ハリーがいきなり身をかがめ、あたかも彼女の笑いを味わおうとするかのように、唇の端に口づけたからだ。彼が身を離したあとも唇の感触は消えず、浮きたつ神経がその甘い快感を失うまいとしていた。

「一度、午後をともに過ごしてみよう」彼は有無を言わせぬ口調で言った。「明日がいい」

「だめよ、ミスター・ラトレッジ。わたしには――」

「ハリーだ」

「ハリー、むちゃを言わないで——」

「一時間でも無理かい？」彼はささやき、またもや身をかがめた。当惑したポピーが顔をそむけると、首筋に唇を押しあててきた。半開きにした唇が、敏感な素肌をかすめていく。

ポピーはいままで誰からも、マイケルにですら、そのような愛撫を受けたためしがない。これほどまでに心地よいものだとは思ってもみなかった。彼女はぼうっとなりながら首をのけぞらせ、頼もしい腕に身をゆだねた。圧倒せんばかりの入念さで唇が首筋を這い、舌先が脈打つ部分を探りあてる。大きな手がうなじをつつみこみ、親指の腹がやわらかな髪の生え際をなぞった。足元をふらつかせたポピーは、手を伸ばして彼の首につかまった。

ハリーはとてつもなく優しい愛撫でポピーの素肌を赤く染め、彼女の体に震えが走るたび、そこに口づけた。ポピーはわれ知らず愛撫にこたえ、自らも彼を味わおうとした。顔を上向けると、きれいに剃り上げられた顎に唇が触れ、ハリーが息をのんだ。

「二度と男のことで泣いたりしてはいけない」彼は頬に唇を寄せたままささやいた。「きみの涙にふさわしい男などいないのだから」そうしてポピーがなにか言おうとする前に、ぴったりと唇を重ねた。

けだるいキスに全身の力が抜けていき、ポピーはハリーにしなだれかかった。舌先が口内に忍びこんできて、優しく口のなかをまさぐる。じらされるような、なまめかしくも不可思議な感覚につつまれ、彼女は激しく身を震わせた。すると唇はすぐに離れた。

「すまない。怖がらせてしまったかい？」

かえす言葉が見つからない。怖いわけではなかった。むしろ、かつて足を踏み入れたことのない男女の奥深い世界を垣間見せられて、好奇心をかきたてられていた。男女の機微にういポピーでも、ハリーにある力が備わっているのがわかる。女性に喜びを与え、隠された一面を引きだす力だ。ポピーは自分にそんな一面があると考えたことも、見てみたいと思ったこともなかった。

喉元までせり上がってきた鼓動を、彼女は必死にのみくだした。唇が腫れたようにひりひりと痛み、どこかとも知れないところがうずいている。

ハリーは両手で彼女の頬をつつみこみ、赤みを帯びた肌を親指でなぞった。

「もうワルツは終わったはずだ。あのお目付け役はいまごろ、きみの戻りが遅いと言って猟犬さながらにわたしを捜しているだろうな」

「ミス・マークスは心配性なの」ポピーはそれだけ言うのがやっとだ。

「そのようだね」ハリーが両手を離す。

膝にまるで力が入らず、ポピーは思わずよろめいた。するとハリーは驚くべき反射神経で手を差し伸べ、ふたたび彼女を抱き寄せた。「落ち着いて」とささやきながら、小さく笑う。

「わたしのせいだね。あんなふうにキスをするのではなかった」

「そうよ」ポピーは応じながら、いつもの快活な自分がつかの間、戻ってくるのを感じた。

「お仕置きが必要ね……頬をたたくなりなんなり……あなたに誘惑されたレディは普通、どういう反応を示すの？」

「そうだな、もう一度キスをせがむかな」ハリーの役に立たない答えに、ポピーはほほえまずにはいられなかった。

「わたしはいやよ。そんなことするもんですか」

ふたりは暗闇のなかで向かいあっていた。明かりは上階の窓から流れてくるほのかな光だけ。人生はまったく予測がつかない。本当ならいまごろはマイケルと踊っているはずだったのに、現実にはマイケルに捨てられ、舞踏室の外の影につつまれ、よく知りもしない男性とたたずんでいる。

ポピーは不思議でならなかった。誰かを深く愛しながら、別の誰かに強く惹かれる自分がいる。でもたしかに、ハリー・ラトレッジほど魅力的な男性にはいままで会ったことがない。優しかったかと思えば、いきなり強引になったり、冷酷になったり。彼が本当はどのような人なのかさっぱりわからない。私生活ではいったいどんな顔を見せるのだろう。

その答えを知る日は来ないのだと思うと、残念でさえあった。

「じゃあお仕置きを」ハリーは促した。「どんな厳しいものでもいい」

闇のなかで見つめあいながら、ポピーは彼が本気で言っていることに気づいた。

「どこまで耐えられる？」

ハリーはわずかに首をかしげ、彼女をまじまじと見つめた。「どこまででも」

「じゃあ、お城を買ってと言ったら？」

「いいとも」彼は即答した。

「嘘よ、お城なんていらない。隙間風が寒いもの。ダイヤモンドのティアラならどう?」

「お安いご用だ。昼間も着けられるような上品なのがいいかい、それとももっと派手なやつ?」

ポピーは心からほほえんだ。ほんの数分前には、もう二度とほほえむことなどできないと思っていたのに。ハリーに対する好意と感謝の念がわいてくる。これほどまでに沈んだ気持ちを癒せる人は彼のほかにいまい。でもあらためてその顔を見上げたとたん、笑顔はほろにがいものへと変わった。

「ありがとう。だけどわたしが本当にほしいものは、誰からも得られないの」

つま先立って、ハリーの頰にそっと口づける。それは友情のあかし。

さよならのキスだった。

ハリーは彼女をじっと見つめた。その視線をどこか遠くに向けたかと思うと、身をかがめて荒々しく唇を奪った。唐突な振る舞いに当惑したポピーは足元をふらつかせ、反射的に彼につかまった。だがそんなことをするべきではなかった……時と場所を考えれば当然だ。それに、口内を甘やかにまさぐられ、味わわれながら、わきおこる喜びを感じたりしてはいけなかった。けれども彼の口づけにはどうにも抗えないものがあった。全身のあらゆる部分がなすすべもなく反応し、感情が燃えさかる。自らの鼓動と呼吸の速さに耐えられないほどだ。神経という神経に快感の火がともり、降るような星々につつまれる。タイルの床に小さな光の粒が落ち、水晶が割れるような音をたて……。

耳障りな音から逃れたくて、ポピーはいっそうハリーに身を寄せた。するとハリーはなにごとかささやきかけながら、あたかも彼女を守ろうとするかのように頭を自分の胸板に引き寄せた。

ポピーはまぶたを開け、とたんに体が冷たくこわばるのを覚えた。テラスには人が……複数の人が立っていた。

びっくりしてシャンパングラスを落としたレディ・ノーベリーに、その夫のノーベリー卿と初老の夫婦。

金髪の女性と腕を組んだマイケルまで。

一同は仰天の面持ちでポピーとハリーを凝視していた。

いまこの瞬間、黒い翼を背負った死の天使がぎらりと光る大鎌を携えその場に舞い降りたなら、ポピーは両手を広げて駆け寄っていただろう。ハリー・ラトレッジとテラスでキスをする場面を目撃されて、単なるスキャンダルで済むはずがない……この逸話は一種の伝説となる。ポピーは完璧に堕ちたも同然。彼女の人生はおしまいだ。一家の評判も地に堕ちる。噂は夜明け前にロンドン中に広まっているだろう。

自分の置かれた状況のあまりの恐ろしさにものも言えず、途方に暮れたポピーはハリーを見上げた。つかの間、狩りを終えた捕食動物の喜びが彼の瞳に宿った気がした。けれどもその表情は、すぐに優しげなものに変わった。

「言い訳のしようもない状況みたいだね」ハリーはささやいた。

10

ノーベリーの邸内をうろつきながら、レオは友人知人の様子をひそかに笑っていた。かつてのレオでさえ太刀打ちできないほどの放蕩で知られる若い貴族たちが、今夜ばかりはしゃちほこばっておとなしく振る舞い、一分の隙も見せない礼儀正さを保っている。同じように快楽にふけっても、男は女性とちがってほとんど罰を受けない。世の中はじつに不公平だな、とレオはつくづく思った。

礼儀作法にしたってそうだ。妹たちは、上流社会で必須とされるくだらないエチケットの数々を覚えこむのに、それは苦労した。かたわらではレオが、どうやってそれらを破ろうかと画策してばかりいたというのに。しかもレオは爵位があるおかげで、どんな所業に及ぼうとまず許されるのだ。夕食会では、魚料理にまちがったフォークを使ったレディは陰口をたたかれる。ところが男の場合は、飲みすぎても、きわどい冗談を口にしても、誰も気づかないふりをしてくれる。

のほほんとした顔で舞踏室に足を踏み入れたレオは、三枚扉のかたわらに立ち、周囲を観察した。まったくもってつまらない。相も変わらず生娘とそのお目付け役、噂好きの女たちばかりが集っている。まるでメンドリの群れだ。

そこへキャサリン・マークスの姿が視界に入った。部屋の片隅に立って、ベアトリクスが男と踊るさまをじっと見守っている。

お目付け役は、例のごとく堅苦しい雰囲気を漂わせていた。地味なドレスをまとった細い体は直立不動。彼女ときたら、機会さえあれば必ずレオを蔑み、知性に欠けるうすのろのようにあしらう。優しい言葉をかけても、冗談を言っても、にこりともしない。だから賢明なるレオは、できるかぎり彼女を避けている。

それなのに、最高の一夜を過ごしたあとのキャサリン・マークスはどんな表情を見せるのだろうかと妄想せずにはいられない。彼女の眼鏡をはずし、絹を思わせる髪をほどき、きついコルセットをはずして白い肌をあらわにし……。

妹のお目付け役のほかに、興味深いものはひとつとしてここにない。

レオはミス・マークスをからかいに行くことにした。

彼女のほうにぶらりと歩み寄る。「やあ、ミス・マークス。調子は——」

「いったいぜんたい、どこに行っていたの？」お目付け役は小声で咎めた。眼鏡の向こうで目がぎらついている。

「娯楽室だ。そのあとは軽く食事をね。ほかに行くところなどないだろう？」

「ポピーのそばにいる約束だったはずよ」

「そばにいてどうしろというんだい？　ダンスの約束はたしかにしたよ。だからこうしてやってきた」レオはいったん言葉を切り、あたりを見まわした。「で、妹はどこに?」

「知らない」

レオは眉根を寄せた。「なぜ知らないんだ? まさか見失ったのか?」

「最後に姿を見たのはきっかり一〇分前よ。ミスター・ラトレッジと踊っていたの」

「ホテルの経営者の? こういう場所にはまず顔を出さない男なんだが」

「今夜は現れたの」声を潜めたまま、ミス・マークスは苦々しげに説明した。「そしてどこかへ消えてしまった。ポピーと一緒にね。彼女を捜してきてちょうだい。いますぐよ。体面を汚されてしまうかもしれないわ」

「きみが捜しに行けばいいんじゃないのか?」

「ベアトリクスだって同じ目に遭う可能性があるのだから、誰かがそばにいなくちゃいけないでしょう? それに、ポピーがいなくなったことに周りの人が気づいたら困るわ。あの子を捜してきて、早く」

レオは渋い顔をした。

「念のために言っておくが、普通の使用人はあるじに指図などしないものだ。きみも今後は――」

「わたしのあるじは、あなたではありませんから」お目付け役はずうずうしくも言い張り、尊大に彼をにらんだ。

こっちだって、そんなものになりたくない。レオは怒りと興奮に駆られ、全身の毛という毛が立つのを覚えた。体のとある部分も同じ反応を示す。この反応に気づかれる前に、彼女の前から退散せねば。

「わかったよ、そうかっかしないでくれ。ポピーを捜してこよう」

「女性を誘惑するのに使えそうな場所から見ていってちょうだい。そんなにたくさんはないでしょう？」

「それが意外とたくさんあってね。きみも知ったらびっくりする——」

「早く行って。そろそろ我慢の限界なんだから」

探るような視線を室内に投げてから、レオはまず、向こう端のフランス戸のほうを見てみることにした。急いでいるのを誰にも悟られぬよう注意しつつ、できるかぎりすばやくテラスを目指す。だがこんなときにかぎって途中で二度も知人につかまってしまった。ひとりはとあるレディについてレオの見解を求め、もうひとりは貴族の未亡人を同伴しており、パンチの味がおかしいとこちらのレディがおっしゃるのだがきみはもう飲んでみたかい、と訊いてきた。

知人をかわしてようやくフランス戸のところにたどり着き、そっとテラスに出る。

驚くべき光景に、レオは目を丸くした。ポピーが背の高い黒髪の男の背に腕をまわしており……別の扉からテラスに出たらしい数人がその様子を見ていた。そのうちのひとりはマイケル・ベイニングで、嫉妬と怒りに青ざめている。

やがて黒髪の男が顔を上げ、ポピーになにやらささやきかけてから、冷ややかなまなざしをベイニングに向けた。

勝利のまなざしだった。

ほんの一瞬の出来事だったが、レオはまちがいなくその視線を目撃し、ことの次第を理解した。

「なんてこった」

妹は、とてつもない窮地に陥っていた。

ハサウェイ家の人間が引き起こすスキャンダルは、生半可なものでは終わらない。レオがポピーを舞踏室へと引きずり戻し、ミス・マークスとベアトリクスを呼び寄せたときには、騒ぎはすでに広まっていた。ときをおかずキャムとアメリアが四人を見つけ、一行はポピーを守るように取り囲んで舞踏室をあとにした。

「なにがあったんだ?」とたずねるキャムは一見くつろいだ様子だが、金褐色の瞳には警戒心が宿っている。

「ハリー・ラトレッジのしわざだよ」レオはつぶやいた。「説明はあとまわしだ。いまはなるべく早くホテルに戻って、やつと話しあおう」

真っ赤になったポピーの耳元に、アメリアがささやきかける。

「大丈夫よ。なにが起こったにせよ、ちゃんと解決できるから」

「無理よ」ポピーはささやきかえした。「今度ばかりは無理」

妹たちの頭越しに、レオはひそひそと噂しあう人びとを見やった。その場の誰もが一家をじろじろと眺めている。

「まるで波みたいだな。スキャンダルが室内に広がるさまが、目に見えるようだよ」

キャムがあきらめ顔で冷笑を浮かべる。

「ガッジョときたら……レオ、妹ふたりとミス・マークスを馬車まで連れていってやってくれ。アメリアとわたしは、ノーベリー夫妻にいとまを告げてくるから」

みじめさに打ちひしがれつつ、ポピーは兄に促されるがまま屋敷の外に出て、馬車のほうへと歩いた。沈黙が流れるなか、馬車ががくんと大きく一揺れして、ノーベリー邸をあとにする。

最初に口を開いたのはベアトリクスだった。「体面を汚されたの、ポピー?」と心配そうにたずねる。「ウィンが去年、されたみたいに?」

「そうだ」レオがうなずく横で、ポピーは小さなうめき声をもらした。「どうしてわが家の人間はこういう羽目にばかり陥るかな。ミス・マークス、注意点を詩にまとめてやってくれないか?」

「今回のことは避けられたはずよ」お目付け役はぶっきらぼうに応じた。「あなたさえ、もっと早くポピーを見つけてくれていたらね」

「そもそも、きみがポピーを見失わなければ避けられたはずだ」レオはやりかえした。

「いけないのはわたしよ」ポピーはふたりのいさかいに割って入った。兄の肩に顔をうずめているため、声がくぐもっている。「ミスター・ラトレッジと一緒に外に出たりしたのがいけないの。舞踏室にミスター・ベイニングがいるのを見つけて、それですっかり動転していたら、ミスター・ラトレッジがダンスを申し込んでくれたのよ。でも外の空気が吸いたくなって、それで一緒にテラスに――」

「いいえ、わたしの責任だわ」ミス・マークスがポピーと同じくらいうろたえた様子でさえぎった。「彼とのダンスを許したりしたんだもの」

「誰が悪いか考えても始まらん」レオは言った。「起こってしまったものはもうどうしようもない。だがあえて言うなら、責任はラトレッジにある。彼が今夜の舞踏会に現れたのも、狩りが目的だったんだからな」

「なんですって？」いきなり顔を上げ、ポピーは仰天の面持ちで兄を見た。「まさか……嘘でしょう。あれは単なる偶然よ、お兄様。ミスター・ラトレッジが、わたしの体面をわざと汚しただなんて」

「そうよ、故意だったんだわ」ミス・マークスが兄に同調した。「ハリー・ラトレッジが、なにかの最中にうっかり、人に見られるなんてありえない。彼が女性の体面を汚しかねない振る舞いを目撃されたら、それはわざとにちがいないわ」

レオはおや、とばかりに彼女を見た。

「どうしてきみが、そこまでラトレッジのやり方に詳しいんだ？」

お目付け役は真っ赤になった。レオから視線をそらさずにいるのも一苦労らしい。

「もちろん、そういう評判を耳にしているからですわ」

ポピーがふたたび肩に顔をうずめると、兄はそれ以上、ミス・マークスを追及するのをやめた。「恥ずかしくて死んでしまいそう」ポピーはうめいた。

「そんなことで死ぬものか」兄は応じた。「恥かきの専門家として言わせてもらうが、恥なんぞで死ぬのなら、わたしはもう何十回と死んでいる」

「何十回も死ねるわけがないじゃない」

「仏教徒ならできるらしいわ」ベアトリクスが助け舟を出す。

レオはポピーのつややかな髪を撫でた。「ハリー・ラトレッジも仏教徒だといいな」

「どうして？」とベアトリクス。

「やつを何十回とこの手にかけてやりたいからさ」


ハリーはレオ・ハサウェイとキャム・ローハンを私室の書斎で迎えた。このような場合、普通の一家ならどういう行動に出るかだいたい想像がつく……ハリーに正しい解決策を説き、金銭的な償いを要求し、話しあいの末に合意に至る。莫大な富を持つハリーが提示する額を、普通の家庭ならありがたく受け入れるだろう。彼は貴族ではないが、影響力も財力も十分にある。

だがレオやキャムに想定内の反応を期待するほど、ハリーもばかではない。彼らは一筋縄ではいかない。慎重に話を進める必要がある。といっても、とくに不安を感じているわけではない。女性の体面よりずっと重要な問題でも、巧みに交渉してきた彼だ。

舞踏会での出来事を頭のなかで反芻しただけで、ハリーはけしからぬ喜びにつつまれた。ほとんど有頂天だった。すべては予想以上に容易に運んだ。思いがけずマイケル・ベイニングまで現れたのだから、しめたものだった。ああなると、あの愚か者がポピーをのせた銀の皿をハリーに差しだしたも同然。あとは機会をうかがって、皿を受け取ればよかった。

そもそも、自分以外にポピーにふさわしい男などいない。彼女ほどの女性を手に入れるのをためらう男は、男としてどうかしている。ハリーは舞踏室で見たポピーの様子を思い出した。青ざめ、憔悴し、ひどく動揺していた。ところが彼が近づいていくと、まがうかたなき安堵の色を浮かべた。ポピーがハリーに慰めを求め、外に連れだすよう乞うたのだ。

乞われるがままテラスに連れだしたあと、満足感はたちまち、まったくなじみのない感情に取って代わられた。他人の痛みを消し去ってやりたいなどと思ったのは、生まれて初めてだった。たしかに、彼女がつらい思いをする原因を作らねばならなかったのは残念だ。だが目的のためには手段を選んでいられない。それにポピーをわがものにしたあかつきには、マイケル・ベイニングなぞよりずっと彼女を大切にしてやれる。

次なる課題はポピーの家族との交渉だ。ポピーの体面を汚したハリーに、彼らはさぞかし腹を立てているだろう。だがそんなことはどうでもいい。ポピーを説得して結婚にうんと言わせるのは難しくないはずだ。それさえうまくいけば、あとは家族がどれだけ反対しようが、最終的には認めざるを得なくなる。

なぜなら彼との結婚だけが、ポピーの名誉を挽回する唯一の方法だから。そのくらいばかでもわかる。

ハリーは無表情をよそおって、書斎に迎えたレオとキャムにワインを勧めたが、あっさりと断られた。

レオが暖炉に歩み寄り、炉棚に背をもたせて腕組みをする。キャムが革張りの椅子に腰を下ろし、長い脚を投げだして足首を交差させる。

そのくつろいだ様子にも、ハリーは騙されなかった。怒りと不快感とが室内を満たしている。ハリーもさりげない態度を保ったまま、どちらかが口を開くのを待った。

「先に言っておこう、ラトレッジ」レオは愛想よく始めた。「わたしはすぐにもきみを殺すつもりだったんだが、ローハンから、少し話してみるべきだろうと提案されてね。だがローハンの本当の狙いは、わたしを差し置いて自らきみを手にかけることにあるはずだ。それから、たとえローハンとわたしがきみを見逃したとしても、義弟のメリペンだけは誰にも止められないから覚悟しておけ」

ハリーは重厚なマホガニーの机の端に浅く腰かけた。

「だったらポピーとわたしが結婚するまで待ったらいかがです？　そうすれば彼女は立派な未亡人になれる」

「まさか」キャムが口を開いた。「ポピーとの結婚をわれわれが許すとでも？」

「あのような醜聞のあとでは、わたし以外の誰も彼女を妻には迎えない。それどころか、ハサウェイ家の人間は今後いっさいロンドン社交界で歓迎されませんよ」

「歓迎されないのは、きみも同じだろう」キャムは金褐色の目をいまいましげに細めた。

「断っておくが」レオがさりげなさをよそおって言う。「わたしが爵位を継ぐ前、ハサウェイ家は何年間もロンドン社交界の外で暮らしてきたんだ。だから社交界から歓迎されようがされまいが、これっぽっちも気にはならん。相手が誰だろうが、いかなる理由があろうが、ポピーは自分の望む男としか結婚しない。妹の見解では、きみとはまるで合わないそうだ」

「女性の見解は、ころころ変わるものですからね」ハリーはやりかえした。「明日にでもポピーと話をさせていただきたい。彼女を説得して、いまの苦境から助けだしてみせますよ」

「ポピーを説得する前に」キャムが口を挟んだ。「まずはわれわれを納得させてもらおうか。きみの経歴がさっぱりわからないので、不安でしかたなくてね」

もちろん、キャム・ローハンはハリーの過去を多少なりとも知っているはずだ。高級賭博クラブの支配人だったキャムなら、どのような個人情報もこっそりと手に入れられる。いったいどれだけの事実を握られているのか、ハリーはぜひとも知りたかった。

「まずはわたしについて、どんな情報を得ているか教えてくれませんか」彼はさりげなく促した。「事実ならちゃんと認めますから」

金褐色の目が、まばたきもせずにハリーをとらえる。

「きみはニューヨークの出身で、父親もホテルの経営者としてそれなりに成功していた」

「正確には、バッファローの出身です」

「父親とは折り合いが悪かったが、なにかと助言を与えてくれる人物と出会えた。建築業界で見習い工になり、やがて工学の知識と製図の腕を高く買われるまでになった。そうして真空管やボイラーの特許を複数取得した。二〇歳になると米国を離れて英国に渡ったが、理由はわかっていない」

キャムはいったん口を閉じ、ハリーの反応をうかがった。

ハリーはそれまでの平静さを失い、肩をいからせていた。強いて肩を下げ、うなじに手を伸ばして筋肉を揉みほぐしたい衝動を抑えこむ。「つづけてください」と穏やかに促した。

キャムは応じた。

「きみは個人投資家を集め、自らはほとんど金を出さずにいくつもの住居を買いとった。それらの住居を一時的に貸しだし、その後は壊して、同じ通りに立つ住居も買い占めたのち、われわれがいまいるホテルを建設した。家族はニューヨークに残してきた父親だけで、連絡はいっさいとっていない。忠実なる友人がひとにぎりと、大勢の敵がいるが、多くはいつの間にかきみに好意を抱いてしまうらしい」

ここまで個人情報を暴きだすのだから、キャム・ローハンは相当な人脈を持っているにちがいない。「英国でそこまでわたしのことを知っている人間は三人だけです」ハリーはつぶやき、キャムに話したのはどいつだろうと考えをめぐらした。

「これで五人になったわけだな」レオが言った。「ローハンが言い忘れた、じつに興味深い事実もあるぞ。きみは標準仕様の軍用小銃を改良後、陸軍省のお気に入りになった。だが取引相手は英国政府だけではなく、国外の王族や犯罪者にも及ぶらしい。どうやらきみはこれまで、自分に都合のいい一面しか周囲に見せてこなかったようだ」

ハリーは冷ややかにほほえんだ。「自分自身や過去について、嘘をついた覚えはありませんよ。できるかぎり他人の耳に入らぬよう心がけているだけです。取引相手の件も、誰かに忠誠を誓っているわけではありませんからね」

サイドボードに歩み寄り、グラスにブランデーをそそぐ。両手でグラスを持って中身を温めながら、男たちを見つめた。キャムはまだなにかを知っているにちがいない。だが短時間とはいえ彼らと話をしたおかげで、一家がポピーの体面を保つためになにかを強要してくる可能性はないとわかった。ハサウェイ家は体面など気にしていない。ハリーの金も、影響力も求めていない。

ということは、いまはポピーのことだけを考えればいいのだ。

「おふたりが認めようが認めまいが」彼は告げた。「妹さんに結婚を申し込むつもりです。選択するのは彼女自身だ。彼女がプロポーズを受け入れたら、何人なりとも結婚を止められない。おふたりの心配な気持ちはわかります。でも彼女にはなに不自由のない暮らしを約束しますよ。大切に守り抜き、いつくしみ、甘やかすつもりです」

「彼女を幸せにするすべが、きみにわかるものか」キャムが静かに抗議した。

「幸い」ハリーはかすかな笑みを浮かべた。「わたしは周りの人間を幸せにするのが得意なんですよ——幸せだと思わせるのが、と言ったほうがいいのかな」言葉を切り、ふたりの険しい表情をうかがう。「ポピーとの話しあいを阻止するつもりですか?」ハリーは形ばかりたずねた。

「いいや」レオが応じた。「ポピーは子どもでも、ペットでもないからな。妹がきみと話したいというのなら邪魔はしない。ただし、結婚を承諾させるためにきみがなにを言おうがなにをしようが、すべて家族で検討させてもらうから覚えておけ」

「それともうひとつ」とつけくわえるキャムの声は、あらゆる感情を押し隠した、冷たい優しさを帯びていた。「きみがポピーとの結婚にこぎつけたあとも、彼女がわれわれの妹である事実に変わりはない。つまりきみは大家族の一員になるわけだ――なんとしても彼女を守ろうとする家族のね」

その言葉には、さすがのハリーもためらいを覚えた。

一瞬だけだったが。

11

「兄もキャムもあなたが気に入らないみたい」

ポピーは翌日、午前中にハリーと会い、ホテルの裏手にある薔薇園を歩きながらそう告げた。スキャンダルは野火のごとくロンドン中を駆けめぐり、早急になんらかの手を打たねばならない状況にある。ハリー・ラトレッジのことだから紳士らしく結婚を申し込み、彼女の名誉を挽回しようとするにちがいない。けれども当のポピーは、自分に似つかわしくない男性と添い遂げるのと、一生蔑まれるのと、どちらがましなのかよくわからずにいる。そもそも出会ったばかりで、ハリーの人となりもろくに知らないのだ。それに家族のあいだでも、ハリーの支持率はきわめて低い。

「ミス・マークスもあなたを嫌っているわ」ポピーはつづけた。「姉のアメリアは、よく知らない人を好きも嫌いもないと言うけど、どちらかというと好きじゃないみたい」

「ベアトリクスは？」ハリーがたずねた。ポピーを見下ろしたとき、陽射しが彼の黒髪をきらめかせた。

「あの子は好きだって。でも妹は、トカゲやヘビも得意だから」

「きみは？」

「トカゲもヘビも大の苦手」

ハリーの口元に笑みが浮かぶ。

「今日はごまかさないでくれないか。どういう意味で訊いたか、わかっているね？」

ポピーはぎこちなくうなずいた。

ゆうべはさんざんだった。夜明け近くまで家族と話し、泣き、議論し、おかげでほとんど眠れなかった。朝を迎えたあともふたたび議論がつづいて、ついには胸の奥が、もつれた感情の煮えたぎる大釜のように感じられるしまつだった。

安寧な、見慣れた世界が混沌と化したいま、薔薇園の静けさはえもいわれぬ安堵感をもたらしてくれる。不思議なことに、ハリー・ラトレッジといると少し気持ちが楽になった。苦境に陥った原因は彼にもあるのに。彼は穏やかで自信に満ちあふれており、現実と向きあうとしながら一方で思いやりも忘れないその態度が、ポピーに安らぎを与えてくれる。

咲き誇るピンクと白の蔓薔薇を這わせた、大きな東屋でふたりは歩みを止めた。ベアトリクスはそばの生垣のあたりをぶらぶらしている。ミス・マークスやアメリアではなく、ベアトリクスを今日のお目付け役に選んだのはポピー自身だった。姉たちが一緒では、ハリーとふたりきりで話せる時間は一瞬たりともないと思ったからだ。

「あなたのことは好きよ」ポピーははにかんで言った。「でも、それだけじゃ結婚はできないでしょう？」

「世の多くの夫婦は、好きでもない相手と結婚しているよ」ハリーは彼女をまじまじと見つめた。「ご家族と話はしたんだろう？」

「たっぷりとね」当のポピーがハリーの申し出を断ると決めているにもかかわらず、家族は彼女に、結婚生活がいったいどんなものになるか、さんざんこきおろして聞かせたのだった。ポピーはすまなそうに口元をゆがめた。「家族の意見を聞かされたあとでは、申し訳ないけれど――」

「ちょっと待った。答えを出す前に、きみ自身の考えを聞かせてくれないか。きみの気持ちを」

やっと風向きが変わった。家族との会話を思い出したポピーは、いらだちを覚えて目をしばたたいた。兄たちもミス・マークスも、もちろんポピーによかれとの気持ちからなのだろうが、これからどうするべきかを説くばかりで、ポピーがどう感じているのかなどろくに考慮してくれなかったのだ。

「それは……あなたとは知りあったばかりでしょう？　だから、ミスター・ベイニングに恋をしていたときみたいに、将来のことをすんなりと決めるのは無理だわ」

「まだ彼との結婚に望みをつないでいるのかい？」

「いいえ、そうじゃないの。その可能性はすべてついえたもの。でも、まだ彼を思う気持ちは残っていて、彼を忘れられないかぎりは自分の判断を信じないほうがいいと思うの」

「じつに賢明だ。ただし、いますぐ決めなければいけない問題もある。わたしとのことも、そのひとつだ」ハリーはやや間を置いてから、穏やかにたずねた。「スキャンダルにまみれたままハンプシャーに戻ればどんな目に遭うか、自分でもわかるだろう?」

「ええ。きっと……控えめに言っても、いやな思いをするわね」現実には、ふしだらな女として蔑みと哀れみと嘲笑の的になるのだ。ひょっとすると、妹が望ましい相手と結婚することもかなわなくなるかもしれない。「それに家族は、そうした陰口からわたしを守れない」

ポピーはのろのろと言い添えた。

「でも、わたしならできる」ハリーは言い、編んでまとめた彼女の髪に手を伸ばすと、ヘアピンを指先で押しこんだ。「ただし、きみが妻になってくれればの話だ。赤の他人ではさすがのわたしも打つ手はない。それに、周りはきみにいろいろと助言するだろうが、けっきょくのところ噂の矢面に立たされるのはきみ自身なんだよ」

ポピーは笑みを浮かべようとしたが、うまくいかなかった。

「穏やかで平凡な人生を夢見ていたけど、あきらめるしかないのね。社交界からつまはじきにされて生きていくか、ホテル経営者の妻になるか、ふたつにひとつしかないんだわ」

「後者を選ぶのがそんなにいやかい?」

「これまで望んできた生き方ではないもの」ポピーは正直に答えた。

その言葉の意味をじっくり考えながら、ハリーはピンクの薔薇を指先で撫でた。

「たしかに田舎のコテージのように静かな暮らしは望めないだろう。一年の大半はここに住むことになる。でもたまには田舎にも行けるはずだ。結婚祝いにハンプシャーに家がほしいというのなら、わたしが買ってあげる。きみ専用の馬車も、馬車を引く四頭の馬も」

この人なら本当にそうするのでしょうね。ポピーは思い、苦笑交じりにハリーを見た。

「買収するつもり？」

「そうだよ。うまくいきそうかな？」

期待の込められた口調に、ポピーはほほえんだ。「名案だけど、残念ね」かさかさという葉音が聞こえ、ポピーは妹に呼びかけた。「ベアトリクス、そこにいるの？」

「生垣を二列離れたところよ」妹の明るい声がかえってきた。「メデューサがいも虫を見つけたの！」

「よかったわね」

ハリーは当惑の面持ちだ。

「メデューサというのは誰……いや、なんだい、と訊いたほうがいいのかな」

「ハリネズミよ。少し太り気味だから、妹が散歩をさせているの」

ハリネズミと聞いても、ハリーは冷静さを失うまいとしていた。

「そういう生き物を駆除するために、高い賃金を庭師に払っているんだが」

「その点なら心配はいらないわ。メデューサはここの泊まり客なの。ベアトリクスから逃げたりもしない」

「泊まり客」とおうむがえしに言うハリーの口元に笑みがにじむ。彼はじれったそうに二、三歩歩いてから、ポピーに向きなおった。次に口を開いたときには、声音に切迫感が漂っていた。「ポピー、なにが不安なのか言ってくれ。そんなもの解消してあげるから。きっと互いの妥協点が見つかるはずだよ」

「本当に粘り強いのね。兄たちも、あなたは簡単にはあきらめないだろうと言っていたけど」

「兄上たちの指摘はすべてそのとおりだ」ハリーはあっさりと認めた。「だがさすがの彼らも知らないことがある。わたしはきみ以上に望ましい、魅力的な女性には会ったことがないし、きみを手に入れるためならなんだってするつもりだ」

ハリー・ラトレッジのような男性からこうまで熱心に求愛されて、ポピーの心は抑えきれぬほどに浮きたった。マイケル・ベイニングに振られたあとではなおさらだ。嬉しさに赤らんだ頬が、日光浴をしすぎたときのようにひりひりしだす。彼女はいつの間にか考えていた。少しなら、あくまで仮定の話として検討してみてもいいのかもしれない。ハリー・ラトレッジとわたしが……。

「訊きたいことがあるの」

「なんでも訊いてくれ」

ポピーは率直にたずねた。「あなたは危険な人なの？　みんなそう言うけど」

「きみにとってかい？　まさか」

「ほかの人には？」

ハリーは軽く肩をすくめた。「一介のホテル経営者が、危険人物のわけがないだろう？」

そのような言葉に騙されるポピーではない。彼女は疑わしげにハリーを見つめた。

「わたしだって、真に受けやすいたちではあるけど、ばかじゃないのよ。ご自分でも噂は耳にして……世間からどう思われているかよくわかっているのでしょう？　本当に噂どおりの、良心のかけらもない人なの？」

彼は長いあいだ黙りこんだまま、遠くで咲き誇る薔薇を凝視していた。入り組んだ蔓越しに陽射しが降りそそぎ、東屋のふたりに葉の影を落とす。

ずいぶん経ってから顔を上げたハリーは、薔薇の葉よりなお濃い緑の瞳で、まっすぐにポピーを見つめた。「わたしは紳士ではない。生まれも、性格も。わたしみたいな成り上がりは、なかなか高潔ではいられないものだ。嘘はつかないが、事実のすべてを口にしたりはしない。宗教も神の存在も信じない。自分自身の利益のために行動し、そういう一面を隠し立てしない。だが、どんなときも信念は曲げないし、他人を欺くことはけっしてしないし、借りは必ず返す」

ハリーはいったん口を閉じ、上着のポケットに手を入れるとペンナイフを取りだして、満開の薔薇に手を伸ばした。そのうちの一輪を丁寧に切り、細く鋭い刃で棘を取り除いていく。

「女性や、自分よりも弱い人間に対して力ずくでなにかを強要したりはしない。タバコは吸うのも嗅ぐのも嚙むのもやらない。ただし酒は好きだ。睡眠はあまりとらない。特技はオートマタ作り」棘をすべて取り除くと、薔薇をポピーに差しだし、ナイフをポケットに戻した。

つややかなピンクの薔薇をじっと見つめ、ポピーは花びらの端を指先でなぞった。

「フルネームはジェイ・ハリー・ラトレッジ」自己紹介がつづく。「母だけがわたしをジェイと呼んだ。だからジェイという名は好きじゃない。母はまだわたしが小さいころに、父と息子を捨ててね。以来、顔も見ていない」

ポピーは目を丸くした。ここまで立ち入った話を、彼は誰にもしたことがないにちがいない。「大変だったのね」と優しく声をかける。ただし、口調に哀れみがにじまないよう気をつけた。

大したことではない、とばかりにハリーは肩をすくめた。

「昔の話だ。母の記憶はほとんどない」

「英国に来たのはなぜ？」

また沈黙が流れた。

「ホテル業界で挑戦してみたかった。それに、成功しようが失敗しようが、父から離れたかった」

語られなかった言葉にどれほどの意味が隠されているのかは、想像するしかなかった。

「いまの話ですべてではないのでしょう」ポピーはほとんど断定する口調で言った。

笑みに似たものがハリーの口元に浮かぶ。「ああ」

ふたたび薔薇に視線を落としたポピーは、頬が赤らむのを覚えつつ質問をつづけた。

「将来的には……いずれは……子どもがほしいと思う？」

「そうだね。できればふたり以上。自分がひとりっ子でつまらなかったから」

「ホテルで育てるつもり?」

「もちろん」

「子育てにいい環境だと思う?」

「わが子にはすべてにおいて最高のものを与えるつもりだ。教育、旅行。子どもたちが希望するなら、どんな習い事だって」

ポピーは想像してみた。ホテルで子育てをして、果たして家庭のぬくもりは味わえるのだろうか。ロマはこの世界全体をわが家とみなすんだよ——キャムはかってそう言っていた。家族がともにいれば、そこがわが家なのだと。ポピーはハリーを見つめ、彼との暮らしはいったいどのようなものだろうと考えをめぐらした。彼は自分をさらけださず、隙も見せない。ひげを剃ったり、髪を整えたり、鼻風邪で寝こんだり、そういうごく普通の日常を送るところなど想像もつかない。

「結婚の誓いは守る?」

ハリーがじっと見つめてくる。「守るつもりもないのに誓ったりしないよ」

彼とふたりきりで会うのはやめたほうがいいのではないか。兄たちがそう心配したのは、やはり正しかった。説得力あふれる言葉と魅力のせいで、ポピーはすでに、彼との結婚も悪くないのではないかと、自分の判断を信じていいのではないかと真剣に吟味しはじめている。

知りあったばかりの、愛してもいない男性と結婚するつもりなら、おとぎ話は忘れなければいけない。大人は自らの振る舞いに責任を持たねばならないのだ。そこまで考えたところで、ポピーははたと気づいた。この結婚話で、相手に賭けるのは自分だけではない。ハリーにとっても、彼女が望みどおりの妻になる保証はないのだから。

「わたしばかり質問するのはずるいわね」ポピーは言った。「あなたも訊きたいことがあれば訊いて」

「いや、わたしはもうきみに決めたからいい」

ポピーは当惑した笑い声をあげずにはいられなかった。

「いつもそうやって直感で物事を決めるの？」

「いつもではない。だが、直感を信じるべきときはちゃんとわかる」

さらになにか言おうとしたハリーだったが、視界の隅になにかをとらえたらしい。その視線の先を追うと、無邪気によちよちと歩きながら、東屋のほうに向かってくるメデューサの姿があった。茶と白の毛皮をまとった小さなハリネズミは、まるで歩くたわしだ。意外にも、ハリーはその場にしゃがみこんでメデューサをつかまえようとした。

「さわっちゃだめ。丸くなって、手のひらに棘を刺すわよ」

けれどもハリーは、好奇心旺盛なハリネズミの両脇の地面に、手のひらを上にして両手を置いてしまった。「やあ、メデューサ」その両手をそうっとハリネズミの下に滑りこませる。

「運動中のところを邪魔してごめんよ。だけど、うちの庭師に見つかったらまずいだろう？」

温かく大きな手の上でメデューサがすっかり落ち着くさまを、ポピーは信じられない思いで見つめた。背中を丸めもせずハリーにつまみあげられ、しまいには仰向けに寝転がる。純白の柔毛につつまれた腹を撫でられたハリネズミは、小さな鼻をつんと上げ、いつも笑っているように見える顔をハリーに向けた。

「ベアトリクス以外の人間にその子がなつくところなんて初めて見たわ」ポピーは言いながら彼のかたわらに立った。「ハリネズミを飼いならしたことがあるの?」

「まさか」ハリーはふっと笑って横目でポピーを見た。「とげとげしい女性なら何度か飼いならしたけどね」

「ごめんなさい」そこへベアトリクスが東屋に入ってきた。ドレスは葉っぱだらけで、ほつれた髪は額や頬にかかり、ひどい格好をしている。「いったいどこに行っちゃったんだろう……ああ、こんなところにいたのね、メデューサ!」ハリーの手のひらでくつろぐペットを見つけたとたん、満面の笑みを浮かべる。「やっぱりわたしの言ったとおり。ハリネズミを怒らせない男の人は信用できるわ」

「そんなこと言った?」ポピーはそっけなく問いかけた。「聞いた覚えがないけど」

「メデューサにしか言ったことないもの」

ハリーはハリネズミをベアトリクスにそっと手渡した。「〝キツネはたくらみに満ちているが〟」と古い詩を引用する。「〝ハリネズミの武器はひとつだけ〟」ベアトリクスにほほえみかけながら締めくくる。「〝だがそれは強力な武器だ〟」

「アルキロコスでしょ」ベアトリクスはすかさず指摘した。「ミスター・ラトレッジはギリシャの詩を読むのね?」

「しょっちゅうじゃないけどね。でもアルキロコスだけは別。彼の詩は的を射ているからね」

「父はアルキロコスを、〝荒ぶる風刺詩人〟と呼んでいたわ」ポピーが言うと、ハリーは声をあげて笑った。

まさにこの瞬間、ポピーは心を決めた。

ハリー・ラトレッジにはたしかに欠点もあるが、当人もそれをちゃんと認めている。それにハリネズミを上手に手なずけ、ギリシャ詩人に関する冗談を解する人ならば、賭けてみる価値はある。

この結婚に愛はなくとも、少なくとも希望はあるはずだ。

「ビー」ポピーはささやきかけた。「しばらくふたりきりにしてくれる？」

「もちろん。メデューサも向こうの生垣のあたりを探検したいだろうし」

「ありがとう」ポピーは手についた土を払っているハリーに向きなおった。「もうひとつだけ、質問していいかしら」

警戒する目つきで彼女を見てから、ハリーはなにも隠していないよとばかりに両手を広げた。

「自分は善人だと思う、ハリー？」

彼はしばし考える顔になった。「いいや」とややあってから答える。「ゆうべきみが話してくれたおとぎ話なら、さしずめわたしはならず者役だね。でもならず者のほうが、王子様よりずっと満ちたりた暮らしをくれるかもしれないよ」

彼のせりふをおもしろがるべきなのに、なぜか不安を覚える自分をポピーはいぶかしんだ。

「自分はならず者だと白状しながら、レディに求愛するのは変だわ」

ハリーは悪気のない顔で「きみの前では正直でいたいからね」と応じたが、そのような表情に騙されるポピーではない。

「そういう気持ちもあるのでしょうけど。自分は噂されているとおりの人間だと認めたと思ったら、今度は批判されるような男ではないと言うの？」

心外だとばかりにハリーは目をしばたたいた。

「わたしがきみを、煙に巻こうとしているとでも？」

ポピーはうなずいた。

いとも簡単に本心を見抜かれて、ハリーは驚いている様子だった。けれどもそれでいらだつかと思いきや、心からの切望がこもった目でポピーを見つめた。

「ポピー、どうしてもきみがいいんだ」

わずか二歩で歩み寄り、抱きしめてくる。ポピーは急に鼓動が激しくなるのを覚えた。ほとんど無意識のうちに自ら頭をのけぞらせ、首筋に温かな唇が押しあてられるのを待つ。だがなにも起こらなかった。ポピーは目を開け、当惑の面持ちで彼を見つめた。

「キスをするんじゃなかったの？」

「しないよ。きみの判断力が鈍るといけない」と言いつつも、ハリーは彼女の額にそっと唇を寄せた。「選択肢はふたつ。ハンプシャーに帰り、社交界からの蔑みに耐えながら、少なくとも愛のない結婚は免れたのだからと自分を慰めて生きていくか。それとも、きみをなによりも強く求めている男と結婚し、女王様みたいな人生を送るか」いったん口を閉じる。「ふたつめの選択肢には、田舎の家と馬車もついているからね」

ポピーは思わずほほえんだ。「また買収しようとする」

「お城とティアラもつけてあげよう」ハリーが遠慮なくつづける。「ドレスに毛皮に船も――」

「しーっ」ポピーはささやき、彼の唇に軽く指を押しあてた。ほかにどうすれば黙らせられるかわからなかった。深呼吸をひとつする。自分が言おうとしていることが、自分でも信じられない。「婚約指輪をくれればそれでいいわ。小さくて、ごくあっさりとしたデザインの」

わが耳を疑うかのように、ハリーがまじまじと見つめてくる。「本気かい？」

「ええ」と答えるポピーの声はわずかにうわずっていた。「あなたと結婚するわ」

12

結婚式当日は、同じ言葉をくりかえし聞かされた――「考えなおすならいまのうちだよ」その日の朝から、これとまったく同じかあるいは多少ちがったせりふを家族の全員から言われた。ただしベアトリクスだけは別。ハリーに対する敵意を、一家のなかで妹だけは抱いていなかった。

気になったポピーは妹に、どうして婚約に反対しなかったのかと質問さえした。

「いい組みあわせなんじゃないかなと思ったから」ベアトリクスはそう答えた。

「本当に？　どうして？」

「ウサギと猫なら、平和に暮らせるはずだもの。ただし、まずはウサギが自分の意見をとおして猫を二、三回負かしてからでないと、心は通わせられないわ」

「ご忠告ありがとう」ポピーはそっけなく応じた。「よおく覚えておくわ。さすがのハリーも、九柱戯《ボウリング》の木球さながらに倒されたらびっくりすると思うけど」

結婚式とそれにつづく披露宴は、あたうかぎり大々的に、たくさんの招待客を呼んで行われる。あたかもロンドン市民の半分に、結婚の証人となってもらおうとするかのようだ。つまりポピーは、自分の結婚式を見知らぬ人の波にもまれて過ごすことになる。

彼女は三週間の婚約期間を設けることで、ハリーをもっと深く知ろうとした。けれどもその間に彼と会えたのはたったの二度、馬車で遠乗りに誘われたときだけ。しかも同行したミス・マークスの機嫌がすこぶる悪かったので、不快な思いをするばかりだった。

結婚式の前日になって、姉のウィンとその夫のメリペンがロンドンに到着した。ありがたいことに、ウィンは非難ごうごうの妹の結婚に中立的な態度を保ってくれた。姉妹は飾りたてられたホテルのスイートルームに並んで座り、時間をかけて語りあった。その結果ウィンは、いつものようにみんなの仲裁役を買ってでてくれた。

房飾りのついたランプの明かりが、ウィンの金髪をきらきらと輝かせる。

「あなたが彼を好きだというのなら」姉は優しく語りかけた。「彼に尊敬できる面があると思うのなら、わたしも彼はきっと善い人なのだと思うわ」

「お姉様も同じように言ってくれると思っていたの。ミス・マークスも。だけどふたりとも……ひどく頑固で。だから結婚話について、ふたりとはほとんど話せていないの」

ウィンはほほえんだ。

「お姉様はずっと、家族の面倒を見る役目を果たしてきたでしょう？　だから急にその役を降りられないのよ。でも、いずれ降りる日が来るわ。お兄様とわたしがフランスに行くときだって、お姉様はなかなか許してくれなかった。それだけわたしたちが心配だったのよ」

「むしろ、フランスのことが心配だったのだと思うけど」

「でもフランスは立派にハサウェイ家の人間に耐えてみせたわ」ウィンは笑った。「ポピーも明日、立派にミスター・ラトレッジの妻になれるわよ。ただし……ちょっとだけ意見を言わせてもらってもいい？」

「もちろん。みんなに言われたもの」

「ロンドンの社交シーズンは、ドルリーレーンで演じられるメロドラマのようなものよ。結婚式を挙げたらめでたしめでたしで、その後については誰も気に留めない。だけど結婚は、物語の終わりではなく始まりなの。幸福な物語をつむぐには、夫と妻の双方が努力をしなくてはならないわ。ミスター・ラトレッジは、夫として妻であるポピーを幸せにすると約束してくれたのね？」

「彼は……」ポピーは口ごもった。「女王様みたいな暮らしをくれると言ったわ。でもそれって、幸せを約束したわけではないわよね？」

「そうね」ウィンは穏やかに言った。「孤独な王国の女王様にならないよう、気をつけなくてはね」

ポピーはうなずいた。不安に押しつぶされそうだったが、その思いを必死に隠した。家族全員からの遠慮のない警告の言葉を全部足しても、ウィンの忠告の重みにはかなわない。

「いまの言葉、よく覚えておくわ」

そう言って、床に落とした視線をドレスの小さな花模様に移す。心を見透かすかのような姉の目を見ることはできなかった。指にはめた婚約指輪をもてあそぶ。最近の流行りはダイヤモンドなどの宝石をたくさんちりばめたデザインだが、ハリーが選んだのは、薔薇の花びらを模したローズカットの一粒ダイヤがあしらわれたものだった。

「小さな、あっさりした品がいいと言ったのに」指輪を贈られたとき、ポピーはそう不満をもらした。

「あっさりしているじゃないか」ハリーは反論した。

「でも小さくないわ」

「ポピー」彼は笑みをたたえた。「わたしはなにかにつけて大々的にやるのが好きなんだ」

炉棚の上でせわしなく時を刻む時計にそっと目をやり、ポピーは物思いから現実へと戻った。

「でも、もう決めたの。結婚しますとハリーに約束したのだから、ちゃんと守らなくちゃ。彼、知りあってからずっと優しくしてくれたわ。そんな人を、祭壇の前で拒んだりしてはいけないと思うの」

「わかったわ」ウィンは妹の手に自分の手をそっと重ねた。「ところで……お姉様から例のお話はあった？」

「〝初夜について〟というやつ？」

「そう」

「今夜、話すつもりでいるみたい。できればウィンからいまこの場で聞きたいけど……じつはね、ベアトリクスとずっと一緒にいたおかげで、少なくとも二三種類の生き物の交尾についてすでに学んでいるの」

「まあ」ウィンは噴きだした。「だったら、ポピーから先に聞かせて」

上流社会の人間と権力者と富裕層は、メイフェア中心部のハノーヴァー・スクエアにある聖ジョージ教会で結婚式を挙げるのが一般的だ。貴族と乙女の結婚式があまりにもたびたび行われるので、同教会は俗に、〈婚姻の神ヒュメンの神殿〉などと呼ばれている。

荘厳だが華美すぎない聖ジョージ教会は、正面に並ぶ六本の堂々たる柱が破風を支えている。意図的に装飾を排した設計は、建物そのものの美しさを強調するためのものだ。外観同様に厳粛さをたたえた内装は、信者席より数メートル高い位置に据えられた、ひさし付きの説教壇に特徴がある。簡素な外観とのちがいは、祭壇の上にしつらえられた巨大なステンドグラス。キリストの家系図たるエッサイの樹と、聖書に登場するさまざまな場面を模した作品だ。

教会内に集まった人の群れを観察しながら、レオは無表情を作った。妹たちのうち、すでにふたりが結婚している。ふたりの結婚式はこのような華やかさ、きらびやかさとは無縁だった。だがふたりの幸福な暮らしぶりには、今日の式の華やかさもすっかりかすんでしまう。アメリアもウィンも、自ら夫として選んだ男を心から愛しているからだ。一方ハサウェイ家は、愛のための結婚など流行らない——それがブルジョアの考え方。愛のための結婚こそ理想としてきた。

だがこの結婚式は愛とはまったく無縁である。

黒の燕尾服と銀色のズボンに身をつつみ、純白のクラヴァットを襟元に巻いたレオは、聖具室を出たところの扉脇に立っている。聖具室とは祭具や聖具が置かれた部屋で、壁の一隅には聖服と聖歌隊の衣装がずらりと掛かっている。今日の式で、この部屋は花嫁の控え室として利用されている。

廊下に現れたキャサリン・マークスが、あたかも城門の左右を守る番人のかたわれのように扉の反対脇に立った。彼女のほうをこっそり盗み見る。いつものさえないドレスではなく、藤色の一着をまとっていた。地味な茶色の髪は、それじゃまばたきもできないだろう、と心配になるほどきつく結い上げられている。よく見ると、鼻梁にのった眼鏡が傾いていた。耳にかけるつるが片方だけゆがんで、まごついたフクロウのように見える。

「なにをじろじろ見ているの？」ミス・マークスがむっとした口調で言った。

「眼鏡がゆがんでいるぞ」レオは笑いをこらえながら指摘した。

ミス・マークスが顔をしかめる。「直そうとしたらますます曲がってしまったのよ」

「どれ、貸してみろ」お目付け役に抵抗する隙を与えず、レオは眼鏡をさっとはずすと、曲がったつるをいじりだした。

ミス・マークスが口角泡を飛ばして抗議する。

「勝手なまねをしないで――もしも壊したりしたら――」

「どうして曲がったんだい？」レオは訊き、つるを少しずつ伸ばしていった。

「床に落として捜しているときに、踏んでしまったのよ」

「近眼なのか」

「そうよ」

つるのゆがみを直し終えたレオは、最後にあらためて具合をたしかめてから眼鏡を差しだした。「そら」と言いつつ、ミス・マークスの瞳を正面からのぞきこみ、その手をつと止める。黒く縁取られた、青と緑と灰色の入り混じる瞳。きらきら光って、ぬくもりにあふれ、角度によって色が変化する。まるでオパールだ。どうしていままで、この瞳に気づかなかったのだろう。

そうだったのか……突然の気温の変化にとまどうかのように、レオの全身に鳥肌がたった。ミス・マークスはちっとも平凡ではない。彼女は美しかった。とはいえ、人目を引く華やかな美しさではない。冬の月明かりや、さわやかな香りを放つヒナギクにも似た美しさと言えばいいだろうか。冷たく光る青白いオパールは……とてつもなく官能的で、一瞬、レオは身じろぎひとつできなくなった。

彼女のほうも、互いをつつむ妙に親密な空気に囚われたかのように立ちすくんでいる。

と思ったら、いきなり眼鏡を奪いとり、鼻梁にしっかりとのせた。

「こんなのはまちがいだわ。どうして許したりしたの」

幾層にもなったよからぬ夢想をかきわけかきわけ、レオは必死に考え、妹の結婚式の話だとようやく理解した。とたんにむっとした表情になり、お目付け役をにらむ。

「わたしにいったいなにができるというんだ？　ポピーを修道院に送れとでも？　妹には、自分の選んだ相手と結婚する権利がある」

「悲惨な結末など迎えることになるとしても？」

「悲惨な結末を迎えるものか。いずれ別れるだけの話だ。ポピーにもそう言ってやった。だが当人が絶対に結婚すると言って聞きやしない。理性のかたまりみたいなポピーなら、こんなまちがいはけっして犯すまいとずっと思っていたんだが」

「たしかにポピーは理性的だわ。でも、さびしさも感じていた。ラトレッジはそこにつけこんだのよ」

「あいつがさびしいわけないだろう。いつも人に囲まれているのに」

「それ以上のさびしさはないわ」

どこか悲しげな彼女の口調に、レオは心を乱された。彼女に触れ……抱きしめて、胸に顔を引き寄せたい。そう思うなり、激しい動揺に襲われた。ふたりをつつむこの空気を、なんとしてでも変えねば。

「元気を出したまえ、ミス・マークス」彼はそっけなく言い放った。「きみもいずれ、死ぬまでにいじめられる特別な男に出会えるさ」

ミス・マークスの眉間におなじみのしわが浮かぶのを見て、レオは安堵した。

「あいにく、おいしい紅茶に勝る男性にさえまだ出会っていないわ」

さらに言いかえそうとしたレオの耳に、ポピーが待つ聖具室からなにかが聞こえてきた。

切迫感のこもった男の声だ。

「妹だけしかいないはずだろう?」レオはミス・マークスにたずねた。

お目付け役が自信なさげにうなずく。

「ラトレッジかな?」レオは心の疑問を口にした。

お目付け役が首を振る。「彼ならさっき、教会の外にいたわ」

レオはそれ以上なにも言わず、扉の取っ手をつかんでぐいと開けた。ミス・マークスがその後ろからついていく。

彼がいきなり歩みを止めたので、お目付け役が背中にどんとぶつかった。ハイネックの純白のレースドレスに身をつつんだポピーが、壁に掛かった黒と紫のローブを背景に立っている。細長い窓から射しこむ光を浴びたその姿は、天使を思わせた。薔薇のつぼみの上品な冠からたれた薄いヴェールが背中まで覆っている。

そして向かいに立つのは、マイケル・ベイニングだった。目をぎらつかせ、服はよれよれで、気でもふれているかに見える。

「ベイニング」レオはつぶやき、すぐさま足先で扉を閉めた。「きみを招待した覚えはないが、招待客はみな信者席に着いている。きみも向こうに行きたまえ」いったん口を閉じ、静かに警告する。「あるいは、帰ってくれれば助かる」

激しい怒りを瞳にたぎらせ、ベイニングは首を振った。

「いやだ。手遅れになる前にポピーと話さなくちゃ」

「もう手遅れなの」と指摘したポピーの顔は、ドレスに負けぬ青白さを帯びている。「もう決めたの、マイケル」

「ある事実がわかったんです。あなた方もその事実を知るべきだ」ベイニングはすがるような目でレオを見た。「少しでいいから、妹さんとふたりきりにしてください」

レオは首を振った。「すまないが、人目というものがある。これでは結婚式を目前にしたあいびきだ。花嫁と花婿がこのようなまねをしても相当な噂になるだろうに、相手が赤の他人ならそれどころではすまされない」レオは言いながら、ミス・マークスがかたわらに立つ気配を感じた。

「彼に話させてやって」お目付け役が言う。

レオはいらだった目をそちらに向けた。「指図するのはいいかげんにしてくれ」

「あなたがわたしの忠告を必要としなくなったら、やめてあげるわ」

ポピーはマイケルから目をそらせずにいた。夢、いや悪夢のようだった。ウエディングドレスを着て、あと数分後には別の男性の妻になるというときに、どうしてマイケルは目の前に現れたりするのか。胸が恐れでいっぱいになる。マイケルの話を聞きたくないのに、彼に背を向けることもできない。

「どうしてここに来たりしたの？」彼女はやっとの思いでたずねた。

マイケルは苦しげな顔に懇願の色をにじませた。なにかを……手紙を差しだす。

「見覚えがあるかい？」

レースの手袋をはめたまま手紙を受け取り、ポピーはしげしげと眺めた。

「あなたからもらった手紙だわ」と驚いた声で言う。「なくしたはずなのに。どこで……いったいどこで見つけたの？」

「父が持っていた。ハリー・ラトレッジから渡されたそうだ」マイケルは片手で乱暴に髪をかきあげた。「あの男は父と会い、ぼくたちの交際をばらしたんだ。最悪のかたちでね。父が交際に反対するよう仕向け、当のぼくたちが事情を説明する機会を奪ったんだよ」

ポピーの顔はますます青ざめ、口のなかはからからに乾き、鼓動はゆっくりと、痛いほど激しく打った。それと同時に、頭がすばやく回転してひとつの結論を出し、なおいっそう悪い結論を導きだすことをくりかえした。

そのとき扉が開かれ、一同は誰が現れたのかといっせいに振りかえった。

「そうとも」と兄が陰気につぶやく。「きみがいなくては、舞台は完璧とは言えない」

すでに満員状態の小部屋にハリーが足を踏み入れる。その物腰は穏やかで、驚くほど落ち着いていた。緑の瞳に冷静さをたたえて、ポピーに歩み寄る。彼は硬い鎧のような自制心をまとっていた。「ポピー、きれいだ」とつぶやいて、薄いヴェールをそっと片手でなぞる。

直接触れられたわけでもないのに、ポピーは身をすくめ、乾いた唇から言葉を押しだした。

「お式の前に花嫁を見ると、悪運を呼びこむわ」

「幸い」ハリーが応じる。「迷信を恐れないたちでね」

ポピーの胸は当惑と怒りと、鈍い痛みをともなう恐れでいっぱいだった。ハリーの顔を見上げると、そこに自責の念はいっさい浮かんでいなかった。

「おとぎ話なら……」ハリーがささやく。「さしずめわたしはならず者役だ」

あれは本心だったのだ。

そのような相手と、ポピーは結婚しようとしているのだ。

「貴様がなにをしたか、彼女にばらしたからな」マイケルがハリーに食ってかかった。「貴様がどうやって、ぼくたちの結婚を阻止したか」

「阻止などしていない」ハリーは応じた。「障害物を置いただけだ」

あまりにも若く、高潔で、傷つきやすいマイケルは、虐げられた英雄といった風情だ。対するハリーは堂々として、残忍で、傲慢そのもの。ハリーを魅力的だなどと思い、好意すら抱き、一緒になればある種の幸せを手に入れられると考えた自分が、ポピーは信じられなかった。

「きみが心の底から求めさえすれば、彼女を手に入れることは可能だった」ハリーはそうつづけ、冷たい笑みを口元に浮かべた。「だがわたしのほうが強く彼女を求めていたらしいな」

押し殺した叫び声とともに、マイケルがこぶしを掲げてハリーに殴りかかろうとした。

「やめて」ポピーは息をのみ、レオが止めに入ろうとする。だがハリーのほうが速かった。マイケルの腕をつかむと背中にひねり上げ、いともたやすく青年の体を扉に押しつける。

「もうやめて！」叫んだポピーはふたりに駆け寄り、婚約者の肩と背中をこぶしでたたいた。

「彼を放して。乱暴しないで！」

ハリーはたたかれた痛みなどいっさい感じていないらしく、「白状しろよ、ベイニング」と冷ややかに言った。「ここに来たのは不満をたれるためか、それともなんらかの目的でもあったのか？」

「彼女を連れ戻すためだ。貴様の手のなかから！」

冷たい笑みをたたえて、ハリーは応じた。

「その前にわたしが、おまえを地獄に送ってやるよ」

「彼を……放して」ポピーはそれまで出したことのないような声で命じた。

その声音に気づいたのか、ハリーもやっと彼女の言葉に耳を傾けた。つかの間、悪意に満ちた目でポピーの視線をとらえてから、ゆっくりとマイケルを放す。くるりと体をひねったマイケルは腹立たしげに息を荒らげ、胸を大きく上下させた。

「ぼくと一緒に行こう、ポピー」と懇願する声で訴える。「グレトナ・グリーンに。父の意見も相続の件ももうどうでもいい。こんな怪物ときみを結婚させるわけにはいかないよ」

「それは、わたしを愛しているから？」ポピーはささやくようにたずねた。「それとも、わたしを救うため？」

「両方だよ」

ハリーの強い視線を感じる。彼はポピーの表情のわずかな変化も見逃すまいとしていた。

「一緒に行けばいい」ハリーは静かに促した。「それがきみの望みなら」

だがポピーは騙されなかった。ハリーは求めるものを手に入れるためならなんだってする男だ。それでなにを壊そうが、誰を傷つけようが気にしない。彼にポピーを手放す気など、はなからない。ただ彼女を試しているだけ、彼女がどちらを選ぶか見てみたいだけなのだ。

ひとつだけたしかなことがあった。ポピーとマイケルは、一緒になってもけっして幸せにはなれない。正義感から生まれたマイケルの怒りは、いずれおさまる。怒りがおさまったとき、彼にとってかつて大きな意味を持っていた思慮や分別が、ふたたび重要性を帯びはじめる。彼はポピーとの結婚を後悔するようになるだろう。スキャンダルを起こし、相続権を失った自分、父から縁を切られた自分を悔やむだろう。そうして最後には、すべてポピーのせいだと思うようになる。

だからポピーはマイケルを拒否しなければならない――それが彼女の最大限の愛情だ。

自分自身の未来にとっては……どの道を選んでも同じだろう。

「ポピー、愚か者はふたりとも出ていってもらったらどうだ」レオが提案した。「それが済んだら、ハンプシャーに一緒に帰ればいい」

兄を見つめたポピーは、あきらめのにじむ笑みを口元に浮かべた。

「ハンプシャーで、いったいどんな人生が待っているというの、お兄様?」

妹の問いかけに、兄は沈黙で答えた。ポピーは苦悩の表情を浮かべるミス・マークスに視線を移した。そうして目が合うなり、お目付け役が男性陣よりもずっと的確にこの窮地を理解しているのを悟った。このような場合、女性のほうが男性の何倍も厳しく非難される。つつましく穏やかに暮らしたいというポピーのささやかな夢はすでに砕け散った。だがここで結婚しなければ、一生、結婚はおろか子をなすことも、社会に顔向けもできなくなる。いまの彼女にできるのは、できるかぎり自分の立場をつくろうことだけだ。

決意の表情を浮かべ、ポピーはマイケルに向きなおった。「行ってちょうだい」

マイケルが顔をゆがめる。

「ポピー、ぼくたちはまだ終わっていないのに。まさかそんな――」

「行って」強い口調でくりかえし、ポピーは視線を兄に向けた。「お兄様、ミス・マークスを信者席に案内してあげて。お式は間もなく始まるわ。その前にミスター・ラトレッジとふたりきりで話したいの」

信じられない、といわんばかりの表情でマイケルが見つめる。

「まさか本気で結婚するつもりなのかい？　ねえ、ポピー――」

「そこまでだ、ベイニング」レオが静かに制した。「これだけ騒げばもう十分だろう？　あとは妹の思うとおりにさせてやってくれ」

「なんてことだ」マイケルは酔っぱらいめいたおぼつかない足どりで扉のほうに向かった。

そんな彼をポピーは慰めてやりたかった。追いかけて、本当は愛してると言いたかった。けれども彼女はハリー・ラトレッジとふたり、聖具室に残る道を選んだ。

永遠とも思える数秒が流れ、やがて兄たちが部屋を出ていって、ポピーはハリーと向きあった。

彼女が事実を知ってしまったいまも、ハリーがそれに頓着していないのは明白だ。彼は罰も許しも求めず……後悔すらしていない。

一生添い遂げるのだわ……ポピーは思った。けっして信頼できない相手と。ならず者と結婚するか、生涯を独身でとおすか。ハリー・ラトレッジの妻になるか、蔑みの対象となるか。後者を選べば、世間の母親たちはあたかもポピーの存在そのものが無垢を汚すとでもいわんばかりに、あの女と話してはいけませんと子どもたちを叱るだろう。男たちはポピーをすべて失ったふしだらな女とみなし、たわむれの相手にしようとするだろう。ハリーの妻にならなければ、それが彼女を待つ未来だ。

「それで?」ハリーが静かに促す。「この結婚をやめるか、それともつづけるか」

ポピーは自分がばかみたいに思えた。希望と無垢を象徴する花嫁衣装をまとい、花とヴェールで飾りたてているのに、現実にはそのどちらもすでに失っている。婚約指輪をはずし、ハリーに投げつけてやりたかった。誰かに踏みつけにされた帽子のように、床にくずおれてしまいたかった。一瞬、アメリアをここに呼び、すべてを任せてしまいたい衝動に駆られた。けれどもポピーはもう、誰かに人生の道筋をつけてもらう子どもではない。

冷ややかでよそよそしいハリーの顔と瞳をじっとにらむ。自分の勝利を確信して、愉快がっているのだろう。これから死ぬまで、妻を言いなりにできると思っているにちがいない。

ポピーは彼を見くびっていた。

だが彼もまた、ポピーを見くびっている。

胸の内で後悔の念と悲嘆と怒りが入り混じり、なじみのない、にがにがしい感情へと変化する。口を開いたとき、ポピーは落ち着きはらった自分の声にわれながら驚いた。

「あなたはわたしから愛する人を奪い、その座に居座った。そのことをわたしは絶対に忘れない。そんなあなたを許せるかどうかもわからない。でもこれだけははっきりしているわ。あなたなんか一生愛さない。それでもまだ、結婚したい？」

「ああ」ハリーはためらわなかった。「わたしは愛されたいなどと思っていない。誰かに愛された覚えもない」

13

マイケル・ベイニングとの一件について、式の前に家族に話すのをポピーはレオに禁じた。

「食事のあとならなにを話してもいいわ。でも、それまではお願いだから内緒にしておいて。みんなの目を見て、ああ、知っているんだわと思いながら食事をし、ウエディングケーキを食べ、乾杯するなんて耐えられない」

兄は怒った顔をしていた。「わけもわからないまま、祭壇の前までエスコートし、ラトレッジに引き渡せというのか？」

「わけなんかわからなくていいの。式を無事に終えられるよう、手を貸してくれれば」

「手を貸した結果、おまえがミセス・ポピー・ラトレッジになるなんてごめんだ」

文句を言いつつも、妹の頼みは聞く兄だった。レオは渋い顔で、それでも立派に、粛々と進む式のあいだ自分の役割を果たした。首を横に振りながらもポピーに腕を差しだし、ベアトリクスの後ろから、ハリー・ラトレッジが待つ祭壇まで並んで歩いた。

幸い、式自体は短くて淡々としたものだった。胸が痛いほどの不安に襲われたのはほんの一瞬。司祭が、「……両名が法的に結ばれることになんらかの疑念を抱く者は、この場で語られたし。さもなくば、永久にその口をつぐむべし」と告げたときだけだ。司祭の言葉のあと、世界が数秒、沈黙につつまれたかに感じられた。ポピーは脈が速くなるのを覚えた。マイケルの激しい抗議の声が教会内に響き渡るのではないかと恐れ、そのときを期待さえした。けれども、かえってきたのは静寂だけ。マイケルは行ってしまったのだ。

式はつづいた。

ポピーの冷たい手に重ねられたハリーの手は温かかった。ふたりが誓いの言葉を復唱し、司祭がハリーに結婚指輪を渡し、彼がそれをポピーの指にしっかりとはめる。

ハリーの声は穏やかで落ち着いていた。「この指輪に誓ってわれは汝を妻とし、この肉体をもって汝を敬い、わが財産を汝に授ける」

ポピーは彼の目を見ず、指で光る指輪をにらんでいた。幸い、誓いのキスはなかった。聖ジョージ教会では、誓いのキスは庶民の下品なならわしとして省かれることになっている。

思いきって顔を上げたポピーは、ハリーの瞳が満足げに光るのを見て身をすくめた。それでも彼の腕をとり、ふたり並んで回廊を引きかえした。回廊の先で待つのは、慈愛のかけらもない未来と運命だ。

妻から怪物とみなされていることくらい、ハリーもわかっている。自分のやり方が卑怯で、身勝手だったことも。だがポピーを手に入れるのに、ほかの方法など思いつかなかった。だからベイニングから彼女を奪った自分を、一ミリたりとも後悔などしていない。道徳観念のない人間だとは思うが、ほかの生き方など知らなかった。

いまやポピーは彼のものとなった。彼女には、結婚を悔やむような思いはけっしてさせないつもりだ。あたうかぎり妻に優しくしようと思っている。そもそも過去の経験から言って、女性は相応のものを与えられればすべてを許す生き物なのである。

式を済ませたあとハリーは上機嫌で、くつろいだ一日を過ごした。窓を大きくとったアンピール様式の豪奢な馬車が列をなし、招待客をラトレッジ・ホテルへと運ぶ。式後の披露宴は、ホテルの大食堂で行われる。部屋の窓という窓に見物客が群がり、華やかな宴を一目見ようとした。部屋中のギリシャ様式の柱とアーチにはチュールが掛けられ、花々が飾られていた。

使用人たちが銀皿とシャンパンののったトレーを手に大食堂に現れると、招待客はめいめいの席に着いた。食事はガチョウのハーブクリームソースに香ばしいクルトンを散らした一品から始まる。ガチョウの次は、メロンとブドウの盛り合わせに、グリーンサラダにウズラの茹で卵をふんだんにのせたもの、熱々のマフィン、トースト、スコーン、燻製肉、香り高いトリュフをまぶしたビーフステーキ。三種類のウエディングケーキは、いずれも果物をたっぷりと使い、アイシングでデコレーションがほどこされていた。

披露宴のならわしに従い、最初に料理を給仕されたのはポピーだった。彼女はここで、にっこりと笑って食事を口に運ばなければならない。花嫁が沈んだ表情を浮かべでもすれば、式と宴に疲れているのだ、あるいは（花嫁はみなそういうものだが）初夜のことを考えて緊張しているのだとみなされる。

ハサウェイ家の面々は、不安を胸にポピーを見守っているようだった。とりわけ長女のアメリアは、なにかが変だと気づいたらしくいかにも心配げだ。ハリーは一家に大いに引きつけられていた。あたかも秘密を共有しているかのごとく、不思議な絆で結ばれた家族。彼らなら、言葉にしなくても意思の疎通ができるのではないかとさえ思える。

人間というものを、ハリーはそれなりにわかっているつもりだ。しかし家族の一員になるという感覚はさっぱり理解できない。

母が愛人のひとりと出ていったのち、父は母の痕跡をすべて消し去った。息子がいることさえ忘れようとし、ハリーの世話をホテルの従業員と、次から次へと代わる家庭教師に任せた。

母の記憶はほとんどない。金髪の美しい人だったということくらいだ。いつも息子をほったらかしにしてどこかへ出かけており、姿を見るのもまれだった。一度だけ、そばにいてと泣きついた覚えがある。ベルベットのスカートをつかんで離そうとしない息子の手を、母は優しく笑いながら引き剝がした。

両親に見放されたあと、ハリーは食事をホテルの従業員とともに厨房でとるようになった。風邪を引いたりしたときには、メイドが看病した。ホテルには多くの家族客がいたが、やがてハリーは、従業員と同じ客観的な目で彼らを見るすべを学んだ。母から捨てられ、父からまったく顧みられなかったのは、自分が人に愛される人間ではないからだとハリーは考えている。だったら家族の一員になどならなくていい。いずれポピーとのあいだに子ができても、愛情を感じるほどにかわいがるつもりはない。そんな足枷を自らにはめる気などこれっぽっちもない。にもかかわらずハサウェイ家のように堅い絆で結ばれた人びとを前にすると、そこはかとない嫉妬をときおり覚えるのはなぜなのか。

宴はつづき、乾杯が幾度となくくりかえされた。ポピーの両肩がぐったりと下がっているのを見て、いいかげん疲れたようだなとハリーは判断した。立ち上がり、このよき日にお越しいただきまことにありがとうございました、と礼儀正しくも短い謝辞を述べる。

その言葉をきっかけに、花嫁が付き添い人とともに自室に下がる。招待客もつづけて大食堂をあとにし、思い思いに一日の残りを楽しむため、ホテル内の各所に散っていく。ポピーが戸口でいったん足を止めるのが見えた。あたかもハリーの視線を感じとったかのように、肩越しに振りかえる。

妻の瞳に警戒の色が宿るのを見つけたとたん、ハリーは興奮を覚えた。ポピーはこの結婚に喜びなど感じていないだろうし、ハリーも彼女にそれを期待していない。ポピーは償いを求めるだろうが、ハリーもある程度までなら、その求めに応じるつもりでいる。今夜、寝室で彼女はいったいどんな反応を示すだろう。ハリーは考えずにいられなかった。

そこへケヴ・メリペンが近づいてくるのが視界に入り、ハリーは花嫁から視線を引き剥がした。ポピーの義兄であるメリペンは、大柄でたいそう整った容姿をしているにもかかわらず、その存在感を消せる男だ。長身に黒髪といういかにもロマらしい風貌で、いかめしい表情が激しい感情を巧みに隠している。

「ああ、メリペン」ハリーは愛想よく声をかけた。「宴は楽しんでいただけましたか」

だが相手は、軽いおしゃべりを楽しむ気分ではないとみえる。目で殺しそうな勢いでハリーをじっとにらんだ。「なにかあったみたいだな」メリペンは指摘した。「ポピーを傷つけるようなまねをしたら、おまえの首をもぎ取って――」

「メリペン!」陽気な声が聞こえてきたかと思うと、長兄のレオがいきなりかたわらに現れた。レオがメリペンの脇腹を肘でつつくのを、ハリーは見逃さなかった。「いつもみたいに愛想よく笑えよ。花婿には祝いの言葉をかけなくちゃいけないぞ、兄弟《パル》。ばらばらにしてやるなんて脅すのはもってのほかだ」

「脅しじゃない」メリペンはつぶやいた。「誓いだ」

ハリーはメリペンの目をじっと見据えた。「妻の身を案じていただきありがとうございます。でも、彼女を幸せにするためにわたしもできるかぎりのことをするつもりですから。ポピーには、望むものはなんでも与えてやりますよ」

「一番の望みは離婚だろうなあ」レオが内心の思いを声に出す。

ハリーはメリペンに冷ややかな視線をそそぎつづけた。「言っておきますが、妹さんは自らの意思でわたしと結婚したんですよ。マイケル・ベイニングも男なら、教会に乗りこみ、ポピーをさらっていけばよかった。だが彼はそうしなかった。ポピーを手に入れるために闘うこともできない男が、彼女にふさわしいわけがない」メリペンがすばやく目をしばたたくのを見て、かえす言葉もないようだなと思う。「そもそも、さんざん苦労して手に入れた彼女を、傷つける理由などありませんよ」

「どんな苦労だ？」というメリペンの問いかけに、まだここまでの経緯を聞いていないのだなとハリーは判断した。

「その話はあとまわしだ」レオがメリペンに言う。「いま聞いたら、おまえは妹の結婚式を修羅場にしてしまうからな。あいにくそいつは、わたしの仕事なんだよ」

ふたりがまなざしを交わし、メリペンがロマニー語でなにごとかつぶやいた。

レオはふっと笑った。「なんと言ったのかわからんが、どうせ、ポピーの夫を堆肥になるまでぶちのめして森に撒いてやるとかそんなことだろう？」いったん口を閉じ、「じゃあ、あとでなメリペン」と締めくくる。ふたりは暗黙のうちになにかを了解しあったようだ。

メリペンはぞんざいにうなずくと、ハリーには言葉もかけずに立ち去った。

「まったく、愛想のないやつ」レオは苦笑交じりに、優しげな目で義弟の背中を見送った。義弟が見えなくなったところで、ハリーに視線を戻す。その瞳には先ほどまでとは打って変わり、長いときをかけて育まれたものとおぼしき厭世観が漂っていた。「いくら説明してやったところで、メリペンの不安が消えることはない。あいつは子どものころにわが家に引き取られてね。妹たちの幸せが、あいつのすべてなんだ」

「ポピーはわたしが幸せにしますよ」ハリーは応じた。

「ぜひともがんばってくれ。信じられないかもしれないが、成功を祈っているよ」

「ありがとうございます」

レオの鋭いまなざしには、道義心のある人間ならたじろがずにはいられないだろう。

「ところで、アメリアたちは明日にもハンプシャーに帰る予定だが、わたしは同行しないつもりだ」

「ロンドンで仕事ですか？」ハリーは礼儀正しくたずねた。

「ああ、議会にちょっと顔を出してくる。それと建築の勉強を――わたしの趣味でね。とはいえ、こっちに残るのはもっぱらポピーのためだ。すぐにきみと別れたいと言いだすだろうから、そのときにはわが家まで一緒に帰ってやりたいんだよ」

義兄となった男のあまりの厚かましさに、ハリーは思わず笑った。ハリーがその気になれば、レオなどいとも簡単に、さまざまな方法で失脚させてやれるのに。

「街なかでは、どうぞご用心を」

さりげない脅しの言葉に義兄がひるまなかったのは、察しが悪いからなのか、それとも肝が据わっているからなのか。ひるむどころか、彼はほほえみさえした。といっても、ちっとも愉快げではなかったが。

「どうやらまだわかっていないとみえるな、ラトレッジ。たしかにきみはポピーを手に入れた。だが、手元にとどめておくすべは知らない。だからわたしは妹のそばに残る。妹がわたしを必要としたときのためにね。万一きみが妹を傷つけたときには、きみの命は一ファーシングの価値もないものとみなす。この世に報いを受けずに済む人間なんていないんだよ――

きみも例外ではない」

メイドはポピーがウエディングドレスから飾り気のない化粧着に着替えるのを手伝ったのち、氷を浮かべたシャンパンを持ってくると、如才なく部屋をあとにした。

室内に漂う静けさに安堵しつつ、ポピーは化粧台の前に腰を下ろし、のろのろとヘアピンを抜いていった。ずっと笑顔を作っていたために頬が痛いし、額の筋肉も引きつった感覚がある。彼女はシャンパンを口に含んでから、マホガニー色の波のごとき髪を両肩に広げ、丹念にブラシで梳かす作業に集中した。豚毛が心地よく地肌をくすぐる。

ハリーはまだ夫婦の住まいに現れていない。現れたらなんと言おうかと考えたものの、かけるべき言葉はいっさい浮かばなかった。夢のなかにいるかのようにゆっくりと、室内をめぐってみる。応接間はよそよそしく堅苦しい雰囲気が漂っていたが、それ以外の部屋はいずれも暖かみのあるフラシ天の織物で飾られ、くつろいだり読書をしたりするための椅子やソファがそこここに置かれていた。室内はどこもかしこもきれいに掃除され、窓ガラスはくもりひとつなく、トルコ絨毯には一片のごみも落ちておらず、茶葉の香りが漂っている。暖炉は大理石のものと、炉棚が木で炉床がタイルのものがあった。いくつも並ぶランプや燭台は、夜になると室内を明るく照らしだすのだろう。

住まいには、ポピーのために新たに寝室が設けられていた。きみの部屋は好きなだけ増やしてかまわない、ハリーからはそう言われている。ふたりの住まいは、間仕切りを移動させるだけで部屋割りを自在に変えられるらしい。寝室のベッドを覆う上掛けは薄緑がかった青で、上等そうなリンネルのシーツには青い小花の刺繍が見える。窓辺では、ペールブルーのサテンとベルベットのカーテンが揺れている。女性らしい、趣味のいい内装で、このような状況でさえなければ大いに嬉しく思ったことだろう。

この腹立ちは、果たしてハリーに対してなのか、マイケルになのか、それとも自分自身になのか。おそらく三人に平等に怒りを覚えているのだろう。ハリーが間もなく部屋にやってくるのだと思うと、緊張は高まるばかりだ。ポピーはベッドに視線を落として考えた。乱暴はされないはずだ。いくら非道な夫でも、暴力を振るったりはすまい。

そのとき、誰かが住まいの玄関に足を踏み入れる音がして、ポピーは胸がつかえた。深呼吸をくりかえし、ハリーの広い肩が戸口をふさぐときを待つ。

やがてそこに現れた夫は、無表情にポピーを見つめた。クラヴァットはすでにはずしており、シャツの襟元もはだけて、太い首がのぞいている。近づいてくる彼を見ながら、ポピーはしりごみすまいとがんばった。夫が手を伸ばして、流れる炎を思わせるつややかな髪を指先で梳く。

「髪を下ろしたところは初めて見るな」ハリーは言った。とても近くにいるので、ひげ剃り石鹸と吐息に混じるシャンパンの匂いがほのかにした。指先が頬を撫で、身じろぎひとつしないポピーの小さな震えを感じとる。

「怖いのかい？」ハリーは優しく問いかけた。

ポピーは懸命に、夫と目を合わせた。「いいえ」

「怖がったほうがいい。わたしは、怯えている人間にはずっと優しくできるから」

「そうかしら。むしろその反対ではないの？」

ハリーの口元に笑みが浮かぶ。

彼を前にしたときにわきおこる複雑に入り混じった感情に、ポピーはまごついていた。敵意と惹かれる気持ち、憤りと好奇心がないまぜになっている。彼女は夫に背を向け、化粧台に歩み寄ると、蓋が金色の小さな磁器の入れ物をもてあそんだ。

「どうしてわたしを受け入れることにしたんだい？」穏やかにたずねる声が聞こえた。

「マイケルにとってそれが一番だと思ったからだわ」と応じたポピーは、ハリーの顔にいらだちがにじむのを見てかすかな満足感にひたった。

夫はくつろいだ様子でベッドに腰かけた。視線はポピーからそらそうとしない。

「選択肢があったなら、ごく一般的な方法できみを手に入れたさ。堂々ときみに求愛し、自分のものにした。だがきみの気持ちはすでにベイニングにあった。つまり、選択肢はなかったというわけだ」

「いいえ、あったわ。わたしとマイケルをそっとしておいてくれればよかったのよ」

「そっとしておいたところで、ベイニングがきみに正式に結婚を申し込んだとは思えないね。彼は父親を説得できるはずだと言って、きみと自分自身をあざむいたんだ。例の手紙を読んだときの、あのご老体の顔を見せてあげたいくらいだよ。息子がずっと劣る身分の娘を妻に迎えようとしていると知って、それは激怒していた」

夫の意図したとおり、ポピーはその言葉に大いに傷つき、身を硬くした。

「そこまでしたのなら、あとは成り行きに任せたらよかったでしょう。わたしがマイケルに捨てられるのを待って、あとしまつに現れれば済む話だわ」

「ベイニングがきみと駆け落ちする可能性もあったからね。危険を冒すわけにはいかなかった。それにきみはいずれ、ベイニングへの思いは一時の気の迷いだったと気づくはずだ」

ポピーは心からの侮蔑を込めて夫を見た。「あなたに愛のなにがわかるというの」

「愛しあうふたりがどんなふうに振る舞うかくらいわかっているさ。今朝、聖具室で見たきみたちは、愛しあう恋人たちにはとうてい見えなかった。本当に互いを求めていたのなら、どんな力をもってしても、教会を出ていくふたりを止めることは不可能だったはずだよ」

「あなたがその選択肢を奪ったんじゃない！」ポピーはカッとなって言いかえした。

「たしかに。だがきみたちにその気があったなら、わたしはそれを尊重した」

「あなたがなにを尊重しようが、わたしたちには関係ないわ」

ハリーの表情が険しくなった。ポピーがマイケルと自分を〝わたしたち〟と呼んだためだろう。「ベイニングをどう思っていようが、きみはもうわたしの妻だ。彼も早晩、血統のいいどこかの娘と結婚する。そもそも最初から選ぶべきだった相手とね。というわけで、残された問題は今後きみとわたしがどうやっていくかだ」

「わたしが望むのは、名目だけの結婚だわ」

「それならそれでいい」ハリーは穏やかに応じた。「ただし、結婚を法的に成立させるにはベッドをともにしなければならない。あいにく、法の抜け穴を利用するつもりはなくてね」

つまり、夫としての権利を行使するということだ。彼がなにかを望んだら、それを阻止できる者はいない。ポピーは目と鼻の奥がつんとするのを感じた。けれども彼の前で泣くくらいなら、死んだほうがましだ。嫌悪のまなざしを夫に投げる。心臓が激しく鼓動を打って、しまいにはこめかみや手首や足首までうずきだした。

「ロマンチックなせりふだこと。いいわ、契約を完成させてしまいましょう」そう言って、化粧着の前に並ぶ金ボタンをはずしはじめる。だが指先はこわばってうまく動かず、声は喉の奥で震えた。「頼むから早く済ませて」

優雅な身のこなしでベッドから離れたハリーが、ポピーに歩み寄る。ボタンにかけた両手に温かな手が重ねられ、ポピーは指の動きを止めた。「ポピー」ハリーは呼びかけ、彼女が顔を上げるのを待った。夫の瞳は愉快げに光っていた。「それじゃまるで、きみを力ずくで奪おうとしているみたいじゃないか。おのれの名誉のために言っておくが、わたしは女性に無理強いしたためしはない。ノーと一言言われれば、この場で思いとどまるよ」

そんなの嘘よ。ポピーの直感がそう訴える。でも……嘘ではないのかもしれない。彼にとってわたしは、猫にもてあそばれるネズミにすぎないのかもしれない。

「本気で言ってる？」ポピーは腹立たしげに詰問した。

ハリーは悪意のない顔で彼女を見つめた。

「ノーと言ってみれば、本気かどうかわかるんじゃないかい？」

彼のように見下げ果てた人間がここまでハンサムなのは、この世界がきわめて不公平だという証拠だ。あるいは、世界に秩序などない証。

「言うものですか」ポピーは夫の手をはらった。「乙女らしい芝居がかったせりふで、あなたを喜ばせるつもりなんかありません」と宣言し、化粧着の前ボタンをはずす作業に戻る。「それに、これ以上なにも恐れずに済むよう、さっさとこれを終わらせてしまいたいの」

それではとばかりに上着を脱いだハリーが、それを椅子の背に掛ける。ポピーは化粧着を床に落とし、室内履きを蹴り脱いだ。薄いキャンブリック地のナイトドレスの裾からひんやりとした空気が忍びこんできて、足首にまとわりつく。まともにものを考えられず、頭のなかは恐れと不安でいっぱいだ。夢に描いた未来はどこかへ消え、代わりにとてつもなく複雑な未来が築かれようとしている。ハリーはかつて誰もしなかった、いや、これからも誰もしない方法で、ポピーを知ろうとしている。けれどもそれによって完成するふたりの結びつきは、姉たちの婚姻関係とは似ても似つかない……それは、愛や信頼とまったくかけ離れたなにかの上に築かれるものにすぎない。

姉のウィンから聞かされた夫婦の親密な行為は、花や月光に彩られており、具体的にどういうことがなされるのかはわからずじまいだった。夫を信頼し、気持ちを楽にすればなにも心配はいらないわ、あれもまた深い愛情の証なのだから、とウィンは助言した。でもポピーが置かれたいまの状況には、姉の助言はどれも役に立たない。

室内はしんと静まりかえっている。なんてことはないのだから大丈夫……ポピーは自分に言い聞かせ、その言葉を信じようとした。自分の体を他人のもののように感じながら、ナイトドレスのボタンをはずし、頭から脱いで、くったりと床に落ちるに任せる。全身に鳥肌が立って、胸の先が寒さに硬くなった。

ベッドに歩み寄り、上掛けを剝いで体を滑りこませる。毛布を胸まで引っ張り上げてから、枕に頭をのせた。それからやっと、ハリーのほうを見た。

夫は靴紐をほどく作業の途中で、椅子に片足をのせたまま手を止めていた。シャツとベストは脱いでおり、大きな背中の筋肉が盛り上がって見える。肩越しにポピーのほうを眺める目は、濃いまつげのせいで表情がわからない。頰は陽射しを浴びたように赤らみ、唇はなにかを言いかけて、言うべきことを忘れてしまったかのように半開きになっていた。ひどく乱れた息を吐いたのち、彼は靴紐をほどく作業に戻った。

夫の体は美しかったが、ポピーはその事実に喜びなど感じなかった。むしろ憤りを覚えた。下腹が出ているとか、肩幅が狭いとか、なにか自慢にならない部分や欠点があればよかったのに。だが彼の体は引き締まってたくましく、みごとに均整がとれている。やがてズボンははいたまま、ハリーがベッド脇にやってきた。平静をよそおうとしたポピーだったが、シーツをぎゅっと握りしめずにはいられない。

あらわな肩に手が置かれ、指先が首筋のほうに這っていき、また肩のほうに戻る。ハリーはそこに小さな、ほとんど見えない傷を発見して指を止めた。流れ弾が当たった跡だ。「例の事故の跡かい？」かすれた声が聞こえた。

言葉を発することができなくて、ポピーはただうなずいた。これから夫に、どんな小さな体の特徴も個性も知られることになるのだ……そうする権利を彼に与えたのだから。夫はさらに三つの傷跡を腕に見つけ、あたかも古い傷を癒そうとするかのようにひとつひとつ優しく撫でた。その手がゆっくりと、マホガニー色のせせらぎとなって胸を覆う一束の髪のほうへと移動し、髪の流れを追ってシーツの下へと忍びこむ。

つぼみのような乳首に親指が触れたとたん、下腹部が熱くうずく感覚に襲われて、ポピーは息をのんだ。夫の手が一瞬、胸から離れる。ふたたび触れてきたとき、それが親指を舌で濡らすためだったのがわかった。またもやじらすように、濡れて滑りがよくなった指先で円を描きながら愛撫を与える。その心地よさを全身で受けとめるかのように、ポピーは無意識に膝を曲げ、腰を上げていた。ハリーのもう一方の手がそっと顎の下を撫で、顔を上向かせる。

身をかがめて口づけようとするハリーを、ポピーは顔をそむけて拒んだ。

「テラスでキスしたのを忘れたかい？」夫がそう問いかけるのが聞こえる。「あのときは拒まなかった」

乳房を大きな手でつつみこまれているので、ポピーは口を開くのさえやっとだ。「あのときだけよ」単なる肉体の交わりよりも、口づけのほうがずっと重要な意味がある。口づけは、愛情や慈愛を伝える贈り物だ。少なくとも好意がなくてはできない。だがポピーはそれらの感情をいっさいハリーに抱いていない。体を奪う権利は与えても、心だけは渡さない。

夫の両手が体から離れ、少し横にずれるようそっと押された。

おとなしく従いながら、ポピーは鼓動が速まるのを覚えた。夫が脇腹を下に寝そべる。並んで横になると、彼の脚が自分よりずっと長いのがわかった。夫が毛布とシーツを引き剝がそうとする。彼女はやっとの思いで指の力を抜いた。

ハリーの視線が、ほっそりとした肢体から胸の丸み、ぎゅっと閉じられた太もものあいだへと移動していく。抱き寄せられると、ポピーの全身はほてり、肌の赤みが増した。夫の胸は温かくて硬く、胸板を覆う黒い毛が胸にあたるとくすぐったかった。

背中のくぼみをなぞられ、いっそうきつく抱きしめられると、ポピーは身を震わせた。頭がぼうっとしてきて、どうして自分が半裸の男性にぴったりと身を寄せ、素肌の匂いを嗅いでいるのかわからなくなる。脚を押し開かれると、太ももにひんやりとなめらかなズボンがこすれる感触があった。そのまま抱きしめられ、背中をそっと撫でられているうち、歯の根が合わないほどの震えはおさまった。

彼は張りつめた首筋に唇を這わせた。時間をかけてそこに口づけ、耳の裏のくぼみを探しあて、髪の生え際から喉元へと唇をさまよわせた。激しく脈打つ部分を舌先で探られると、ポピーはこらえきれずにあえぎ、彼を押しのけようとした。すると抱きしめる腕に力が込められ、むきだしの臀部をつかんだ手が彼女の体をいっそう強く引き寄せた。

「こういうのは、あまり好きじゃない？」ハリーは喉元に口づけたまままたずねた。

「好きじゃないわ」ポピーは互いの体のあいだに腕を差し入れようともがいた。

ハリーが彼女を組み伏せる。その瞳には、意地の悪い笑みが浮かんでいた。

「なにをやっても、好きじゃないと言うんだろう？」

ポピーはうなずいた。

夫の手が頬をつつみこみ、親指がポピーのぎゅっと閉じた唇をなぞる。

「わたしのことが気に入らないのはわかったから、せめていまだけはチャンスをくれないか」

「できない。だって忘れられないんだもの、本当なら相手は……彼だったはずなのに」ハリーに対する苦々しい思いと腹立ちとで、マイケルの名を口にすることさえはばかられた。

彼女の言葉に、ハリーは予想外の反応を示した。顎を万力のようにしっかりと、だが痛みは与えない程度につかみ、怒りに燃えた目で彼女をにらんだ。挑戦的ににらみかえしたポピーは、いっそ乱暴をされてもいいくらいの気持ちだった。そうすれば、夫は思ったとおりの見下げ果てた男なのだと確信できる。

けれども長い沈黙の末に口を開いたとき、ハリーの口調は慎重に抑えられていた。「では、その記憶を消せるかどうか試してみよう」毛布とシーツが荒々しく引き剝がされ、ポピーは素肌を覆い隠すものをいっさい失った。身を起こそうとすると、すぐに押し倒された。胸の下に手が添えられ、乳房が揉みしだかれる。身をかがめた夫の吐息が乳首をかすめ、そこをうずかせた。

彼は乳首を舌先でなぞり、そっと口に含み、感じやすい部分をもてあそんだ。乳首を転がされ、舐められ、優しく引っ張られるたび、ポピーは喜びがあふれるのを感じた。脇に置いた両手をぎゅっと握りしめて、けっして動かすまいとする。自ら夫に触れてはいけないと思った。だが彼の愛撫は執拗かつ巧みで、身をよじるほどの快感が体の奥深いところから呼び覚まされてしまう。ポピーの体は、道義心よりも喜びを選ぼうとしていた。

彼女は夫の頭に手で触れ、やわらかく豊かな黒髪に指を差し入れた。あえぎながら、もう一方の乳房へと夫を導く。すると彼はかすれたつぶやき声とともに従い、痛いほど熱を帯びたつぼみに唇を寄せた。大きな両の手で全身をまさぐり、ウエストから腰へとまろやかな曲線をなぞっていく。中指の先が臍《へそ》の周りに円を描き、平らな下腹部をじらすようにたどって、ぴったりと閉じられた両脚の谷間を太ももから膝へ……膝から太ももへとくすぐる。

そこを丹念に撫でつづけながら、ハリーはささやいた。「脚を開いて」

ポピーは荒い息を吐き、無言で抵抗した。閉じた目の奥で涙がわきおこる。ハリーとの交わりで喜びを感じるのは、裏切りとしか思えなかった。

そんな彼女の思いにハリーもまた気づいていたのだろう、耳元で優しく語りかけた。

「今夜起こることは、ふたりきりの秘密だ。夫にわが身を捧げるのは罪深い振る舞いではないし、与えられた喜びを拒否したところで、きみはなんの得をするわけでもない。だから拒まなくていいんだ、ポピー。わたしの前で貞淑ぶる必要なんかない」

「貞淑ぶってなんかいないわ」ポピーは震える声で反論した。

「だったら、さわらせて」

こたえずにいると、ハリーは力を失った脚を押し広げた。手のひらで内ももを撫で、親指で柔毛をかすめる。しんとした部屋に、ふたりの荒い呼吸音だけが響いた。親指がやわらかな毛の奥へと忍びこみ、感じやすい部分にそっと触れる。ポピーは押し殺した抗議の声とともに背を弓なりにした。

すると硬い胸板に抱き寄せられ、なめらかな胸毛に素肌をくすぐられた。ハリーの手がふたたび下りてきて、ポピーの大切な部分をじらすように押し広げる。その手に自分を押しあてたい衝動に駆られながらも、ポピーは努めて反応を見せまいとした。けれども自分を抑えるのは至難の業だった。

やがて、一番感じやすい部分を探りあてたハリーは、そこがしっとりと潤ってくるまで愛撫を与えた。指が一本、なかに挿し入れられる。驚いたポピーは身を硬くしてすすり泣いた。唇が首筋に寄せられる。「しーっ……痛くしないから大丈夫。力を抜いて」挿入された指がなかでうごめくのがわかる。丹念にくりかえされるその動きに、ポピーは先ほどとはちがう張りつめた快感を覚えた。幾層にも重なって厚みを増していくかのごとき喜びに、手足がだるくなってくる。するとハリーは指を引き抜き、けだるく彼女の全身を愛撫しだした。

あえぎ声をもらしそうになったポピーは、それを必死にのみこんだ。体がほてって、たまらず身じろぎしたくなる。筋肉が盛り上がった夫の両肩にすがりたかったけれど、殉教者のように横たわったままでいた。

だが彼は、どうしたらポピーが愛撫にこたえるか、喜びを引きだせるかちゃんとわかっているらしい。ポピーは衝動に抗えず、冷たくなめらかなシーツにかかとを埋め、腰を突き上げた。胸元に寄せられた唇が、慎重に距離を測るかのように、徐々に下へと下がっていく。やがて柔毛に鼻が埋められるのに気づいて、ポピーは体をこわばらせ、彼から逃れようとした。彼女はひどく混乱していた。こんなことをするなんて、誰からも教わっていない。こんなまねはしてはいけないはずだ。

けれども身もだえすると、両手で腰を押さえつけられてしまった。濡れた舌が丹念に愛撫を与えてくる。ハリーの刻むリズムに誘われて、ポピーは幾度も腰を突き上げた。その間も彼は、舌先をなまめかしく動かすのをやめようとしない。いたずらな唇と、情け容赦のない舌の愛撫は終わることを知らなかった。熱い吐息がポピーの全身を撫でていく。快感がどんどん高まっていき、ついには驚くほど高い頂に達して、そこで砕け散る。ポピーはあえぎ声をひとつもらし、ふたつもらし、全身を激しく震わせた。逃げる場所も、戻る場所もなかった。ハリーはなおも優しくそこを舐めながら、組み伏せたポピーの震える体から喜びの最後のひとかけらまで引きだそうとしている。

だが一番恐ろしい瞬間はまだ訪れていない。ハリーの腕に抱きしめられたとき、ポピーは抵抗もせず、なすがままになっていた。

夫のものが大きくなっているのがわかった。彼の体は硬くたくましく、耳に響く鼓動はひどく速い。夫がしなやかな背筋を撫でてくる。意に反してあえぎ声をもらしながら、ポピーはいよいよだと思った。

ところが意外にも、ハリーはこう言った。「今夜はここまでにしておこう」

それに応じる自分の妙にかすれた声が、ポピーの耳に届く。

「なぜ……やめなくていいのよ。さっき言ったでしょう――」

「ああ、さっさと終わらせてしまいたい、と」ハリーは皮肉めかして言った。「これ以上なにも恐れずに済むように、と」ポピーを放し、横に転がって身を起こすと、夫はごくさりげないしぐさでズボンの前を閉めた。ポピーは顔を真っ赤にした。「でももう少し、恐れを抱いてもらったほうがよさそうだ。言っておくが、婚姻無効宣告を出そうなんて考えようものなら、まばたきする暇も与えずに後ろから純潔を奪ってやるからな」いったん言葉を切り、シーツと毛布をポピーに掛ける。「ところで……愛撫を受けているあいだ、あいつのことを考えたかい？　わたしに触れられながら、あいつの顔や名前を思い浮かべたかい？」

視線を落としたまま、ポピーは首を横に振った。

「上々の滑り出しだな」ハリーは静かに言うと、ランプを消して部屋を出ていった。

彼女はひとり、暗闇のなかに取り残された。胸のなかでは、恥ずかしさと充足感と当惑が渦巻いていた。

14

ハリーはもともと不眠気味だが、今夜は眠るなど不可能だった。いつもなら同時に複数の問題を考えているはずの頭が、いまやまったく新しい、尽きせぬ好奇心の対象にばかり思いをはせている。

妻のことにばかり。

この一日で、ハリーはポピーについてじつに多くを学んだ。彼女はどんなに苦しい状況でも並はずれた強さを失わない。逆境に陥ったくらいで自分を失う女性ではないのだ。しかも、家族を心から愛しながら、困ったときの避難場所にしようとはしない。

今日の結婚式をやり遂げたポピーの気概を、ハリーは高く評価した。初夜を切り抜けた意志の強さには、感嘆さえした。乙女らしい芝居がかったせりふなんて言わない、そう自ら宣言したとおりだった。

妻の寝室をあとにする前の、身を焼き焦がされるほどの数分間が思い出される。ポピーは甘やかに夫にすべてをゆだねた。愛撫にこたえる美しい肢体はきらめいていた。興奮とうずきがさめぬまま、ハリーはいま、別室に横たわっている。自分の住まいにポピーが眠っていると思うだけで、わずかな眠気すら吹き飛んだ。過去に女性をここに泊めたことはない。女性と睦みあうときは必ず相手の家を訪問したし、誰かと一晩を過ごしたためしもない。他人と同じベッドに眠るなんて、想像するだけで落ち着かない気分になる。性的な交わりよりも、並んでベッドに眠るほうがずっと親密な行為に感じられるのがなぜなのか、理由は考えたこともないが。

やがて夜明けが訪れ、雲が低くたれこめた空が鈍い銀色に光りだすと、ハリーは安堵した。ベッドを出て顔を洗い、着替えをすませる。食堂にメイドを呼んで暖炉に火をおこさせ、アイロンでしわを伸ばしたモーニング・クロニクル、グローブ、タイムズの三紙を持ってこさせる。間もなくいつもどおり、三階担当の給仕係が朝食の準備に、ジェイク・ヴァレンタインが日報を携えて今日の午前中の業務を確認しに、それぞれ現れるはずだ。

「奥様の朝食もご用意いたしますか?」メイドがたずねた。

ポピーはいつも何時ころに起きるのだろう。「扉をノックして、訊いてみてくれ」

「かしこまりました」

メイドがポピーの寝室のほうに視線を投げる。夫婦が別々の寝室でやすむのはあくまで上流社会のしきたりだ。メイドはわずかにけげんそうな顔をしてから、すぐに無表情を作った。そんなメイドにいらだちを覚えつつ、ハリーは彼女が食堂をあとにするのを見ていた。

ややあってメイドの呼びかけと、ポピーがそれに応じる声が聞こえてきた。妻のくぐもった声を耳にしたとたん、ハリーはえもいわれぬ喜びにつつまれた。

メイドはすぐに食堂に戻ってきた。

「奥様にもトレーをお持ちします。だんな様はほかになにか、ご入用なものは？」

首を振ってメイドを下がらせ、新聞に意識を戻す。そうしてある記事を読もうとし、少なくとも三回は試みてから、無駄だとあきらめて顔を上げ、ポピーの寝室のほうにじっと目を凝らした。

妻が現れたのはずいぶん経ってからだった。凝った刺繍が美しい青いタフタの化粧着に身をつつみ、赤茶色を帯びた黒髪は肩にたらし、暖炉の炎を受けて輝いている。顔は無表情で、瞳には警戒の色が宿っていた。ハリーは衝動に駆られた。精緻な刺繍がほどこされた化粧着を引き剝がして、妻の全身が赤らみ、口からあえぎ声がもれるまで、素肌に口づけたい。

「おはよう」彼女はろくに目も合わせずにつぶやいた。

ハリーは立ち上がって、妻が小さなテーブルにやってくるのを待った。だが彼女は、着席するときに夫に触れられるのをいやがるにちがいない。焦るな……ハリーは自分に言い聞かせた。「よく眠れたかい？」

「ええ、ありがとう。あなたは？」妻がそうたずねたのは、心から案じたわけではなく、単なる礼儀としてだろう。

「まあそれなりに」

テーブルにのった新聞にポピーが目を留める。一紙を手にした彼女は、それを大きく広げて顔を隠した。どうやら会話をする気分ではないとみえる。ハリーは自分も記事に集中することにした。

静寂を破るのは、新聞をめくるがさがさという音だけだ。

やがて朝食が運ばれてきた。ふたりのメイドが磁器の皿とナイフやフォーク、クリスタルのグラスを並べていく。

ポピーはクランペットを所望したらしかった。小さなクランペットは上部の気孔から湯気をたてている。一方のハリーは、ポーチドエッグをのせたトーストから手をつけた。卵にナイフを入れて、とろりとした黄身をパンの上に広げる。

「朝は別に早起きする必要はないよ」卵にひとつまみの塩をかけながら、ハリーは告げた。「ロンドンのレディはたいてい、昼ごろまで寝ているものだからね」

「朝が来たら起きるのが習慣なの」

「農夫の妻のようにか」ハリーは薄い笑みを浮かべた。

だがポピーは夫のいやみに反応を示さず、クランペットにハチミツをかける作業に専念している。

フォークを持ち上げた手を、ハリーは止めた。ポピーはほっそりとした指でハチミツ棒をくるくると動かして、クランペットの気孔をひとつずつ、琥珀色の液体で器用に埋めていく。そのさまを食い入るように見つめる自分に気づいて、ハリーは慌ててトーストにかじりついた。妻がハチミツ棒を小ぶりな銀の容器に戻す。親指の先にわずかにハチミツがついているのを見つけた彼女は、口元に指を運んでそれを舐めとった。

息苦しさを覚えたハリーは紅茶を手にとり、ぐっと飲みこんだ。熱い液体が舌を焦がし、思わずしかめっ面をして悪態をつく。

ポピーは不思議そうに彼を見た。「どうかしたの?」

どうもしない。妻が朝食をとる姿に、かつて感じたことがないほどの興奮を呼び覚まされただけだ。「なんでもない」ハリーはぶっきらぼうに応じた。「紅茶が熱かっただけだ」

ふたたび妻の顔に視線をやると、今度はイチゴを食べているところだった。へたの部分をつまんで、丸く開けた口にイチゴを運び、熟した実に上手に歯を立てる。それくらいにしてくれ……ハリーは椅子の上でもぞもぞと座りなおした。ゆうべ満たされなかった欲望が、なにかの復讐のようによみがえってくる。ポピーはつづけてふたつイチゴをとり、のんびりと堪能した。ハリーは妻を見まいとした。服の下に熱がこもり、暑さに耐えられずにナプキンで額をぬぐう。

ポピーがハチミツをかけたクランペットをちぎり、口に入れてから、当惑した面持ちでこちらを見る。「気分でも悪いの?」

「暑いだけだ」いらだたしげに答えるハリーの脳裏では、よからぬ妄想ばかりがよぎっている。ハチミツをやわらかな素肌にたらし、濡れたピンクの――。

そこへ扉をたたく音がした。

「入れ」ハリーはぞんざいに応じた。なんでもいいから、気をそらすものが早くほしい。

いつになく慎重な足取りで現れたジェイク・ヴァレンタインは、ポピーが朝食のテーブルについているのを見るなりわずかに驚いた表情を浮かべた。どうやらこの新たな状況に、誰もが少々とまどっているらしい。

「おはようございます」と言ったヴァレンタインは、ハリーだけに話しかけたものか、それともポピーにも意識を向けるべきなのか判断しかねている。

とまどう部下を救ったのはポピーだった。彼女は心からの笑みをたたえて応じた。

「おはよう、ミスター・ヴァレンタイン。今日はサルの逃亡劇はないわね？」

ヴァレンタインがにやりとする。

「いまのところは、ミセス・ラトレッジ。午後になったらわかりませんが」

ふたりのやりとりを見ていたハリーの胸になじみのない感情がわきおこり、黒い怒りが全身をむしばんでいった。これはもしかして……嫉妬か？　そうにちがいない。必死に抑えこもうとするのに、それは腹の奥にとどまって消えようとしない。自分にもあんなふうに笑みを投げてほしい。明るく、屈託なく笑って、自分だけにまなざしを向けてほしい。

紅茶に角砂糖をひとつ入れながら、ハリーは冷ややかな声で命じた。「報告を」

「とくにこれといった問題は」ヴァレンタインが日報を差しだしながら応じる。「ソムリエが、ワイン・リストのご確認をお願いしますとのことです。それとミセス・ペニーホイッスルが、ルームサービスの際にカトラリー類と皿が紛失したようだと話していました」

ハリーはいぶかしげに目を細めた。「食堂でなくなったわけではないんだな？」

「はい。まさか食堂から皿を盗もうとする客もいませんでしょうし。でも自分の泊まっている部屋なら話は別と言いますか。じつは先日など、朝食用の食器が一式なくなったそうで。それでミセス・ペニーホイッスルが、ルームサービス用にブリキの食器を用意してはどうかと提案を」

「うちの客に、ブリキのナイフとフォークを使わせろだと？」ハリーは大きくかぶりを振った。「そいつはだめだ。せこい盗人には、別の方法で思いとどまらせるしかない。わがホテルは安宿ではないんだ」

「そうですよね」ヴァレンタインは、日報をめくるハリーを眺めながらうなずいた。「ところで、よろしかったら奥様にホテル内をご案内しますとミセス・ペニーホイッスルが言っていますが。個々の執務室や厨房へご案内して、従業員にもご紹介をと」

「その必要は――」ハリーは言いかけた。

「ぜひお願いしたいわ」ポピーがさえぎった。「その方に、朝食をすませたらさっそくお願いと伝えておいて」

「必要ない」ハリーははねつけた。「きみがここの経営にかかわるわけじゃなし」

ポピーは妙に愛想のいい笑みを浮かべて彼に向きなおった。「経営に口を出すつもりはないわ。でも、せっかくここがわが家になったんだもの、いろいろと知っておきたいの」

「わが家じゃない」ハリーは否定した。

ふたりの目が合う。

「わが家に決まっているじゃない。人が住む場所なんだもの。あなたはそう考えたことはないの?」

ヴァレンタインはそわそわと足を踏み替えた。

「あの、ミスター・ラトレッジ、今日の午前中の業務を……」

ハリーは部下のせりふなどろくに聞いていなかった。ひたすら妻を見つめながら、「わが家」という言葉になにをそんなにこだわっているのだろうと考えていた。自分なりの理由を説明しようとする。「人が住んでいるという事実だけでは、わが家とは呼べない」

「このホテルに愛着みたいなものは感じないの?」ポピーがさらにたずねる。

「ええと」ヴァレンタインはぎこちなく口を挟んだ。「おれはもう行きますね」

そそくさと部屋をあとにするヴァレンタインに、夫婦はどちらも視線すら向けなかった。

「このホテルは、たまたま手に入れただけだ。もちろんホテルの経営で儲けているのだから大切には思っている。だが愛着なんてものはいっさい感じない」

ハリーの瞳をのぞきこむ妻の青い瞳はすべてを見透かすかのようで、好奇心のほかに、深い思いやりに似たものが浮かんでいた。他人からそんな目で見られるのは初めてで、ハリーはなんだか落ち着かない気分になってくる。「あなたはずっとホテルで暮らしてきたのよね」ポピーがつぶやいた。「木々や庭に囲まれた家で暮らしたことなんてなかった」

それがいったいなんだというのだろう。ハリーは話題を変えることで、冷静さを取り戻そうとした。「いいかい、ポピー……こいつはただの仕事だ。従業員に対して親類みたいに、あるいは友だちみたいに接するのはよくない。彼らもかえって仕事がしにくくなる。わかるな？」

「ええ」ポピーは彼をじっと見つめたままうなずいた。「だんだんわかってきたわ」

今度はハリーが新聞で顔を隠す番だった。彼は胸騒ぎを覚えていた。妻にわかってもらいたくなどない。〈秘密の部屋〉でコレクションを眺めるときのように、彼女を見つめたり、ともに過ごすひとときを楽しんだりしたいだけだ。彼の定めた境界線を、ポピーは踏み越えてはならない。踏み越えずにいてくれれば――主導権は常にハリーが握っているのだと彼女が理解してくれれば、彼は寛大な夫を演じつづけられる。


「従業員一同――」メイド長のミセス・ペニーホイッスルは、熱のこもった調子で口を開いた。「わたし自身はもちろん洗濯室のメイドまで、ミスター・ラトレッジがついに花嫁を迎えられたことに深い喜びを覚えております。みなを代表して、奥様には当ホテルでくつろいで暮らしていただけるよう、心から願っております。ご用のあるときは、三〇〇人からなる使用人にどうぞお申しつけくださいませ」

メイド長の心のこもった言葉に、ポピーは感動した。ミセス・ペニーホイッスルは背の高い大柄な女性で、赤らんだ頬があふれんばかりの生命力を物語っている。

「大変ありがたい申し出だけど」ポピーはほほえんで応じた。「三〇〇人もの方たちの手をわずらわせるつもりはないわ。もちろん、わたし付きのメイドはひとりいてくれたほうが助かるけれど。これまではメイドを付けていなかったの。でももう姉や妹やお目付け役がいないわけだから……」

「おっしゃるとおりです。ちょうどいい年ごろの、のみこみの早いメイドが数人おりますから、面接をしてやってください。気に入った娘がいなければ、あらためて募集しますので」

「ありがとう」

「それと、家計簿や帳簿、備品一覧表などをごらんになりたいときも、どうぞ気軽にお申しつけくださいね」

「本当にありがとう。従業員の方たちに、全員ではなくてもこうして会えるなんて嬉しいわ。それに、宿泊客だったら絶対に見られないような場所も案内してもらえるのでしょう？　とくに厨房は見るのが楽しみ」

「料理長のムッシュー・ブルサールも、奥様を厨房にご案内し、数々の料理を披露できると大喜びしているんですよ」メイド長は言葉を切り、ひそひそ声でつづけた。「うぬぼれ屋さんですが、腕前はたしかなので大目に見てやってくださいね」

　ふたりは大階段を下りていった。「ところで、こちらで働くようになってどのくらいになるの、ミセス・ペニーホイッスル？」

「一〇年ほどでしょうか……開業したときからお仕えしていますので」メイド長は当時をなつかしむかのようにほほえんだ。「だんな様もまだ本当にお若くて、ひょろひょろしていましたね。米国訛りが強くて、ひどく早口で、お話についていくのも大変でしたよ。わたしはそのころ、ストランドで父が経営する茶房で働いていて——実際にはわたしが切り盛りしていたんですけどね──ミスター・ラトレッジはそこの常連客だったんです。ある日、店にいらしただんな様からメイド長にならないかと打診されまして。当時はもっとこぢんまりしたホテルで、いまとは比べものにならない経営規模だったのですけど、もちろんお受けしました」

「どうして、もちろんなの？　お父様から、お店に残ってほしいとは言われなかったのかしら」

「言われましたけど、姉妹がおりますから。それにだんな様には、ほかの男性にはないものを感じました……非常に個性的な方だなと。説得するのがそれはもうお上手なんです」

「わかるわ」ポピーは淡々と応じた。

「それで周りの人間は、だんな様についていきたい、一緒に仕事がしたいとつい思ってしまうんです。だからこそ、だんな様はこれほどまでの成功を──」メイド長は身ぶりで周囲を示した。「若くしておさめられたんです」

どうやら夫については、従業員から話を聞くほうがいろいろ学べそうだ。少なくとも数人は、メイド長のように率先して話を聞かせてくれるだろう。

「経営者としての夫は、口うるさいのかしら」

メイド長はくすくすと笑った。

「それはもう。でも公平な方ですし、理不尽は絶対におっしゃいません」

ふたりはフロント係の執務室に入っていった。男性がふたり（一方はかなりの年配で、他方は初老とみえる)、オークの机にでんと広げた帳簿を前になにやら話しあっていた。「ちょっと失礼」ミセス・ペニーホイッスルが声をかける。「ミセス・ラトレッジにホテル内をご案内しているところなんです。奥様、こちらは総支配人のミスター・マイルズと、コンシェルジュのミスター・ラフトンです」

ふたりはあたかも一国の君主でも迎えたかのように、礼儀正しくおじぎをしてからポピーを見つめた。初老のほうの男性、ミスター・マイルズがにっこりと笑い、はげかかった頭がピンクに染まるほど赤面する。

「ミセス・ラトレッジ、お会いできて光栄です! ご結婚に心からのお祝いを——」

「まったくめでたいことでございます」ミスター・ラフトンが割って入る。「みなの祈りがついに届いたとでも申しましょうか。奥様とだんな様が、末永くお幸せに暮らせますよう」

熱烈な歓迎ぶりに少々たじろぎつつも、ポピーはほほえんで、ふたりにうなずいてみせた。

「ありがとう」

案内された執務室には、数えきれないほどの宿泊台帳や、総支配人の日報、外国の歴史や習慣をまとめた数々の本、各国語の辞書、ありとあらゆる種類の地図、ホテルの見取り図などが置かれていた。壁に張られた見取り図には、空室や修理中の部屋が鉛筆書きで記されている。

それらとやや離れたところに、革張りの台帳が二冊あった。一冊は赤で、もう一冊は黒。

「これはなんの台帳なの?」ポピーはたずねた。

男たちが顔を見あわせ、ミスター・ラフトンが用心深く口を開く。「ごくまれにではありますが、お客様のなかにはなんと申しますか、お泊めするのが難しい――」

「不可能な方がいらっしゃるのです」ミスター・マイルズが割って入る。

「そのようなお客様については、申し訳ないのですが、こちらの黒革の台帳にお名前を記載させていただいております。つまり、歓迎すべからざるお客様には――」

「宿泊をお断りするお客様という意味です」ミスター・マイルズが正す。

「次回からのご予約をご遠慮願うことになるわけです」

「永久にです」ミスター・マイルズは断固として言い添えた。

すっかり愉快になって、ポピーはうなずきながらさらに問いかけた。

「なるほど。こちらの赤いほうは？」

ミスター・ラフトンが説明する。

「一般のお客様よりも、少々わがままな方々について記載する台帳でございます」

「面倒なお客様という意味です」ミスター・マイルズが明確につけくわえる。

「特別なご要望のあるお客様ですとか」ミスター・ラフトンはつづけた。「お部屋の清掃時間に希望のある方ですとか、ペットの持ちこみ許可を求める方など、さまざまです。こういったお客様には、ご予約をご遠慮願うことはないのですが、ご要望の内容については念のため記しております」

「ふうん」ポピーは赤の台帳を手にとり、メイド長にいたずらっぽい目を向けた。「これにはきっと、ハサウェイ家に関してもいろいろと書かれているわね」

三人は無言だった。

その凍りついた表情に気づいて、ポピーは声をあげて笑った。「わかっているから大丈夫よ。それで、ハサウェイ家についてはどこに書いてあるの？」台帳を開き、適当にめくっていく。

たちまち男たちは弱りきった顔になり、台帳を取り戻そうというのか、ポピーの周りをうろうろしだした。「奥様、お願いですからそのような――」

「ご実家のことは書いていませんから」ミスター・マイルズが焦った声で言う。

「いいえ、きっと書いてあるわ」ポピーはにんまりと笑った。「それどころか、一章まるまるハサウェイ家に割いてあるんじゃない？」

「そのとおり――ああ、いや、まさかそのようなことは。奥様、後生でございますから――」

「まあいいわ」ポピーが赤の台帳を差しだすと、男たちは安堵のため息をもらした。「でも、いずれこの台帳は借りる日が来るかもしれない。さぞかしおもしろい内容でしょうから」

「奥様、かわいそうなふたりをもう十分にからかったのでは？」メイド長が瞳を輝かせながら促した。「ほかの従業員が、奥様にお目にかかろうとあちらで待っておりますから」

「では急ぎましょう！」ポピーはロビーのほうに向かった。そこでは大勢のメイドや各階の客室係長、営繕係、ボーイなどに紹介された。彼女はひとりひとりの名前を復唱して頭にたたきこみ、仕事についてあれこれと質問もした。みな、関心を持たれて嬉しかったとみえ、出身地や勤続年数まで積極的に教えてくれた。

ポピーはこれまで幾度となくラトレッジ・ホテルに客として泊まってきた。けれどもそこで働く人びとについては、なにも考えたことがなかった。客だったポピーにとって彼らは名前も顔も持たず、見えないところで黙々と働く人びとだった。でもポピーもいまや、彼らと同じこのホテルの一員……ハリー・ラトレッジの世界で暮らす住人なのだ。

ハリーとの生活が始まって最初の一週間で、ポピーは夫が殺人的なスケジュールで働いていることを知った。確実に夫と顔を合わせるのは朝食のときだけ。朝食を済ませたあとの夫はすこぶる忙しく、夕食の席にもあまり現れず、深夜をまわる前にやすむ日はめったにない。夫は一度にふたつ、あるいは三つの事柄を進めるのが好きらしく、始終なにかの一覧を作ったり計画を練ったり、話しあいの席を設けたり、誰かの仲裁役を買ってでたり、手助けをしたりしている。相手のほうからなにか問題があったと言っては、ハリーの才覚を求めて近づいてくることもしばしばあった。そういう人たちは何時だろうとおかまいなしに彼のもとを訪れるので、来客は一五分ととぎれることはなく、取り次ぎのジェイク・ヴァレンタインが扉をたたく音がひっきりなしに住まいに響くほどだった。

そうしたさまざまな雑事から解放された時間には、ハリーはホテル経営と従業員の指導にかまける。彼は部下に、完璧かつ最高なサービスの提供を徹底していた。従業員は給与も含めて十分な待遇を得ているものの、その見返りとして、あるじから勤勉さと忠誠心を求められた。従業員が病気やけがをすれば、ハリーはすぐに医者を呼び、治療費を払う。ホテルの運営方針やサービス内容に誰かが改善案を出せば、すぐにハリーの耳に入れられる。そうした案が採用されたあかつきには、提案者にたっぷりの報奨金が与えられた。ハリーの机に報告書や手紙やメモが常に山積みにされているのも、こうした事情ゆえだった。

そんな夫の頭には、新婚旅行に出る考えなどみじんもないらしい。おそらくホテルを離れたくないのだろう。もちろん彼女としても、自分を騙した相手との新婚旅行など望んでいなかった。

初夜以来、ポピーは夫のそばにいると緊張を覚えるようになっていた。とくにふたりきりになるとそれがひどい。夫は彼女を求める気持ちや、彼女への関心の強さを隠そうともしない。ただ、いまのところ行動には移さずにいてくれる。それどころかまったく彼らしくないことに、礼儀正しく、思いやり深くポピーに接している。ポピーが夫に、あるいは生活の変化に早く慣れるよう、彼なりに心を砕いているのかもしれない。夫のそうした忍耐強さをポピーは心からありがたく思った。だが、まさかそのような一面があるとは考えてもみなかった。一方で彼女は皮肉にも、自制心のかたまりとなった夫とうっかり体が触れあうたび、なぜかぞくぞくするほど彼に惹かれる自分に気づいていた。たとえば彼の手が腕に触れたときや、人ごみで並んで立ち、体がぶつかったときなどだ。

信頼もしないまま惹かれている……夫に対する感覚としては、心地よいものとは言えまい。

ハリーがいつまで夫としての権利の行使を先送りするつもりでいるのか、ポピーには見当もつかない。仕事に忙殺され、それどころではなさそうなのが幸いだった。とはいえ……朝から深夜まで業務に追われているのは、体のことを思えばけっして望ましくない。大切な人がそこまで働きづめだったら、少しは息抜きをして、やすんでちょうだいと頼んだだろう。

そうしてある日、夫の体調を気づかう気持ちにポピーはついに抗えなくなった。その日、ハリーは上着を片手にかけ、思いがけない時間に住まいに戻ってきた。夫は朝からずっと、ロンドン消防団の職員とともに、ホテル内のあらゆる消火設備や安全対策の点検作業にあたっていた。

万が一、建物内で火災が発生した場合に備え、ラトレッジでは従業員に宿泊客の避難誘導訓練を受けさせてある。避難ばしごも定期的に点検しているし、建物の見取り図を用いて避難経路も入念に検討してある。建物外壁に掲げられた火災保険証は、ロンドン消防団に火災時の有料救援活動を依頼済みである証だ。

住まいに戻ってきたハリーを見るなり、とりわけ苦労の多い一日だったことがわかった。表情がひどく疲弊していた。

ソファの上で丸くなり、立て膝に本をのせて読書中だったポピーを見つけると、夫は歩みを止めた。

「昼食会はどうだった？」彼はたずねた。

この日ポピーは、バザーを毎年開催しているという裕福な既婚婦人の集まりに招かれていた。

「おかげさまで楽しかったわ。みなさん、いい方ばかりで。でも、きちんとした慈善団体にすることにこだわりすぎる気がしたけど。ひとりの人間なら一〇分で決められる問題も、慈善団体となると話しあいに一カ月はかかるものでしょう?」

ハリーはほほえんだ。

「効率性を高めるために団体を設立するわけではないんだろう。目的は時間つぶしだよ」

夫をしげしげと眺めたポピーは目を丸くした。

「それよりも、その服はいったいどうしたの?」

純白のリンネルのシャツも、濃紺のシルクのベストもすすだらけだった。よく見れば両手も黒く汚れ、顎にまですすがついている。

「避難ばしごの具合を見ていたときにね」

「まさか、外のはしごを自分で試したの?」どうしてそのように無用な危険を冒すのだろう。「誰かに指示すればよかったのに。ミスター・ヴァレンタインだっていたのでしょう?」

「あいつに言えばやっただろうね。だが、自分で試してもいない設備を従業員に使わせたくはないんだ。メイドたちにとっては、あのはしごはちょっとまだ問題があるだろうな——スカートだときっと下りにくい。ともかく、こういうときは自分で試すと決めているんだよ」

苦笑交じりに手のひらを見る。「仕事に戻る前に、手を洗って着替えたほうがよさそうだ」

夫がいなくなると、ポピーは本に意識を戻した。けれども隣室からもれてくる音が気になってしかたがない。引き出しを開け閉めする音、水と石鹸を使う音、脱いだ靴が床に落ちる音。まさにいま、夫は裸で隣室にいる……そう思うと、下腹部になじみのないぬくもりが広がった。

しばらくするとハリーはいつもどおりのすっきりとした、一分の隙もない着こなしで部屋に現れた。ただし……。

「すすがついてるわ」ポピーは少々愉快に思いながら指摘した。「それも落としてこなくちゃ」

ハリーがシャツの前を見る。「どこに?」

「顎よ。ううん、反対側」ポピーはナプキンをとり、夫に手招きをした。

ハリーがソファの背に乗り出し、腰を曲げる。顎の汚れをぬぐうあいだ、夫はじっとしていた。清潔そうな、さわやかな匂い、ヒマラヤスギを思わせるかすかにスモーキーな匂いが鼻腔をくすぐる。

その一瞬を少しでも長く味わいたくて、ポピーは夫のどこまでも深い緑の瞳をのぞきこんだ。睡眠不足のためだろう、またもやくまが浮いている。息抜きなど一秒たりともしないのかもしれない。

「となりに座らない?」ポピーは衝動的に誘った。

まったく予想外の申し出だったらしく、ハリーは目をしばたたいた。「いま?」

「ええ、いま」

「無理だよ。仕事がたまっている——」

「今日はなにか食べた？　朝、ほんの少し口に入れたあとに」

夫はかぶりを振った。「時間がなかった」

ポピーは無言で、ソファの空いたところを指差した。

意外にも、夫は素直に従った。ソファの脇をまわって端のほうに腰を下ろし、ポピーをじっと見る。黒い眉が片方、問いかけるようにつりあげられた。

かたわらのトレーに手を伸ばしたポピーは、サンドイッチやタルトやビスケットが並ぶ皿を差しだした。

「厨房にお願いしたら、ひとりでは食べきれないほど持ってきてくれたの。残りはどうぞ」

「本当に時間がない——」

「食べて」ポピーはあきらめず、夫の手に皿を押しつけた。

ハリーがサンドイッチをとり、のろのろと咀嚼を始める。ポピーはトレーから自分のティーカップをとり、紅茶をそそいで一杯の砂糖をくわえると、それも夫に差しだした。

「なにを読んでいるんだい？」ハリーがたずね、妻の膝にのった本に目をやる。

「博物学者の書いた小説よ。まだどういうお話なのかよくわからないけど、田園地帯の描写がとても詩的なの」いったん口を閉じ、夫が紅茶を飲みほすさまを眺める。「小説は嫌い？」

夫は首を振った。「わたしの読書は情報収集のためでね。趣味で本を読んだためしはない」

「趣味の読書を否定しているの？」

「そうじゃない。そういう時間を作れないという話だ」

「だからよく眠れないのね。仕事を終えてやすむ前に、息抜きの時間を作ったほうがいいわ」

完璧な間を置いてから、ハリーはたずねた。「どんな息抜きがいいと思う？」

問いかけの意味を察したポピーは、頭のてっぺんからつま先まで赤くなった。狼狽する彼女を見て、ハリーはおもしろがっている。といっても小ばかにした感じではなく、むしろそんな彼女に惹かれているように見える。

「ハサウェイ家の人間はみんな、小説を読むのが大好きなの」ポピーはやっとの思いで言葉を継ぎ、話を元に戻した。「ほとんど毎晩、居間に集まっては読み聞かせをしたものよ。一番上手だったのは姉のウィンね。登場人物ごとに、声を使い分けられるの」

「きみが読むのを聞いてみたいね」ハリーは言った。

ポピーは首を振った。

「ウィンの半分もうまくないもの。わたしが読むとみんな眠っちゃうくらい」

「たしかに」ハリーはうなずいた。「きみの声はいかにも学者の娘という感じだ」反論する間も与えずにつづける。「心がなごむというか。すごくなめらかで、優しい声を……」

よほど疲れているのね……ポピーは思った。だからこんなふうに口ごもるんだわ。

「もう行かないと」夫はつぶやき、目元をこすった。

「サンドイッチを全部食べてからでないとだめよ」ポピーは有無を言わせぬ口調で命じた。

夫はおとなしく従い、残りのサンドイッチをつまんだ。咀嚼する夫の横で、ポピーは本をめくっていき……目当てのページを見つけた。羊毛のような雲に覆われた空の下、田園地帯を散策する場面だ。花咲くアーモンドの木々の脇を通り、真っ白なマンテマの花が茂る、静かな小川を眺めながら進む場面。ポピーはゆっくりと朗読を始めた。ときおり夫のほうを見やり、サンドイッチを平らげるのを確認する。やがて彼は椅子の背に深々ともたれ、見たこともないくらいくつろいだ様子になった。

さらに数ページ読み進める。生垣や牧草地を抜け、落ち葉の絨毯に彩られた森を行き、やがてうっすらとした陽射しが、静かに降る雨にかき消され……。

章の終わりにたどり着き、あらためてハリーに目をやる。

夫は眠っていた。

息をするたびに胸が規則正しく上下する。長いまつげは扇のごとく下まぶたを覆っていた。片手は手のひらを下にして胸に置き、もう一方の手は軽く握った形で脇にたらしている。

「大成功」ポピーはにっこりとした。眠気を誘う彼女の声には、ハリーの旺盛なる活力もお手上げだったらしい。ポピーは本をそうっと脇に置いた。

ハリーの顔を思う存分に観察するのは、これが初めてだ。すっかり無防備な状態の夫を見るのは、なんだか妙な感じがした。眠っていると、無邪気と形容できるほど表情が穏やかになり、いつものいかめしい顔つきの夫とは別人に見える。ふだんはキッと引き結ばれた唇だって、いまはベルベットのようにやわらかそうだ。まるでひとりぼっちの夢のなかで道に迷った少年のよう。夫が喉から手が出るほど欲していたはずの眠りを誰にも奪われないよう、そっと毛布を掛け、乱れた前髪をかきあげてあげたくなる。

平穏な数分間が過ぎても、静寂を破るのは遠く聞こえる館内の物音と通りの喧騒だけ。静けさにつつまれながらポピーは、こんな時間を必要としていた自分に気づいた。おのれの人生を奪った見知らぬ男性について、じっくり考える時間を。

ハリー・ラトレッジを理解しようとするのは、彼の作った精巧なぜんまい仕掛けの機械をばらばらに分解するのにも似ていた。歯車とつめ車と梃子をひとつひとつ検分してみたところで、それらが組み合わさってどんなふうに機能するのかは、さっぱりわからない。

ハリーの生き方を見ていると、この世界と闘い、自分の思いどおりに変えるつもりなのだろうかと思えてくる。その目標を達成するために、彼はすでに多くの実績を上げてきた。だが当人はその実績にまるで満足せず、喜びさえ感じられずにいる。ポピーがよく知るほかの男性たち、とりわけキャムやメリペンとは正反対だ。

ふたりの義兄はロマの血が流れているせいもあり、世界は征服するものではなく、自由に放浪する場所だととらえている。一方レオの場合は、人生を積極的に楽しむというより、客観的に観察しているといった風情だ。

ハリーの考え方は、視界に入るすべての人やものを奪おうとたくらむ山賊と変わらない。そんな人が、平穏を手に入れられる日は来るのだろうか。心の安らぎを見出すことはできるのだろうか。

室内をつつむ穏やかな静けさにひたりきっていたポピーは、扉をたたく音にぎくりとした。動悸が不快なほど激しくなる。返事をせず、訪問者が立ち去ってくれることを祈ったが、ノックする音はふたたび聞こえてきた。

こつ、こつ、こつ。

なにごとかつぶやいてハリーが目を覚まし、まごついた様子で目をしばたたく。「はい」とかすれた声で応じながら、夫は身を起こした。

扉が開き、ジェイク・ヴァレンタインが現れ、ソファに並んで座るハリーとポピーを見つけるなり申し訳なさそうな表情を浮かべる。ヴァレンタインが任務を遂行しているだけなのはわかっている。にもかかわらず、ポピーは顔をしかめずにはいられなかった。ハリーに歩み寄った彼は、折りたたんだメモを手渡し、短い伝言を残して部屋をあとにした。

ハリーは目をしょぼつかせながらメモを読んだ。それを上着のポケットに入れ、ポピーに向きなおって苦笑を浮かべる。

「朗読を聞いているうちに居眠りしてしまったらしいな」じっと見つめてくる瞳は、いつになく温かかった。「ちょうどいい息抜きになった」彼はさりげなくつぶやき、にやりとした。「次回はもうひとつのほうを楽しみたいものだ」

どうこたえたものか悩むポピーを残し、夫は仕事に戻っていった。

15

ロンドンのレディで自分の馬車と馬を持てるのは、ひとにぎりの富裕層だけだ。自分専用の馬車という便利なものを手に入れるには、莫大な費用がかかる。だから自宅に厩舎を持たない女性やひとり暮らしの女性が市内を馬車でめぐりたいと思ったら、貸し馬車屋から馬と馬車と御者の一揃いを借りるしかない。

自分の馬車を持つべきだとポピーに断固として主張したハリーは、さっそく馬車製造業者をホテルに呼びつけた。そうしてポピーもまじえて相談のうえ、彼女の好みをすべて取り入れた馬車を業者に発注した。この話しあいのあいだじゅう、彼女はひたすら当惑し、いらだちさえ覚えていた。材料の値段をたずねるたび、夫と軽い口論になったからである。「費用について考えろなどと言ってないだろう」ハリーはたしなめた。「きみはただ、どの材質や色がいいか選べばいいんだ」

だがこれまでの経験では、なにかを選ぶ際には必ず費用についても考えねばならなかった。入手可能な品々を吟味し、それぞれの値段を比較して、高くもなく安くもない品を選びだすのが常だった。だがハリーは、そうした選び方はみっともないもの、夫のふところ具合を探るようなものだと思っているらしい。

最終的に、外装は上品な黒のラッカー塗り、内装は緑色のベルベットとベージュの革張りに真鍮のビーズでトリミングをほどこし、羽目板には凝った絵柄をあしらうことに決まった。窓には緑色のシルクカーテンを掛け、マホガニーの鎧戸の代わりにヴェネチアブラインドを設ける。さらにモロッコ革のクッションを置き、昇降段には装飾をほどこして、金めっきのランプと取っ手を付け……馬車を作るのにこんなにたくさんのことを決めねばならないとは、ポピーは思ってもみなかった。

その日の午後は料理長のムッシュー・ブルサールと菓子職人のミスター・ルパート、メイド長のミセス・ペニーホイッスルとともに厨房で過ごした。ブルサールが、新しいデザートを創作したいと……より正確に言うなら、子どものころに食べていたデザートを再現したいと言いだしたためである。

「大叔母のアルベルティーヌは、こいつをレシピなしで作っていたんですよ」ブルサールは残念そうに言いつつ、オーブンから湯煎鍋を取りだした。鍋のなかではリンゴの小さなプディングが六個、湯気をたてている。「いつもそばで見てはいたものの、すっかり作り方を忘れてしまった。もう一五回も試してみたんですが、どうもいまひとつで……カントン・ヴーオン・プー」

「意志あるところに道あり」ポピーはフランス語を訳した。

「その《エグザクトウマン》とおり」ブルサールは鍋からそっと器を取りだした。

ルパートがプディングにクリームソースをかけ、てっぺんに葉形のパイを飾る。「試食といきますか」彼は言い、めいめいにスプーンを差しだした。

四人はまじめな表情でプディングの器を手にし、味見をした。ポピーの口内にクリームと、酸味のあるやわらかなリンゴと、香ばしいパイの味が広がる。目を閉じて、舌触りや香りを堪能する。やがて、メイド長とルパートの満足げなため息が聞こえてきた。

「どうもちがうなあ」ブルサールが不満の声をあげ、同じ味にならないのはこいつのしわざだといわんばかりに器をにらみつける。

「ちがってもいいんじゃないかしらね」メイド長が言った。「こんなにおいしいデザート、初めて食べるもの」ポピーに向きなおる。「奥様もそう思われますでしょう?」

「天使のお菓子ね」ポピーは応じ、あらためてスプーンでプディングをすくった。ルパートはすでに次の一口をほおばっている。

「レモンとシナモンを増やせばいいのかなあ……」ブルサールがひとりごちた。

「ミセス・ラトレッジ」

そこへ誰かが呼ぶ声がして、ポピーはそちらに笑顔を向けた。だが厨房に現れたジェイク・ヴァレンタインを見つけるなり笑みを消した。彼が嫌いなわけではない。ヴァレンタインは愛想もいいし、親切だ。だがどうやらハリーから番犬役を言い渡されているらしく、ポピーが従業員と親しくなりすぎぬよう、絶えず見張っている。

口を開いたヴァレンタインも、ポピー同様、愉快そうではなかった。

「ドレスメーカーとのお約束があったのをお忘れではないかと思いまして」

「ドレスメーカーと約束?」ポピーはぽかんとしてヴァレンタインを見た。「そんな約束、した覚えがないけど」

「こちらで手配しました。ミスター・ラトレッジの指示で」

「そういうこと」ポピーはしぶしぶ、スプーンを下に置いた。「何時に出かけるの?」

「一五分後に」

それでは髪をさっと整えて、外出用のマントを取ってくる時間しかないではないか。

「服ならもう十分にあるわ。これ以上、必要ないわよ」

「でも奥様のような立場のレディは」ミセス・ペニーホイッスルが如才なく促す。「何枚もドレスが必要ですから。おしゃれなレディは、同じドレスを二度着ないと申しますからね」

ポピーは呆れ顔をした。

「そういう考え方があるのは知っているけど、わたしはばかげていると思うわ。同じドレスを二度着ないことに、いったいどんな意味があるの? 夫の財力を世間に自慢するため?」

メイド長は思いやり深い笑みを浮かべた。「お部屋までご一緒しましょうか、奥様?」

「いいえ、大丈夫よ。従業員用の廊下を通っていくから。そうすればお客様方に見られないでしょう?」

「エスコートも付けずに館内を歩いてはなりません」ヴァレンタインが言う。

ポピーはいらだたしげにため息をついた。「ミスター・ヴァレンタイン?」

「なんでしょう?」

「わたしはひとりで部屋に戻りたいの。それさえも許してくれないのなら、このホテルは監獄同然よ」

ヴァレンタインはしぶしぶうなずいた。

「ありがとう、わかってくれて」料理人たちとメイド長にいとまを告げ、ポピーは厨房を離れた。

同僚の視線を感じ、ジェイク・ヴァレンタインはそわそわと足を踏み替えた。「すまない」とつぶやく。「だがミスター・ラトレッジが、奥様と従業員があまり親しくなるのは困ると言っているんだ。われわれの生産性が落ちるし、奥様は奥様でもっとやるべきことがあるというんだよ」

平素はあるじを批判したりしないミセス・ペニーホイッスルが、不快げに眉根を寄せる。

「たとえば?」彼女はぶっきらぼうにたずねた。「必要もないし、ほしくもないものを買いに出かけるとか? ファッション誌を読むとか? 従者を付けて公園で乗馬を楽しむとか? たしかに世のおしゃれ好きなご婦人方は、そういう軽薄な生き方で満足できるでしょうね。でもうちの奥様は、いままでずっとご家族と一緒に暮らして、たっぷりの愛情につつまれていらしたんですよ。だからいまはおさびしくて、一緒にあれこれ楽しんでくれる相手を求めているんです。それと、夫をね」

「夫ならちゃんといるぞ」ジェイクは抗議した。

メイド長がいらだたしげに目を細める。

「あなたはおふたりを見て、これっぽっちも変だと思わないんですか？」

「思わないね。それに、ご夫婦の問題はわれわれが話題にするべきことじゃない」

ブルサールが興味津々といった表情でミセス・ペニーホイッスルを見る。

「ぼくはフランス人だから、そういう話題は大歓迎だね」

隣室で鍋類を洗うメイドたちを気にしたのだろう、メイド長は声を潜めた。

「おふたりはまだ、夫婦としてのちぎりを結んでいないかもしれないの」

「おい、いいかげんに――」あるじのプライバシーを侵害しようとする同僚の振る舞いに、ジェイクは怒りを込めて抗議した。

「少しくらいいいじゃないか、モナミ」ブルサールがさえぎり、ペストリーの皿をジェイクに押しつける。ジェイクが座ってスプーンを手にすると、ブルサールはうなずいてメイド長を促した。「それで、ミスター・ラトレッジが……オランダガラシをまだ摘んでいないと思う理由は？」

「オランダガラシ？」意味がわからず、ジェイクはおうむがえしにたずねた。

「クレソンだよ」ブルサールが得意げな顔をする。「隠喩だね。きみたち英国人がこういう場合に使う隠喩より、ずっとしゃれているだろう？」

「おれは隠喩《ビャン・スール》なんて使わない」ジェイクはつぶやいた。

「そりゃそうだ、なにしろきみは想像力に欠けているから」ブルサールはメイド長に向きなおった。「おふたりの関係を疑う理由は？」

「シーツですよ」メイド長は簡潔に答えた。

ジェイクは危うくペストリーにむせかけた。「メイドを密偵にしているのか？」口いっぱいにカスタードとクリームをほおばったまま問いただす。

「そんなわけないでしょ」メイド長は言い訳がましく応じた。「なかなか洞察力のあるメイドがいて、気づいたことを全部教えてくれるんですよ。そもそもあの子たちからシーツの話を聞かなくても、ちょっとした観察眼さえあれば、どうも夫婦らしくないとわかりますからね」

　ブルサールは心から心配そうな顔になった。

「ひょっとして、ミスター・ラトレッジのニンジンになにか問題があるんだろうか」

「オランダガラシの次はニンジンか。おまえはなんでも食べ物にたとえるのか？」ジェイクは詰問した。

　ブルサールが肩をすくめる。「ウイ」

「いいか」ジェイクはぶっきらぼうに告げた。「だんな様には過去に愛人がいたが、彼女たちに聞けば、ニンジンにはいっさい問題がないと証言してくれるぞ」

「つまり《アロール》、夫は男としてちゃんと機能し、妻は美しい女性であると……なのになぜ、サラダになれないんだろう？」

　ジェイクはスプーンを口に持っていきかけた手を宙で止めた。マイケル・ベイニングの手紙と、あるじとアンドーヴァー子爵の秘密の会合がふと思い出される。「それは」ジェイクはぎこちなく説明を始めた。「奥様を手に入れるためにミスター・ラトレッジが……裏で手をまわして、自分の望むようにことを進めたからなんじゃないのか。奥様の気持ちをまるで考えもせずに」

同僚たちがぽかんとしてジェイクを見つめる。

最初に口を開いたのはルパートだった。

「でもミスター・ラトレッジは、誰に対してもそういうふうだろう?」

「奥様がそういうやり方を好まないということだよ」ジェイクはつぶやいた。

ミセス・ペニーホイッスルが顎に手をあて、難しい顔をしてとんとんと頬をたたく。

「でも奥様はきっとだんな様にいい影響を与えるはずよ。奥様さえその気になってくだされぱの話だけど」

「無理だね」ジェイクは断言した。「ハリー・ラトレッジを変えられる人間などこの世にいない」

「ともかく」メイド長は思案顔のままつづけた。「おふたりにはちょっと手を貸してさしあげたほうがよさそうね」

「誰が?」とルパート。

「わたしたちよ。だって、だんな様が幸せなほうが、わたしたちだって嬉しいじゃない?」

「ありえない」ジェイクはきっぱりと言った。「幸せなんてものに、あれ以上不慣れな人間はこの世にいないからな。幸せを手に入れても、どうすればいいかわからないに決まっている」

「だったら余計に、手に入れてもらうべきだわ」メイド長は決めつけた。

ジェイクは警告するように彼女を見た。

「ミスター・ラトレッジのプライバシーには立ち入るんじゃない。おれが許さないからな」

16

化粧台の前に腰を下ろしたポピーは、鼻筋におしろいをはたき、薔薇の花びらの軟膏を唇にぬった。今夜はハリーとともに、館内の食堂で開かれる会に出ることになっている。プロイセン王フリードリヒ・ウィルヘルム四世の訪英に敬意を表し、駐英外交官や政治家も招いて行われる公式晩餐会だ。ミセス・ペニーホイッスルから事前にメニューを見せてもらったポピーは、料理が一〇種もあるのを確認して、食べ終わるのは夜中になりそうねとぼやいた。

ドレスは一番上等なものを選んだ。紫色のシルクの一枚で、光の加減で青やピンクに見える。新たに開発された合成染料を使っているそうで、色合いだけで十分に人目を引く分、デザインはごくシンプルだ。上半身をぴったりとつつみこむ身ごろは肩があらわになっており、生地を幾層にも重ねたロングスカートは歩くたびにふんわりと揺れる。

おしろいのブラシを置いたちょうどそのとき、ハリーが戸口に現れた。夫はポピーをしげしげと見つめてから、「今夜はきみに並ぶ女性はいないね」とつぶやいた。

彼女はほほえんで礼を言い、「あなたもとてもすてきよ」とかえした。とはいえ「すてき」の一言で、夫の容貌を十分に言い表せるわけがない。

黒と白の正装に身をつつんだハリーは、とてつもなくハンサムだった。ぱりっとしたクラヴァットは純白で、靴はきれいに磨き上げられている。優雅な服をさりげなく着こなすさまはうっとりするほどで、計算高い性格のことさえ忘れてしまいそうになる。

「もう下に行く時間？」ポピーはたずねた。

ポケットから懐中時計を取りだし、ハリーは時間を確認した。

「あと一四……いや一三分ある」

懐中時計はいやに古めかしく、傷だらけで、驚いたポピーは眉をつりあげた。

「まあ、よほど長く使っているのね」

夫が一瞬ためらってから、時計を差しだす。ポピーは慎重に受け取った。小さいのに妙に重みのある金色の時計は、夫が身に着けていたためにほんのりと温かかった。かちりと音をたてて開けると蓋の内側も傷だらけで、刻印や紋様はいっさい入っていない。

「どこで手に入れたもの？」彼女はたずねた。

ハリーは妻の手から時計を取り、ポケットにしまった。表情からはなにを考えているのかわからない。

「父にもらった。ロンドンに渡るときにね。ずっと昔、成功したあかつきにはもっと上等な品を買えという言葉とともに、祖父から譲り受けたそうだ。こいつをくれるとき、父はわたしにも同じことを言ったよ」

「なのにまだ、買い換えていないの？」

ハリーはうなずいた。

まごついたポピーは小さく笑った。

「もう十分に成功したのだから、新しい時計を買ってもいいと思うけど」

「まだまだだ」

冗談かと思いきや、夫の表情はまじめだった。ポピーは当惑と好奇心を同時に覚えつつ、考えをめぐらした。あとどれだけの富と力を手にすれば、十分だというのだろう。

ひょっとすると、ハリー・ラトレッジの辞書に「十分」という言葉はないのかもしれない。

そのとき、夫がポケットからまたなにかを取りだすのが目に入り、ポピーの物思いは断ち切られた。平たい四角形の革張りの箱だ。

「きみに」ハリーはそう言って箱を差しだした。

ポピーは驚いて目を丸くした。「贈り物なんていいのに。でも、ありがとう。思ってもみなかったから……まあ」箱を開け、ベルベットの内張りの上で炎の池のごとく光るダイヤモンドのネックレスを見つめるあいだも、目を見開いたままだった。きらきら輝く花々と四つ葉を模した、重たい花冠のようなネックレス。

「気に入ったかい?」ハリーはさらりとたずねた。

「ええ、それはもう……本当に、息をのむようだわ」これほどの宝石を身に着けられる日が来るなんて思ってもみなかった。ポピーが持っている唯一のネックレスは、金の鎖に真珠が一粒ついたごく地味なものだ。「今夜……つけたほうがいいのかしら」

「そのドレスに似合うからね」ハリーは箱からネックレスを取り上げ、妻の背後に立つと、そっと首に掛けた。ひんやりとして重たいダイヤモンドと温かな指先の感触のせいで、うなじに震えが走る。夫は背後に立ったまま、なめらかな曲線を描く彼女の首に軽く手を置き、肩のほうへと這わせた。「きれいだ」とつぶやく。「といっても、きみの肌の美しさにかなうものなどこの世にないが」

鏡をじっとのぞきこむポピーの視界には、赤みを帯びた自分の顔ではなく、肩に触れた夫の手だけが映っている。ふたりは身じろぎもせず、あたかも氷に閉じこめられたかのように、鏡に映る互いの姿だけを見ている。

高価な美術品に触れるときの慎重さで、ハリーが素肌を撫でる。中指の先が鎖骨をなぞり、喉元のくぼみへと下りていった。

狼狽したポピーはその手から逃れ、椅子の後ろにまわると、夫と向きあった。「ありがとう」と絞りだすように言い、用心深く夫に歩み寄って、広い肩に両の腕をまわす。

そこまでするつもりはなかったのに、夫の表情ににじむなにかがポピーの琴線に触れた。たしか子どものころ、レオの顔にも何度か同じものを見た気がする。いたずらを叱られたあと、謝罪のしるしに小さな花束などのちょっとした品を母に渡すとき、兄はあんな表情を見せた。

夫の両腕が体にまわされ、ぴったりと引き寄せられる。ハリーはいい匂いがした。リンネルとシルクとウールの下から、ぬくもりとたくましさが伝わってくる。首筋をかすめる優しい吐息は、ほんの少しかすれていた。

ポピーは目を閉じて夫に身を任せた。首の横に寄せられた唇が、顎の付け根へと這っていく。つま先から頭のてっぺんまで、温かいものが広がっていくのを感じる。夫の腕に抱かれながら、彼女は思いがけず、安心感につつまれている自分に気づいた。やわらかくしなやかな体は、たくましく力のみなぎる体になんの違和感もなく抱かれていた。あたかも、まろやかな曲線が筋肉の描きだすおうとつにぴたりとはまったかのようだ。もうしばらくこのまま、夫と向きあい、抱かれていてもいいくらいだ。

けれどもハリーは、それだけでは満足できなかったらしい。ポピーの頭を片手でつつみこみ、口づけるときの角度まで顔を上向かせた。夫の顔が下りてくる。身をそらして逃れようとすると、危うく頭と頭がぶつかりそうになった。

拒絶の表情を浮かべたまま、夫のほうを向く。

まさか拒まれるとは思っていなかったらしい。妻の振る舞いを激しくなじるかのように、ハリーは瞳に怒りをたぎらせた。

「乙女らしい芝居がかったしぐさは、嫌いじゃなかったのか？」

ポピーはつんとして応じた。

「キスを拒んで顔をそむけるのは、芝居がかったしぐさでもなんでもないわ」

「ダイヤモンドのネックレスへのお礼に、キスを一回。条件としては悪くないはずだ」

彼女の頬は真っ赤に染まった。

「気前のよさにはお礼を言うわ。でも、贈り物で好意を買えると思ったら大まちがいよ。わたしはあなたの愛人ではないの」

「そりゃそうさ。愛人なら、ネックレスのお礼にベッドに横たわり、望むとおりのことをなんでもしてくれる」

「夫としての権利を認めないなんて、一度も言っていないでしょう？　お望みならいまからベッドに行き、あなたにおとなしく従い、ご希望どおりのことをしてあげるわ。ただし、ネックレスをもらったからじゃない。取引はごめんよ」

ハリーはますます怒りを募らせて彼女をにらんだ。

「わたしがほしいのは、供物台に横たわる殉教者のようなきみじゃない」

「おとなしく従うと言っているのに、どうしてそれだけではだめなの？」ポピーも怒りを爆発させた。「自ら望んで、あなたの横に寝そべれとでもいうの？　夫にと願った人は、あなたではないのに」

言ったそばから、ポピーは後悔した。だがもう手遅れだった。ハリーの瞳が氷のごとく冷たくなる。夫の口が開かれるのを見て、屈辱的な言葉をぶつけられるにちがいないと察し、ポピーは身がまえた。

けれども彼は、くるりと背を向けて部屋をあとにした。

〃おとなしく従う〃

その言葉は、まるでしつこいハチの羽音のようにハリーの耳の奥で響きつづけた。何度もくりかえし、刺すように。

〝おとなしく従う〟……それではまるで、彼が気味の悪いヒキガエルみたいではないか。ロンドン一の美女たちですら、彼の気を引こうとやっきになるというのに。色っぽく、洗練され、器用な口と手を持った女性たちが、彼の望みを快く満たしてくれるというのに。そうした女性のひとりと、今夜会うことだって可能なくらいなのだ。

冷静さを取り戻し、まともにものを考えられるようになったところで、ハリーはポピーの寝室に戻り、晩餐会に行く時間だと告げた。用心深い目つきで彼を見た妻はなにか言いたげな顔をしたが、口を閉じているだけの分別はあったとみえる。

〝夫にと願った人は、あなたではないのに〟

これからだってハリーは、妻の願うような夫にはなれやしないのだ。どれだけ策をめぐらし、裏で手をまわそうと、その事実は変わらない。

けれども彼は最後まで夫を演じつづけるつもりだ。ポピーは法的には彼のもの。それに彼には財産もある。それでも足りない部分は、時間に解決させればいい。

晩餐会は大成功だった。長いテーブルの端に視線を投げるたび、ハリーはポピーがみごとに女あるじ役を演じるさまをまのあたりにした。妻はくつろいだ表情でほほえみ、会話に積極的にくわわって、客を魅了していた。まさにハリーの期待どおり。独身の娘なら欠点になりうる個性も、既婚女性ならば美点となる。ポピーの鋭い観察眼と活発な討論を楽しめる話力は、おしとやかにうつむく慎み深い貴族令嬢よりずっと、彼女を魅力的に見せる。

紫色のドレスをまとったその姿も息をのむばかり。ほっそりとした首にはダイヤモンドが輝き、髪は赤茶色の炎のような光を放っている。天は彼女にありあまるほどの美を与えた。とはいえ一番の魅力はあのほほえみだ。きらめく甘い笑みは、ハリーの心の奥底まで温かくする。

自分にもあんなふうにほほえみかけてほしい。ハリーは願った。いや、最初のうちはほほえんでくれた。だからきっと、ふたたび彼に心を開かせる方法、好意を寄せてもらう方法がどこかにあるはずだ。誰にだって弱点はあるのだから。

それまでは、愛らしくもよそよそしい妻の、笑顔やしぐさを盗み見るだけで耐えよう……彼女が他人に向けるほほえみを見て満足しよう。


翌朝、ハリーはいつもどおりの時間に起きた。顔を洗って着替えを済ませ、新聞を手に朝食のテーブルにつき、ポピーの部屋の扉に視線をやった。起きてくる気配はない。ゆうべは真夜中をだいぶ過ぎてからお開きになったので、今朝は寝坊をするつもりなのだろう。

「ミセス・ラトレッジを起こさないように」彼はメイドに命じた。「今朝はゆっくりしたいはずだ」

「かしこまりました」

ハリーはひとりで朝食を食べながら、新聞に集中しようとした。けれども視線が、閉ざされた扉に吸い寄せられてしまう。

朝食の席で妻の顔を見るのは、すでに習慣となっていた。そうやって一日を始めるのが、ハリーは気に入っていた。だがゆうべの自分はあまりにも無作法だった。宝石を贈って、その見返りにキスを求めるなんて。もっと分別を持つべきだった。

だが、それほどまでにハリーはポピーを求めていた。それに、とりわけ女性に関してはそうだが、自分の流儀で物事を進めるのがすっかり当たり前になっている。ただこれからは、相手の気持ちをおもんぱかることを学んでもいいかもしれない。

それで望むものを一日でも早く手に入れられるなら、なおさらだ。

ジェイク・ヴァレンタインから朝の報告を受けたのち、ハリーは彼とともに地下倉庫に向かった。排水の不具合で倉庫が水びたしになったとの報告があり、被害の程度を確認するためだ。「配管の総点検が必要だな」ハリーは言った。「それと、水に濡れた在庫品の一覧を作成してくれ」

「かしこまりました」ヴァレンタインはうなずいた。「あいにく、浸水したところにトルコ絨毯が何枚か保管してあったようで、汚れを落とせるかどうか――」

「ミスター・ラトレッジ！」メイドがひとり、階段を下りきったところに慌てた様子で現れ、ふたりに駆け寄った。息を切らしているため、話すのもやっとだ。「ミセス・ペニーホイッスルから……だんな様をすぐにお呼びするようにと……奥様が……」

ハリーはさっとメイドに向きなおった。「妻がどうした？」

「けがをされたそうです……転んだようで……」

ハリーの胸を動揺が走る。「妻はどこに?」

「お住まいのほうに」

「医者を呼べ」ハリーはヴァレンタインに指示すると、階段に駆け寄り、一段抜かし、二段抜かしで上っていった。ようやく住まいにたどり着いたときには、ほとんど恐慌をきたしていた。動揺を抑えこんで、必死に落ち着きを取り戻す。扉の前にはメイドが集まっており、ハリーは押しのけるようにして寝室を目指した。「ポピー?」

ミセス・ペニーホイッスルの声が、タイル張りの浴室から聞こえてくる。

「こちらです、だんな様」

わずか三歩で浴室にたどり着いたハリーは、床に倒れるポピーの姿を目にするなり、恐怖のあまり胃がひっくりかえりそうになるのを覚えた。妻はメイド長の腕に支えられていた。体にはタオルが掛けられていたものの腕と脚はむきだしで、灰色のタイルを背景にしたその姿はひどくかよわげに見えた。

妻のかたわらにひざまずく。「なにがあった、ポピー?」

「ごめんなさい」妻は痛みに顔をしかめながら、恥ずかしさと申し訳なさが入り混じった表情を浮かべた。「ただの不注意なの。浴槽を出たところでタイルに滑って、そのまま後ろに倒れてしまっただけ」

「幸い、ちょうどメイド長が朝食の片づけに現れたところだったんです」メイド長が説明をくわえた。「奥様の悲鳴を聞いて、すぐに助けを」

「心配いらないわ」ポピーは言った。「足首を少しひねっただけだから」わずかに咎める目つきでメイド長を見る。「ひとりで立てるのに、ミセス・ペニーホイッスルが放してくれないの」

「動かさないほうがいいと思いまして」メイド長はハリーに告げた。

「適切な判断だ」ハリーは応じ、妻の脚の具合をたしかめた。足首は青くなって、すでに腫れはじめている。軽く指先で触れただけなのに、ポピーは身をすくめてすばやく息をのんだ。

「お医者様なんて呼ばなくていいから。包帯でも巻いて、ヤナギの樹皮のお茶を飲めば――」

「医者に見せるに決まっているだろうが」ハリーは不安でいっぱいだった。妻の顔を見ると、頬に涙の跡が残っていた。そうっと手を伸ばし、指先で頬をなぞる。妻の素肌は、上等な石鹸のようになめらかだった。痛みをこらえようとして噛んだのだろう、下唇の真ん中が赤くなっている。

夫の顔になにを見たのか、ポピーはふいに目を丸くし、頬を赤らめた。

ミセス・ペニーホイッスルが身を起こし、「それでは」ときびきびした口調で言う。「奥様のことはだんな様にお任せして、わたしは包帯と軟膏を取りにいってもよろしいですか？お医者様が見えるまでのあいだ、そのままにしておくわけにはまいりませんから」

「ああ、頼む」ハリーはぶっきらぼうに応じた。「それと、医者はふたり呼んでくれ――ひとりの見立てだけでは不安だからな」

「承知しました」メイド長は足早に浴室をあとにした。

「まだ診ていただいてもいないのに」ポピーは抗議した。「騒ぎすぎよ。ちょっとくじいたくらいで……あの、なにをしているの？」

足首から五センチばかり離れた足の甲に、ハリーは指を二本当てていた。

「脈に異常がないかどうかたしかめているんだ」

ポピーは呆れ顔をした。

「大げさね。椅子に座って、足を高くしておけばじきによくなるわ」

「ベッドまで抱いていこう」ハリーは言うなり、妻の背中に片腕を添え、もう一方の腕を膝の裏にまわした。「首に腕をかけて」

頭のてっぺんからつま先まで真っ赤になりながら、ポピーはなにごとかつぶやきつつ、言われたとおりにした。慎重に、ゆっくりと妻を抱き上げる。体に掛けたタオルがずれると、彼女は慌ててそれを引き上げ、痛みにあえいだ。

「足首にぶつかったかい？」ハリーは心配そうにたずねた。

「いいえ、でも……」ばつが悪そうにポピーは応じた。「背中も少し痛めたみたいで」

ハリーが小声で悪態をつくと彼女は眉をつりあげたが、かまわずに寝室へと運んでいく。

「今後」彼はそっけなく命じた。「浴槽を出るときには必ず誰かの手を借りるようにしなさい」

「冗談でしょう？」ポピーが抗議する。

「いやか？」

「毎晩、お風呂に入るたびに誰かの手を借りるだなんて。子どもじゃないのよ！」

「そんなことは」ハリーは言いかえした。「百も承知だ」妻をそっとベッドに下ろし、体に毛布を掛ける。湿ったタオルをどけてから、枕の位置も直してやった。「ナイトドレスはどこに？」

「たんすの下の引き出し」

たんすに歩み寄ったハリーは、引き出しを勢いよく開けて純白のナイトドレスを取りだした。ベッドに戻り、ポピーに着せてやる。体を動かすたびに妻が痛みに顔をしかめるのを見て、彼は不安に顔をこわばらせた。痛みをやわらげてやらなければ。早く医者に見せなければ。

それにしても、なんだってこんなに静かなのか。部下たちもさっさと動いて、必要な品をすぐに持ってくればいいのに。みんな、なにをもたもたしている。

毛布で妻の体をしっかり覆ってしまうと、彼は荒い足取りで部屋をあとにした。

廊下には先ほどのメイドが三人残っており、おしゃべりに興じている。ハリーがキッとにらむと、三人は青くなった。

「な、なにかご用でしょうか」ひとりがおどおどとたずねる。

「突っ立っている場合じゃないだろう」ハリーは部下を咎めた。「ミセス・ペニーホイッスルはどこに行った？　おまえたちのひとりは、彼女を捜して、早く戻れと伝えろ。残りのふたりは、必要な品をとっとと持ってこい」

「あの、どういった品を？」震える声が確認する。

「ミセス・ラトレッジが必要とする品だ。熱湯、氷、アヘンチンキ、紅茶、本。くそっ、ぐずぐずするな！」

三人のメイドは、怯えたリスのようにその場から走り去った。

だがそれから三〇秒経っても、誰も現れなかった。

医者はどうした。どいつもこいつも、どうしてこんなにのろい？

そこへポピーが呼ぶ声がし、ハリーはきびすをかえして部屋に戻った。すぐさまベッド脇に駆け寄る。

妻は身じろぎもせず、体を丸めていた。

「ハリー」とくぐもった声で呼びかける。「みんなを怒鳴りつけていたの？」

「いいや」彼は即答した。

「ならよかった。大したことはないのに、みんなを叱ったって意味がない――」

「わたしにとっては、一大事だ」

ポピーは毛布をどけて張りつめた顔をのぞかせ、あたかも初めて会う人を見るかのような目で夫を眺めた。その口元にかすかな笑みがよぎる。彼女はおずおずと片手をハリーのほうに伸ばし、細い指で大きな手のひらに触れた。

たったそれだけのことなのに、ハリーは鼓動が乱れるのを覚えた。脈が妙に速くなって、なじみのない感情に胸が熱くなる。彼は妻の手をつかみ、手のひらをぴったりと重ねた。ポピーを抱きしめたかった。欲望のためではない。彼女に安心感を与えるためだ。たとえ、夫の抱擁をポピーが求めていなかったとしても。

「すぐに戻る」彼はそう告げると、大またに寝室を出ていった。書斎のサイドボードに駆け寄り、フランスのブランデーを小さなグラスにそそいで戻る。「これを」

「なあに？」

「ブランデーだ」

身を起こそうとしたポピーは、わずかな動きにさえ顔をゆがめた。

「あまり好きじゃないのだけど」

「好きじゃなくてもいいんだ。とにかく飲んで」妻に手を貸すハリーは、おろおろしている自分がばかみたいに思えてならなかった。いつもなら、自信たっぷりに女性を扱えるのに。そんなことを考えながら、用心深い手つきで枕を妻の背中に挟む。

ブランデーを口に含んだポピーは眉をひそめた。「まずい」

これほどまでに不安でなかったなら、ハリーは妻の反応を愉快に思っただろう。少なくとも百年は熟成させた、とっておきのヴィンテージだというのに。ブランデーを少しずつ口に含みつづける妻のかたわらで、彼はベッド脇に椅子を引っ張ってきた。

すべて飲み干したころには、ポピーの顔に刻まれた苦痛のしわはすっかり消え去っていた。

「効き目があったみたい。足首はまだ痛いけど、さほど気にならなくなったわ」

ハリーは彼女の手からグラスを取り、脇に置いた。「よかった」と優しく言う。「またちょっとはずすけど、ひとりで大丈夫かい？」

「いいえ、どうせまたみんなを怒鳴りつけるつもりなのでしょう？　みんな一生懸命にやってくれているんだから、あなたはここにいて」ポピーが彼の手に触れた。

先ほどのなじみのない感情がまたわきおこり……パズルの一片一片がぴたりとはまっていく。手と手を重ねただけの清らかなふれあいなのに、えもいわれぬ満足感につつみこまれる。

「ハリー？」と穏やかに呼びかけられると、腕や背中やうなじが心地よくあわだった。

「なんだい、ポピー？」とかすれた声で応じる。

「あのね……背中をさすってくれない？」

彼は努めて冷静をよそおった。「いいとも」とさりげない口調を作って答える。「じゃあ、うつ伏せになって」背中に触れると、背骨の両側に薄く筋肉が発達しているのがわかった。

ポピーが枕を脇に押しやり、腹ばいになる。背中に置いた手を肩のほうに移動させると、筋肉のこわばりが感じられた。

小さなうめき声が聞こえたので、手を止める。

「そう、そこよ」とポピーが満足げにもらした声が、ハリーの下腹部を射抜く。彼は背中を揉む作業をつづけ、痛む部分を正確に探りあてては指で押していった。ポピーが深いため息をつく。「お仕事の邪魔をしてしまったわね」

「今日はなにも予定がないからいいんだ」

「いつも最低一〇個は予定があるくせに」

「きみより大切なものはないよ」

「本気にしてしまいそう」

「本気さ。疑っているのかい？」

「だって、お仕事はなによりも大切なはずよ、周りの人間よりもずっと」

憤慨しつつも、ハリーは口をつぐんで手を動かしつづけた。

「ごめんなさい」ややあってからポピーがつぶやいた。「ほんの冗談のつもりだったの。どうしてこんないじわるを言ってしまうのかしら」

謝罪の言葉に、ハリーの怒りはすぐに静まった。

「けがをしているうえに、アルコールが入っているからだよ。わたしは気にしていない」

そこへ、ミセス・ペニーホイッスルの声が戸口のほうから聞こえてきた。「遅くなりました。お医者様が見えるまで、これでなんとかしのげると思うんですが」リンネルの包帯や軟膏の瓶、数枚の大きな緑の葉をのせたトレーを運んでくる。

「こいつはなんだ？」葉をつまみあげ、ハリーはたずねた。いぶかしむ目でメイド長を見る。

「キャベツ？」

「とてもよく効くんですよ。それを貼ると、腫れが引いてあざも消えるんです。真ん中の筋を取ってから軽く揉んで、足首に貼って包帯を巻いてくださいな」

「キャベツ臭くなったらいやだわ」ポピーが抗議する。

ハリーは厳しい目つきで妻を一瞥した。

「痛みがおさまるなら、臭いなんてどうでもいいじゃないか」

「自分が足に葉っぱを巻かれるわけじゃないから、そんなふうに言えるのよ」

もちろん、妻の抗議に耳を貸すハリーではない。ポピーはしぶしぶ、キャベツの湿布を夫に貼らせた。

「できあがり」ハリーは足首にしっかりと包帯を巻きつけ、めくりあげたナイトドレスの裾を膝まで下ろした。「ミセス・ペニーホイッスル、すまないが――」

「はいはい、先生が到着されたかどうか確認してまいりますね。それと、メイドたちとちょっと話してこなくては。いったいなにに使うのだか、あの子たちがわけのわからないものをいっぱい、廊下を出たところに運びこんでいるものですから……」

医師はすでに到着していたらしかった。医者ってものは緊急時にはもっと早く来るべきなんじゃないのか、さもないと病室に入る前に患者の半分は事切れちまうだろうがというハリーのぼやきにも、部屋に現れた医師はまるで耳を貸さなかった。

患者の足首を診終えた医師は、軽いねんざですと診断を下し、腫れに効くという冷湿布を処方した。そのほかにも痛み止めの飲み薬と、背中の打ち身用に塗り薬も出し、とにかくゆっくりやすむのが一番ですからと注意を与えた。

体の具合さえよかったなら、ポピーはその日の残りの時間を心から楽しめただろう。ハリーはまさに彼女の手足となってくれた。料理長のブルサールはペストリーと果物とゆで卵のクリーム和えを部屋に運んでくれた。ミセス・ペニーホイッスルはポピーがなるべく楽に横になれるようにと、大量のクッションを用意した。ハリーの指示で書店に走った従僕は、山ほどの新刊を抱えて戻った。

それからほどなくして、リボンを巻いたきれいな小箱をいくつものせたトレーを、メイドが持ってきた。ポピーが小箱をひとつずつ開けていくと、中身はトフィーやボンボン、フルーツゼリーなどだった。しかも驚いたことに、小箱のひとつには万博博覧会で大人気を集めた〝固形チョコレート〟が入っていた。

「いったいどこで手に入れたの？」ホテルのフロントに顔を出しに行ったハリーが戻ってくると、ポピーはさっそくたずねた。

「街の菓子店でね」

「そうじゃなくて、これをどこで手に入れたの？」と重ねてたずねながら、固形チョコレートを指し示す。「いまは買えないはずよ。作り手のフェローズ・アンド・サンが、新しい店を開くまで休業していると聞いたもの。このあいだの昼食会でご婦人方が話していたの」

「ヴァレンタインをフェローズの自宅にやって、きみのために特別に注文したんだよ」ハリーは打ち明け、毛布の上に散らばるくしゃくしゃの包み紙を見てほほえんだ。「もう食べたんだな」

「ひとついかが」ポピーは気前よく勧めた。

夫はかぶりを振った。「甘いものは苦手なんだ」と言いつつ、手招きをされると素直に身をかがめた。手を伸ばしたポピーが、ネクタイの結び目をつかむ。

夫は笑みを消した。ポピーがそっとネクタイを引っ張り、彼を引き寄せたからだ。身を乗りだした格好のハリーから、たくましい体の重みと高揚感が伝わってくる。まだ甘みの残るポピーの口からもれた吐息が唇をかすめると、夫が身を震わせるのがわかった。かつて感じたことのない空気がふたりをつつみ、意志の力と好奇心とがせめぎあう。ハリーは身じろぎひとつせず、ポピーのなすがままになろうとしていた。

さらに夫を引き寄せると、唇と唇が軽く触れあった。つかの間ながら生命力に満ちた一瞬は、ふたりの全身を熱くほてらせた。

ポピーがそっと手を離し、ハリーが身を引く。

「ダイヤモンドのときは拒んだのに」という夫の声はわずかにかすれていた。「チョコレートなら自らキスしてくれるんだな」

ポピーはうなずいた。

背を向ける夫の頬がわずかに緩むのが見える。「では、毎日注文するとしよう」

17

他人のスケジュールを立てるのが習慣となっているハリーは、ポピーにも同じようにして当然だと考えているらしい。毎日の予定は自分で立てたいのとポピーが切りだすと、彼はこう言って反論した。従業員と仲よくする日々をこれからもつづけるつもりなら、もっとましな時間の使い方をわたしが考えてやるしかない、と。

「だって、みんなといると楽しいんだもの」ポピーは抗議した。「ホテルに住みこみで働いているみんなを、機械の歯車みたいに扱うなんてできないわ」

「うちはもう何年もそういうやり方でやってきたんだ」ハリーはやりかえした。「そいつを変えるつもりはない。前にも言っただろう、きみが従業員と親しくなるとかえって仕事がしにくくなるんだよ。これからは厨房に入らないでくれ。庭師が薔薇の剪定をしているときに、おしゃべりをするのもだめだ。メイド長とお茶を飲むのも禁止する」

ポピーはしかめっ面をした。

「みんなだって、ちゃんと心も感情もある人間なのよ。あなた、ミセス・ペニーホイッスルに手の具合をたずねたこともないでしょう?」

今度はハリーが顔をしかめる番だ。「手の具合？」

「そうよ。うっかり扉に挟んでしまったの。それに、ミスター・ヴァレンタインが最後に休暇をとったのはいつ？」

ハリーは無表情になった。

「三年前よ」ポピーは指摘した。「メイドたちはちゃんと休暇をとって、家族に会いに行ったり、旅行に出たりしている。でもミスター・ヴァレンタインは仕事に没頭するあまり、自分の時間なんてまるで持てずにいるの。それなのにあなたは、彼の働きぶりを褒めてやるわけでも、感謝の言葉をかけるわけでもないのでしょう？」

「給金をはずんでいるぞ」ハリーはむっとした。「どうしてそうやって、従業員の私生活に首を突っこみたがるんだ」

「毎日顔を合わせるんだもの、気にかけずにいられないわ」

「だったら、まずは夫を気にかけたらどうなんだ！」

「気にかけてほしいの？」嘘でしょう、といわんばかりのポピーの口ぶりに、ハリーはますます怒りを募らせた。

「妻らしく振る舞ってほしいだけだ」

「だったら、わたしの行動に口出しをするのはやめて。あなたはどんなときも選択肢をくれない――そもそも、結婚するかしないかだって選ばせてくれなかったじゃない！」

「またその話か。マイケル・ベイニングからきみを奪ったわたしを、一生責めるつもりなんだな。あいつが存外傷ついていないかもしれないとは、これっぽっちも思わないわけか」

ポピーはいぶかしげに目を細めた。「どういう意味？」

「われわれの結婚以来、ベイニングは女をとっかえひっかえしている。街一番の女好きとして、あっという間に噂になりつつあるよ」

「嘘よ」ポピーは顔面蒼白になった。ありえなかった。マイケルが――わたしのマイケルが、そんなまねをするなんて想像もできない。

「ロンドン中の評判だ」ハリーは冷たく言い放った。「ベイニングは酒びたりで、賭博場に現れては湯水のごとく金を使っているとね。いまごろは売春宿でどんな病気をもらっていることやら。きみと息子の交際を禁じた子爵様も、さぞかし悔やんでいるだろうさ――そう思えば、きみも溜飲が下がるんじゃないか？　この分だとベイニングは、爵位を継ぐ前にあの世行きかもしれないな」

「嘘をつくのはやめて」

「兄上に訊いてみたらいい。きみはわたしに感謝するべきなんだ。どんなに軽蔑しようが、マイケル・ベイニングよりはましな相手だったんだからな」

「感謝しろですって？」ポピーは声を荒らげた。「マイケルをあんな目に遭わせたあなたに？」口元にゆがんだ笑みを浮かべて首を振り、耐えがたい頭痛を抑えようとするかのように、両手をこめかみにあてた。「彼に会わなくては。会って話をしなくては――」痛いほど強く両の腕をつかまれ、彼女は言葉を詰まらせた。

「会えるものなら会ってみろ」というハリーの声は穏やかだ。「ふたりとも後悔する羽目になるぞ」

その手を振りはらい、ポピーは夫の険しい顔を見てつくづく思った。わたしの結婚した相手は、こういう人間なのだと。


それ以上一分たりとも妻のそばにいたくなくて、ハリーは剣術クラブに向かった。誰でもいいから相手を見つけて、筋肉が痛むまで、いらだちが消えるまで剣を交えたい。ポピーへの欲望を抑えきれず、いまにも気が変になりそうだ。だが義務感から受け入れられても嬉しくなどない。彼は妻にも求めてほしかった。マイケル・ベイニングが相手だったらそうするように、優しく、喜んで受け入れてほしかった。それ以下の交わりなどこっちから願い下げだ。

ハリーが求めて、手に入れられない女性などいなかった——いまのいままでは。なぜ妻が相手だといつもの手練手管が通用しないのか。どうやら、ポピーを求める気持ちが強くなればなるほど、彼女を操る力は失われていくらしい。

たった一度の軽いキス。ほかの女性たちとのひとときをすべて足しても、あの口づけのくれた喜びにはかなわない。妻以外の女性で渇きを癒そうかとも考えたが、満足できるはずなどない。彼が求めるものは、ポピーでなければ与えられないのだ。

けっきょくクラブでは二時間ほど過ごした。電光石火の動きで相手を次から次に倒し、しまいには師匠から淡々とした口調で、手合わせを止められた。

「もう十分だろう、ラトレッジ」

「まだまだですよ」ハリーは乱暴に面をはずしながら応じた。荒い呼吸のために胸が大きく上下する。

「いや、もうやめておけ」歩み寄りながら、師匠は静かに諭した。「頭を使わずに、腕力だけに頼るのはよくない。剣術には正確な動きと自制心が必要だ。今日のきみには、そのいずれも欠けている」

むっとしながらも冷静な表情を作り、ハリーは穏やかにかえした。

「もう一度だけチャンスをください。師匠のかんちがいだと証明してみせますよ」

だが相手は首を縦に振らなかった。

「これ以上やらせたら、まちがいなく誰かがけがをする。今日はもう帰りたまえ。そしてやすむんだ。疲れた顔をしているぞ」

ホテルに戻ったときには、すでに夜もだいぶふけていた。白い運動着のまま裏口から館内へと入り、住まいにつづく階段を上ろうとしたとき、ジェイク・ヴァレンタインに呼び止められた。

「ああ、おかえりなさい。稽古はどうでした？」

「話すほどのことはない」そっけなく応じたハリーは、部下の顔に緊張の色が浮かんでいるのを見てとった。「なにかあったか、ヴァレンタイン？」

「館内の修繕で、ちょっと」

「なんだ?」

「ある部屋の床の修理を行っているんですが、ちょうど真下が奥様の寝室にあたるんです。最後に泊まったお客様から、床板がきしると指摘されまして、それでいま修理を――」

「妻は無事なのか?」ハリーはさえぎった。

「ええ、もちろん。すみません、ご心配をかけるつもりは。奥様なら元気に過ごしていらっしゃいます。ただあいにく、作業員が釘で配管に穴を開けてしまいまして、奥様の寝室の天井から水もれが。穴をふさいで水もれを止めるのに、上の部屋の床板を剝がしているところなんです。たぶん奥様のベッドや絨毯は、もう使いものにならないのではないかと。寝室のほうも、ちょっと住める状態ではなくて」

「まったく」ハリーはつぶやき、汗ばんだ髪をかきあげた。「作業はいつ終わるんだ?」

「二日か三日はかかるのではないかと。作業中の音で、ほかのお客様方にご迷惑をおかけする心配はないと思うんですが」

「先に謝って、部屋代を引かせていただきますと伝えてくれ」

「かしこまりました」

ハリーはいらだちとともに思った。ということは、ポピーは今夜、夫の寝室を使うしかない。つまり彼は別の部屋に移動せざるを得ない。

「わたしは当面、客室に移る。空いている部屋は?」

ヴァレンタインは無表情に答えた。「今夜はあいにく満室なんですが」

「一部屋も空いていないのか？　これだけ広いホテルで？」

「はい」

ハリーは顔をしかめた。「では、住まいのほうに予備のベッドを用意してくれ」

すると部下は、申し訳なさげな表情を浮かべた。

「それも考えたのですが、予備のベッドもないんです。すでに三台をお客様からのご希望で客室に運んでしまいまして、残り二台は先日、ブラウンズ・ホテルに貸したばかりなものですから」

「どうしてうちがブラウンズに？」信じられないとばかりにハリーは詰問した。

「ミスター・ブラウンからなにか頼まれごとがあれば必ず応じるように。ミスター・ラトレッジがそうおっしゃったではありませんか」

「なぜわたしばかりが周りの人間に手を貸さなくちゃならん！」ハリーは大声をあげた。

「まったくです」

ほかの案はないだろうか。ハリーは急いで考えをめぐらした。よそのホテルに部屋をとるか、それとも友人に頼んで一晩だけ泊めさせてもらうか……けれどもヴァレンタインの重々しい表情を見たとたん、そうした振る舞いが周りの目にどう映るかを悟った。夫婦はベッドをともにしていないのではないか……他人にそのような想像をめぐらされるくらいなら、首をくくったほうがましだ。小さく悪態をつきながら、ハリーは部下を押しのけて階段を上っていった。運動のしすぎで脚の筋肉が悲鳴をあげる。

住まいは不気味なほど静まりかえっていた。ポピーはもう眠ったのだろうか、と思ったら、寝室からランプの明かりがもれていた。その淡い光を追って廊下に一歩足を踏みだすたび、鼓動が激しくなった。自室の扉にようやくたどり着き、なかをそっとうかがう。

ポピーはベッドで、膝に本をのせて読書をしていた。

ハリーは妻をひたすら見つめた。袖にふんわりとしたレースをあしらった慎み深い純白のナイトドレスに身をつつみ、きらめく髪は一本に編んで肩にたらし、頰をピンクに染めている。毛布の下の膝は折り曲げられている。妻は清潔そのもので、やわらかそうで、かれんだった。

激しい欲望がハリーのなかでわきおこる。彼は動くまいとした。少しでも動いたら、無垢な妻の気持ちなどいっさい考えず、いきなり飛びかかってしまうにちがいない。自らの欲望の激烈さに驚きつつ、必死にそれを抑えつけようとした。視線をポピーから引き剝がし、床をじっとにらんで、自制心を取り戻そうとがんばる。

「寝室が水びたしになってしまったの」というポピーのぎこちない声が聞こえてきた。「上の部屋で――」

「ああ、聞いた」応じる自分の声は、低くかすれている。

「迷惑をかけて――」

「きみのせいじゃない」ハリーは思いきってもう一度、妻の顔を見た。だがそれがいけなかった。彼女はあまりにも愛らしく、はかなげで、ほっそりとした喉元は息をするたびに小さくうごめいた。この場で奪いたくてたまらない。ハリーは興奮のあまり全身が熱くこわばるのを覚えた。脚のあいだが容赦なくうずく。

「ほかにやすむ場所は見つかった？」ポピーは言いづらそうに問いかけた。

ハリーは首を振り、「今夜は満室だそうだ」とぶっきらぼうに答えた。

膝に広げた本に視線を落としたポピーは、じっと黙りこんでいる。

一方、これまでなんでもずけずけと言ってきたハリーもいまや、頭上に落ちてくるレンガのごとき言葉たちを必死につかもうともがくばかり。「ポピー……いずれわたしたちもきみもそろそろわたしに対して……」

「わかっているわ」妻はうつむいたままつぶやいた。

頭に血が上ったハリーは、冷静さを失いかけた。今夜、ここで彼女と結ばれるのだ。だが視線を上げると、ポピーの指先が白くなるほどぎゅっと本をつかんでいるのが目に入った。その状態のまま、夫と目を合わせようともしない。

つまり彼女はハリーを求めていないのだ。

どうしてこんなことが気にかかるのか、自分でもわからない。

だが気になる。

どうしようもなく。

彼はやっとの思いで冷ややかな声音を作った。

「まあ、そのうちということにしようか。今夜はきみに手ほどきをするほどの忍耐力はないからね」

寝室をあとにしたハリーは浴室に向かい、冷たい水でばしゃばしゃと顔を洗った。何度もくりかえし。

「どうだった？」料理長のブルサールが翌朝、厨房に現れたジェイク・ヴァレンタインにたずねた。

長テーブルの脇に立つミセス・ペニーホイッスルと菓子職人のルパートが、期待を込めた目でジェイクを見つめる。

「うまくいくわけがないと言っただろう」ジェイクは答え、三人をにらみつけた。背の高いスツールに腰を下ろし、ペストリーの皿からほかほかのクロワッサンをつかんで、一口で半分ほどもほおばる。

「だめだったの？」メイド長が用心深くたずねた。

かぶりを振ったジェイクはクロワッサンを飲みこみつつ、紅茶のカップを指差した。メイド長が紅茶をそそぎ、角砂糖をひとつ落としてから、カップを差しだす。

「おれの予想じゃ」ジェイクは不満げに説明を始めた。「ミスター・ラトレッジはゆうべ、ソファで眠ったね。あんな不機嫌そうな顔は見たことがないくらいだ。今朝の日報を持っていったときなんか、いまにもおれの首を引っこ抜きそうな表情だった」

「災難だったわねえ」ミセス・ペニーホイッスルが同情する。

ブルサールは信じられないといわんばかりに首を振った。

「まったく、これだから英国人はわからない」

「彼は英国人じゃないぞ。米国生まれだ」ジェイクはぴしゃりと言った。

「そういやそうだった」ブルサールはその事実に大して関心もなさそうにうなずいた。「米国人と恋愛かあ。片翼の鳥が飛ぼうとするようなものだね」

「これからどうしようか?」ルパートが心配そうに訊く。

「どうもしやしない」ジェイクは答えた。「おれたちがおせっかいを焼いたところで、なにも変わらないんだ。それどころか状況はますます悪化している。ご夫婦はもうろくに言葉を交わそうともしない」

その日ポピーは、暗い気持ちで終日を過ごした。マイケルの行く末を案じずにはいられないのに、なにもできない。むろん、マイケルの乱れた生活は彼女のせいではない――それに、結婚前に戻ってもやはり彼女は同じ道を選ぶだろう。それでもやはり、自分にも責任があると考えずにはいられない。ハリーと結婚したことで、夫の罪の一部を背負ったような気分だ。とはいえ、当のハリーに罪悪感などみじんもなさそうだが。

夫を憎めたなら、話はずっと簡単だろう。だがあれほどの欠点がある相手なのに、いまもなお夫のなにかがポピーの琴線に触れる。孤独を好み、周りの人間との心のつながりを拒み、ホテルをわが家とも思わない……ポピーにはまるで理解できない考え方だ。

ポピーはずっと、結婚相手には愛情と慈しみがあればそれで十分だと思っていた。それなのになぜ、そのいずれにも欠けた人と結婚する羽目になったのか。彼女の体と、形ばかりの結婚生活だけを求めるような相手と。

彼女が夫たる相手に与えたいのは、その程度のものではない。だからハリーは、すべてを受けとめられないのなら、すべてをあきらめるべきなのだ。

夜になるとハリーは、妻との夕食のために住まいに戻ってきた。食後は書斎で人と会うという。

「誰と？」ポピーはたずねた。

「陸軍省の人間と。サー・ジェラルド・ヒューバートだ」

「なんのお話なの？」

「きみは知らないほうがいい」

感情のうかがい知れない夫の顔を見つめていると、ポピーは冷たい不安に駆られた。

「わたしがおもてなししたほうがいいのかしら」

「その必要はない」

じめじめした寒い夜だった。激しい雨が屋根と窓をたたき、通りのごみを洗い流して泥の川と化している。よそよそしい空気につつまれた夕食が終わると、メイドがふたり、皿を片づけて紅茶を運んできた。

琥珀色の液体に一杯の砂糖を入れながら、ポピーは探るように夫を見つめた。

「サー・ジェラルドの階級は?」

「総務幕僚だ」

「具体的にはどういう立場にある方?」

「財務や人員の管理、それと憲兵を率いている。現在は、陸軍の兵力強化に向けた改革を推進中だ。ロシアやトルコとの緊張関係が高まっているご時世では、早急な改革が必要だからな」

「もしも戦争になったら、英国も参戦するのかしら」

「だろうな。だが外交努力で開戦を避けられる可能性もある」

「可能性はあるけど、確実ではないのね?」

ハリーは皮肉めかした笑みを浮かべた。「戦争のほうが外交よりも金になる」

ポピーは紅茶を飲んだ。

「義兄のキャムから、あなたが軍用小銃を改良したと聞かされたわ。だから陸軍省はあなたに借りがあるって」

大したことではないと言いたげに、ハリーは首を振った。

「食事会で銃の話題になったとき、アイデアを二つ三つ出しただけだ」

「結果的に、そのアイデアに大いに効果があることが判明したわけね。あなたのアイデアはいつもそうだけど」

夫は両手でポートワインのグラスをけだるげに回し、ふと視線を上げた。

「まだなにか訊きたいことでも？」

「わからないわ。ううん、そうね。ひょっとしてサー・ジェラルドは、武器の改良について あなたと話しあおうとしているのではなくて？」

「だろうな。兵器工場を経営するミスター・エドワード・キンロックも一緒だと言っていたから」妻の表情を見て、いぶかる目つきになる。「会うなと言いたいのかい？」

「あなたみたいな知力の持ち主は、効率的な人殺しの方法を考えるよりももっとましな頭の使い方があるはずよ」

ハリーがさらになにか言おうとしたとき、扉をたたく音がして、客人の到着が伝えられた。

彼が先に立ち上がってポピーの椅子を引く。彼女は夫とともに、出迎えに向かった。

サー・ジェラルドはがっしりとした大柄な男性で、血色のよい顔には白いひげが分厚くはえている。銀灰色の軍服には軍のボタンがずらりと並び、歩くたび、タバコと強いコロンの臭いがぷんと漂った。

「お目にかかれて光栄です、ミセス・ラトレッジ」軍人はおじぎをしながら言った。「お美しい方だとの噂は本当だったようですな」

ポピーは笑顔を作った。「ありがとうございます、サー・ジェラルド」

かたわらに立つハリーが、もうひとりの男性を紹介する。

「こちらはミスター・エドワード・キンロック」

キンロックはせっかちに頭を下げた。ハリー・ラトレッジの妻と挨拶している暇などない、そう思っているのが一目瞭然だった。早く仕事の話がしたくてしかたがないのだろう。細身の黒いスーツも、ほんのわずかに浮かぶ笑みも、用心深そうな瞳も、たっぷりのポマードで撫でつけた頭に張りつくような髪でさえ、けっして本心を明かさない人物であることを物語っている。「はじめまして、マダム」

「おふたりとも、ようこそ」ポピーはつぶやいた。「お話の邪魔をしてはいけないので、わたしはこれで。お茶などをお持ちしましょうか？」

「ああ、ぜひ――」サー・ジェラルドが言いかけるのを、キンロックがさえぎった。

「非常にありがたいのですが、けっこうです」

サー・ジェラルドは残念そうに顔をしかめた。

「それでは」ポピーは愛想よく応じた。「失礼させていただきますわね。おやすみなさい」

ハリーが客人を書斎へと案内するさまを、彼女は後ろからじっと観察した。ふたりの客人も、彼らが今夜話そうとしていることも気に入らなかった。とりわけ、夫の並外れた知力が武器改良に利用されようとしている事実が不快でならなかった。

それでも黙って夫の寝室に下がり、読書に集中しようと試みた。けれども書斎で繰り広げられているだろう話しあいが、どうしても気になってしまう。ついにあきらめたポピーは、本を脇に置いた。

心のなかで自分自身と言い争う。盗み聞きはよくないわ。でも、それほど重い罪かしら。

それなりの理由があればかまわないのではない？　盗み聞きが、よい結果をもたらすこともあるかもしれないわ。たとえば誰かがまちがいを犯すのを未然に防ぐとか。それに、可能なかぎり夫に助言を与えるのは妻としての務めでしょう？

そうだ。ハリーはポピーの助言を必要とするかもしれない。そのためにはまず、客人とどんな話をしているのか知らねばならない。

ポピーは抜き足差し足で書斎のほうに向かった。ほんの少しだけ開いている扉の陰に姿を見られないよう身を潜めつつ、聞き耳を立てた。

「……発砲時は肩に反動があるでしょう？」ハリーが淡々と語っている。「その反動力を有効利用することが可能ですね。反動力で次の弾を繰りだすんです。あるいは、火薬と弾頭と雷管をすべて内包できる金属製の薬莢を作ってもいい。反動力で自動的に薬莢を吐きだし、次の薬莢を繰りだせば、連続発砲が可能になる。威力と精度でも、これまでの銃とは比べ物にならないでしょうね」

客はどちらも無言だった。ポピー同様、いまの説明をすぐにはのみこめずにいるのだろう。

「すごいな」しばしの沈黙の末にキンロックが上ずった声をあげた。「いまだかつてそんな銃は……わが社が現在製造中のものだって、まるで比較に……」

「本当にできるのかね？」サー・ジェラルドがぶっきらぼうに確認する。「できるのなら、わが軍は世界一の軍事力を手に入れられるぞ」

「他国軍が模倣するまでは、でしょう？」ハリーはそっけなく指摘した。

「それはそうだが」サー・ジェラルドはつづけた。「連中がわが軍の技術の模倣にやっきになっているあいだに、こっちは帝国領土を拡大できる……確実に併合を進めればこちらのもの……わが国の優位は確実だな」

「ずっとというわけにはいきませんよ。ベンジャミン・フランクリンもかつて、帝国は巨大なケーキのようなものだと言っていますからね。端のほうからいともたやすく崩れていくものだ、と」

「米国人ごときに帝国建設のなにがわかるというのだ」サー・ジェラルドは蔑むように鼻を鳴らした。

「あらためて申しあげておきますが」ハリーがつぶやく。「わたしも生まれは米国ですから」

ふたたび沈黙が流れた。

「きみはいったい誰に忠誠を誓っているのだね」軍人はたずねた。

「とくに誰にも。支障がありますか？」

「いや、武器設計の特許さえわが軍に引き渡してくれれば支障はない。それと、独占的な製造権をキンロックにくれれば」

「それで」熱を帯びたキンロックの声が聞こえる。「いまのアイデアを固めて、試作品を作るのにどれくらいかかる？」

「さあ」すっかり熱くなっている客の様子を、ハリーはおもしろがっている。「暇なときにやってみますが、いつとお約束は——」

「暇なときだと？」キンロックが今度は憤慨した声をあげる。「本件には帝国の未来はもちろん、わが社の社運がかかっているんだ。きみほどの才能がわたしにあれば、アイデアを実現できるまで一睡もしないがね！」

キンロックの声ににじむ強欲ぶりに、ポピーは吐き気さえ覚えた。彼は金を、サー・ジェラルドは力を求めている。

万が一、夫がふたりに従ったら……。

それ以上は聞く気になれなかった。男たちが話しあいをつづけるなか、彼女は静かにその場を立ち去った。

18

サー・ジェラルドとキンロックを帰したのち、ハリーは玄関扉に背をあててしばし考えた。新型小銃や薬莢の設計に、いつもの彼なら熱意をもって挑むだろう。

だがいまは、そんなことにかかずらっていられない。目下の彼が解決したい問題はただひとつであり、それは武器開発などとはいっさい関係がない。

ハリーはうなじを揉みながら、パジャマに着替えるために寝室に戻った。ふだんはなにも着ずにやすむが、ソファで裸はさすがに落ち着かない。だが今夜もまたソファを使おうとしている自分にあらためて気づき、いよいよ頭がおかしくなったのではないかと、われながら呆れた。快適なベッドで魅惑的な妻とともに眠るか、それとも狭苦しいソファにひとりぼっちで横になるか……ふたつにひとつの選択を迫られて、後者を選ぼうとしているとは。

寝室に入るなり、彼はベッドの上からなじるようにこちらを見つめる妻の目に気づいた。

「まさか本気じゃないわね?」ポピーは前置きもなく詰問した。

混乱していたハリーは問いかけの意味がすぐにはわからなかった。ベッドをともにするつもりかと訊かれたのかと思ったが、どうやら、たったいま終えた話しあいのことらしい。もっと心に余裕があったなら、今夜は口論をする気分ではないのだと妻を諭せただろうに。

「どこまで聞いた？」ハリーは穏やかにたずねつつ、たんすに歩み寄って引き出しのなかを探った。

「あの人たちに言われるがまま、夫が新しい武器を設計するつもりだと結論づけられるところまで。そんなまねをすれば、あなたは大勢の死を招くことに——」

「そいつはちがうな」ハリーはネクタイをはずして上着を脱ぎ、その両方を椅子の背に掛けずに床に放った。「死を招くのは銃を持った兵士たちだよ。それから、戦場に彼らを送りこむ政治家や軍人だ」

「詭弁《きべん》はよして。あなたが武器を開発しなければ、誰もその武器を持たずに済むのよ」

パジャマを探すのをあきらめて、ハリーは靴紐をほどき、脱いだ靴を床に広がる上着の上に投げた。

「互いの命を奪うための新たな方法を、人間が編みだすのをやめる日が来るとでも思っているのか？　わたしがしなくたって、どうせほかの誰かがやるんだ」

「だったら、ほかの誰かにやらせて。あなたの手でそんなものを世に生みださないで」

ふたりの視線がぶつかりあう。頼むから今夜はやめてくれ……ハリーは懇願したい気分だった。まともに会話をつづけようとすればするほど、わずかに残された自制心が枯渇していくのが感じられる。

「わたしの言うとおりだと、本当はわかっているのでしょう？」毛布をどけたポピーが勢いよくベッドを下り、目の前に立つ。「わたしが銃に対してどんな思いを抱いているか、知っているはずよ。わたしの気持ちは考えてもくれないの?」

真っ白な薄いナイトドレス越しに、ポピーの体の線が浮かんで見える。夜気に硬くなった薔薇色の乳首まで。善か悪か……いや、道徳観など関係ない。けれどもポピーの気持ちをやわらげられるのなら、多少なりとも彼女が心を開いてくれるのなら、サー・ジェラルドと英国政府には勝手にしやがれと言ってやってもいい。それにハリーはいま、心の奥深くに小さな穴が開いて、そこからまるでなじみのない感情が……誰かを喜ばせたいという思いが生まれつつあるのを感じている。

それがいったいなんなのか自分でも明確にわからぬまま、ハリーはその感情の前に屈した。そうして口を開き、きみの言うとおりにしようと告げかけた。明日にも陸軍省に人をやり、今回の話はなかったことにすると伝えようと。

けれども彼がその言葉を口にする前に、ポピーが静かに宣言した。

「サー・ジェラルドとの約束を守るなら、わたしは出ていきます」

気づいたときには、ハリーは彼女に手を伸ばし、腕をぎゅっとつかんでいた。ポピーが痛みにあえぐ。「きみに選択肢なぞない」彼はやっとの思いで言った。

「いやがるわたしを、ここに押しとどめることはできないはずよ。それにこの件ではいっさい譲歩するつもりはないの。わたしのお願いするとおりにして。できないなら、あなたを置いて出ていくわ」

ハリーの胸の奥で怒りが爆発する。わたしを置いて出ていくだって？　現世だろうが来世だろうが、そんなまねは絶対にさせない。

自分はポピーに怪物とみなされている……だったら、そのとおりだと証明してやればいい。妻が思うとおりの、いやそれ以上に醜悪な夫になってやる。心を決めたハリーはポピーを乱暴に抱き寄せた。キャンブリック地のナイトドレスがわが身にこすれ、熱い血潮が脚のあいだにみなぎる。彼は妻の髪をつかみ、リボンを引っ張ってほどいた。曲線を描く首筋と肩に唇を押しつけると、石鹸と香水と女性の肌の匂いにつつまれた。

「結論を出す前に」ハリーはかすれ声で言った。「選択肢しだいじゃ失いかねないものを、ちょっと味見させてもらおうか」

ポピーの両手が、彼を押しのけようとするかのように肩に置かれる。ところが意外にも、彼女は抗うことなく身を寄せてきた。

ハリーはいま以上の興奮を、自尊心さえ忘れるほどの高ぶりを覚えたことがない。ポピーを抱きしめると全身でその感覚を味わった。ほどけた髪が赤くきらめく絹のごとくハリーの両腕をかすめる。その髪を一束つかみ、彼は自分の鼻に押しあてた。石鹸かバスオイルの残り香だろう、やわらかな髪は酔わせるような薔薇の香りがした。その香りをもっと味わおうと、深く息を吸う。

ナイトドレスの前を乱暴に引っ張ると、小さなくるみボタンが床に散らばった。ポピーは身を震わせながらも抵抗はせず、ドレスを肘のあたりまで引き下ろす夫に身を任せている。

ハリーは片手を、ほの暗い明かりの下でみずみずしくつやめく乳房へと伸ばした。指の背でそこに触れ、丸みを撫で下ろし、ピンクのつぼみを指と指のあいだに挟む。ほんの少し力を入れると、軽く引っ張っただけなのに、ポピーはあえいで唇を嚙んだ。

妻を後退させ、ベッドの端に臀部がぶつかったところで足を止める。「横になって」命じたハリーは、意図した以上に荒々しい自分の声に驚いた。おとなしく従う妻を両腕で支え、ゆっくりとベッドに横たえる。赤みを帯びた肢体の上に身をかがめると、薔薇の香りを放つ素肌にくまなくキスをした。技巧をこらし、濡れた唇でいたぶるように、じらすように時間をかけて。舌先で片方の乳房を愛撫し、硬くなった先端を口に含み、舌で転がす。たっぷりと愛撫を与えると、ポピーはうめき声をあげ、なすすべもなく背を弓なりにした。

キャンブリック地のナイトドレスを脱がし、床に放る。ハリーは飢えと畏怖の念がないまぜになった気持ちで、食い入るように裸身を見つめた。えもいわれぬ美しさをたたえたポピーは、あきらめたように目の前で横たわっている……その胸中ではきっと当惑と興奮と不安が渦巻いているはずだ。妻はあたかも、いちどきに押し寄せた感情を胸に押しとどめようとするかのように、遠い目をしていた。

シャツやズボンを引きちぎるように脱ぎ捨てて、ハリーは妻の上に身をかがめた。「さわって」とかすれ声で訴える自分に屈辱を覚える……いままで誰にも、そんなふうに懇願したためしはなかった。

ポピーの両腕がゆっくりと上がり、片手がハリーのうなじをなぞる。うなじでゆるく波打つ髪が、指先にからめられるのがわかった。そのためらいがちな愛撫に歓喜の声をもらしつつ、彼は妻のとなりに横たわると、太もものあいだに手を滑りこませた。

複雑な作りの精密機械や、繊細な機構にふだんから慣れ親しんでいる彼は、ポピーが示すほんのかすかな反応すら感じとることができる。彼はひたすら探っていった。ポピーはどこに触れられるのが好きか、どうすれば気持ちが高ぶるか。どこに触れれば蜜があふれてくるか。そこがしっとりと潤ってきたのを確認して指を一本挿し入れると、彼女は苦もなくそれをのみこんだ。だがもう一本挿入しようとしたときには、眉根を寄せて、反射的に手を押しのけようとした。あきらめたハリーは手のひらで優しく撫でながら、妻の緊張をほぐした。

体のこわばりが消えたところでポピーをベッドに組み敷き、覆いかぶさる。脚のあいだに腰を据えると、妻の呼吸が速くなるのがわかった。けれどもハリーはまだなかに入ることはせず、すっかり大きくなったものがやわらかな丘にあたる圧迫感だけを味わわせた。そうやってじらすことで、官能を呼び覚まそうとした。挿入をまねるかのように静かに腰を動かし、湿った甘やかな肉にこすりつけ、ゆっくりと腰をまわす。ひとつひとつの動きが言葉となって、意味を深めていく。

ポピーは薄く目を閉じて、ほんのかすかだが、たしかに眉間にしわを寄せている。ハリーが与えようとしているものを、張りつめた快感と痛みと解放感を求めている証拠だ。素肌には高まる欲望に汗がうっすらとにじみ、薔薇の香りがいっそう濃度を増して、麝香にも似た匂いを放ちだしている。むせかえるほどの香気に刺激されて、いまにも彼女を奪ってしまいたくなる。だが彼は妻のとなりに横たわり、誘うような腰から逃れた。

まろやかな丘に片手を伸ばし、あらためて指を二本挿し入れると、慎重に、なだめるように愛撫を与えた。今回は、ポピーは体をこわばらせることなく受け入れてくれた。妻の喉元にキスをしながら、唇からあえぎ声がもれるたびにそこが震えるのを堪能する。優しく指の挿入をくりかえすと、やがて彼女のなかが小刻みに収縮しはじめるのがわかった。指が奥深くまでのみこまれるたび、手首の付け根で愛撫を与える。するとポピーは息を切らしながら、幾度も腰を突き上げた。

「それでいい」ハリーはささやきかけた。熱い息がポピーの耳たぶをかすめる。「わたしがなかに入ったときも、そういうふうにしておくれ。なにがほしいのか教えてくれれば、わたしがちゃんとあげるから。きみがほしがるかぎり、いくらだって……」

ポピーの秘部が彼の指をきつく締め、絶頂を迎えて震えだす。うっとりするようなそのさざなみを、ハリーは最後の一瞬まで味わいつくし、妻の喜びを堪能した。

それから身を起こして彼女にふたたび覆いかぶさると、太ももを大きく開かせて腰を据えた。満たされた秘所が閉じてしまう前に、濡れそぼって彼を待つところへと狙いを定める。ハリーは考えることをいっさいやめた。きつく締めつける部分へと挿入し、さらに奥深くに沈めようとすると、十分に潤っているにもかかわらず、締めつける感覚はますます強くなっていった。

痛みと驚きにポピーがすすり泣き、全身をこわばらせる。

「つかまって」ハリーはかすれ声で言った。ポピーが素直に従い、両腕を彼の首にまわす。彼は手を伸ばして、ポピーが少しでも楽になるように腰を引き上げてやり、さらに深く、力強く腰を沈めた。なかは信じられないほど固く締まって、甘い熱を帯びている。ついに自分を抑えられなくなったハリーは、熱くやわらかななかへとすべてを沈めた。

「すごいよ」彼はささやき、ポピーが慣れるまで動くまいと、身を震わせながらも必死に耐えた。

けれども神経という神経が騒ぎたて、こすれあう快感とそれにつづく解放の瞬間とを求めている。ハリーはそっと腰を動かしてみた。するとポピーは顔をゆがめ、両の脚をぎゅっとすぼめた。これではいけないと、両手で彼女の体を撫でてさらに待つ。

「やめないで」ポピーはあえぎながら言った。「大丈夫だから」

だがそれは本心ではなかった。ハリーがあらためて腰を動かすと、苦痛に耐えかねる声をもらした。もう一度同じようにすると、今度は背を弓なりにして唇を嚙んだ。彼が少しでも動くたび、激痛が走るようだった。

うなじにきつくまわされたポピーの手から逃れるようにして身を起こし、ハリーは妻の顔をまじまじと見つめた。苦痛のために青ざめ、唇も血の気を失っている。なんということだ。乙女はみな、これほどまでの痛みを感じるのか？

「少し様子を見よう」ハリーはかすれ声で提案した。「そうすれば、楽になるかもしれない」

ポピーはうなずいた。唇は引き結び、目はぎゅっと閉じている。

きつく閉じられたままの唇と目を見つめながら、彼は懸命に妻の痛みを取り除こうとした。だがなにをやっても効き目はなかった。彼女がどれだけ受け入れる努力をしてくれようと、この行為は苦痛でしかないのだ。

妻の髪に顔をうずめて悪態をつき、ハリーは身を離した。むろん彼のものは激しく抵抗し、本能はどうしてやめるのだと叫んでいる。

やがて、ポピーが無意識のうちに安堵のため息をもらすのが聞こえた。その声に、ハリーのなかで抑えきれないいらだちが爆発しそうになる。

問いかけるように夫の名を呼ぶポピーの声が耳に響く。

だが彼はそれを無視してベッドを下り、よろめきながら浴室へと向かった。タイル張りの壁に両手を押しあて、目を閉じて、自制心をかき集める。数分してから、水で体を洗った。そこには血の跡が……妻の血の跡がついていた。予想してしかるべきことだった。だが現実にそれを目にしたとたん、ハリーは大声で叫びたい衝動に駆られた。

たとえ一秒たりとも、ポピーに苦痛だけは与えたくなかった。彼女につらい思いをさせるくらいなら自分が死んだほうがましだ。この命など、どうなろうとかまわない。

いったいわたしはどうしてしまったのだろう。他人に対してこんな気持ちを抱きたいと望んだことはない。いや、こんな気持ちを抱けると思ったためしもない。

ならばその感情は捨てなければならない。

痛みと当惑に耐えながら、ポピーは横向きにベッドに寝そべったまま、ハリーが体を洗う音を聞いていた。脚のあいだが焼けるように痛み、内ももにこびりついた血がべとついて気持ちが悪い。自分もベッドを出て体を清めたいと思ったものの、夫の目の前でそのようにごく個人的な行為におよぶ場面を想像しただけで……やはり無理だとあきらめた。ポピーは困惑のきわみにいた。いくら夫婦の触れあいに無知でも、夫があの営みを最後までやり遂げたわけではないことくらいわかる。

でも、いったいなぜ。

妻がするべきことがあったのだろうか。なにかまちがいを犯してしまったのだろうか。もっと我慢するべきだったのかもしれない。可能なかぎり耐えようとはした。でも、ハリーが優しくしてくれても、激しい痛みに我慢しきれなかった。夫のことだから、女性が初めてのときに感じる痛みについても当然知っているだろう。だったらなぜ夫は、彼女に腹を立てているように見えるのか。

無防備な裸のままでいるのがいやで、ポピーはベッドを這いでると、ナイトドレスを拾った。それを身に着け、急いでベッドに戻って毛布を引き上げたところへ、ハリーが戻ってきた。無言で服を拾い上げ、身にまとっていく。

「出かけるの？」ポピーはそうたずねる自分の声を聞いた。

夫がこちらを見ようともせず、「ああ」と答える。

「一緒にいて」思わず口走った。

だが夫はかぶりを振った。「無理だ。あとで話そう。いまはそんな気分では――」言葉を失ったかのように口を閉じる。

ポピーは横向きになって体を丸め、毛布の端をぎゅっと握りしめた。なにかがおかしいのはわかる――でもそれがなんなのかわからないし、怖くてたずねることもできない。

上着を引っかけたハリーが、扉のほうに向かう。

「どこへ行くの？」ポピーは震える声で訊いた。

夫の声はよそよそしかった。「わからない」

「いつ戻る――」

「それもわからない」

夫が出ていってから、ポピーは数粒の涙を流し、シーツでそれをぬぐった。ほかの女性のところに行ったのだろうか。

夫婦の交わりについて、姉のウィンに訊くだけでは十分ではなかったのかもしれない。ポピーはみじめな思いで悔やんだ。その営みを彩る花や月光の話を聞くのではなく、もっと現実的な知識を授けてもらうべきだった。

姉や妹に、とくにアメリアに会いたかった。家族と一緒にいたかった。家族ならポピーを甘やかし、褒め、大切に扱い、喉から手が出るほどほしい安心感を与えてくれる。なにしろ彼女はいま、わずか三週間で結婚生活が破たんした事実に少なからず落ちこんでいるのだ。

それになんといっても、夫という存在についてみんなの助言がほしい。

そうだ。いまこそここから逃げ、これからどうするべきか考えるときだ。ポピーはハンプシャーに帰ることを決心した。

熱い湯は、ひりつく痛みをやわらげ、内ももの筋肉のこわばりをほぐしてくれた。風呂から出たあとは自ら体を拭いておしろいをはたき、暗赤色の旅行用ドレスに着替えた。それから小さな旅行かばんに身のまわりのものを詰めていった――下着に靴下、銀の持ち手のブラシ、本、そして、ハリーのお手製のオートマタ。木の枝にとまるキツツキを模したもので、いつも化粧台に飾ってある。夫に贈られたダイヤモンドのネックレスは、ベルベット張りの箱に入れたまま置いていくことにした。

準備が整ったところで呼び鈴を鳴らし、現れたメイドに、ジャック・ヴァレンタインを寄越してほしいと頼んだ。

茶色の瞳をした背の高い青年はすぐにやってきた。心配げな表情を隠そうともせず、ポピーが旅行用のドレスをまとっているのをすぐさま見てとる。「なにかご用でしょうか、ミセス・ラトレッジ？」

「夫はもうホテルを出た？」

ヴァレンタインはうなずき、眉間にしわを寄せた。

「いつ戻るかあなたに言った？」

「いいえ」

彼を信じても大丈夫だろうか。ヴァレンタインはハリーに厚い忠誠心を抱いている。でも、彼のほかに頼める人はいない。「お願いがあるの。ただしそのために、あなたを難しい立場に追いこんでしまうかもしれない」

茶色の瞳にぬくもりが宿り、苦笑が浮かぶ。

「だいたいいつも難しい立場に置かれていますから。どうぞなんなりと」

ポピーは背筋を伸ばして心を決めた。

「馬車を用意して。これからメイフェアの兄の家に行きたいの」

ヴァレンタインの瞳から笑みが消える。彼はポピーの足元に置かれた旅行かばんをちらと見やった。「なるほど」

「それと、できれば明朝まで、わたしが出かけたことを夫に言わないで。夫の命令にそむかせるようなお願いをして本当にごめんなさい。でも兄と一緒だからなんの心配もいらないわ。ハンプシャーの家族のもとまで、兄が無事に送り届けてくれるはずだから」

「わかりました。おっしゃるとおりにしますとも」ヴァレンタインはいったん口を閉じてから、慎重に言葉を選んでつけくわえた。「すぐにお戻りになられるよう、祈っています」

「わたしも」

「奥様……」ヴァレンタインは言いかけ、ぎこちなく咳ばらいをした。「差し出がましいまねはしたくないのですが。それでもやはり、お伝えしたほうが――」彼はなおもためらった。

「言ってちょうだい」ポピーは優しく促した。

「ミスター・ラトレッジのもとで働いてもう五年になります。だから、誰よりもだんな様を理解していると自負しています。複雑な方です……頭がよすぎて敵を作ることもあるし、良心に欠けるきらいもあるし、周りのすべての人間を自分の思いどおりにしようとする一面もある。でも、だんな様のおかげで人生が好転した人間だってたくさんいるんです。おれもそうでした。だから、だんな様の心の奥底を見つめれば、そこにはきっと善人がいるはずだとおれは信じているんです」

「わたしもそう思うわ」ポピーは応じた。「でもそれだけでは、結婚生活はつづけられない」

「だんな様にとって、奥様はかけがえのない存在なんです」ヴァレンタインは熱っぽく訴えた。「だんな様はあなたに愛情を抱きつつある……いまみたいなだんな様は見たこともない。だからこそ、あなたならだんな様をなんとかできるんじゃないかと期待しているんです」

「あなたの言うとおりだとしても」ポピーは声を絞りだすようにこたえた。「わたし自身が、彼をなんとかしたいかどうかわからないの」

「でも……」ヴァレンタインは思いやり深く言った。「誰かがなんとかしてあげないと」打ちのめされていたはずなのに、ポピーはなぜだかおかしくなってしまい、笑みを隠そうとして顔をそむけた。「考えてみるわ。でもいまは、しばらく夫から離れたいの。拳闘の試合では、こういう時間をなんと言ったかしら……」

「小休止ですか」ヴァレンタインは答え、腰をかがめて旅行かばんを持ち上げた。

「そう、小休止。そのために、手を貸してくださる？」

「もちろん」ちょっと待っていてくださいと言い残し、ヴァレンタインは馬車の用意に向かった。馬車はホテルの裏手につけられた。外出するポピーの姿が人目につかないようにと配慮してくれたのだろう。

従業員たちを置いてホテルを出ていかねばならない……ポピーはそれが残念でならなかった。ラトレッジ・ホテルは、彼女にとってあっという間にわが家となっていた。だがこのままではいけない。なにかが変わらなければいけない。そのなにかは……いや、誰かは……ハリー・ラトレッジだ。

戻ってきたヴァレンタインは、裏口までポピーをエスコートしてくれた。彼女が雨に濡れないよう傘を広げ、馬車のところまでいざなう。

馬車の脇に置かれた踏み台を上りながら、ポピーはヴァレンタインを振りかえった。踏み台に乗っているために、ふたりの視線がぴったりと合う。傘からしたたる雨粒が、ホテルからもれる明かりを受けて宝石のようにきらめいた。

「ミスター・ヴァレンタイン……」

「なんでしょう」

「夫はわたしを追ってくると思う？」

「地の果てまでも」青年は重々しく言った。

思わず笑みをもらしつつ、ポピーは彼に背を向け、馬車に乗りこんだ。

19

ミセス・メレディス・クリフトンは三カ月もの時間をかけ、ようやくラムゼイ子爵レオ・ハサウェイを誘惑することに成功した。いや、より正確に言えば、誘惑するところまでこぎつけた。性的魅力にあふれるうら若きレディであるメレディスは、英国海軍の将校と結婚しているため、夫が海に出ているあいだは自由に過ごせる。というわけで彼女は、ロンドン中の男性とベッドをともにしてきた。もちろん、そうする価値のない男性や、うんざりするほど妻に献身的なごく一部の男性は例外。そんなメレディスの耳にあるとき、彼女に負けず劣らず性的に奔放だと評判の紳士、ラムゼイ卿の噂が届いた。

レオはじれったくなるほど矛盾に満ちた男性だった。茶色の髪に青い瞳の端整な面立ちで、清潔感あふれる健康そうな魅力を放ちながら……実際にはとんでもない放蕩者だともっぱらの噂だ。冷たかったかと思えば優しく振る舞い、ひどく鈍感な人間だと思わせておいて洞察力を発揮し、自分勝手な一面がありながら人を惹きつけてやまない。そうした評判の数々からメレディスは、きっと申し分のない恋人になってくれるにちがいないと踏んだ。

いま彼女はレオの寝室に無言で立ち、彼にドレスを脱がせてもらっている。背中に並ぶボタンが、ゆっくりとはずされていく。メレディスはわずかに体をひねり、指の背でズボンを撫でた。その感触に思わず喉を鳴らす。

するとレオは笑い声をあげ、いたずらな手を押しのけた。「慌てないで、メレディス」

「このときをずっと待ち焦がれていたんだもの」

「それは気の毒に。あいにくわたしは、ベッドではまるで役立たずなんだ」レオはそっとドレスの背中を開いた。

肩甲骨のあたりに探るような指先の感触を覚え、メレディスは身震いした。

「冗談ばっかり」

「いや、じきに本当だとわかるよ」レオがうなじの後れ毛をかきあげ、そこにキスをし、舌先で舐める。

軽やかでエロチックな愛撫にメレディスはあえいだ。

「いつもそうやってふざけてばかりいるのでしょう?」と訊くのがやっとだ。

「そのとおり。なにしろこの世は、まじめな人間よりもふざけた人間にずっと優しいからね」彼女を自分のほうに向かせ、長身でたくましい体に抱き寄せる。

たっぷりと時間をかけた、けだるく熱いキスを受けながら、メレディスは思った。これまで出会ったどの男性よりもずっと魅惑的な、大胆にわたしを奪ってくれる紳士をやっと見つけたのだわ。レオの愛撫は、愛情や慈しみがいっさい欠けている。にもかかわらず抗いがたい力を備えている。それは純粋に肉体的な、あからさまな欲望から生まれるものだった。

キスにうっとりとなっていたメレディスは、唐突に唇が離れたのに気づいて小さく抗議の声をあげた。

「ノックが聞こえた」レオが言う。

扉をおずおずとたたく音がふたたび響く。

「無視しましょうよ」彼女は笑って、レオの引き締まった腰に両腕をからめた。

「そういうわけにはいかないよ。うちの使用人はしつこくてね。過去の経験から言うと」身を引き離したレオは戸口に行って乱暴に扉を開き、ぶっきらぼうに言った。「火事でも起きたか？ それとも押し込み強盗か？ 大した用事じゃなければ首だぞ」

使用人がもぐもぐと用件を伝えると、いかにも尊大なのんびりしたレオの口調がいきなり変わった。「それは、それは。すぐに下りると伝えてやってくれ。紅茶かなにか用意しておけよ」それだけ命じると、彼は茶色の短髪をかきあげながら衣装だんすに歩み寄り、ずらりと並ぶ上着を選びはじめた。「メレディス、悪いがメイドを呼んでドレスを着てくれ。着替えが済んだら、裏口に停めてある馬車までうちの者にエスコートさせよう」

メレディスはあんぐりと口を開けた。「なにがあったの？ どういうこと？」

「わが妹が急にやってきてね」レオが上着を探す手を休め、肩越しにすまなそうなまなざしを向けてくる。「よかったら、また今度」

「お断りするわ」メレディスは憤然と言った。「いまでなきゃいや」

「無理だよ」レオは上着を取りだし、さらりと羽織った。「妹が待っているんだ」

「わたしもあなたを待っているの！　妹さんには、明日にしてと言ってちょうだい。追いかえしてくださらないのなら、次の機会なんてものはないわ」

レオはほほえんだ。「残念だが、それもいたしかたない」

彼の無頓着ぶりに、メレディスはかえって高ぶるばかりだ。「ラムゼイ卿、そんなふうにおっしゃらないで」と熱を帯びた声で訴える。「こんな状態のレディをほったらかしにするなんて、無作法だと思わない？」

「無作法どころじゃないだろうね。むしろ犯罪だ」レオは柔和な表情を浮かべて彼女に近づいた。手をとって、指の背に一本一本口づける。苦笑のにじむ瞳がきらりと光った。「こんなふうに今夜を終わらせるつもりなど毛頭なかったんだよ。本当にすまない。またの機会を楽しみにしていておくれ。なぜって……ベッドで役に立たないなんて嘘だから」軽くキスをし、温かみのある笑顔を巧みに作る。メレディスは危うく、その笑みが本物だと信じそうになった。

ポピーはこぢんまりとした居間で待っていた。戸口に長身の兄の影が見えるなり、立ち上がって飛びつく。「お兄様！」

レオは妹を抱き寄せた。ほんのつかの間しっかりと抱いてから、腕を伸ばして身を離し、妹の様子をまじまじと観察する。

「ラトレッジを置いて出てきたのか？」

「ええ」

「わたしの予想より一週間も長く耐えたわけか」とつぶやく兄の声は、思いやりに満ちている。「で、なにがあった？」

「ええと、なにから話せばいいか——」目に涙をためつつも、ポピーは理路整然と説明しようとした。「わたし、もう無垢ではなくなったわ」

兄が恥じ入った表情を作って打ち明ける。「じつは、わたしもなんだ」

ポピーは思わず笑った。

レオは上着のポケットをまさぐってハンカチを探し、けっきょく見つけられずにあきらめた。

「泣くなよ。あいにくハンカチの持ちあわせがないし、いったんなくした無垢は泣いたってもう取り戻せないぞ」

「そのことで泣いているんじゃないの」ポピーは言いながら、濡れた頬を兄の肩でぬぐった。「お兄様……わたし、わからない。だからゆっくり考えたいの。ハンプシャーに連れていってくれない？」

「そう言われる日を待っていたよ」

「すぐに出発したほうがいいわ。ぐずぐずしていたらハリーに阻止されるから」

「いいかいポピー、たとえ悪魔だろうと、おまえを家に連れ帰るわたしを止めるのは不可能なんだよ。とはいうものの……さっそく出発するとしようか。いざこざはできるだけ避けたいからな。ラトレッジのことだ、おまえが出ていったと知ったら黙っちゃいないだろう」

「それどころか」ポピーはきっぱりと言った。「激怒するはずよ。でもね、出ていくのは結婚生活を終わりにしたいからではないの。やり直したいからなの」

兄はほほえんで首を振った。

「いかにもハサウェイ家的な発想だな。おまえの考えが手にとるようにわかって怖い」

「あのね、お兄様――」

「いや、詳しい話は道中で聞こう。おまえはここでちょっと待っていなさい。御者を呼んで、使用人に馬車の用意をさせるから」

「面倒をかけてごめんなさい――」

「なあに、うちの連中なら慣れている。わたしも出かけるときは、いつもあわただしいから」

レオの言ったことは本当だったとみえる。使用人たちは驚くべき早さで荷物をまとめ、馬車を用意した。ポピーが居間の暖炉の脇で待っていると、兄はほどなくして戻ってきた。

「そろそろ出発だ。おいで」

兄にいざなわれて馬車に乗る。スプリングのよくきいた、椅子がふかふかの快適そうな馬車だった。ポピーは長旅に備えて隅のほうにクッションを重ね、そこに落ち着いた。ハンプシャーまでは丸一晩かかるだろう。舗装路はそれなりに修繕が進んでいるものの、実家にたどり着くまでにはかなりの悪路も通らねばならない。

「こんな遅くにお邪魔してごめんなさい」ポピーは謝った。「わたしさえ来なければ、いまごろぐっすり眠っていたのにね」

するとは兄はにやりとした。

「そいつはどうだろう。いずれにせよ——そろそろハンプシャーに帰るころあいではあったんだ。ウィンにも、あいつと結婚した冷酷なけだものにも会いたいし、屋敷や借地人の様子も確認しておかないと」

ポピーは小さくほほえんだ。〝冷酷なけだもの〟を、兄は心から愛しているのだ。屋敷を再建し、その後の管理も担っているメリペンに、兄は生涯、感謝の念を抱きつづけるだろう。近ごろでは、ふたりは頻繁に手紙をやりとりし、会えばところかまわず口論をくりかえし、からかいあうのを大いに楽しんでいる。

自分の側の窓に掛かるこげ茶色のカーテンをわずかに開けて、ポピーはおもての様子を眺めた。廃墟のような建物、ちらしがべたべたと貼りつけられたレンガの壁、いまにもつぶれそうな店舗などが、街灯の薄明かりに浮かんで見える。夜のロンドンは気味の悪い、危険な無法地帯だ。いまごろハリーはこの街のどこかにいる。もちろん彼が危ない目に遭う心配はない。けれども誰となにをしているのだろうと考えると——気が滅入り、ポピーは重たいため息をついた。

「夏のロンドンは苦手だ」兄が言った。「とくに今年はテムズ川がものすごい悪臭を放っているからな」言葉を切って、妹の顔を見つめる。「そのしかめっ面は、ロンドンの公衆衛生に不安を覚えたからではなさそうだな。なにを悩んでいるのか、話してみたらどうだ？」

「ハリーがさっき、ホテルを出ていったの。その前にわたしたち――」あの出来事をどう説明すればいいのかわからず、ポピーは言葉を失った。「何時に戻るとも言わなかったけれど、半日もあればわたしたちに追いつくはずよ。もちろん追ってこない可能性もあるし、そうなったらなんだか拍子抜けするけど、ほっとする気持ちもあるわ。でもやっぱり――」

「追ってくるさ」レオは淡々とした声でさえぎった。「といっても、会いたくなければ会う必要はない」

ポピーは沈鬱な面持ちで首を振った。

「誰かに対してこんな複雑な気持ちになったことなんてなかった。ハリーが理解できないの。ベッドで彼が――」

「ちょっと待った」兄がさえぎった。「この世には姉妹で話すべき話題というものがある。こいつもそのひとつだ。朝にはラムゼイ・ハウスに着くから、わからないことがあればアメリアになんでも訊いてやれ」

「お姉様にわかるとは思えないわ」

「どうして？　あいつだってちゃんと結婚をしているのに」

「そうだけど……これは……男性側の問題だと思うから」

レオは顔を青くした。

「そういうのも、わたしにはわからん。その手の問題を抱えた覚えがないからな。そもそも、

〃男性側の問題〃なんて言葉は口にしたくもない」

「ごめんなさい」ポピーはしょんぼりして、膝掛けを腰まで引き上げた。

「まったく。具体的には、どんな〃男性側の問題〃なんだ？　やつの旗がうまく揚がらなかったのか？　それとも半旗にでもなったか？」

「隠喩を使ったほうがいいの、それとも——」

「隠喩を使うんだ」兄はきっぱりと言った。

「わかった。ハリーは……」ポピーは眉根を寄せて考え、適切な言葉を探した。「旗を揚げたままわたしを置いて出ていったの」

「酔っていたのか？」

「ううん」

「やつが出ていきたくなるようなことを言ったり、したりしたのか？」

「その反対よ。そばにいてと頼んだのに、聞いてくれなかった」

兄は大きく首を振って、座席の脇の小物入れをまさぐり、悪態をついた。

「くそっ、酒がないじゃないか。長旅だからちゃんと用意しておけと言っておいたのに。どいつもこいつも首にしてやる」

「水があるんじゃない？」

「水なんて飲み物のうちに入らん」あいつら、人に禁酒させようとして謀ったな、などとぼやいてから兄がため息をつく。「ラトレッジがどういうつもりだったかなんて、他人にはわからない。だが男にとって、行為の途中でやめるのは簡単じゃない。平常心ではいられなくなるだろうな」腕組みをして、思案顔で妹を見つめる。「荒っぽいやり方だが、どうしておまえを置いて出ていったのか当人を問いつめ、分別ある男らしく話しあってみるか。ただしあいつがハンプシャーに現れる前に、おまえにもやるべきことがあるぞ。おまえとベイニングを苦しめたあいつを許すか許さないか、よく考えておくんだ」

思いがけない言葉に、ポピーは目をしばたたいた。「許すべきだということ？」

「わたしがおまえの立場なら、もちろん許したくなどない」兄はいったん口を閉じた。「とはいえわたし自身は、許されざる言動を何度も許されてきた。つまり、そもそもおまえがあいつを許せないのなら、その後の問題についていくら話しても意味がないんだよ」

「ハリーがそんなことを気にしているとは思えないわ」ポピーはむっつりと応じた。

「気にしているに決まっているだろうが。男は許されたいものなんだ。許されることで過ちから学び、男はおのれの無能に悩まなくなる」

「気持ちの整理がつくかどうかわからないの」ポピーは抗った。「許すにしても、そんなにすぐじゃなくてもいいのではない？　期限があるわけでもないのに」

「期限がある場合もある」

「でも、お兄様……」心もとなさと胸の痛みと夫を思う気持ちで、ポピーは押しつぶされそうだ。

「少し寝たほうがいい」兄はつぶやいた。「馬を交代させるまで、二時間くらいはあるだろうから」

「心配で眠れない」と言いつつ、ポピーはついあくびをした。

「心配しても意味がない。自分でもどうしたいかもうわかっているはずだぞ——それを事実として認めようとしないだけだ」

隅のほうで丸くなりながら、ポピーは目を閉じた。「お兄様って女心に詳しいのね」

応じる兄の声には笑いがにじんでいた。「だといいんだが。なにしろ四人も妹がいるからな」眠りにつくポピーを、彼は静かに見守った。

したたかに酔っぱらってホテルに帰ったハリーは、千鳥足で住まいへ向かった。ポピーを置いて向かった先は、タイル張りの壁を鏡で派手に飾りたてた、高級娼婦のいる酒場だった。およそ三時間も飲みつづけてやっと、家に帰っても自制できる程度の酩酊感を得た。数人の女たちが巧みに誘ってきたが、ハリーは見向きもしなかった。

ほしいのは妻だけだった。

マイケル・ベイニングから奪ったことを心から謝罪すれば、ポピーはきっと態度をやわらげてくれる。問題は、心からの謝罪など不可能だという事実だ。ハリーは自分が悪いことをしたとは思っていない。もちろん、ポピーにつらい思いをさせたのは認める。だが彼女を妻として迎えるために必要な手段を講じただけなのに、悔いるなんてありえない。生まれてこのかた、ポピー以上にほしいと思ったものなどないのだから。

ポピーの快活さ、善良な心、思いやり、愛情深さ、優しさ、幸福そうな笑顔、深く穏やかな眠り。どれもこれもハリーには絶対に身につけることも、学ぶこともできない。均衡を常とする自然の摂理に従って、ポピーはハリーの存在とそのよこしまな心が世界に与える影響を打ち消すため、この世に生まれてきたのだ。だからこそ、磁石の両極が引き寄せあうように、ハリーもまたポピーにいまいましいほど惹かれる。

ゆえにハリーの謝罪は、心からのものにはなりえない。それでも謝罪はする。そのうえで妻にやりなおそうと申し出るのだ。

狭くて憎たらしいソファに腰を下ろし、酔いに身を任せると、やがてハリーは眠気に誘われた。

朝の弱い光が、なまくらな短剣のごとく意識へと切りこんでくる。うめき声をあげながらまぶたを開けたハリーは、わが身の具合を頭のなかで確認した。喉はからからで、全身がだるく、頭が痛い。いま以上に風呂に入りたいと強く願ったことはたぶんないだろう。横目で自室の閉じた扉を見やる。ポピーはまだ眠っているらしい。

結ばれたときに彼女が激痛に耐えかねてもらした声を思い出し、ハリーは胃の腑に冷たく重たい不安を覚えた。今朝もまだ痛むにちがいない。なにか痛みをやわらげるものを必要としているはずだ。

だが、夫の顔など見たくもないかもしれない。

極度の不安に駆られつつも、ハリーはのろのろと身を起こして寝室に向かった。扉を開け、薄闇に目を凝らす。

ベッドは空だった。

呆然と突っ立って目をしばたたくうち、ようやく合点がいった。妻の名をささやく自分の声が聞こえる。

数秒後には呼び鈴に手をかけていたが、鳴らす必要はなかった。あたかも魔法のように、ヴァレンタインが住まいの玄関にすうっと現れたからだ。部下の瞳には警戒の色が浮かんでいる。

「ヴァレンタイン」ハリーはかすれ声で詰問した。「妻はどこに――」

「ラムゼイ卿とご一緒です。こうして話しているあいだにも、ハンプシャーに向かっておられるかと」

この手の苦境に立たされたとき、ハリーはいつも気味が悪いほどの冷静さを発揮する。

「いつここを発った？」

「ゆうべ、ミスター・ラトレッジが外出されているあいだに」

その場で部下を絞め殺してやりたい衝動を抑えこみ、静かにたずねる。

「なのにわたしに報告しなかったのか？」

「はい。奥様からそのように頼まれましたので」言葉を切ったヴァレンタインは、あたかもまだ絞め殺されずにいるのが信じられないとばかりに、当惑の表情を一瞬浮かべた。「馬車をご用意してありますので、あとを追うなら――」

「ああ、追うとも」ハリーは花崗岩を打ち砕くのみの一撃のように鋭く言った。「荷物をまとめろ。半時後には出発する」

身をつつむ怒りは、当のハリーでさえわがものとは思えないほど激しい。だが彼はその感情を脇に押しやった。怒りに身を任せてもなんにもならない。いまやるべきなのは、風呂に入ってひげを剃り、服を着替え、この苦境に立ち向かうこと。

めばえかけた思いやりや悔恨の念は、すでに灰と化している。優しさも紳士らしい振る舞いももう見せるつもりはない。有無を言わさずポピーを連れ戻し、この苦境を乗り越えたあとは、二度と出ていこうなんて気を起こさないようにしてやる。

揺れる馬車のなかで眠りから覚めたポピーは、身を起こすとまぶたをこすった。兄は向かいの席で背を丸め、片腕を枕代わりに板張りの壁に寄りかかってまどろんでいる。

窓のカーテンをそっと開け、彼女は愛するハンプシャーの景色を眺めた。陽射しがきらめく草原は、静けさに満ちている。考えてみればロンドンに長居をしすぎた――おかげで世界がこんなにも美しいということを忘れていた。咲き誇るケシやフランスギクの花畑に、かぐわしいラヴェンダーの茂み。湿地やゆるやかな細流もそちこちで目に留まる。鮮やかな青色のカワセミとアマツバメが空を駆け抜け、緑の羽のキツツキが小気味よい音を響かせる。

「もうすぐだわ」ポピーはささやいた。

レオが目を覚まし、あくびと伸びをする。兄はカーテンを開け、まぶしさに目を細めながら窓外を走り去る景色を眺めた。

「すてきね！」ポピーはほほえんだ。「こんな景色、いままでに見たことある？」

兄はカーテンを閉めた。「羊に草原か。わくわくするよ」

ほどなくして馬車はラムゼイ領に到着し、灰青色のレンガとクリーム色の石でできた門番小屋を通りすぎた。大がかりな修復作業のおかげで、周囲の景観と屋敷はまったく新しい顔を得たが、屋敷はもともとの個性的な美しさを失ってはいない。大きさはそれほどでもなく、隣家であるウェストクリフ邸の豪壮さとは比べものにならない。だがラムゼイ領は、変化に富む肥沃な土地に恵まれたハンプシャーの宝石だ。耕地には近くの小川から水路も引いてある。

レオが子爵の位を継ぐ以前、ラムゼイ領はすっかり荒廃し、小作人もほとんど離れてしまっていた。しかし現在ではケヴ・メリペンのおかげで、農業は一大事業として発展と繁栄を遂げている。レオもいまでは領地に愛着を抱いており（当人は認めないが）、効率的な領地管理に欠かせない膨大な知識を身につけるため最善を尽くしている。

ラムゼイ・ハウスはさまざまな建築様式を巧みに取り入れた建物だ。もともとはエリザベス朝様式だったが、その後の数世代にわたり、別棟や翼《よく》がくわえられていった。その結果として生まれたのが、煙突がそびえ、ステンドグラスに彩られた、隅棟《すみむね》と張り出しが特徴的な青いスレート葺《ぶ》きの屋根を持つ左右非対称な邸宅である。なかに入れば、壁龕《へきがん》や隠れ家めいた部屋、奇妙なかたちの部屋、隠し扉に隠し階段がいたるところに見られる。これらのすべてが、ハサウェイ家にまさにぴったりの少々風変わりな個性を醸しだしているのだ。屋敷の外壁は咲き誇る薔薇に覆われ、裏手には白石を敷きつめた散歩道があって、庭園や果樹園までつづいている。厩舎や家畜小屋も母屋のとなりに並んでおり、さらに足を伸ばせば丸太置き場もあり、材木作りが盛んに行われている。

私道を走っていた馬車はやがて、ガラスをはめこんだ木の扉の前で停まった。従者たちがレオとポピーの到着をメイド長に知らせに行き、ふたりが馬車を降りたころには、すでに屋敷からウィンが駆け足でこちらに向かってきていた。ウィンが兄に抱きつく。兄は満面の笑みで妹を軽々と抱き上げ、くるくると回した。

「ポピーもおかえりなさい！」ウィンは歓声をあげた。「会いたかったわ！」

「わたしには？」兄は妹を抱いたまままたずねた。「わたしには会いたかったか？」

「少しはね」ウィンはにっこりと笑い、兄の頬にキスをした。ポピーに歩み寄り、抱きしめる。「いつまでいられるの？」

「わからない」ポピーは口ごもった。

「みんなは？」レオがたずねる。

ほっそりとした腕を妹の背中にまわしたまま、ウィンは振りかえって答えた。

「キャムはウェストクリフ卿に会いにストーニー・クロス・パークを訪問中、お姉様は赤ちゃんと家のなか、ベアトリクスは森を散策中、メリペンは新しい除草技術《ホーイング》を小作人に伝授しているところよ」

ホーイングという言葉がレオの気を引いたらしい。

「そいつはわたしに任せておけ。ロンドンではわざわざ売春婦《ホー》のいる宿に行かなくても、その手の――」

「鋤で雑草を取る意味のホーに決まっているでしょう」ウィンがたしなめた。

「なんだ。だったらわたしはずぶの素人だ」

「お兄様の帰還をメリペンが聞きつけたら、すぐに一から教えてくれるわ」ウィンはまじめな顔を作ったものの、瞳には笑みが浮かんでいる。「ここではいい子にしていてね、お兄様」

「もちろんだとも。なにしろこう田舎ではな。いい子にしている以外、できることなどありゃしない」レオはため息をついてポケットに両手を入れ、あたかもニューゲートの独房に閉じこめられた男のような目で、絵のごとく美しい風景を眺めた。それから、さりげない口調を完璧に作ってたずねた。「そういえばミス・マークスは？　さっきの説明に出てこなかったな」

「元気よ、ただ……」適切な言葉を探すように、ウィンはいったん口を閉じた。「今日はちょっと問題があって、落ちこんでいるの。もちろん、あのような問題を抱えたら、どんな女性だって暗くなるわ。だからね、お兄様、そのことで彼女をからかうのはやめてちょうだい。メリペンもさっき、お兄様が彼女をからかったりしたらぶん殴ってやると息巻いて――」

「よしてくれよ。まるでわたしがミス・マークスの抱える問題とやらに興味を持つとでもいわんばかりじゃないか」レオは言葉を切った。「で、どんな問題なんだ？」

ウィンは眉をひそめた。

「本当は言いたくないけど、見ればすぐにわかってしまうんですものね。じつは、ミス・マークスは髪を染めていたようなの。いままでちっとも気づかなかったのだけど、それが――」

「髪を染めていた？」驚いたポピーはおうむがえしにたずねた。「どうして？　まだそんな年ではないのに」

「どうしてなのかしら。本人も理由を教えてくれないの。でもなかには二〇代で白髪がはえる人もいるらしいから、彼女もそういうたちなのかもしれない」

「かわいそうに」ポピーはつぶやいた。「きっと悩んでいたのね。誰にも知られないよう必死に努力していたのだと思うわ」

「うん、かわいそうだな」レオはまったく心のこもらない声音で同調した。かわいそうどころか、瞳を歓喜に躍らせている。「それで、いったいなにがあったんだ、ウィン？」

「いつも髪の染料を頼んでいるロンドンの薬局が、薬の配合をまちがえたらしくて。おかげで今朝、染めたあとに髪が……とんでもないことに」

「抜けたのか？　まさか丸坊主になったのか？」とレオ。

「そんなんじゃないわ。髪の色が……緑になったの」

このとき兄の顔に浮かんだ表情といったら、まるでクリスマスの朝を迎えたときのようだった。「どんな緑なんだ？」

「お兄様、声が大きいわ」ウィンが慌ててたしなめる。「彼女をいじめないで。本当に落ちこんでいるんだから。緑色の色素を抜くために脱色剤を用意したのだけど、あれでうまくいったのかしら。お姉様がさっき、髪を洗うのを手伝っていたけど。脱色剤の効き目がどうあれ、お兄様は絶対になにも言わないで」

「まさかわたしに、夕食の席でアスパラガスみたいな髪をしたミス・マークスを前にしながら、なにも言うなと命じるのか？」レオはふんと鼻を鳴らした。「そこまで我慢強くないぞ」

「お願いよ、お兄様」ポピーは懇願しながら兄の腕をつかんだ。「じつの妹がそんな目に遭ったら、からかったりしないでしょう？」

「立場が逆だったら、あのやかまし屋がわたしに情けをかけると思うか？」妹たちの表情に気づき、レオは呆れ顔をした。「わかったよ、努力する。ただし約束はできない」

兄はそれだけ言うと、とりたてて急ぐそぶりも見せずにぶらりと屋敷のほうに向かった。

だがポピーもウィンも騙されなかった。

「ミス・マークスがお兄様に見つからなければいいけど」ポピーはつぶやいた。

「二、三分後には見つかってしまうでしょうね」ウィンが答え、姉妹は同時にため息をついた。

それから二分四七秒後、レオは屋敷裏手の果樹園で宿敵を見つけた。低い石垣の上に、両肘を脇腹につけ、背を丸めて座る痩せたミス・マークスの姿があった。頭にはターバンさながらに布を巻き、髪をすっかり隠している。

そのしょげかえった様子に、普通の人間なら同情心を覚えるだろう。だがレオは、哀れなミス・マークスに痛烈な言葉をお見舞いすることにためらいなど感じない。なにしろ初対面のときから、彼女は機会をとらえてはレオを悩ませ、愚弄し、へこませてきたのだ。せっかくレオがごくたまに優しい言葉をかけてやっても――もちろん試しにだ――わざわざそれを曲解する。

なぜそんなふうにいがみあってばかりいるのか、どうしてミス・マークスにここまで嫌われるのか、レオにはさっぱりわからない。だがもっと大きな謎は、自分がそれを気にかけていることだ。とげとげしく、狭量で、辛辣で、打ち解けない性格で、いつも口を引き結び、鼻をつんとさせている……そんなミス・マークスには緑の髪がお似合いだし、そのことでからかわれて当然。

ついに復讐のときがやってきたのだ。

のほほんとした態度でレオが近づいていくと、ミス・マークスが顔を上げ、陽射しが眼鏡のレンズに反射してきらりと光った。「あら、いたの」彼女は冷ややかに言った。人をまるで害虫扱いしている。

「やあ、ミス・マークス」レオはほがらかに呼びかけた。「おや、なんだか今日はいつもと様子がちがうね。どこがちがうんだろう」

ミス・マークスににらまれる。

「頭に巻いてあるそれは、新しいファッションなのかい？」といかにも興味ありげにたずねる。

彼女は石のように押し黙っていた。

最高のひとときだ。ファッションなどではないと、レオはちゃんとわかっている。そしてミス・マークスは、レオがわかっていることに気づいている。彼女は屈辱のあまり顔を真っ赤にした。

「ロンドンからポピーを連れて帰ったよ」レオは教えてやった。

眼鏡の向こうでミス・マークスの瞳に警戒心が宿る。

「ミスター・ラトレッジも一緒なの？」

「いいや。でもたぶん、じきにこっちに着くんじゃないか」

石垣から下りたミス・マークスがスカートの埃を払う。「ポピーと話を――」

「そいつはあとまわし」レオは彼女の前に立ちはだかった。「屋敷に戻る前に、われわれの親交を深めようじゃないか。最近、調子はどうなんだい？　なにか愉快なことはあったかい？」

「まるで一〇歳の子どもね」ミス・マークスは怒りをたぎらせた。「人の不幸を笑ってばかりいて。あなたみたいに幼稚で意地の悪い人――」

「そんなに似合わなくもないんじゃないかい？」レオは優しい声を出した。「ちょっと見せてみたまえ、わたしの感想を聞けば――」

「近寄らないで！」彼女はぴしゃりと言い、レオの脇を通って逃げようとした。いともたやすく行く手をはばんだ彼は、自分を押しのけようとするミス・マークスの様子に思わず小さな笑いをもらした。

「わたしをどかせようという魂胆かい？　蝶にも劣る力しかないくせに。ほら、ターバンがずれているよ、わたしが直して――」

「さわらないで！」

レオがふざけて手を出し、ミス・マークスが死にもの狂いでこぶしを振り、ほとんど取っ組み合い状態になる。

「一目見るだけだって」レオは懇願しつつ、身をよじったミス・マークスのとがった肘がみぞおちに当たると、うめき声をもらした。さっと手を伸ばしてターバンをつかみ、結び目を緩めることに成功する。「頼むよ。一生のお願いだから、きみの髪が――」もう一度手を伸ばし、布の端をすばやくつかむ。「緑色に変わったところを――」

ターバンをすっかりほどいたとたん、レオは言葉を失ってしまった。肩に広がる髪は、緑色などではなかった。彼女の髪は金色に……シャンパンやハチミツを思わせる淡い琥珀色に変わっていた。驚くほど豊かな髪が、きらめく大波となって腰のあたりまで背中を覆っている。

レオは身じろぎひとつせず、驚愕のまなざしでミス・マークスの全身を眺めまわした。ふたりともまるで競走馬のように、汗をかいて息をはずませている。たとえこの場でミス・マークスの服をすっかり脱がせたとしても、彼女はいまほど驚いた表情は浮かべまい。一方のレオも、たとえ彼女の裸身をこの場で目にしたとしても、いまほどの困惑――より正確に言うなら興奮――は覚えまい。それでももちろん、ぜひドレスを脱がせてみたいとは思うが。

わきおこる激しい感情に、レオはどう反応すればいいのかわからない。ただの髪、肩に広がる髪にすぎないのに――これといって目を引くことのなかった絵を立派な額に入れたら、光り輝くばかりの美しさがすべて引き出されたかのよう。繊細な面立ちに、オパールを思わせる瞳。陽射しのなかに立つミス・マークスは、神話に登場する妖精さながらだ。

けれどもレオを最も困惑させたのは、美しさを隠していたのが髪の色ではなかったという事実だ。はっとするほどの美貌に彼が気づかなかったのは、どうやら当の彼女がそれを隠そうとしていたかららしい。

「なぜ」レオはかすれ声でたずねた。「どうしてきみは、それほどの美貌を隠そうとするんだい？」ミス・マークスをむさぼるように見つめ、いっそう優しい声になって問いかける。

「見られたくない相手でもいるのかい？」

ミス・マークスは唇を震わせ、小さくかぶりを振った。答えればふたりの命にかかわるとでもいわんばかりの表情だった。身をよじってレオから逃れると、彼女はスカートの裾をつまみ、屋敷に向かって一目散に駆けだした。

20

「ずっとお姉様を見てきたから」ポピーは姉の肩に頭をあずけながら話しかけた。「結婚って簡単なものなのだと勝手に想像していたわ」

アメリアは優しく笑って妹を抱きしめた。

「そうだったの。わたしがそういう印象を与えたのなら、ごめんなさいね。でも、簡単とは言えないのよ。とりわけ、男女ともに強い意志の持ち主である場合にはね」

「だからよく、夫に主導権を握らせるのが大事だと世のご婦人方が言うのね」

「あら、それは大嘘だわ。主導権を握っているのは自分だと夫に思わせておくのが大事なの。それが幸せな結婚の秘訣」

姉妹は忍び笑いをもらし、ポピーは身を起こした。

息子のライを寝かしつけたあと、アメリアはポピーを居間に誘い、ソファに並んで座った。ウィンにも声をかけたが、彼女は如才なく断った。ポピーにとってはアメリアのほうがより母親に近い存在だからと、気をつかったのだろう。

猩紅熱《しょうこうねつ》の後遺症で病弱だったウィンがフランスの療養所に入っていた約二年のあいだに、

ポピーは以前にも増して上の姉との絆を深めていった。ごく個人的な考えや悩みを誰かに打ち明けたいと思ったとき、アメリア以上に安心して相談できる相手はいない。

居間に落ち着いてしばらくすると紅茶のトレーが運ばれてきた。ともに供された皿には、母の古いレシピどおりに作られた糖蜜のタルトが並んでいた。バターたっぷりのショートブレッドに、レモンシロップをかけ、甘いクラムをまぶした一品だ。

「疲れた顔をしているわ」アメリアが言い、ポピーの頬をそっと撫でた。「ライよりもポピーのほうが、よほど昼寝を必要としているんじゃない？」

ポピーはかぶりを振った。「あとでいいわ。先にいろいろと心を決めておきたいの。夜までにハリーがこっちにやってくると思うから。もちろん来ない可能性もあるけど――」

「来るわ」戸口のほうから誰かの声が聞こえ、驚いたポピーが顔を上げると、そこにはかつてのお目付け役の姿があった。「ミス・マークス！」歓声をあげて勢いよく立ち上がる。

満面の笑みを浮かべたミス・マークスがポピーに駆け寄り、温かく抱きしめる。元お目付け役はどうやら外にいたらしい。いつもはさわやかな石鹼と糊の匂いがするのに、いまは大地と花と暑い夏の香りをまとっている。

「あなたのいないラムゼイ・ハウスは物足りなくて。いやになるくらい静かなんだもの」

ポピーは声をあげて笑った。

ミス・マークスが身を引き離し、慌てて言い添える。「ごめんなさい、変な意味では――」

「わかっているから大丈夫」笑みを浮かべたまま、ポピーはいぶかしげに彼女を見つめた。

「今日のミス・マークスはなんだかとってもきれい。ねえ、その髪……」ふだんはきっちりと梳かしつけてへアピンできつくまとめてある髪は、今日はふんわりと広がって背中や肩を覆っている。色もかつての地味な茶色ではなく、きらめく淡い金色に変化している。「それが本当の色だったのね」

ミス・マークスの頰が赤らんだ。「すぐにまた茶色に染めないと」

「どうして?」ポピーは当惑した。「そのほうがずっとすてきなのに」

アメリアが座ったまま割って入る。

「しばらく染料は使わないほうがいいわ、キャサリン。髪が傷んでしまうもの」

「それはそうだけど」ミス・マークスは眉をひそめ、淡い光を放つ髪を落ち着かなげに手でいじった。

ポピーは不思議な気持ちでふたりを見つめていた。姉はいつの間に、ミス・マークスをキャサリンと呼ぶようになったのだろう。

「わたしもご一緒していいかしら」ミス・マークスが穏やかにポピーにたずねる。「結婚生活がどんな具合かぜひ聞きたいわ。それに――」ほんの一瞬、妙に張りつめた沈黙が流れた。「あなたに話すべきことがあるの。あなたたち夫婦にも、きっと関係のある話だから」

「どうぞ」ポピーは応じつつ、すばやく姉の顔をうかがった。どうやら姉は、ミス・マークスの話をすでに知っているとみえる。

姉妹はソファに並んで座り、ミス・マークスは近くの椅子に腰を下ろす。

そこへしなやかに動く細長い物体が戸口からするりと入ってきて、ぴたりと動きを止めた。ドジャーだった。ポピーを見つけるなり、嬉しそうに数回飛び跳ねて駆け寄る。

「ドジャー!」いつもは憎たらしいフェレットなのに、ポピーは思わず喜びの声をあげた。ぴょんと飛んだドジャーが膝にのり、きらきらした目で彼女を見つめる。体を撫でてやると、フェレットは心地よさげに鳴き声をあげた。しばらくそうしてかわいがってもらうと、ドジャーはポピーの膝を下り、ミス・マークスにそろそろと近づいていった。

ミス・マークスが厳しい目でフェレットをにらむ。「イタチはこっちに来ないで」

ドジャーはひるまず彼女の足元まで進み、そこでゆっくりと床に転がって腹を見せた。どんなに嫌われようと、ドジャーはミス・マークスを慕ってやまない。ハサウェイ家の面々はこの手の場面を目にしてはいつも笑っている。「あっちに行きなさい」と叱られても、彼女に夢中なドジャーはなんとかして気を引こうと必死だ。

ため息をついて身をかがめたミス・マークスは、足首まで紐で編み上げる頑丈そうな黒革の靴を片方脱いだ。「イタチをおとなしくさせておくには、これ以外に方法がないの」と陰気な顔で説明する。

するとドジャーはすぐにうるさく鳴くのをやめ、靴のなかに顔を突っこんだ。

笑いを嚙み殺しつつ、アメリアがポピーに向きなおる。「ミスター・ラトレッジとけんかでもしたの?」姉は優しく問いかけた。

「そういうわけではないの。まあ、最初はけんかだったのだけど——」ポピーは頰が熱くなるのを覚えた。「結婚してからずっと、お互いの様子をうかがうような日ばかりつづいていたわ。それがゆうべ、ついに――」言葉が喉に詰まり、ポピーは絞りだすようにしてつづけた。「でもけっきょくこれからも、よそよそしいままの気がする。彼は優しく接してくれるのよ。でもわたしが同じように接すると、なぜか背を向けてしまう。まるで、愛情を求めながら、同時に恐れてもいるかのようなの。だからわたし、どうすればいいのかわからなくて」とぎれがちに乾いた笑い声をあげ、顔をゆがめてなすすべもなく姉を見つめながら、そんな夫を相手にいったいどうすればいいの、とまなざしでたずねる。

問いかけに答える代わりに、姉はミス・マークスに顔を向けた。

冷静さをよそおったかつてのお目付け役の胸の内に、不安と動揺と困惑がないまぜになっているのがわかる。「わたしの話が、なにかのヒントになるといいのだけど。どうしてハリーが誰にも心を開けない人になってしまったのか、これを聞けばわかるかもしれない」

ハリーという親しみのこもった呼び方に驚きを覚え、ポピーはまばたきもせずに元お目付け役を見つめた。「ミス・マークスは、わたしの夫についてなにか知っているのね？」

「キャサリンと呼んでちょうだい。あなたとは、友だちとしておつきあいしていきたいから」キャサリンは張りつめた様子で息を吸った。「彼とは古い知りあいなの」

「嘘でしょう」ポピーは弱々しくつぶやいた。

「先に伝えておくべきだったと後悔しているわ。ごめんなさい。でも気楽に話せることではなくて」

驚愕のあまり、ポピーは言葉を失っていた。昔からよく知る人に、まったく新しい驚くべき一面を唐突に打ち明けられるなどという経験はめったにあるものではない。キャサリンとハリーが知りあい？　ポピーは心の底から動揺した。しかもふたりとも、その事実を隠していた。冷たい困惑に襲われ、恐ろしい想像が首をもたげる。「まさか。まさかハリーと――」

「ちがうの。そういう意味ではないわ。とにかく複雑な話で、どう言えばいいのか……とりあえず、ハリーについてわたしが知っていることから話させてちょうだい」

ポピーは呆然とうなずいた。

「ハリーの父親のアーサー・ラトレッジは、野望のかたまりみたいな人だった」キャサリンは語りだした。「彼がニューヨーク州バッファローにホテルを建てたのは、ちょうど地元で港湾の拡張が進められているころだった。ホテルはそれなりに成功をおさめたけれど、見栄っ張りで、頑固で、独裁的なアーサーの経営手腕は、とうてい優れているとは言えなかった。結婚したのは四〇代になってから。相手は町で評判の美人のニコレット。快活で魅力あふれる女性だった。年齢はアーサーの半分以下で、夫婦に共通点なんてほとんどなかった。ニコレットがアーサーのお金を目的に結婚したのか、それともふたりのあいだに当初は愛情があったのか、そのへんの事情はわからないわ。やがてハリーが生まれたのだけど、生まれ月がいくぶん早かったものだから――本当にアーサーが父親なのかと噂になった。そうした噂も、夫婦の亀裂をますます深めたのでしょうね。いずれにせよ、結婚生活は破たんした。ハリーの誕生後、ニコレットは愛人との情事にふけるようになり、ついにはそのうちのひとりと英国に駆け落ちしてしまった。ハリーが四歳のときの話よ」

キャサリンは物思いにふける表情になった。よほど深く考えに沈みこんでいるとみえ、ドジャーが膝によじのぼっても気づかない。「もともとアーサーもニコレットも、ハリーをろくにかまわなかったわ。でもニコレットが出ていってからというもの、アーサーは息子を完全に顧みなくなった。それどころか――わざとひとりぼっちにした。孤独という牢屋に息子を閉じこめたのよ。ホテルの従業員にまで、できるだけ息子にはかまうなと命じた。そうしてハリーは、鍵のかかった自室でひとり過ごす日々を強いられた。厨房で食事をするときも、従業員は雇い主の叱責を恐れて話しかけてもくれない。でもアーサーは息子に、食事と衣類と教育だけはきちんと与えた。だから誰も、アーサーの行為を虐待と非難することはできなかった。殴ったり、食事をやらなかったりしたわけではないからよ。でもそうした肉体的な苦しみを与えなくても、人の心を折ることは可能だわ」

「だけど、どうして?」理解に苦しんだポピーは、口ごもりつつたずねた。子どもをそのように過酷な環境で育てる人がいるなんて信じられない。「ニコレットへの復讐のために息子を虐待していたとでもいうの?」

「ハリーを見るたび、過去の屈辱感や失望感を思い出したのではないかしら。それにおそらく、ハリーはアーサーの実子ではなかったのでしょうし」

「そんなの理由にならない」ポピーは大声をあげた。「誰かが……誰かが彼を助けるべきだったのに」

「ホテルの従業員もみんな、ハリーへの仕打ちには心から罪悪感を覚えていたそうよ。とくにメイド長はひどく心を痛めていた。あるとき、ハリーの姿を丸二日もまったく見ていないことに気づいて、すぐに捜しに行ったそうなの。鍵のかかった部屋に閉じこめられ、食事ももらっていなかったらしいわ。多忙なアーサーが、部屋から出すのを忘れてしまったの。当時ハリーはたったの五歳だった」

「誰も泣き声を聞かなかったというの？　彼が物音ひとつたてなかったとでも？」ポピーは震える声でたずねた。

うつむいたキャサリンが、無意識にドジャーを撫ではじめる。

「ホテルで働く人間は、お客様に迷惑をかけないのが原則でしょう？　ハリーは生まれたときからその規則をたたきこまれてきたの。だから、いずれ誰かが自分のことを思い出してくれるだろうと、様子を見にきてくれるだろうと、静かに待ちつづけた」

「かわいそうに」ポピーはささやいた。

「この一件がきっかけで、いてもたってもいられなくなったメイド長は」キャサリンはつづけた。「ニコレットの居場所をつきとめて手紙を書いたの。彼女がハリーを呼び寄せてくれるのではないかと願ってね。ニコレットのような母親との暮らしでも、当時ハリーが余儀なくされていた、とことん孤独な暮らしよりはずっとましだもの」

「でもニコレットは息子を呼び寄せなかった？」

「ずっとあとになってようやくその気になったけれど、ハリーにとっては遅すぎた。いいえ、誰にとっても遅すぎたわ。ニコレットは消耗性疾患に倒れた。病はゆっくりと時間をかけて彼女の体をむしばみ、いよいよ末期を迎えたときには驚くべき早さで進行した。死の床で彼女は、息子に会いたいと言いだしたの。そうしてハリーに宛て、英国に来るよう手紙を書いた。ハリーは一番早く出る船でロンドンに向かったわ。そのころにはもう大人になっていて、年は二〇歳くらいだったかしら。なぜ彼が母親に会おうと思ったのかはわからない。でも訊きたいことはたくさんあったでしょうね。自分のせいで母親は家を出ていったのではないかと、ずっと悩み、苦しんでいたはずよ」キャサリンはいったん口を閉じ、つかの間、心ここにあらずといった表情を浮かべた。「虐待された子どもはたいてい、いけないのは自分だと思ってしまうものだから」

「だけど、彼のせいじゃないのに」ポピーは思わず叫んだ。ハリーを思う気持ちで胸が締めつけられる。「まだほんの子どもだったのに。親に捨てられてもしかたのない子どもなんて、いるわけがないのに」

「ハリーはいままで誰にも、そんなふうに言われたことがないのではないかしら」キャサリンがつぶやいた。「彼もこの問題を口にしたがらないでしょうし」

「再会したとき、母親は彼になんて言ったの？」

言葉にできないのか、キャサリンはつかの間、顔をそむけた。膝の上で丸くなるフェレットを見つめ、なめらかな毛皮を撫でる。ようやく話す勇気を得たときも視線はそらしたままで、声がひどくかすれていた。「ハリーがロンドンに着く前日に亡くなったの」両手の指をきつくからみあわせる。「永遠に手の届かない人になってしまった。ハリーにとっては、疑問への答えを見つける望みも、愛情を得る望みも、母親とともに失われてしまったのでしょうね」

三人とも黙りこんだ。

ポピーは途方に暮れていた。

そこまで不毛な、愛情のかけらもない環境で育てられた子どもは、日々なにを思うようになるのだろう。きっと世界から裏切られたかのように感じるにちがいない。ほんの子どもなのに、そこまでの苦しみを背負わされるとは。

〝あなたなんか一生愛さない〟結婚式の日、ポピーはハリーにそう宣言した。すると彼はこう応じたのだ。

〝わたしは愛されたいなどと思っていない。誰かに愛された覚えもない〟

吐き気に襲われ、ポピーはぎゅっと目をつぶった。これはたった一度の話しあいで解決できる問題ではない。一日かけても、いや、一年かけても無理だろう。ハリーは魂まで傷つけられてしまったのだから。

「もっと前に話そうと思ったわ」というキャサリンの声が聞こえた。「だけど話せば、あなたはハリーにますます深い思いを寄せるようになるにちがいないと思った。昔から思いやり深い子だったもの。でもね、彼はあなたの同情を求めていない。たぶん愛も。彼があなたにふさわしい夫になれるとは、わたしには思えないの」

涙でかすむ目で、ポピーは彼女を見つめた。「だったら、なぜいまになって話す気に？」

「ハリーに人を愛せるはずがないと思う反面、絶対にそうだとは言いきれないからよ。ハリーのこととなると、いっさいがはっきりしないの」

「ミス・マークス――」ポピーは切りだし、すぐに自ら訂正した。「キャサリン、あなたと彼はいったいどういう関係なの？　なぜあなたが、彼についてこんなによく知っているの？」

キャサリンの顔にさまざまな感情がよぎる……苦悶、悲しみ、そしてなにかを懇願するかのような表情。やがて彼女ははためにもわかるほどに身を震わせ、しまいには膝で寝ていたドジャーが目を覚ましてしゃっくりのような声をあげた。

長い沈黙がつづき、ポピーは問いかける目で姉を見た。辛抱して、とばかりに姉が小さくうなずく。

眼鏡をはずしたキャサリンが、汗で曇ったレンズの端をぬぐった。極度の緊張で顔じゅうに汗がにじみ、白い肌が真珠のごとく光っている。「愛人と一緒に英国に渡ったニコレットは」彼女はついに口を開いた。「数年後に子どもを産んだの。娘を」

その意味するところを、ポピーは自ら導きだした。無意識のうちに、両のこぶしを口に押しあてていた。「あなたなの？」と絞りだすように問いかける。

キャサリンは眼鏡を手に持ったまま顔を上げた。骨格の整った、詩趣に富む女性的な面立ち。だがその優しげな顔にはたしかに、まっすぐな強い意志が垣間見える。そう、そこにはたしかにハリーの面影があった。そして彼女もまた、胸の奥底に豊かな感情を抑えこんでいるのがわかった。

「どうしていままでなにも言ってくれなかったの」ポピーはうろたえた。「なぜハリーも黙っていたの。なぜあなたは素性を隠していたの」

「自分を守るためよ。名前も変えたの。誰にも過去を知られないように」

ポピーにはまだまだ訊きたいことがたくさんある。だがキャサリンはもう限界だったらしい。ごめんなさいと口のなかでつぶやき、もう一度つぶやいてから立ち上がり、眠たげなフェレットを絨毯の上にそっと寝かせた。脱いだ靴をつかみ、居間を出ていく。ドジャーは身震いして起きると、すぐにキャサリンを追った。

姉とふたりで残されたポピーは、皿の上で小さな山を作っているタルトを凝視した。長いしじまがつづく。

「紅茶でも飲む？」姉がたずねる声。

ポピーは上の空でうなずいた。

紅茶をいれたのち、姉妹は皿に手を伸ばし、ずっしりとしたタルトを指先でうまく支えながら少しずつかじった。レモンシロップと糖蜜の優しい甘みに、さっくりとしたパイの味わい。幼いころから姉妹が慣れ親しんできた味だ。ポピーは熱いミルクティーでお菓子を流しこんだ。

「お父様やお母様や」ポピーはぼんやりと言った。「プリムローズ・プレースのあのコテージを思い出すたび……とても幸せな気分になるの。ちょうどこのタルトを食べたときみたいに。花柄のカーテン、イソップ童話の読み聞かせ」

「アポテカリーローズの香り」アメリアも追憶にふけった。「茅葺きのひさしから雨がしたたるさま。お兄様がホタルをつかまえて瓶に入れ、それを夕食のときに蠟燭代わりにしたのを覚えている？」

ポピーはほほえんだ。「じゃあ、ケーキ型がいつも見つからなかったのは覚えている？ベアトリクスがペット用のベッドにしてしまうから」

姉はレディらしからぬ笑い声をあげた。「おとなりの犬に驚いたニワトリが大暴れして、羽が全部抜けてしまったこともあったわね。かわいそうなニワトリのために、ビーがお母様に頼んでセーターを編んでもらったの」

ポピーは紅茶にむせた。「あのときは恥ずかしかった。はげたニワトリがセーターを着て歩く様子を、村中の人が見に来るんだもの」

「そういえば」姉はにんまりとした。「あれ以来お兄様は、鳥料理をいっさい受けつけなくなったんだったわね。服を着る機会がある生き物を口にするわけにはいかないと言って」

ポピーはため息をついた。「いまになって思えば、幸福な子ども時代を過ごしていたのね。わたしはずっと、もっと普通の生活がしたいと思っていたけど。周りの人から〝ハサウェイ家は変わり者の集まり〟と言われるのがいやで」指先についたべとつく蜜を舐めとってから、苦笑交じりに姉を見る。「だけど、わたしたちに普通の生活なんて望めないのよね」

「そうね。とはいえ正直言って、あなたが普通の生活を望む気持ちがわたしにはさっぱり理解できないけれど。わたしにとっては、普通は退屈と同義語だもの」

「わたしにとっては安心を意味するの。なにが起こるか予想できる生活よ。だってわが家には悲しい、予想外の出来事が多すぎたでしょう……お母様とお父様が亡くなり、ウィンたちが猩紅熱にかかり、屋敷は火事に遭い……」

「ミスター・ベイニングと結婚すれば、安心して暮らせると思っていた？」姉は穏やかにたずねた。

「思っていたわ」と応じつつ、ポピーは当惑の面持ちで首を振った。「彼となら幸福になれると心の底から信じていた。でも振りかえってみると、考えずにはいられないの……マイケルはわたしのために闘ってくれなかったわ。結婚式の朝、わたしの目の前でハリーがマイケルに言ったの……〝きみが心の底から求めさえすれば、彼女を手に入れることは可能だった。だがわたしのほうが強く彼女を求めていた〟って。それに、ハリーの仕打ちに腹を立てながらも……心のどこかで、対等に見られていることを嬉しくも思っていたわ」

ソファの上に足を引き寄せ、アメリアは思いやり深く妹を見つめた。「もうわかっていると思うけど、そう簡単にあなたをハリーのもとには返せないわよ。彼があなたに優しくしてくれると確信できるまでは無理」

「優しさはちゃんと持ちあわせているの」ポピーは応じ、足首をねんざしたときにハリーが看護してくれた一件を打ち明けた。「あのときの彼は思いやり深くて、優しくて……愛情だって感じたわ。あのとき、ハリーの本当の姿を垣間見たのだとしたら……」いったん口を閉じ、ティーカップの縁をなぞって、空になった底を凝視する。「こっちに来る途中、お兄様に言われたわ。ハリーの仕打ちを許せるかどうかが問題だって。わたし、彼を許すべきだと思うの。わたし自身とハリーのために」

「過ちは人の常」姉が言う。「許しは極度の困難をともなうもの。でも、そうね、それがいいと思うわ」

「問題はあの日のハリーが——わたしを看護してくれたときの彼が——めったに顔を見せてくれないことなの。いつもばかみたいに忙しくしていて、あのいまいましいホテルのあらゆる業務や人にかかずらって、自分のことを考えるのを避けているみたい。あのホテルから彼を連れだして、どこか静かな、落ち着いた場所で一緒に過ごせれば……」

「ベッドから一週間出さないというのはどう？」姉は瞳を輝かせた。

びっくりして姉を見つめたポピーは、頰を赤らめて笑いを嚙み殺した。

「きっとあなたたちの結婚生活に奇跡を起こしてくれると思うわ」姉はつづけた。「ベッドに並んで横たわり、夫とおしゃべりするのはいいものよ。そうしているだけで相手への感謝の念がわいてきて、すべてを受け入れられるようになるの」

「数日でいいから、ここにハリーを引きとめられればいいのだけど」ポピーは思案した。

「森にあった猟場管理人のコテージは、いまも空き家かしら」

「ええ、でも門番小屋のほうが快適だし、母屋にも近いから行き来が楽よ」

「本当にそうできればいいのだけど……」ポピーは口ごもった。「でもやっぱり無理ね。ハリーがそんなに何日もホテルを空けられるはずがないもの」

「一緒にロンドンに帰るには、こっちにしばらく滞在するのが条件だと言ってみたらどう？ ふたりきりで過ごすあいだに彼を誘惑するのよ。ね、ポピー、そんなに難しいことではないわ」

「でも、そういうのは得意じゃないから」ポピーは抗った。

「自信を持ちなさい。誘惑と言っても、男性がすでに持っている願望を後押ししてあげるだけでいいんだから」

とまどったポピーは姉を見た。

「どうしてそんな助言をくれるの？ そもそもお姉様はこの結婚に反対だったはずなのに」

「だってもう結婚してしまったわけでしょう。そうなったらあとは、幸せな結婚生活が送れるよう努力するしかないじゃない」思案げに言葉を切る。「努力して得た幸福のほうが、望んでいた幸福よりずっとよかったなんてこともあるわ」

「この世にお姉様くらいのものね。男性を誘惑するのが最も現実的な選択肢であるかのように主張できる人は」

にっこりと笑いながら、姉はふたつめのタルトに手を伸ばした。

「ぐずぐずしていないで、思いきって自分から彼にぶつかってみればいいのよ。本当の夫婦になるためにね。どんな結婚生活を望んでいるのか、彼に教えてあげなさい」

「ウサギが猫に飛びかかるわけね」ポピーはつぶやいた。

姉がぽかんとする。「なんの話？」

ポピーはほほえんだ。「以前、ベアトリクスから受けた助言。ひょっとするとあの子が、わが家で一番賢いのかもしれない」

「同感」空いているほうの手を上げ、アメリアは白いレースのカーテンをわずかに開けた。きらめく漆黒の髪に陽射しがあたり、整った面立ちを輝かせる。姉は笑い声をもらした。

「ちょうどビーが森の散策を終えて戻ってくるところよ。あなたとお兄様が帰ったのを知ったら大喜びするわね。どうやらエプロンにくるんでなにか抱いているみたい。今度はいったいなにを連れ帰ることやら。本当にかわいい野生児なんだから……キャサリンのおかげでだいぶ落ち着いたけど、すっかりおとなしくなることなんてないんでしょうね」

姉の口調には、不安も非難もまったく感じられない。ありのままのベアトリクスを受け入れ、運命はきっと妹に優しいはずだと信じきっている。まちがいなくキャムの影響だ。義兄はいつだって、ハサウェイ家の面々の自由な言動を可能なかぎり認めてくれる。ほかの人ならきっと眉をひそめるだろう突飛な振る舞いも容認してくれる。一家にとってラムゼイ・ハウスは安全な港、安息の地なのだ。余人はあえてそこに足を踏み入れようとはしない。

ハリーがこれから訪れるのはそんな場所だ。

21

くすぶる感情のほかに連れもいないハリーにとって、ハンプシャーへの旅は長く退屈で、不快だった。やすもうとしてはみたものの、快適な条件のもとでさえ不眠に苦しむたちでは、揺れる馬車のなかで真っ昼間に眠るなどそもそも不可能だった。しかたがないので妻への脅し文句をひたすら考えて過ごした。それから、しゅんとなったポピーにいったいどんなお仕置きをしてやろうと妄想を膨らませたが、しまいには興奮して余計にいらいらさせられた。

夫を置いて出ていくなんて、絶対に許せない。

ハリーはこれまでろくに自分自身と向きあってこなかった。心のなかに曖昧でつかみどころのない部分があって、とうてい理解が及ばないことに気づいたからだ。しかしそういう不確かな部分がある一方で、幼少期の、優しさも喜びも希望もすべて奪われ、自分で自分の面倒を見ることを余儀なくされた時代のことはどうしても忘れられなかった。だから、生き延びるためには二度と誰かを求めてはいけないと自分に言い聞かせてきたのだ。

記憶を脳裏から振りはらい、彼は窓外を走りすぎる景色に意識を集中させた。間もなく九時になろうというのに、夏の空はまだ明るい。英国に渡ってからさまざまな土地を訪れたが、ハンプシャーはこれが初めてだ。ハリーの乗る馬車は現在、丘陵地帯ダウンズの南方を走っている。これからさらに南下して、ニュー・フォレストおよびサザンプトンに広がる深い森と肥沃な草原地帯を目指す。目的地の周辺は英国で最も風光明媚な土地と称され、ストーニー・クロスと呼ばれるにぎやかな市場もあるとか。だが街もその周辺も、ただ美しい景色を誇るだけの場所ではないように感じられる。うまく言い表せないが、なにか不思議な空気が漂っている。あたかも時間の観念を失った場所を旅しているかのよう。あるいは、神話の生き物たちが徘徊する古代の森に迷いこんでしまったかのよう。やがて夜がふけゆくにつれ、濃さを増した霧があたりをつつみこみ、この世のものならぬかすみで道すらも消していった。

馬車が通りを曲がり、ラムゼイ領の私道に入る。開いた門扉をふたつくぐり、灰青色のレンガでできた門番小屋を通りすぎる。母屋はさまざまな建築様式を組みあわせてあり、本来ならちぐはぐに見えるはずなのに、なぜか違和感はない。

ここにポピーがいるのだ。そう思っただけでハリーの心ははやり、妻への切望でいてもたってもいられなくなった。切望どころではない。ポピーを失ったら、自分は今度こそ立ちなおれない。その事実に気づいたとき、彼は恐れと怒りにがんじがらめになった。それらの感情から導かれる結論はただひとつ。ハリーはポピーなしでは生きていけないのだ。

餌におびき寄せられるアナグマの忍耐強さで、ハリーは正面玄関までひとり歩いた。案内も待たずに玄関広間へ足を踏み入れる。広間は二階までの吹き抜けで、壁は乳白色の板張り。奥のほうに石造りの大階段が見える。

出迎えたのはキャム・ローハンだった。襟なしのシャツにズボン、ジャーキンと呼ばれる革のベストというくだけたいでたちだ。「ようこそ、ラトレッジ」キャムは愛想のいい声を出した。「ちょうど夕食が終わったところだ。きみも軽くつまむかい？」

ハリーはいらだたしげに首を振った。「ポピーはどうしている？」

「来たまえ、ワインなぞを飲みながらちょっと話そう――」

「彼女も食事中か？」

「いいや」

「妻に会いたい。いますぐ」

キャムは笑みをたたえたまま応じた。「待ったほうがいいと思うがね」

「では言いなおそうか――妻に会わせろ。さもないと、この家がめちゃくちゃになるまで暴れてやる」

相手はまるで動じず、軽く肩をすくめた。「では、おもてに出ようか」

あっさりと言われて、ハリーは驚きと満足感を同時に覚えた。胸のなかではすでに、血潮が激しくほとばしり、怒りがいまにも爆発しかけている。

頭の片隅で、われを忘れている自分に気づく。常に精密な動きを維持してきた心が平衡を失い、自制心も粉々に砕けている。冷静な思考ももはやどこかへ消え去った。わかっているのは、ポピーを求めているという事実だけ。彼女を取り戻すために闘わねばならないのなら、それも望むところ。倒れるまで闘うつもりだ。

ハリーはキャムについて玄関広間を進み、廊下を通って、こぢんまりとした開放型の温室が設けられた庭園へと出た。たいまつが二本燃えている。

「一言褒めておきたいんだが」キャムはくだけた口調で言った。「最初に〝ポピーはどこだ?〟ではなく〝ポピーはどうしている?〟と訊いたのは上出来だったよ」

「おまえの意見など聞きたくもない」ハリーはうめき、乱暴に上着を脱いで脇に放った。「妻を取り戻すのにおまえの許可などいらない。ポピーはわたしのもの。だから取りかえす。おまえたちは関係ない」

キャムが振りかえり、たいまつの明かりがその瞳と黒髪を輝かせる。「ポピーはわが部族の一員だ」彼は言いながらハリーの周囲をまわりだした。「ひとりで帰るのがいやなら、義妹の心を手に入れてみせろ」

ハリーも地面に円を描くようにまわりだした。敵に意識を集中させるうちに、頭のなかに秩序が戻ってくる。「ルールはなしだな?」ぶっきらぼうにたずねた。

「ああ」

最初にハリーがくりだしたパンチを、キャムはいとも簡単にかわした。間合いをとり、計算しながら、敵の右が飛んできたところでハリーはわずかに後退した。片足に重心をかけ、左のクロスをからめていく。敵の反応がわずかに遅れ、衝撃のやや減じたクロスが顎に入る。口のなかで悪態をつき、苦笑を浮かべたキャムはすぐに防御の体勢に戻った。

「なかなかやるな。どこで闘い方を学んだ?」

「ニューヨークだ」

答えたハリーにキャムが突進し、地面に組み伏せる。

「こっちはウエストロンドン仕込みでね」

すかさず地面を転がって、ハリーは立ち上がった。腕を背後に振り、キャムのみぞおちに肘を埋める。

キャムはうめいた。しかしハリーの腕をつかむと、足元をすくってふたたびハリーを地面に倒した。取っ組みあったまま一度、二度転がり、先に立ち上がったハリーが数歩後退する。

荒い息を吐きながら、彼は敵が勢いよく身を起こすさまを見ていた。

「さっきのは、喉を狙ったほうがよかったんじゃないのか?」キャムが指摘し、額にかかった前髪をかきあげる。

「気管をつぶしたらまずいからな」ハリーは辛辣にかえした。「妻の居場所を聞きだせなくなる」

キャムはにやりとした。だがなにか言いかえそうとする前に、ハサウェイ家の面々が温室のほうからがやがやと現れた。レオ、アメリア、ウィン、ベアトリクス、メリペン、ミス・マークスまで。ポピーだけがいないのに気づいて、ハリーが冷え冷えとした声で詰問する。

「彼女はいったいどこだ」

「食後の腹ごなしか?」一同の先に立ったレオが皮肉めかした。「勝手に種目を決めるとはひどいな――わたしはカードのほうが得意なんだ」

「次の相手はおまえだ、ラムゼイ」ハリーはにらみをきかせた。「ローハンをのしたあとは、妻をロンドンから連れ去ったおまえをぶちのめしてやる」

「いや」怖いくらい落ち着きはらった声でメリペンが割って入り、一歩前に出る。「次はおれだ。わが部族の女性を騙したおまえを、おれがぶちのめしてやる」

レオは決然とした表情のメリペンからハリーへと視線を移し、呆れ顔をした。「だったらわたしは遠慮しておこう」と言うなり、温室のほうへ戻っていく。「メリペンとの一戦のあとでは、ラトレッジはもう使いものにならないだろうし」妹たちのかたわらで歩みを止め、ほとんど口を動かさずにウィンにそっと伝える。「止めたほうがいいぞ」

「どうして？」

「キャムはラトレッジに道理をわからせようとしているだけ。だがメリペンは本気でやつの息の根を止めるつもりだ。そうなったらポピーは喜ばないだろう？」

「なぜお兄様が止めないのよ」アメリアは兄を責めたてた。

「わたしは貴族だからね。貴族は自分でなにかする前に、まず誰かにやらせるものなんだ」

妹たちを見下すように見る。「いわゆるノブレス・オブリージュってやつだな」

ミス・マークスが眉根を寄せた。「ノブレス・オブリージュは、貴族にはそれなりの義務があるという意味よ」

「わたしの定義は逆なんだ」レオはミス・マークスのいらだちを愉快がっている。

「ケヴ」ウィンが前に進みでながら、静かに呼びかけた。「ちょっと話があるの」

妻に対しては常に思いやり深いメリペンは、眉をひそめつつも彼女に向きなおった。「いまここで?」

「ええ、いまここで」

「あとじゃだめか?」

「だめ」ウィンは穏やかに答えた。夫がなおもためらうのを見て、言い添える。「できたみたい」

メリペンは目をしばたたいた。「できたって、なにが?」

「赤ちゃん」

メリペンの顔がみるみる青ざめる。「でも、どうして……」呆然とたずねた彼は、足をもつれさせながら妻に歩み寄った。

「どうして?」レオがおうむがえしに言う。「結婚式の前に、例の話をしてやっただろう?」キッとにらむメリペンにレオはにやにや笑いで応じた。身をかがめてウィンの耳元でささやく。「名案だったな。でも嘘だとばれたとき、あいつになんて言うつもりだ?」

「嘘じゃないもの」ウィンはほがらかに答えた。

とたんにまじめな顔になったレオは、額をぴしゃりと打った。「なんてことだ。わたしのブランデーは?」とつぶやき、邸内へと消えていく。

「いまの〝なんてことだ〟は、〝おめでとう〟って意味なのよね」ベアトリクスが陽気に言い、一同が屋敷へと戻っていく。

キャムとハリーはその場に取り残された。

「少し事情を説明しておこうか」キャムがどこかすまなそうな顔で口を開いた。「かつてのウィンは病気がちでね。もうすっかり元気になったんだが、出産で万一のことがあったらと、メリペンはひどく恐れているんだよ」いったん言葉を切る。「いや、われわれみんなが。でもウィンは、子どもはたくさん作るともう決めている。あいにくハサウェイ家の人間に、だめと言える者はいなくてね」

ハリーは当惑の面持ちで首を振った。「ハサウェイ家は――」

「その先は言わなくていい」キャムがさえぎる。「いずれきみも慣れるさ」一呼吸置いてから、彼はさらりと提案した。「さて、けんかのつづきをやるか？　それともこのへんにして、ラムゼイとブランデーでもやるか？」

ハリーにもひとつはっきりとわかったことがある。義理の家族は変人の集まりだ。

ハンプシャーの夏がとりわけ素晴らしいのは、日中どんなに陽射しがきつくて暑くても、夜になると暖炉が必要になるほど涼しくなるところだ。ポピーは門番小屋でひとり、ぱちぱちと音をたてる小さな暖炉の前に横たわり、ランプの明かりを頼りに本を読んでいる。同じページをもう何度読んだだろう。ハリーを待つあいだ、本に集中などできなかった。ラムゼイ・ハウスに向かう夫の馬車が小屋の脇を通りすぎるのは、ちゃんとこの目で見た。だから、兄たちに言われて夫がここに現れるのは時間の問題。「ラトレッジがちゃんと冷静さを取り戻すまでは」キャムはポピーに言った。「会わせるわけにはいかないよ」

「安心して、ハリーはわたしを傷つけたりしないから」

「だとしても、彼と少し話す必要もあるからね」

いまポピーは、ウィンに借りた化粧着をまとっている。淡いピンクのふんわりとした生地で、胸元には純白のレースがあしらわれているものの、深く刳れているために胸の谷間が見えてしまう。ウィンは細身なので、借り物の化粧着はポピーには少々ぴったりしすぎており、胸がいまにもこぼれそうだ。髪はハリーの好みに合わせて、ブラシを丹念にかけてからきらめく羽毛のカーテンのように肩にたらしておいた。

おもてから音が聞こえた。扉をどんとたたく音だ。ポピーははっと顔を上げた。鼓動が速くなり、胃がひっくりかえる感覚に襲われる。本を脇に置いて扉に歩み寄り、鍵をはずして取っ手を引いた。

目の前に夫が立っていた。階段を一段下りたところにいるので、ちょうど目線が合う。それはいままで見たこともないハリーだった。疲れた顔をして、髪も乱れ、ひげを剃っていないせいか、どこか野蛮人めいて見える。でも、ややくたびれた感じはなぜか彼によく似合っていて、端整な面立ちに飾り気のない無骨な魅力を添えている。その表情からして、夫を置いて出ていったポピーに少なくとも一〇種類以上の罰を考えているのではないだろうか。ハリーのまなざしに、ポピーは全身に鳥肌がたつのを覚えた。

静かに深呼吸をし、彼女は一歩下がって夫を招き入れた。扉をそっと閉める。

張りつめた沈黙が流れ、名づけようのない感情が室内を満たす。ハリーの視線を感じるたび、ポピーは膝の裏が、肘の内側が、下腹部が激しく脈打つのを覚えた。「今度わたしを置いて出ていこうとしたら」夫は静かに脅し文句を口にした。「きみが想像するよりずっと恐ろしい結末が待っているから覚えておけ」脅しの言葉はなおもつづいた。これからポピーにどんなルールを課すか、どんなことをしたら許さないか。それでも悪さをしたときには、喜んで自分が教訓をたたきこんでやるとも言った。

その荒々しい口調を聞きながら、ポピーはなぜか優しい気持ちがこみあげてくるのを実感していた。夫は憔悴しきってさびしげだった。きっといまの彼に必要なのは慰めだ。ポピーはそう結論づけると、ためらわずに大またで二歩歩み寄り、互いの距離を一気に縮めた。こわばった顎に両手を添え、つま先立って身を寄せ、唇で彼を黙らせる。優しい口づけがハリーの全身を揺るがすのがポピーにもわかった。呼吸に喉が震えている。彼は妻の両腕をつかんでわずかに後ろに押しやり、どうして、と問うかのように彼女を見つめた。いまのハリーなら、その気になればポピーを真っ二つに引き裂くことだってできそうだ。けれども彼は身じろぎもせず、ポピーの顔に浮かぶ表情に釘づけになっている。

強い意志と切望感をもって背を伸ばし、ポピーはもう一度、唇を重ねた。ハリーはつかの間それを受け入れ、すぐにまた彼女を押しやった。大きく息をのんだせいで、喉元がはためにもわかるほど波打つ。最初のキスが彼を驚かせ、黙らせたのだとしたら、二度目のキスは彼を完璧に無防備にしたのかもしれない。

「ポピー」ハリーはかすれ声で呼んだ。「きみに痛い思いをさせるつもりなんてなかった。優しくしようと思ったんだ」

ポピーは夫の頬をそっと撫でた。「そんな理由でわたしが出ていったと思っているの？」

妻の愛撫に、ハリーは呆然としている。開いた唇には言葉にならない問いかけが、顔には激しい当惑の色が浮かんでいる。やがて彼が、合理的な答えを導きだすのをあきらめたのがわかった。

うめき声とともに身をかがめ、ハリーはポピーに口づけた。

互いの口から放たれる熱が混じりあい、舌と舌がしなやかにからみあい、ポピーを歓喜で満たしていく。彼女は熱っぽく愛撫にこたえ、いっさい躊躇せずに夫の望むがまま、口内をまさぐる舌を受け入れた。たくましい両の腕が体にまわされ、片手が腰をつかんでポピーを引き寄せる。

彼女はつま先立ちになりながら、ふたりの胸と腹と腰がぴったりと密着する感覚を味わった。ハリーの激しい高ぶりが伝わってくる。屹立したものが腰にあたり、それがわずかにこすれるだけで、体の奥深いところで共鳴するかのような喜びが呼び覚まされた。

ハリーはポピーの首筋に唇を這わせ、彼女の首をのけぞらせた。化粧着の前がはじけんばかりになると、谷間に鼻をすり寄せ、舌先でそこに愛撫を与えた。熱い吐息が純白のレースをかすめ、唇が素肌を濡らす。彼はしゃにむにつぼみを探そうとしたが、やわらかなピンクの生地がぴんと張りつめているために見つけられない。ポピーは背を弓なりにした。彼の唇でつぼみに、あらゆる部分に触れられたい。彼のすべてがほしかった。

ポピーは口を開いた。寝室へ行こうとか、なにかそんなことを言うつもりだったのに、出てきたのはあえぎ声だけだった。いまにも膝が萎えてしまいそうだ。ハリーが化粧着の前身ごろに手をかけ、ずらりと並ぶ隠しホックを探しあてる。彼はそれを驚くべき速さですべてはずすと、化粧着を脱がし、ポピーを一糸まとわぬ姿にした。

手を伸ばした彼はポピーを後ろ向きにさせ、きらめく滝のごとき髪をまとめて肩にかけた。うなじに唇を寄せ、ときおり歯を立てながら下のほうへと口づけていき、同時に舌先で愛撫をくわえ、両手でなめらかな胸元や腹部を撫でる。片方の乳房をつつみこむと、硬くなったつぼみをそっとつまみ、反対の手を太もものあいだに差し入れた。

わずかに飛び上がったポピーは、高まる期待に息をのんだ。そこを左右に開かれると、本能的に自ら体を広げ、夫にわが身をゆだねた。夫がもらした歓喜の声が首筋をくすぐる。ハリーは深い愛情を込めて彼女を抱きしめ、彼女を感じながら、そこを指で満たした。ポピーは背をそらし、あらわな腰を屹立したものに押しあてた。巧みな愛撫に快感が呼び覚まされ、大切な部分がうずく。

「ハリー」ポピーはあえいだ。「も、もう立っていられないわ――」

ハリーに背後から抱きしめられたまま、ふたりはゆっくりと絨毯敷きの床に身を横たえた。首筋に唇をあてて彼がささやきかけ、切望と賛美の言葉を素肌に刻みこんでいく。濡れたやわらかな唇と、ちくちくするひげが肌をなぞる心地よさに、ポピーは身震いした。唇が背骨の湾曲にそって下りていき、ウエストのところで止まる。

ポピーはくるりと仰向けになると、シャツの脇開きを手探りした。いつになく不器用な指先で、四つ並んだボタンをはずす。ハリーは身じろぎひとつしなくなり、胸を大きく上下させながら、激情を宿した緑の瞳で妻を見つめつづけた。開襟のベストを自ら脱ぎ捨て、革のズボン吊りを肩からはずし、頭からシャツを脱ぐ。隆起した筋肉とやわらかな毛に覆われた広くたくましい胸板が現れた。ポピーは震える手をそこに這わせ、ズボンのほうへと下ろしていき、隠しボタンを探した。

「自分でやる」ハリーはぶっきらぼうに言った。

「いいえ」ポピーは抗った。妻として必要な、どんなささいな知識も得ていくつもりだ。指の背に触れる夫の腹は、板のように硬い。ようやくボタンを見つけた彼女は、両手でそれをはずしにかかった。ハリーはその作業が終わるときをじりじりと待っている。そそり立つものにポピーの指先がうっかり触れると、ふたりはともに飛び上がらんばかりに驚いた。「ポピー」夫ハリーがうめき声とも笑い声ともつかない、くぐもった音を喉からもらす。「ポピー」夫は息も絶え絶えだ。「頼むからわたしにやらせてくれ」

「このくらい簡単よ——」ポピーはなおも言い張り、やっとのことでボタンをひとつはずした。「ズボンがぴったりしすぎているのがいけないんだわ」

「いつもはもっとゆったりしているんだ」

その言葉の意味するところに気づいて、ポピーは思わず手を止めた。夫と目を合わせ、はにかみながら苦笑を浮かべる。ハリーが両手で彼女の頭をつつみこみ、うなじがあわだつほどの切望を込めた目でじっと見つめてくる。

「ポピー」呼びかける声はひどくかすれていた。「馬車で一二時間の旅をつづけるあいだ、一秒たりともきみを思わない瞬間はなかった。どうしたらきみを取り戻せるのだろうとずっと考えていたよ。取り戻せるのなら、わたしはなんだってする。お望みならロンドンの街の半分を買ってあげてもいい」

「ロンドンの半分なんていらない」ポピーは弱々しく応じた。ズボンのウエスト部分をつかむ指先に思わず力が入る。こんなハリーを見るのは初めてだ。いまの彼は完璧に無防備で、自分の心に正直に語っている。

「きみとベイニングの邪魔をしたことを、謝るべきなのはわかっている」

「ええ、謝るべきだわ」

「でもできないんだ。だってすまないと思っていないんだから。ああでもしなかったら、きみはいまごろ彼のものになっていた。彼はきみを手に入れるのが難しいとわかると、すぐにあきらめてしまっただろう? でもわたしは、どれほど苦労を強いられようときみを自分のものにしたかった。きみの美しさや賢さや優しさや愛らしさがほしかったわけじゃない。もちろん、そうした美点がすべて備わっているのは百も承知だが、きみを求めたのは、ただひとりの女性だとわかったからだ。きみの顔を見ずに始まる一日は、もういやなんだよ」

なにか言おうとポピーが口を開くと、ハリーは親指で下唇をなぞり、言い終えるまで待ってくれと無言で伝えた。「てん輪という部品を知っているかい？」

　彼女は小さくかぶりを振った。

「腕時計を含むあらゆる時計に必ずひとつ入っている部品だ。一瞬たりとも休むことなく、左右に回転をつづける。それがあのちくたくという音を奏で……針を動かして、時を告げるんだ。つまり、てん輪がなければ時計は動かない。きみはわたしのてん輪なんだ、ポピー」言葉を切り、彼女の顎の丸みから耳たぶへと指先でなぞっていく。「自分がなにに対して謝罪できるか、どうすればこの気持ちの半分でも伝えられるか、一日がかりで考えた。それでようやく、答えらしきものを見つけた」

「どんな答え？」ポピーはささやいた。

「きみの望むような夫でなくて、心からすまないと思っている」ハリーは声を震わせた。「だがこの命に懸けて誓うよ。きみがなにかを望むなら、必ず聞いてあげる。きみのためならなんだってする。だから、二度とわたしの前からいなくならないでほしい」

　ポピーは感嘆につつまれながら夫を見つめた。普通の女性は、時計の部品の話などちっともロマンチックではないと思うだろう。でもポピーはロマンチックだと思った。ハリーがなにを言わんとしているのかも、たぶん当人以上に深く理解できた。

「ハリー」優しく呼びかけ、手を伸ばして夫の顎に触れる。「これからあなたを、どうしてあげようかしら」

「どうにでも」熱っぽく心のこもった口調に、ポピーは思わず笑いだしそうになった。ハリーが身をかがめ、絹のごとく広がる髪に頬を押しあてる。

ポピーはズボンを脱がせる作業をつづけ、残るふたつのボタンをやっとの思いではずした。震える手で、おずおずと彼のものに触れる。すると喜びの声が夫の口からもれ、たくましい両の腕が背中にまわされた。どんなふうに愛撫したらいいのかわからず、彼女は熱いものを軽く握り、優しく力を込めて、指先を上のほうに這わせた。ポピーはすっかり魅了されてしまった。表面はなめらかで内部に硬さと力強さを秘めている。手を上下に動かすたび、ハリーは全身を震わせた。

開かれた口がポピーの唇を探しあて、残された理性をすべて奪い去る。身を起こしたハリーは捕食動物を思わせるたくましさをたたえ、彼女にはまだなじみのない歓喜を激しく求めている。絨毯の上に組み伏せられながらポピーは思った。快適な寝室ではなく、いまこの場で奪われるのだと。だが当のハリーはそこがどこであるかも気にかけていないのか、ひたすらポピーだけを見つめている。夫の頬には赤みが差し、肺はふいごのような音をたてている。

ハリーと小さく呼び、ポピーは両腕で彼を抱いた。夫は身をよじって残りの服を脱ぐと前かがみになり、乳房に愛撫を与えていった。熱く濡れた唇と、絶え間なく動く舌……。ポピーは幾度も彼を抱き寄せようとした。そうすることで彼の体の重みを感じ、互いの身をぴったりと重ねあわせたかった。硬くなったものを手探りし、自分のほうへと引き寄せる。

「だめだよ」ハリーはかすれ声で止めた。「待って……きみはまだ受け入れられる状態じゃない」

けれどもポピーはもう心を決めていた。握りしめた手を離さずにいると、うめき、あえいでいたはずのハリーがかすれた笑い声をあげた。上半身を起こした彼がポピーの腰の位置を整え、自制心を保とうとするかのようにしばし動きを止める。

なすすべもなく身をよじりながら、ポピーはゆっくりと彼が入ってくるのを感じた。じれったいほどに時間をかけて……どうにかなってしまいそうなくらいに、甘く、深く。

「痛むかい？」夫は息を荒らげて身を起こし、床についた両手に体重をかけた。「やめようか？」

その顔に浮かぶ深い思いやりが、彼女の心をときほぐし、ぬくもりで満たしていく。ポピーは両腕を彼の首にまわし、頰に、首筋に、耳に、届くかぎりのあらゆる部分に口づけた。ふたりはしっかりと結ばれていた。「あなたがもっとほしいわ、ハリー」ポピーはささやきかけた。「あなたのすべてが」

くぐもった声で妻の名を呼び、ハリーはかすかな反応さえも見逃すまいとしながらも、奥深くまでわが身を沈めていった。妻の顔に歓喜の表情が浮かんだときにはそこで動きを止め、腰が突き上げられたときにはさらに深く突きたて、ゆっくりと挿入をくりかえしてポピーを快感で満たしていく。彼女は両手を夫のすべらかな背中にまわし、隆起する筋肉と熱い肌を撫で、その手触りを堪能した。

長く伸びた筋肉を手のひらで下のほうにたどっていき、引き締まった臀部にたどり着いたところで、円を描くようにそこを愛撫した。たちまちハリーの腰の動きが激しさを増し、喉の奥から小さなうめき声がもれる。愛撫を気に入ってもらえた満足感に、ポピーは重ねた唇に笑みを浮かべた。彼をもっと知りたい。彼に喜びを与えるありとあらゆる方法を知りたい。だが高まる歓喜はすでに頂点に達しており、そこから勢いよく広がって全身を満たし、彼女はもうなにも考えられない。

ポピーが身をこわばらせ、激しく震わせると、ハリーもまた歓喜のときを迎えた。夫が荒々しくあえぎ、身震いしながら最後にもう一度、深々と突きたてる。ともにそのときを迎えられたことに、ポピーはえもいわれぬ満足感を覚えた。その瞬間、彼の肉体はたくましさと、はかなさを同時にたたえていた。ことがすんだあと、彼はポピーの腕のなかに落ち着き、やわらかな肩に頭をあずけてくれた。ポピーがずっと求めてきた絆がそこにはあった。

彼女は夫の頭を優しく撫でた。髪が手首の内側をくすぐり、吐息が熱いさざなみとなって彼女の全身を洗う。伸びたひげが乳房にあたってちくちくしたが、なにがあっても彼を離したくない気分だ。

やがて互いの呼吸が落ち着きを取り戻したころ、ハリーの重みがぐっとのしかかってくるのがわかった。どうやら眠ってしまったらしい。ポピーは軽く夫を押した。「ハリー」

いきなり身を起こしたハリーが、視線の定まらない目をしばたたく。

「ベッドに行きましょう」ポピーはささやきかけながら起き上がった。「寝室はすぐそこよ」夫に声をかけ、手招きをする。「そういえば旅行かばんは?」彼女はたずねた。「ひげ剃り道具は持ってきていないの?」

外国語で話しかけられたときのように、ハリーがきょとんとした顔で見る。

「かばん？」

「そうよ、着替えや洗面用具をかばんに入れてきたはず……」消耗しきった夫の様子を見てとり、ポピーはほほえんで首を振った。「まあいいわ。朝になったらわかるでしょうし」引きずるようにしてハリーを寝室に連れていく。「ほら……ちゃんと寝ましょう……お話はあとでね。もうひとふんばりよ……」

木のベッドは簡素ながら大きさはふたりでやすむには十分で、キルトと洗い立ての純白のシーツがかかっている。ハリーはまっすぐにベッドへ近寄ると、毛布の下に潜りこみ――倒れこみ、といったほうがより正確だ――あっという間に眠りについた。

ベッドに横たわるひげ面の大柄な男性をポピーはまじまじと見つめた。身だしなみなど整えていなくとも、堕天使を思わせる端整な面立ちは息をのむほどだ。夢のなかへと引きこまれてしまったのだろう、夫のまぶたがぴくぴくと動く。複雑で、比類のない、強い意志にあふれた男《ひと》。人を愛せないわけではない……愛情はちゃんと持っている。それをどう示せばいいのかわからないだけ。

ポピーは数日前と同じことを思った。〝これがわたしの夫なのだわ〟と。

今回は、わきおこる喜びとともに。

22

そのような眠りをハリーはかつて味わったためしがなかった。それは深く、活力がみなぎってくるかのような眠りで、いままでの睡眠はただのまねごとだったのではないかと思えるほどだった。目覚めたときにはまだ朦朧としており、ふたたび深い眠りに身をひたし、心地よさに酔いしれた。

細く目を開けるとすでに朝で、窓に掛かるカーテンの向こうで陽射しがきらめいている。だがいつもとちがい、早く起きなければと焦る気持ちはこれっぽっちもわいてこない。彼は横向きになると大きく伸びをした。腕を伸ばした先には誰もいなかった。

ゆうべはポピーと一緒に眠ったのだろうか。ハリーは眉間にしわを寄せた。生まれて初めて誰かと並んで眠ったのに、その記憶がない。彼は腹ばいになってとなりに身を伸ばし、妻の残り香を探した。枕にかすかな花の香りがあった。シーツにも素肌の匂いがほんのりと移っている。ラヴェンダーを思わせる甘い匂いを一息吸うたび、興奮が高まった。

ポピーを抱きしめたかった。そうすれば、ゆうべの出来事は夢ではないと安心できる。あまりにも素晴らしい交わりだったせいで、彼はかえって不安を感じているのだった。ひょっとして夢だったのではないかと。眉をひそめ、ベッドの上に起き上がって髪をかきあげる。

「ポピー」と口にしてみる。大きな声で呼んだわけではなく、ただつぶやいただけだった。すると、ごく小さな声だったはずなのに当のポピーがほとんど待ちかまえていたかのように戸口に現れた。

「おはよう」妻はあっさりとしたブルーのドレスに着替えていた。髪はゆるく編んで白いリボンを結んでいる。ケシの花を意味する〝ポピー〟という名は、なんと彼女にふさわしいのだろう。この世で最も鮮やかな野花であるケシは、かれんで華やかで、花盛りには淡い光を放つ。妻の青い瞳、たとえようもないぬくもりの宿る瞳にじっと見つめられて、ハリーは息が止まりそうになり、痛いほどの喜びを感じた。

「くまが消えているわ」彼女は優しく言った。ハリーが黙っていると、さらに言い添えた。

「目の下のくまが」

なんだか照れくさくなり、ハリーはそっぽを向いてうなじをかいた。「何時だ？」とぶっきらぼうにたずねる。

ポピーが椅子に歩み寄り、たたんで置かれた服のあいだに手を差し入れて、懐中時計を捜しだす。金蓋を開けると、彼女は窓辺に行ってカーテンを開けた。たちまち室内に陽射しがあふれる。「一一時半よ」彼女はそう告げ、ぱちんと蓋を閉めた。

ハリーは呆然と妻を見つめていた。なんてことだ。一日の半分がもう終わっている。

「こんなに寝坊したのは生まれて初めてだ」

不快と驚きが入り混じった彼の口調に、ポピーは笑った。

「今朝は日報の山もないし、扉をたたく人もいないわ。問い合わせも緊急事態もなし。ラトレッジ・ホテルはいわば、あなたの口うるさい愛人。でも今日は、わたしがあなたをひとり占めにするから」

ハリーはその意味するところを考え、小さな抗議の声を内心であげた。けれどもその声は、妻へのあふれる愛情の前にすぐに消え去った。

「異論はある？」ポピーが得意げにたずねる。「なければ、ひとり占めにするわよ」

気づくとハリーは笑顔をかえしていた。「ご随意に」と応じてから、ほほえみを苦笑に変える。考えてみれば、風呂も入っていないし、ひげもだいぶ伸びている。「風呂はあるのかい？」

「もちろん。その扉の向こうよ。このコテージはちゃんと給水設備が整っているの。井戸と浴槽を配管でつないであるのよ。熱いお湯も、こんろにわかしてあるから」ポピーは説明しつつ、懐中時計を彼のベストのポケットに戻した。身を起こし、夫の裸の上半身にさりげなく視線を投げる。「あなたの荷物は、朝食と一緒に母屋から運んでもらったから。おなかは空いてない？」

いま以上の空腹をハリーは感じたことがない。だがその前に体を清めてひげを剃り、洗いたての服を着たい。なんだかいつもと勝手がちがいすぎて、早く平常心を取り戻したくてたまらない。「先に風呂に入る」

「ではそうして」ポピーが背を向け、キッチンのほうに行こうとする。

「ポピー――」と呼びかけたハリーは、妻が振りかえってから次の句を継いだ。「ゆうべのことなんだが……」

やっとの思いで問いかける。「あのあと……その、大丈夫だったかい?」

問いかけの意味を理解して、ポピーの顔からいぶかしげな表情が消える。「あのあと……その、大丈夫だったかい?」

どころじゃないわ」と応じてから一瞬の間を置き、「素晴らしかった」と言い添えてにっこりとほほえんだ。

ハリーはコテージのキッチンに足を踏み入れた。といっても実際には主室の一隅に鋳鉄の小ぶりなこんろと食器棚、暖炉、パイン材のテーブルが置かれているだけだが。作業台兼用のテーブルには、熱い紅茶やゆで卵、オックスフォード・ソーセージ、何層もの皮に詰め物の詰まった巨大なパイが並んでいる。

「ストーニー・クロスの名物料理なの」ポピーはずっしりとしたパイを指差しながら説明した。「中身は半分がセージで香りづけしたお肉、もう半分が果物よ。つまりこれだけで食事がすんでしまうわけ。最初にお肉のほうを食べてから……」夫の顔を見上げるなり、彼女は言葉を失った。風呂に入ってさっぱりし、ひげも剃って、服もちゃんと着ている。

つまりいつものハリーだ。でも、ほとんど別人に見える。瞳は澄んで、くまの縁取りもないし、虹彩の緑がサンザシの葉よりなお鮮やかだ。表情からはいっさいの緊張が消えている。

ずっと若いころのハリー、心の内や感情を巧みに隠すすべを身につける前のハリーと入れ替わってしまったかのようだ。夫のあまりの美丈夫ぶりに、ポピーは熱いうずきを覚え、いまにも膝が萎えてしまいそうだった。

口の端に笑みを浮かべたハリーが巨大なパイを見下ろす。

「で、どっちから食べればいいんだい?」

「わからないの」ポピーは答えた。「一口食べてみるまでは」

夫の両手が腰をつかみ、彼女を自分のほうに向かせる。「先にきみを食べたい」

唇が下りてくると、ポピーは開いた口ですんなりとそれを受け入れた。夫は口づけを味わい、彼女の反応を堪能している。軽いキスはやがて深いキスへ、飢餓感のこもった丹念なキスへと変化し……熱が熱を呼び覚まし、幾層にも花弁が重なりあう異国の花のようなキスが交わされる。ずいぶん経ってから唇を離したハリーは、ちょうど水をすくうときのように両手でポピーの頬をつつみこんだ。こんなふうに触れてくれるのは彼だけ。ポピーはうっとりとなりながら思った。指先が優しく、巧みに、繊細な動きで頬を愛撫する。

「唇が腫れているね」ハリーはささやくと、親指でポピーの口の端に触れた。

大きな手のひらに頬を寄せ、彼女はこたえた。

「いままでしなかった分も、たくさんキスをしたせいよ」

「キス以上のことも」と応じるハリーの鮮やかな瞳に宿ったものに、ポピーの鼓動が速くなる。「たとえば――」

「食べましょう、空腹で倒れたら困るもの」

ポピーは夫を椅子のほうに押しやった。自分よりずっと背が高くてたくましい夫に、こんなふうに言うことを聞かせたり、なにかをさせたりするのは、なんだか変な感じがする。けれども夫は彼女に促されるがまま、おとなしく椅子に腰を下ろし、卵の殻をむきはじめた。


パイを丸まる一枚に卵をふたつ、オレンジをひとつ、紅茶をマグに一杯という朝食をハリーが済ませたところで、ふたりは散歩に出かけた。ポピーの希望で、彼は上着もベストもコテージに置いていった。ロンドンでそのような格好をしていたら、場所によっては裸同然とみなされ逮捕されるだろう。ポピーは彼に、シャツのボタンを上から数個はずして、袖もまくりあげるよう求めた。その熱心な懇願ぶりにほだされて、ハリーは妻に手を引っ張られるがまま、コテージの外へと出た。

ふたりは草原を突っ切って近くの森を目指し、木々のあいだに延びる、枯葉の絨毯が敷きつめられた広い踏み分け道を進んだ。そびえるイチイや幹に深い溝が刻まれたオークが大枝をからませあい、分厚い屋根を作っている。それでもなお、まぶしい日の光がそちこちで濃密な陰を切り裂いて、森のなかまで射しこんでいる。森は生命力にあふれ、木々に寄生する植物も見られた。薄い緑の地衣類はオークの枝を覆い、スイカズラは白い花蔓を地面に着くほど長くたらしている。

街の喧騒にすっかり慣れきっていたハリーの耳が、なじみのない音を敏感に聞きとる……

さざなみのごとき鳥の鳴き声、葉擦れの音、近くを流れる小川のせせらぎ、櫛の歯をつめで掻いたときのような耳障りな音。

「セミだわ」ポピーが言った。「英国ではこのあたりじゃないと見られないの。普通はもっと暖かい土地に住んでいるんですって。あの音を出せるのはオスのセミだけで、求愛の歌とも言われているわ」

「ひょっとしたら今日の天気について語っているだけかもしれないよ」

むっとして横目で夫を見ながら、ポピーはつぶやいた。

「男の人にとって求愛行動は、最大の関心事じゃなかったかしら?」

ハリーはほほえんだ。「それ以上に興味深いことがあればいいんだけどね。いまのところ見つかっていない」

森の空気は甘く、スイカズラや陽射しで温まった青葉、ハリーには名前もわからないさまざまな花の匂いでむせかえるほどだ。さらに奥深くへと進んでいくと、ついには世界の外まで来てしまった錯覚に陥った。

「キャサリンと話したの」ポピーが言った。

ハリーは警戒の目を妻に向けた。

「あなたが英国に渡った理由を教えてもらったわ」ポピーはつづけた。「それと、ふたりが異父兄妹だってことも」

ハリーは目の前に延びる道に意識を集中させた。「みんなももう知っているのかい?」

「いいえ、お姉様とキャムとわたしだけ」

「意外だな」ハリーは正直な気持ちを口にした。「彼女のことだ、その事実を誰かに話すくらいなら、いっそ死を選ぶとばかり思っていたのに」

「キャサリンがこれ以上誰にも知られたくないと思っているのはよくわかったわ。理由は教えてくれなかったけど」

「わたしからその理由を聞きたいのかい？」

「できればね。もちろん、わたしは誰にも言わないし、彼女を傷つけるようなまねも絶対にしないわ」

ハリーは無言で、自分の心の内と向きあった。ポピーの頼みはすべて聞いてやりたい。だがキャサリンには約束をしたのだ。

「わたしの口から勝手に話すわけにはいかないんだよ。先にキャットに相談して、きみに事情を話してもいいか確認させてもらえるかい？」

つないだポピーの手に力が込められる。「ええ、もちろん」と答えてから、彼女はまごついた笑みを口元に浮かべた。「いま、キャットと言った？　彼女をそう呼んでいるの？」

「ときどきね」

「もしかして……ふたりのあいだには、愛情めいたものがあるのかしら？」

ためらいがちな質問に、ハリーは乾いた笑い声をあげた。

「さあ、どうだろう。ふたりとも愛情というものがよくわかっていないからね」

「でも、キャサリンのほうがあなたよりは理解できていると思うわ」

苦笑交じりに妻の顔を見たハリーは、そこに非難の色がまったくないことに気づいた。

「これから徐々に理解を深めていくよ。じつはゆうべ、キャムともそんな話になってね――ハサウェイ家の女性には、堂々と愛情を示してやるのが一番なんだと諭された」

すっかり好奇心をかきたてられた様子で、ポピーが目を丸くしてたずねる。

「キャムはほかになんて？」

たちまち軽やかな気分が戻ってくるのをハリーは感じた。からかうように妻を見やる。

「アラブ馬と暮らすようなものだ、とも言っていたな。アラブ馬は感情豊かで性急なところがあり、自由を重んじる。手なずけることはできないが……伴侶にはなれる」彼はいったん口を閉じた。「とまあ、そんな話を聞かされたはずなんだけどね。こっちは疲れて朦朧としていたし、ブランデーも飲んでいたから聞きちがいかもしれない」

「いかにもキャムが言いそうなことだわ」ポピーは天を仰いだ。「それだけの助言を与えておきながら、義兄はあなたをわたしのもとへ、アラブ馬のところへ送りだしたわけね？」

ハリーは歩みを止めて妻を抱き寄せ、編んだ髪を鼻先でどけて首筋にキスをした。

「そのとおり……おかげで最高の遠乗りを楽しめた」

ポピーが真っ赤になって身をよじり、抗議の笑い声をあげる。ハリーはかまわず首筋に愛撫を与えつづけ、やがて唇を重ねた。温かな唇で、惑わすように、けれども決意を込めてキスをする。ポピーの口が開かれると、最前よりも優しく、そっと口づけた。妻をじらし、誘惑するのがハリーは好きだった。彼女の体が熱を帯びていくのがわかる。快感が血管のなかを駆け抜け、秘密の場所を甘くうずかせているはずだ。

「きみとのキスが好きだ」ハリーはささやいた。「キスを禁じられたのは、考えうるかぎり最悪の懲罰だったな」

「懲罰なんかじゃないわ」ポピーが反論する。「キスには特別な意味があるからよ。あなたにあのような仕打ちを受けたあとでは、心を許すのが怖かった」

ハリーの顔からいっさいの笑みが消え去る。彼はポピーの髪を撫で、頬を指の背でそっとなぞった。

「二度と騙したりしないよ。いまはわたしのことなど信じられないだろうが、いつか――」

「信じているわ」ポピーは熱を帯びた声でさえぎった。「だからもう怖くない」

ハリーは妻の言葉にまごつき、その言葉に対するおのれの反応になおいっそうまごついた。なじみのない感情、深く、圧倒されんばかりの熱情がわきおこってくる。口を開いたときには、自分の声が耳慣れぬものに聞こえた。

「信じるに値する男かどうかもわからないのに、どうしてそんなふうに断言できるんだい？」

ポピーの唇が笑みをかたちづくる。

「だって、人を信じるというのはそういうことでしょう？」

妻にあらためてキスせずにはいられない。愛慕の念と切望が胸の奥に広がっていく。ドレスの上から抱きしめるだけでは物足りなかった。幾層にも重なった生地をたくしあげ、障害物をすべて取り除いてしまいたい衝動に駆られて、思わず両手が震えてくる。ハリーは道の前後にすばやく視線を投げた。ふたりきりだし、誰も見ていない。枯葉と苔のやわらかな絨毯にポピーを横たえ、スカートをめくりあげれば、この場でたやすく奪えそうだ。ハリーは妻を小道の脇へといざなうと、スカートをむんずとつかんだ。

だがそこで衝動を抑えこんだ。荒い息を吐いて、懸命に欲望を静める。ポピーを乱暴に扱ったり、思いやりの気持ちを忘れたりしてはいけない。森のなかで襲いかかるような夫は、彼女にふさわしくないのだから。

「どうかした？」困惑気味にたずねるポピーを、ハリーは後ろ向きにさせた。

両腕を妻の体にまわし、背中から抱きしめる。「なにか気をそらすようなことを言ってくれないか」半分冗談めかして言いながら深呼吸をした。「いまにもこの場できみを奪ってしまいそうなんだよ」

ポピーはしばし無言だった。恐れに声も出せないのか、それとも、そういうことが可能なのか思案しているのか。どうやら答えは後者だったらしい。

「外でもできるものなの？」

抑えきれぬ欲望を抱えつつも、ハリーはうなじに寄せた口元に笑みを浮かべずにはいられない。「じつを言えば、できない場所はないくらいだ。木や壁に寄りかかって、椅子の上や浴槽のなかで、階段で、テーブルの上で……バルコニーで、馬車のなかでも——」ハリーは小さくうめいた。「くそっ。これ以上考えると、歩いて戻れなくなる」

「いま言った方法はどれも快適とは思えないけど」ポピーが指摘する。

「椅子なら気に入るかもしれない。うん、椅子なら絶対に気に入るよ」

妻がくすくす笑いだし、背中が彼の胸板にあたる。

ふたりはしばらくその体勢のまま、ハリーの高ぶりがおさまるのを待った。

「じつに楽しい散歩だったよ。そろそろコテージに戻って――」

「でも、まだ半分も来ていないわ」ポピーは抗議した。

期待のにじむ妻の顔から、目の前に延びる長い道へと視線を移し、ハリーはため息をついた。手をつなぎ、陽射しと木々が陰影を織りなす大地をふたたび歩きだす。

しばらくしてからポピーはたずねた。

「これまでキャサリンと会ったり、手紙のやりとりをしたりしていたの？」

「ほとんどしていない。お互いに、どう接すればいいのかわからなくてね」

「どうして？」

ハリーにとっては、口にするのはおろか、考えるのも避けたい話題だった。こんなふうにつつみ隠さず真実を誰かと語りあうのは……心を永遠に裸にされるようなもの。胸の内をさらけだすくらいなら、文字どおり裸になるほうがずっといい。だがこれがポピーとともに生きるために払うべき代償なら、喜んで払うつもりだ。

「初めて会ったとき」ハリーは記憶をたどった。「キャットは苦境に立たされていた。できるかぎり手を貸したが、優しくできたとは言えない。あまり人に優しくできないたちだからね。もっといろいろしてやれたのではないかと悔やんでいるよ。できることなら——」いらだたしげに首を振る。「後悔してもしかたがないな。ともかくわたしは、彼女が生涯働かなくてもすむように経済面での援助をした。だから本当は、彼女は働く必要などないんだよ」

「だったらどうして、わが家の家庭教師に応募してきたのかしら。ベアトリクスとわたしをレディに仕立て上げるなんて不可能に決まっているのに、そんな厄介な仕事を引き受けたのはなぜ？」

「家族と暮らしてみたかったんだろうね。それがどんなものか知りたかったんだ。それと、ひとりぼっちの退屈な時間から逃れたかった」ハリーは立ち止まり、問いかけるように妻を見つめた。「どうして不可能だなんて言うんだい？　きみは立派なレディなのに」

「だって、ロンドンのシーズンを三回も収穫なしに過ごしたのよ」ポピーは事実を口にした。

ハリーは声をあげて笑った。「それとこれとは関係がないよ」

「だったら収穫が得られなかったのはどうして？」

「最大の障害は、きみの知性だ。きみはそれを隠そうともしない。どうやらキャットはきみに、男の見栄のくすぐり方を教えなかったとみえる——まあ、当人がくすぐり方を知らないんだからしかたないな。愚かな男どもは、自分よりも知性のすぐれた妻を持つことに我慢できないんだよ。第二の障害はきみの美しさだ。美しい妻を持てば、妻がよその男の目に留まるのではないかと常に気を揉まされることになる。それにきみのご家族は……個性的だ。というわけで、男どもにとってきみは妻にするには荷が重い。もっとおとなしくて素直な娘と結婚したほうが楽だと考えるわけさ。ベイニングは例外だ。きみに夢中だった彼は、結婚にまつわる条件など忘れてしまった。まあそれも無理のないことだ」

ポピーは苦笑交じりに夫を見た。

「そんなにわたしが利口で美人なら、どうしてあなたは結婚したいと思ったの？」

「わたしはきみの知性も、美しさも、ご家族の個性も、自分にとって負担になるとは思わない。それにたいていの男はわたしを恐れて、わが妻をじろじろ見たりしないからね」

「あなたには大勢の敵がいるのかしら」ポピーは静かにたずねた。

「ああ、おかげさまで。だが敵というのは、友人ほど手がかかる存在ではないからね」

彼はまじめに言ったのに、ポピーはなんだかひどくおかしくてならなかったらしい。笑いがおさまったところで、彼女は歩みを止め、腕組みをして夫と向きあった。

「あなたにはわたしが必要だわ、ハリー」

ハリーも立ち止まり、わずかに身をかがめた。「そうみたいだね」

頭上の枝に止まるノビタキの鳴き声が、ふたりのあいだの静寂を破る。その声は小石がぶつかりあうときの音に似ていた。

「ひとつお願いがあるの」ポピーが切りだした。

ハリーは忍耐強く、妻の顔を見つめながらその言葉のつづきを待った。

「しばらくハンプシャーで過ごさない？」

ハリーの瞳が不安げに曇る。「なんのために？」

妻はかすかにほほえんだ。

「休暇よ。いままで休暇でどこかに出かけたことなんてないでしょう？」

ハリーはうなずいた。「でも、いったいなにをして過ごせばいいのか」

「読書、散歩、遠乗り、朝釣り、狩り……ご近所のお宅を訪問してもいいわ。このあたりの遺跡をめぐったり、街で買い物をしたり……」夫の顔にちっともやる気が浮かばないのを見て口を閉じる。「妻と愛しあうというのはどう？」

「それならいい」ハリーは即答した。

「期間は二週間」

「一〇日だ」

「一一日ではだめ？」ポピーが期待を込めて言う。

ハリーはため息をついた。ホテルを一一日も留守にすることになるとは。しかもその間、義理の家族もずっと一緒とは。反対したいところだが、せっかくポピーとのあいだに築きつつある信頼関係を自ら危険にさらすほど、ハリーはばかではない。妻をロンドンに連れ戻すためなら、義兄たちとの命懸けの殴りあいも辞さない決心でハンプシャーにやってきたのだ。だがここにいるあいだポピーが彼とベッドをともにし、そのあとはおとなしくロンドンに帰るというのなら、譲歩の価値は大いにある。

それでもさすがに、一一日となると……。

「いいだろう」ハリーはつぶやいた。「三日後には頭が変になっていると思うけどね」

「そのことなら心配ないわ」ポピーはほがらかに言った。「どうせ誰も気づかないから」

ジェイコブ・ヴァレンタイン様
ラトレッジ・ホテル
エンバンクメント・アンド・ストランド
ロンドン

ヴァレンタインへ
元気にやっていることと思う。月末まで妻とともにハンプシャーに滞在する。
わたしがいないあいだも、いつもどおりがんばってくれたまえ。

敬具
J・H・ラトレッジ

驚きのあまり口をあんぐりと開けたまま、ジェイクは手紙から顔を上げた。〝いつもどおりがんばってくれたまえ〟だって？

どこがいつもどおりだというのだ。

「それで、だんな様はなんて？」ミセス・ペニーホイッスルが促す。フロントの従業員のほぼ全員が耳をそばだてている。

「月末まで向こうにいるそうだ」ジェイクは呆然と答えた。

メイド長の口元が、笑いを嚙み殺すかのようにゆがむ。

「それはよかったこと。奥様のお手柄だわ」

「お手柄？」

メイド長がさらになにか言おうとしたところへ、コンシェルジュのラフトンが横歩きで近づいてきて、ひそひそ声でたずねた。

「あの、おふたりの会話が聞こえてしまったのですが……ひょっとしてだんな様は、休暇をとられたのでございましょうか？」

「いいえ、ミスター・ラフトン」メイド長は抑えきれなくなったか、満面の笑みを浮かべた。

「新婚旅行ですよ」

23

それからの数日間で、ハリーは妻と義理の家族について多くを学んだ。ハサウェイ家の人びとはきわだって個性的で、みなが生命力にあふれて機知に富み、思いついたことはなんでもすぐに試す積極性を持っている。家族は始終、冗談を言い、笑い、口論をし、意見を闘わせているが、互いへの接し方には心からの愛情が感じとれた。

ラムゼイ・ハウスはあたかも魔法にかけられたかのような、特別な空気につつまれていた。過ごしやすく、落ち着きが感じられ、各部屋には頑丈そうな家具が並び、分厚い絨毯が敷かれ、いたるところで本が山をなしている。だがそうしたものは、この屋敷に漂う空気の正体ではない。来訪者は玄関に足を踏み入れた瞬間に感じるはずだ。陽射しにも似たなにか、触れなくても感じるだけで、生を実感させてくれるなにかを。それは、幼いころからずっとハリーの手をすり抜けていったものだった。

やがて彼はそれが愛であることに気づいた。

ハリーがハンプシャーに到着して二日後、レオが領地を案内してくれた。馬で領地内の畑を訪れ、ときおり馬を止めて、そこで汗を流す小作人や作業員たちに声をかけた。レオはそうやって彼らと天気や土壌や刈り入れに関する示唆に富む意見を交わしては、思いがけない深い知識を披瀝《ひれき》した。

ロンドンにいるときのレオは、根っからの放蕩者を完璧に演じている。だが田園地帯に来たときは、無関心の仮面を脱いでしまうらしい。ラムゼイ領に住みこんで働く大勢の人びとを、義兄が心から気にかけているのは一目瞭然だった。彼らの暮らしぶりをよくするために一生懸命だった。灌漑設備を考案したのもレオだという。小作人が骨の折れる水汲み作業を行わなくてもすむよう、近くの川から畑まで石造りの水路を引いたのである。最新の農業技術の導入には、義兄はとりわけ積極的に取り組んでいた。たとえば、ブライトンで異種交配により作られた小麦を小作人に勧めたのも彼だった。この麦は、従来種よりも産出量に優れ、しかも丈夫な麦わらがとれるらしい。

「とはいえ彼らもなかなか頑固でね」レオは苦笑交じりにハリーに打ち明けた。「多くはいまだに、脱穀機を使わず鎌で収穫したほうがいいと言って、やり方を変えようとしないんだ」義兄はふっと笑った。「脱穀機の導入を決める前に一九世紀が終わってしまうぞと言ってやったよ」

このようにハサウェイ家は、領地管理と農業経営で着々と成功をおさめていた。だがそれは、貴族らしさが欠けているにもかかわらずというよりむしろ、貴族らしさが欠けているからこそだった。ハサウェイ家には、貴族の伝統だの慣習だのといったしがらみがひとつもない。「だっていままではこうしてきたじゃないか」と、新しいやり方に難色を示す者もいない。伝統や慣習に縛られない彼らは、領地管理を事業として、科学としてとらえている。彼らにとってはそれこそが、領地管理の正しい手法だった。

レオは領地内にある丸太置き場も見せてくれた。作業場では丸太を切り、運び、積み上げる作業もすべて人間が行う。巨大な木材をかついで、あるいは専用のフックを使って運ぶ際には、大きな危険をともなった。

その晩の夕食後、ハリーは丸太の運搬装置を考案した。台車に厚板をのせ、ローラーを取り付けたごく簡単なものだ。費用もさほどかからないうえ、作業効率が増し、安全性も高まる。メリペンとレオはすぐにハリーの案を採用した。

「運搬装置を設計してくれて、本当にありがとう」ポピーは夜、夫婦で門番小屋に戻ってからハリーに礼を言った。「メリペンも心から感謝していたわ」

ハリーは肩をすくめて、妻のドレスの後ろをゆるめ、袖を引き抜くのに手を貸してやった。

「ごく簡単な改善案を出しただけの話さ」

「あなたには簡単でも、周りの人には簡単とはかぎらないでしょう？　あなたって本当に頭がいいのね、ハリー」床に落ちたドレスの輪を出ると、ポピーは満足げな笑みをたたえて夫に向きなおった。「こうして家族にあなたを知ってもらう時間が持てて、本当によかった。みんなもあなたに好意を示すようになってきたし。あなたがいつもにこやかで、見下した態度をとらずにいてくれるおかげよ。それに、自分の椅子にハリネズミが座っているのを見つけても騒いだりしないし」

「座る場所をメデューサと争うほどばかじゃないんでね」ハリーが言うと、ポピーは声をあげて笑った。「わたしもきみのご家族は好きだよ」コルセットの前ホックをはずして、編み紐で締めつけられた体を徐々に自由にしていく。「ご家族と一緒にいる姿を見ていると、きみについてもいろいろわかるし」

ハリーがコルセットを放り、いましめが乾いた小さな音をたてて床に落ちる。シュミーズとドロワーズという格好で夫の前に立ったポピーは、熱っぽい視線を感じて頰を赤らめた。その顔に心もとなげな笑みがよぎる。「たとえばどんなこと?」

シュミーズの肩紐に軽く指を引っかけて下ろしながら、ハリーは答えた。

「周りの人に深い愛情を示すのはきみの生来の性格だ、とか」あらわになった肩に手のひらで円を描く。「感受性豊かで、愛する人には一生懸命に尽くすたちで……なによりも安心感を求めている、とか」反対の肩紐も下ろすと、ポピーの全身に震えが走るのが感じられた。妻を抱き寄せ、両の腕を体にまわすと、彼女はぴったりと身を寄せてため息をついた。

しばらくそうしてポピーをただ抱いていたハリーは、やがて甘い香りのする青白い首筋に頰を寄せて優しくささやきかけた。「今夜は一晩中、きみと愛を交わすよ。一回目は、心からの安心感を与えてあげる。でも二回目は、少しいたずらをさせてもらうつもりだ……きっとそっちのほうがずっと気に入るはずだよ。三回目は――」妻が息をのんだのに気づいて、いったん言葉を切ってほほえむ。「三回目は、明日になって思い出したときにきみが頰を真っ赤に染めるようなことをしてあげる」ハリーはそっと彼女に口づけた。「それが一番のお気に入りになるはずだから」

ドレスや下着を丁寧に脱がせていくハリーは、よこしまなせりふを口にしたかと思えばひどく優しくて、なにを考えているのかポピーにはよくわからない。作業を終えた夫は彼女の上半身だけをベッドに横たえ、床に下ろした足のあいだに立ち、その場で悠々とシャツを脱ぎはじめた。夫の視線を感じて頬を赤らめたポピーは、両手で体を隠そうとした。するとハリーはにやりとして身をかがめ、その手をどけた。「せっかくの楽しみを奪わないでほしいな……」唇を重ね、舌先でじらすようにポピーの口をこじ開けて、温かな口内へと忍びこむ。胸毛が乳房の先を絶え間なくかすめ、その甘やかな心地よさに、ポピーは喉の奥のほうからあえぎ声をもらした。

唇が首筋から胸へとさまよっていく。ハリーは乳首を口に含むと、そこが硬く、痛いほど感じやすくなるまで舌で転がしつづけた。それと同時に反対の胸に手を添え、親指でつぼみの周りをなぞっていたぶった。

ポピーは背を弓なりにして全身を震わせ、赤く染めた。大きな両の手が軽やかに素肌をなぞり、腹部から下へ下りていき、甘くせつなくうずく場所にたどり着く。湿り気を帯びて閉じた花びらを探しあてると、彼は親指でそこを愛撫し、押し開いた。

両膝を上げながら、ポピーは意味をなさない言葉をつぶやいて腕を伸ばし、夫を抱き寄せようとした。すると彼は膝をついて彼女の腰をつかみ、大切な部分に唇を押しあてた。

舌で優しく愛撫されて、ポピーは身を震わせた。あえかな舌の動きに歓喜が呼び覚まされ、じれったさが募っていく。ポピーの閉じたまぶたが痙攣し、押し殺した吐息が口からもれた。舌が彼女のなかに忍びこみ、責め苦を与えるようにそこにとどまる。「お願い」ポピーはささやいた。「お願いよ、ハリー」

すると夫が立ち上がる気配がし、つづけてズボンや下着が音をたてて床に落ちる音が聞こえた。熱く優しい圧迫感に襲われると、ポピーは満足げにため息をもらした。ずっしりとした重みをたたえたものが、あたうかぎり深いところまで突き立てられる。全身を開かれ、どこまでも満たされるのを実感しつつ、ポピーは腰を突き上げてさらに深いところで夫を感じようとした。彼がゆったりとしたリズムを刻みはじめる。完璧な角度で挿入をくりかえし、突き立てるたびに高みへといざなう。

快感の波が、耐えがたいほどに激しくうねりながら押し寄せてくる。ポピーがはっとまぶたを開けると、そこには汗のにじむ夫の顔があった。夫は食い入るように彼女を見つめ、歓喜をともに味わい、身をかがめて唇を重ね、なすすべもなく口からもれるあえぎ声をのみこんだ。

甘い痙攣がようやくおさまり、脱ぎ捨てられた靴下のようにぐったりとしていたポピーは、気づくとハリーの腕のなかで丸くなっていた。ふたりは並んでベッドに横たわっており、やわらかな四肢がたくましく長い四肢とからみあっている。

眠りに誘われつつも、彼のものがまだ大きいままなのを感じてポピーは驚きを覚えた。ハリーはキスをすると身を起こし、片手で彼女の髪をもてあそんだ。

彼がポピーの頭を自分の膝にそっとのせ、「濡らして」とささやく。ポピーは脈打つ先端を優しく口に含み、できるかぎり奥深くまでのみこんでから、また先端へと戻った。すっかり魅了されて、その硬いものに鼻をすり寄せ、猫のように舌先でちろちろと舐めた。

するとハリーは彼女をうつ伏せにし、細い腰を持ち上げて背中から抱きしめ、脚のあいだに指を挿し入れた。たちまち興奮にのみこまれたポピーの体が、その愛撫に反応を示す。

「二回目は」ハリーは熱を帯びた彼女の耳元でささやいた。「いたずらをさせてもらうよ。どんなことをしてもいいね？」

「ええ、ハリー、なんでもして……」

夫がたくましい体でぴったりとつつみこむかのように、きつく彼女を抱きしめる。抱きしめられながら、挿入をまねるように腰をまわされるたび、ポピーはそそり立つものが濡れた秘所にあたるのを感じた。やがて、屹立したものが先端だけ挿し入れられた。彼女が腰を上げるたび、それがわずかに奥へと忍びこんでいく。ポピーは夫の名をささやき、いっそう強く腰を突き上げて一番奥で結ばれようとした。けれどもハリーは優しく笑うばかりで、先端だけを挿し入れたまま、なまめかしくも規則正しいリズムを刻みつづけている。

そうして自制心を完璧に保ったまま、目もくらむばかりの技巧をこらし、身をよじってあえぐポピーに愛撫を与えつづけた。長い髪をまとめて肩のほうにたらし、うなじに口づけ、そこに歯をたてる。触れられるたびに、ポピーの歓喜は高まっていく。ハリーはそれをわかっていて、喜びを与えられることに満足感を得ているのだった。ポピーはまたもや波が押し寄せてくるのを、熱い解放の瞬間が訪れるのを感じた。そのときを待っていたかのように、ハリーのものが体の芯まで深々と、強く、激しく突き立てられた。

満たされてぐったりとなったポピーを、ハリーはずっと抱きしめていた。そうして体の震えが止まったところで彼女を仰向けにし、耳元でささやいた。

「もう一回だ」

長い夜だった。ポピーは焼き焦がされるかのような思いにつつまれ、想像したことすらない深い交わりの余韻にすっかり満たされていた。三回目のあとも、ポピーがハリーの肩に頭をのせる格好で、ふたりはずっと寄り添っていた。情熱をほとばしらせてすっかりほぐれた体を寄せあい、なにひとつ隠しだてせずに語りあう……それは、えもいわれぬ幸福なひとときだった。

「きみのすべてに夢中だ」ハリーはささやき、彼女の髪をもてあそんだ。「きみの心にはまだまだ謎があって、解き明かすには一生かかりそうだが……ひとつ残らず答えを探しだしてみせる」

ポピーはこれまで一度も、謎めいているなどと言われたことがない。自分でもそういう一面はないと思うが、夫にそんなふうに言われるのはなんだか嬉しい。

「わたし、それほど謎めいていないと思うけど」

「謎だらけさ」ほほえんだハリーは彼女の手をとり、すべらかな手のひらに唇を押しあてた。「女性はみんなそうだよ」

次の日の午後、ポピーはベアトリクスとともに散歩に出かけた。残る家族もみな、それぞれの用事で出かけている。アメリアとウィンは村に住む友人の見舞いに、レオとメリペンは新しく領地内に住む予定の小作人との面会に、キャムはサザンプトンで開かれる馬の競売に向かったとのことだった。

ハリーはジェイク・ヴァレンタインからの日報を手に図書室の机についた。静かで穏やかなひととき(ラムゼイ・ハウスではめったに得られない時間だ)を堪能しながら、日報を読みはじめる。そこへ床板がきしむ音が聞こえ、集中力をそがれた彼は戸口に目をやった。

そこには本を手にし、頰をピンクに染めたキャサリン・マークスが立っていた。

「ごめんなさい。邪魔するつもりはなかったの。本を返しに来ただけ——」

「入れよ」ハリーはさえぎり、椅子から立ち上がった。「邪魔でもなんでもない」

「すぐに出ていくわ」キャサリンはそそくさと書架に歩み寄ると本を戻し、ちらりと彼を見やった。窓から射しこむ光が眼鏡に反射し、彼女の瞳が一瞬ぼやける。

「いたければ別にいてもかまわないが」ハリーはなんとなくまごついた気分だった。

「いいえ、いいの。せっかくいいお天気だから、庭園でも歩いてこようかと——」キャサリンは言葉を失い、ぎこちなく肩をすくめた。

どうして自分たちの会話は、こうもぎくしゃくしてしまうのか。ハリーはキャサリンをしばし見つめた。いったいなにをそんなに困った表情を浮かべているのだろう。異父妹である彼女に、ハリーはどう接すればいいのか、どうかかわっていけばいいのかまるでわからずにいる。気にかけてやりたいと思ったためしもない。にもかかわらず彼女の存在がどうにも気になって、始終悩み、当惑している。

「一緒に行ってもいいか？」彼はかすれ声でたずねた。

驚いたキャサリンが目をしばたたく。返事はなかなかかえってこなかった。

「ええ、そうしたければ」

ハリーは異父妹とともに、生垣で彩られ、白と黄色のラッパズイセンが群生するこぢんまりとした庭園に向かった。まぶしい陽射しに目を細めつつ、砂利敷きの小道を歩いていく。

キャサリンが感情のうかがい知れないまなざしを向けてくる。日の光を受けた瞳がオパールのように光った。「ハリー、わたしにはあなたという人がよくわからないの」

「わたしのことなら、誰よりもよく知っているんじゃないのか？」ハリーは応じた。「もちろん、ポピーの次にという意味だが」

「本当にわからないの。この一週間のあなた……こんなふうに振る舞える人だとは思ってもみなかった。ポピーに心からの愛情を抱いているとしか思えなくて――正直言って驚いたわ」

「言っておくが、演技でもなんでもない」

「そうね、見ればわかるわ。でも結婚式の前にはあなた、ポピーがミスター・ベイニングに真心を捧げていようがいまいが関係ないと――」

「ああ、それ以外のすべてを手に入れられるなら真心なんかくれてやる、と言ったんだったな」ハリーはあとを継ぎ、自嘲気味に笑った。「傲慢だったよ。すまなかった、キャット」いったん口を閉じる。「いまならわかるよ。きみがどんなにポピーやベアトリクスを大切に思っているか。いや、この家のみんなを。きみにとっては家族も同然なんだろうな」

「あなたにとってもよ」

ぎこちない沈黙が流れ、ハリーはずいぶん経ってからやっとうなずいた。「そうだな」

小道の脇に長椅子を見つけ、キャサリンが腰を下ろす。

「あなたも座ったら?」彼女はかたわらを指して促した。

ハリーは素直に従った。長椅子に座り、前かがみになって両膝に肘をのせる。

言葉は交わさなくても、なぜか気づまりではなかった。ただ、互いにもっと心を寄り添わせたいと思いながら、どうすればそれができるかわからない。

まずは誠意をもって話そう、ハリーは心を決めた。深呼吸をひとつしてから、つっけんどんに切りだす。「いままで優しく接することができずにすまなかった。とりわけ、きみがそれを強く求めているときに」

「いいえ、あなたは優しかった」キャサリンはそう言ってハリーを驚かせた。「わたしが窮地に陥っているときに手を差し伸べてくれたじゃない。しかも、働き口を探さなくてもすむよう十分すぎるほどの生活費まで与えてくれた。それでいて、見返りはいっさい求めなかったわ」

「それくらいして当然だった」ハリーは異父妹を見つめた。金色にきらめく髪、小さな卵形の顔、磁器を思わせる透きとおった肌。眉根を寄せて目をそらし、彼はうなじに手をやった。

「われわれの母親に、本当にそっくりなんだな」

「ごめんなさい」キャサリンがささやく。

「謝る必要はない。母親によく似て美人だと言いたかっただけだ。いや、母親以上かな。ただ、似ていることはわかっても、母との思い出をたどれない自分が……」ハリーはこわばったため息をもらした。「きみの存在を知ったとき、わたしよりずっと長い時間を母と過ごしたきみを心底恨んだよ。自分のほうがずっと運がよかったのだと気づいたのは、ずっとあとになってからだった」

苦い笑みがキャサリンの口元に浮かぶ。

「お互いに、他人からねたまれるほど恵まれた人生を送ってこなかったことはたしかね」

ハリーは乾いた笑い声をあげた。

それからふたりはしばらく身じろぎもせず、触れあわない程度の距離を保ったまま無言で座っていた。愛を与えるすべも、受け入れるすべも教わらずに育てられたふたりだった。やがて成長するにつれ、愛のなんたるかを生涯知らぬままに終わるのだと、さまざまな経験から学んでいった。だがときに人生は、思いがけない優しさを見せてくれることもあるらしい。

ポピーがその証だ。

「ハサウェイ家との出会いは、わたしにとっても思いがけない幸運だったわ」キャサリンが彼の心を読んだかのように言った。眼鏡をはずし、袖口でレンズを拭く。「二年間、一緒に暮らしてきて……希望を持てるようになった。彼らがわたしの心を癒してくれたの」

「よかったな」ハリーは穏やかに言った。「きみはそれだけの幸運に、いやそれ以上の幸運に値する人なんだから」いったん口を閉じ、適切な言葉を探す。「キャット、じつは頼みがあるんだが……」

「なにかしら」

「ポピーが、昔のわたしをもっとよく知りたいと言っている。きみと出会ったときのことを、一部なりとも彼女に話してもいいだろうか」

眼鏡をかけなおしてから、キャサリンは咲き誇るラッパズイセンをじっと見つめた。

「すべて話してあげて」と淡々と応じる。「わたしの秘密を、あの子なら誰にも言わないと信じているから。あなたの秘密も」

ハリーはうなずいた。内心では、キャサリンの口から〝信じる〟という言葉が出てきたことに驚きを覚えていた。「ついでといってはなんだが、もうひとついいだろうか。いや、つまらないことなんだ。われわれの関係を公にできないのは重々承知している。だが今後、ふだんはきみに対して……その、兄として接することができたらと」

驚きのあまり声も出せないのか、キャサリンは目をまん丸にして彼を見つめた。

「もちろん、きみの心の準備ができるまで、ハサウェイ家の全員に話す必要はない。だがふたりの関係を、できれば秘密のままにはしておきたくない。きみはわたしの、ただひとりの肉親なんだから」

キャサリンが眼鏡の下に指を入れ、目じりからこぼれた涙をぬぐう。

深い思いやりと優しい気持ちがあふれてくるのを、ハリーは感じた。それは、かつて一度たりとも異父妹に対して抱いたことのない感情だった。手を伸ばしてキャサリンを抱き寄せ、額に優しくキスをする。「これからは兄として頼ってくれるね」ハリーはささやいた。

先に屋敷に戻るハリーの背中を、キャサリンは驚嘆の思いで見つめた。

その後もしばしひとりで長椅子に座ったまま、ハチの羽音や、アマツバメのかわいらしく甲高い鳴き声や、ヒバリの優しげに歌うさえずりを聞いていた。キャサリンはハリーの変貌ぶりに思いをめぐらした。ひょっとして彼女やハサウェイ家の人たちをからかっているだけではないのかと、半分恐れる気持ちもあった……だがやはり、あれは演技でもなんでもない。異父兄の顔に浮かんだ思いも、瞳に浮かぶ誠実さも、すべて本物だった。でも、ひとりの人間があそこまで変わることが本当に可能なのだろうか。

いや、彼は変わったわけではない。キャサリンは思った。本来の姿が現れただけ。幾層にも重なった殻が、一枚一枚剝がれていっただけのことだ。ハリーはいま、本来の自分に戻ろうとしている。心から大切に思える相手を、ついに見つけたからにちがいなかった。

24

ストーニー・クロスに郵便馬車が到着したとの知らせを受け、ラムゼイ・ハウスから使用人がひとり、手紙や小包を受け取るため街に向かった。街から戻った使用人は屋敷裏手のレンガ敷きのテラスに行き、そこに置かれた長椅子でくつろぐウィンとポピーに届いたばかりの荷物を手渡した。一番大きな小包はハリー宛だった。

「またミスター・ヴァレンタインから日報かしら」長椅子の上で丸くなり、姉のとなりで甘口の赤ワインを口に運びながらポピーはつぶやいた。

「だろうね」そこへ現れたハリーが自嘲気味に笑った。「どうやらラトレッジ・ホテルは、わたしなぞいなくても立派にやっていけるようだ。こんなことならもっと早く休暇をとるんだった」

メリペンがウィンに歩み寄り、妻の顎の下に指を添えて、「気分はどう?」と優しくたずねる。

ウィンは顔を上げてほほえんだ。「最高よ」

身をかがめて妻の金髪にキスをしてから、メリペンは近くの椅子に腰を下ろした。身重の妻を案じる気持ちを、必死に押し隠そうとしている。だがその不安は毛穴という毛穴から噴きだしているも同然だった。

ハリーが別の椅子に座り、小包を開ける。日報の最初の一ページ目を数行読むなり、彼は顔をしかめてうなった。「これは、これは」

「どうかしたの？」ポピーはたずねた。

「常連のお客様――ペンカロー卿がゆうべ、けがをしたそうだ」

「それは心配ね」ポピーは眉根を寄せた。「ペンカロー卿といえば、あの品のいい老紳士でしょう？　原因はなに？　どこかから落ちたとか？」

「正確には、大階段の手すりを中二階から一階まで自ら滑り下りたらしい」ハリーはぎこちなく言葉を切った。「手すりを下りきったところで――階段の軸柱にあしらわれたパイナップルの装飾に激突したそうだ」

「いったいどうして八〇代のご老人がそんなまねを？」困惑したポピーはさらにたずねた。

ハリーが皮肉めかした笑みを浮かべる。「酔っぱらっていたんだろうね」

メリペンが渋い顔をする。「子作りの時期をとっくに過ぎていて幸いだったな」

ハリーはさらに数行読み進めた。「医者まで呼んだらしい。すぐによくなるそうだよ」

「ほかにはどんなことが書いてあるの？」ウィンが期待を込めて促す。「なにかもっと楽しい話題はないのかしら」

促されるがまま、ハリーは声に出して日報を読んでいった。「じつはもう一件、事件があったのでご報告せねばなりません。金曜日の夜七時のことですが――」そこでいきなり言葉を切り、残りの文面に視線をすばやく走らせた。

読み終えたハリーはすぐさま冷静な表情を作ったが、ポピーはなにか大変なことが起こったのだと悟った。彼女と目を合わせそうともせず、夫がかぶりを振る。

「ここで聞かせるほどの話じゃないな」

「読んでもいい？」ポピーは優しく訊きながら日報に手を伸ばした。

それを持つ夫の手に力が込められる。「大した話じゃないんだよ」

「読ませて」ポピーはひるまず、夫の手から日報を奪いとった。

ウィンとメリペンが無言で顔を見あわせる。

長椅子の背にもたれて、ポピーは日報に視線を落とした。「ミスター・マイケル・ベイニングがホテルに現れました」とつづきを読み上げる。「泥酔し、怒り心頭に発している様子で、無言でロビーに入ってくるなり、だんな様に会いたいとおっしゃいました。留守にしておりますとご説明しても聞いてくださらず、恐ろしいことにその手に握りしめた――」ポピーは一瞬言葉を失い、大きく息を吸った。「拳銃を振りまわしはじめ、だんな様への脅し文句を口にしました。フロント係の執務室にお連れし、そこで気持ちを静めていただこうとしたのですが、揉みあいになり、拳銃を奪いとる前に発砲されてしまったのです。幸い、けが人は出ませんでしたが、事件のあと、不安に駆られた大勢のお客様方から問い合わせがありました。執務室の天井も修繕が必要です。それと、現場にいあわせたミスター・ラフトンが恐怖のあまり胸の痛みを訴えました。医師に診てもらったところ、一日ゆっくりやすめば大丈夫、明日にはすっかりよくなっているでしょうとのことです。肝心のミスター・ベイニングですが、こちらは無事にご自宅まで送り届けました。お父上がスキャンダルになるのではないかとたいそうご心配の様子でしたので、ホテル側としては訴えたりすることは考えていないとお伝えし……」

ポピーは黙りこんだ。吐き気を覚え、暖かな陽射しにつつまれているというのに体の震えが止まらない。

「マイケル」彼女はつぶやいた。

ハリーが鋭い目を妻に向ける。

かつて彼女が知っていた屈託のない青年は、そんなふうに前後の見境もなく、浅はかな振る舞いにおよぶ人ではなかった。ポピーはマイケルを思って胸を痛め、その一方で激しい驚きと怒りも感じていた。彼女の住まいに――ラトレッジ・ホテルはすでにポピーにとって〝わが家〟だった――ふいに現れ、愁嘆場を演じたばかりか、周りの人を危険にさらしさえした。誰かに大けがをさせる可能性も、いや、命を奪ってしまう恐れだってあった。ハリーがその場にいたら、いったいどうなっていたことか。ホテルには子どもも客だっているのに、マイケルは彼らのことなどこれっぽっちも考えなかったのだろうか。哀れなミスター・ラフトンは恐怖のあまり心臓発作を起こしかけたというのに。

腹立ちと悲嘆のあまり喉の奥が詰まってくる。いますぐマイケルに会いに行き、怒鳴りつけてやりたい気分だ。

渦巻く感情にのみこまれ、ポピーはひたすら押し黙っていたが、やがてハリーが沈黙を破った。

彼女が最も忌み嫌う口調、すべてに無関心な人ならではの冷ややかな、おもねるような、ふざけた口調で夫は言った。

「人を殺すなら、もっとしっかり作戦を立ててもらいたいものだな。彼もきちんと計画を練れば、きみを裕福な未亡人に仕立て上げられたというのに。そうしたら、きみたちはふたりとも幸福な結末を迎えられただろうにね」

口にしたそばから、ハリーは言うべきではなかったと思った――自分を正当化するためにいつも使ってきた冷たい皮肉の言葉を、なぜこの期におよんで発してしまったのか。視界の隅に映ったメリペンが、許さないぞとばかりに首を振り、手のひらで喉を掻き切るまねをする。だがハリーは、義兄の警告のしぐさを目にするまでもなく後悔の念に駆られていた。

ポピーは顔を真っ赤にし、眉間にしわを寄せている。「なんてことを言うの!」

ハリーは咳ばらいをした。「ただの冗談だよ。悪い冗談――」なにかが自分めがけて飛んでくるのに気づいて、さっと身をかわす。「なんのまね――」

ポピーがクッションを投げつけたのだった。

「未亡人になんかなりたくない。マイケル・ベイニングなんかほしくない。それに、こんなときにあなたの冗談なんて聞きたくもないわ。この無神経なうすのろ！」

口をあんぐりと開けて見つめる三人を無視して勢いよく立ち上がると、彼女は両のこぶしを握りしめて大またにその場を立ち去った。

唐突に怒りをぶちまけられてまごついたハリーは——蝶に刺された気分だった——呆然と妻の背中を見送った。しばしののち、最初に頭に浮かんだ疑問を口にした。

「ベイニングなんかほしくないというのは、わたしの聞きまちがいかな」

「いいえ」ウィンが口元に笑みをたたえながら答えた。「たしかにそう言ったわ。ハリー、妹を追わなくちゃ」

神経という神経が義姉に従うことを望んでいる。だがハリーは、自分が瀬戸際に立っている感覚をぬぐえない。ひとつでもまちがった言葉を口にしてしまえば、彼はそこから落ちていく。ハリーはすがるような目で義姉を見た。「彼女になんと言えば？」

「正直にいまの気持ちを話せばいいわ」

その場面を想像して、ハリーの眉間にしわが走る。「ほかに選択肢は？」

「おれに任せろ」ウィンが答える前にメリペンが宣言した。立ち上がったメリペンは太い腕をハリーの肩にまわすと、テラスの隅のほうへといざなった。怒りに身を震わせるポピーの姿が遠くに見える。私道を門番小屋に向かって歩いており、スカートと靴が小さな砂嵐を起こしている。

メリペンはあたかも、不運な男友だちを危機から救う義侠心に駆られたかのように、低く落ち着いた声で言った。

「黙っておれの忠告を聞け、ガッジョ……ああいう状態の女性と話しあおうとしても無駄だ。おれがまちがっていた、すまなかったと心から謝罪すればいいんだよ。そして、二度と同じ過ちは犯さないと約束してこい」

「謝る前に状況を整理したほうがいいんじゃないか」ハリーは抗った。

「理屈なんかどうでもいいから、とにかく謝るんだよ」メリペンはいったん言葉を切り、小声でつけくわえた。「それと、女房が怒っているときには……絶対に理詰めで対抗するんじゃない」

「いまのせりふ、よおく覚えておくわ」長椅子のほうからウィンの声が聞こえてきた。

門番小屋までの道のりを半分ほど行ったところで、ハリーが追いついた。ポピーは夫の顔を見ようともせず、唇を引き結び、キッと前をにらんでいる。

「わたしがベイニングを追いつめたと言いたいんだろう?」妻と歩調を合わせつつ、ハリーは静かに問いかけた。「きみだけではなく、彼の人生まで狂わせたと思っているんだろう?」

その言葉にポピーはますます怒りを募らせた。夫を怒鳴りつけるべきなのか、頰を打つべきなのかももうわからない。彼といると頭がどうにかなりそうだ。

かつて王子様に恋をしていたポピーは、図らずもならず者と結婚する羽目になった。すべてが結婚した当時のままだったなら、なにも難しいことはなかったのに。ところが王子様は見た目と裏腹に完璧とは程遠く……夫であるならず者は、愛情深く情熱的な男《ひと》だと判明した。

ポピーもようやく気づきつつあった。愛とは、結婚するのに最もふさわしい人を見つけることではない。愛とは、相手の心の奥底をのぞきこみ、そこに潜む光も陰もすべて受け入れること。つまり愛はある種の能力なのだ。ハリーにはその能力がたっぷりと備わっている。ただそういう自分をまだ認められずにいるだけ。

「人の気持ちを当て推量で言うのはやめて」ポピーは言いかえした。「第一、どっちもはずれよ。マイケルは自分の意思であんなまねをしたの」立ち止まって、目の前に転がる小石を思いっきり蹴る。「あんな、他人を顧みないおぞましい振る舞いにおよんだの。いい大人のくせに。彼には心底がっかりさせられたわ」

「わたしには彼を責められない」ハリーは言った。「自分だったら、もっとひどい所業におよんでいた」

「でしょうね」ポピーは辛辣に応じた。

夫は顔をしかめたが、なにも言いかえさなかった。

別の小石を見つけて、ポピーは大きく足を蹴り上げた。「あなたの口から皮肉を聞かされるのはもうたくさん」とぶちまける。「きみを裕福な未亡人に仕立て上げられたのに、だなんて――」

「後悔しているよ」ハリーがさえぎった。「卑怯だったし、わたしがまちがっていた。きみの心にはまだ彼がいるんだから、彼の振る舞いに心を痛めているにちがいないと思いやるべきだった——」

　あまりにもばかばかしい夫の言い分に、ポピーはあぜんとしていきなり立ち止まった。

「信じられない！　誰からも知性のかたまりと言われるあなたが、そこまで鈍い人だったなんて——」呆れ顔でかぶりを振り、ふたたび私道をずんずんと歩きだす。

　ハリーはまごついた表情で妻のあとを追った。

「どうしてわからないの」怒ったコウモリのごとく、ポピーの言葉が肩越しにハリーに飛びかかる。「わたしは、あなたが命を奪われていたかもしれないと思って不安でたまらなかったのに。わが家に他人がやってきて、あなたを撃ち殺そうと銃を振りまわしたと聞いて、恐ろしくてならなかったのに」

　ずいぶん経ってから、ハリーはようやくこたえた。長くつづいた沈黙のせいで、ふたりはすでに門番小屋の前まで来ている。彼の声は妙にかすれて上ずっていた。

「つまりきみは、わたしを心配していたのかい？　この……わたしを？」

「誰かが心配してあげなくちゃしかたがないでしょう？」ポピーはつぶやき、荒い足取りで玄関扉に歩み寄った。「なぜそれが自分なのか、よくわからないけど」

　彼女は取っ手に手をかけようとした。けれども背後からいきなりハリーの手が伸びてきて勢いよく扉を開け、彼女の背中を押して室内に入り、ばたんと閉めてしまった。息をする間もなく、少々乱暴に扉に背を押しつけられる。

　夫の顔に浮かぶ、驚きと切望と興奮が入り混じった表情……そのような彼を見るのは初めてだった。

身が引き寄せられ、夫の息がポピーの頰をなぞる。太い首が、はためにもわかるほど大きく脈打っている。「ポピー……ひょっとしてわたしを……」彼はいきなり言葉を失った。あたかも、外国語でなんと言うか考えているかのようだ。

ある意味、それは彼にとって外国語なのだろう。

夫がなにを言おうとしているのか、ポピーはすでにわかっている。だが、できればまだその言葉を口にしてほしくない。ハリーは急ぎすぎだ。できることなら彼に、お互いのためにもう少し待ってほしいと懇願したい。

けれども彼は口にしてしまった。「わたしを愛しているのかい？」

「いいえ」ポピーはきっぱりと否定した。だが夫はこれっぽっちもひるまない。

身をかがめたハリーがポピーの頰に鼻をすり寄せ、口づけながら、

「少しはそう思っているんだろう？」とささやきかける。

「いいえ、全然」

今度は頰と頰を重ねて、耳にかかるポピーの髪を唇でもてあそぶ。

「どうして認めないんだい？」

大きく温かな夫の体につつまれて、ポピーの全神経が彼に身をゆだねることを求めている。

心地よいおののきが、体の芯から肌へと伝わっていく。

「認めたら、あなたはたちまちわたしから逃げようとするわ」

「けっして逃げたりしないよ」

「いいえ、逃げるわ。わたしを突き放して、遠くまで逃げてしまう。だってあなたはまだ、それにすべてを賭ける心の準備ができていないんだもの」

ハリーがぴったりと体を押しあて、両の腕で彼女の頭をつつみこむ。「言ってくれ」彼の口調は優しく、それでいて強引だった。「聞いてみたいんだ」

愉快な気持ちと興奮を同時に覚えるなんてことが可能だとは、ポピーは思ってもみなかった。「いやよ、絶対に言わない」と応じつつ、両腕を夫の引き締まった腰にまわす。

このあふれんばかりの気持ちを彼にわかってもらえたなら。夫の心の準備がついに整ったら、これでもうふたりの結婚生活が揺らぐ恐れはないと確信できたら、そのときはすぐ、どれほど深く愛しているか伝えるのに。ポピーはそのときが待ちきれないくらいだ。

「言わせてやる」甘い唇が重ねられ、両手が身ごろに伸びてくる。

ポピーは期待感に身を震わせながら思った。絶対に言わない……でもこれから数時間、夫がそれを言わせようと努力するのを、存分に楽しませてもらおうと。

25

驚いたことに、レオはポピーとハリーがロンドンに帰る日に自分も向こうに戻ると宣言した。当初の予定ではひと夏ハンプシャーで過ごすはずだったのだが、メイフェアに住むとある一家から、屋敷に隣接した温室の設計を依頼されたらしい。兄がいきなり予定を変更したのはキャサリンとなにか関係があるのではないか……ポピーは内心そう思った。いつも以上にお互いを避けるふたりを見て、大げんかでもしたのかもしれないと心配していた。

「まだ帰さないぞ」メリペンはレオの予定変更を知るなり激怒した。「カブの植えつけだってこれからなんだ。ほかにもいろいろと決めなくちゃいけないことが山ほどある。堆肥の配合とか、耕地をならし、耕す技術の改善点についても——」

「なあ」レオはいやみったらしく言った。「頼ってくれるのは嬉しいんだが、けっきょくおまえは、わたしなどいなくてもカブの植えつけを完璧にできるわけだろう？　堆肥の配合についてはまったくの門外漢だし。なにしろわたしは、排泄物に関してはきわめて保守的な考えの持ち主でね——排泄物はしょせん排泄物だ」

メリペンはキャム以外の誰も理解できない早口のロマニー語でまくしたてた。いつもはみんなのために訳してくれるキャムだが、このときばかりは、英語に呼応する単語は幸いひとつもないと言って通訳を拒んだ。

別れの挨拶を終えると、レオは自分の馬車でさっさとロンドンに戻っていった。一方、ハリーとポピーはむやみに出発を急がず、紅茶の最後の一杯を楽しみ、青々とした夏の装いにきらめく領地を眺めて名残を惜しんだ。

「ポピーを連れ帰ることを許してくれるとは思わなかった」ハリーは妻を馬車に乗せてからキャムに言った。

「今朝、投票をしたところ満場一致で決まってね」義兄は淡々と応じた。

「結婚生活の継続に？」

「ああ、きみならわが家の一員としてまったく違和感がないから」

「なんてこった」ハリーがつぶやくと同時に、キャムが馬車の扉を閉めた。

快適な旅を終えて、夫妻はロンドンに無事、到着した。たとえ第三者でも観察眼のある人なら（ホテルの従業員はたいていそうだが）、ポピーとハリーがついに見えない絆で結ばれ、互いに心を通わせたことに気づいただろう。ふたりは本物の夫婦になったのだ。

ホテルに帰ることができて心からの幸福を覚えつつ、ポピーは少々不安も感じていた。これからハリーとの関係はどう変化していくだろう。元の彼に戻ってしまう可能性だってなくはない。だがハリーは新たな人生をしっかりと歩みはじめているし、その道をはずれるつもりはいっさいないように見える。

夫婦がロンドンに戻った翌日には、従業員たちは驚きと喜びとともに雇い主の変貌ぶりをまざまざと思い知らされることとなった。ポピーは彼らのためにさまざまな土産を持ち帰っていた。支配人とフロント係には瓶詰めのハチミツ、ミセス・ペニーホイッスルにはボビンレース、料理長のブルサールと菓子職人のルパートをはじめとする厨房で働く人びとのためにはハンプシャー産のハムと燻製肉、ジェイク・ヴァレンタインには、手袋などに使えるよう石でなめしてつやを出し、やわらかくした羊の革。

それらの土産を渡したあと、ポピーは厨房でハンプシャーでの日々についてみんなとのおしゃべりを楽しんだ。「……そしてね、トリュフをたくさん見つけたの」彼女はブルサールに言った。「ひとつがわたしのこぶしほどもあったのよ。ブナの根のそばで見つけたんだけど、地面を一センチも掘らないうちに出てきたからびっくりしたわ。しかも、発見者はいったい誰だと思う？　妹のペットのフェレットなの！　フェレットが木の根に駆け寄って、いきなりそこを掘りだしたのよ」

ブルサールがうっとりとため息をつく。「子どものころ、しばらくペリゴールに住んでいたっけなあ。あそこでとれるトリュフは涙が出るほどおいしかった。それはそれは美味で、貴族とその愛人しか食べられなかったのだけどね」期待を込めた目でポピーを見る。「それで、どんなふうに調理なさったんです？」

「リーキをバターで炒めてから、クリームをくわえて――」ポピーは言葉を切った。従業員たちがいきなり洗いものやまな板仕事やクリームの攪拌を始めたからだ。肩越しに振りかえると、ハリーが厨房に入ってくるところだった。

「おはようございます、だんな様」ミセス・ペニーホイッスルが言い、ヴァレンタインと顔を見あわせて立ち上がろうとする。

するとハリーは、座っているよう身ぶりでふたりを制した。「おはよう」彼はかすかな笑みとともに言った。「邪魔をして悪いな」とつぶやいて、スツールにちょこんと座るポピーのかたわらに立つ。「ポピー、少しいいかな？　ちょうどいま……」妻の顔を見つめたハリーの声が小さくなっていく。見上げたポピーの愛らしいほほえみが、彼の思考をとぎれさせたにちがいなかった。

誰だって言葉を失うさ……ジェイク・ヴァレンタインは内心うなりつつ、自分もうっとりとなった。ポピー・ラトレッジは以前から美しい女性だったが、いまやさらに輝きが増し、青い瞳もきらめいている。

「馬車が届いてね」ハリーはわれにかえって言った。「以前に注文してあっただろう？　一緒に行って、具合を確認してほしいんだが」

「ええ、ぜひ」ポピーは応じてから、バターとジャムを塗った焼きたてのブリオッシュをひとかじりした。残りの一口を夫の口元に持っていく。「もうおなかいっぱいで」

その一口をハリーが素直に口に入れるさまを、ジェイクたちは驚嘆の思いで見つめた。しかもハリーは妻の手首をつかみ、指先についたジャムを舌で舐めとったのだ。「うまいな」

とつぶやいてからスツールを下りる妻に手を貸し、部下を見やる。「しばらくポピーを借りるぞ。それとヴァレンタイン……」

「は、なんでしょうか」

「考えてみればおまえは、ずいぶん長いこと休暇をとっていなかったな。すぐにとれ」

「せっかく休暇をいただいても、なにをすればいいかわかりませんよ」ジェイクが抗議すると、ハリーはほほえんだ。

「だからこそ、やすんだほうがいいんだ」

あるじがポピーをともなって厨房を出ていってしまってから、ジェイクはあぜんとした面持ちの同僚に向きなおった。「まるで別人だ」と呆然とつぶやく。

ミセス・ペニーホイッスルが笑みを浮かべた。

「いいえ、だんな様はだんな様ですよ。ただ……いまのだんな様は真心を取り戻しただけ」

ラトレッジ・ホテルは噂話の交換所も同然なので、ロンドン中のスキャンダルや暴露話がポピーの耳にもすぐに入ってくる。マイケル・ベイニングのその後の堕落ぶりも、残念ながら絶えず伝わってきた……公の場でも酔って醜態をさらし、賭博場に入り浸り、けんかをし、彼のような立場の人間にふさわしくないありとあらゆる不品行のかぎりを尽くしているらしい。ポピーとの過去の関係や、その後の彼女とハリーの結婚と結びつけた噂もあった。マイケルの生活がすさみきっていると聞くたび、ポピーはひどく落ちこみ、なにか自分にできることはないだろうかと考えた。

「この問題だけは、ハリーに相談できないの」ある日の午後、兄のテラスハウスを訪れたポピーは心の内を打ち明けた。「話すたびにひどく腹を立てるのよ――怖い顔をして黙りこむの。ゆうべなんて口論になったわ」

妹がいれてくれた紅茶を受け取りつつ、レオは眉をつりあげた。

「わたしとしては可能なかぎりおまえの味方についてやりたいが……いったいどうして、マイケル・ベイニングについて夫と話しあったりするんだ？　しかもベイニングが原因で口論まで。あいつとはもう終わったんだ。わたしに妻がいたら――幸いいないが――ハリー同様、妻のかつての恋人の話なんぞ聞かされたくない」

ポピーは目の前のティーカップをじっと見つめ、湯気をたてる琥珀色の液体に砂糖を入れた。それがすっかり溶けてから、兄の言葉に応じる。

「ハリーは、わたしのお願いに腹を立てているの。マイケルに会って、まともな生活に戻るよう説得したいと相談しただけなのに」兄の顔に浮かぶ表情に気づいて、言い訳がましくつけくわえる。「会うといってもほんの数分よ。お目付け役だって同行させるわ。なんならあなたが一緒に来てくれてもかまわないと、ハリーにも言ったんだもの。でもひどく横柄な口ぶりで絶対にだめだと言って、わたしの説明に耳も貸さない――」

「そういうときはハリーも、おまえを膝にのせて黙らせればいいんだがな」レオはつぶやいた。ポピーがあぜんとしていると、兄はティーカップを下ろし、妹にもカップを下ろすよう身ぶりで命じて、彼女の両手をとった。兄の顔には非難と思いやりが入り混じった奇妙な表情が浮かんでいる。

「ポピー、おまえは優しい子だ。おまえにとっては、ベイニングと会って話をするのは、ベアトリクスがウサギをわなから救ってやるのと同じことなのかもしれない。だがそうだとすると、おまえはまだ、まるで男心をわかっちゃいないということになる。ここまで言わなくちゃわからんのなら言うが……男という生き物は、おまえが思っているほど洗練されていないんだよ。むしろ、槍で敵を倒せばよかった時代に戻れたほうがずっと幸せなくらいなんだ。だからハリーにとっては、よりによってこの世でたったひとりの妻であるおまえから、ベイニングと会って傷心を癒してやりたいなどと相談されるのは……」兄は言葉を切り、かぶりを振った。

「でも、お兄様」ポピーは抗議した。「自分がいまのマイケルと同じ状態だったころを思い出して。お兄様だってマイケルが哀れだと思うでしょう?」

妹の手を離したレオは笑みを浮かべたが、瞳は笑っていなかった。

「あいにく状況が少々ちがうようだ。わたしはこの腕のなかで愛する女性が亡くなるのをただ見ていることしかできなかった。その後はたしかにすさんだ生活を送ったよ。いまのベイニングよりよほどひどかった。だが男が破滅への道を歩きだしてしまったら、もう誰にも救えないんだ。堕ちるところまで堕ちるしかない。ひょっとするとベイニングは自ら這い上がれるかもしれないし、そうじゃないかもしれない。いずれにしても……哀れだとは思わないね」

ポピーは紅茶を手にとり、心なごませる熱い液体を口に含んだ。兄の意見を聞いたあとでは、自分の考えが少々恥ずかしく、自信が持てなくなっている。「わかったわ」彼女はつぶやいた。「ハリーに頼むのは筋ちがいだったのかもしれない。謝ったほうがいいわね」

「そこだよ」兄は優しく指摘した。「わたしはいつも、おまえのそういうところが素晴らしいと思っているんだ。自分を見つめなおし、必要とあらば考えをあらためられるんだからね」

兄の家をあとにしたポピーは、ボンド・ストリートの宝石屋に向かった。そこでハリーのために注文しておいた品を受け取り、ホテルに戻った。

幸いその晩は、住まいでともに夕食をとる予定になっていた。前夜の口論についてふたりきりでゆっくり話すいい機会だ。ポピーは夫にちゃんと謝ろうと思った。マイケル・ベイニングを救いたいあまり、ハリーの気持ちを思いやることを忘れていた。その罪滅ぼしがぜひしたかった。

夫婦のいまの状況を思いかえしていると、かつて母が結婚生活についてよく口にしていた言葉がよみがえってきた。

「夫の過ちはすぐに忘れること。そして自分の過ちはけっして忘れないこと」

香油をたらした風呂に入ったあと、ポピーは薄青の化粧着に着替え、髪を梳かして肩にたらした。

時計が七時を告げたとき、夫が住まいに帰ってきた。顔には結婚当初を思わせる表情、疲れきった険しい表情が浮かび、瞳も冷ややかだった。

「お帰りなさい」ポピーは声をかけ、歩み寄ってキスをした。ハリーは身じろぎひとつしない。拒絶するわけではないが、まるで反応がなく、ぬくもりも伝わってこない。「夕食を持ってきてもらうわね」ポピーは言った。「食事が済んだら――」

「わたしはいい。腹がへっていないんだ」

いっさい抑揚のないその声音に驚き、ポピーは不安げに夫を見やった。

「なにかあったの？　疲れた顔をしているわ」

肩をすくめて上着を脱いだハリーは、それを椅子の背に掛けた。

「陸軍省に行ってきた。サー・ジェラルドとキンロックに、銃の改造計画には参加しないことに決めたと伝えたんだが、反逆行為も同然だと言われてね。キンロックには、設計図をおこすまでどこかに閉じこめてやると脅された」

「そうだったの」ポピーは顔をゆがめた。「いやな思いをさせられたのね。でももしかして……計画に参加できなくて、残念に思っている？」

ハリーは首を振った。「連中にも言ってやったが、国のためを思うならもっといい頭の使い方がある。たとえば農業技術の開発とかね。人びとの腹をくちくしてやるほうが、腹に銃弾をぶちこむ効率的な方法を考えるよりもずっと国のためになるさ」

ポピーはほほえんだ。「素晴らしい考えだわ、ハリー」

だが夫は笑みをかえさず、冷ややかな、探るようなまなざしを彼女に向けるばかりだ。

「今日はどこに行っていた?」

その問いかけの意味するところを理解して、ポピーの心から喜びが消えていく。

ハリーはわたしを疑っている。

マイケルに会いに行ったと思っている。

腹立ちと夫に信じてもらえない悲しみとで、ポピーは表情をこわばらせた。思わず冷淡な声音でかえす。「ちょっと用足しに出かけただけ」

「どんな用足しだ」

「言いたくないわ」

ハリーの険しい顔は冷酷そのものだ。

「あいにくきみに選択肢は与えていない。どこに行き、誰に会ったか言うんだ」

怒りに顔を真っ赤にし、ポピーはさっと身を引き離すとこぶしを握った。

「たとえあなたが相手でも、一日の行動をすべて報告する義務なんてないわ」

「今日はあるんだよ」夫がいまいましげに目を細める。「言うんだ、ポピー」

信じられないとばかりにポピーは笑った。

「報告させたあとは、わたしが嘘をついていないかどうか調べるというわけね」

夫の沈黙が、彼女の指摘を裏づける。

傷つき、怒りに震えたポピーは、小卓に置いておいた巾着《レティキュール》を取りに行き、中身を出そうと手を入れた。「お兄様に会いに行ったわ」夫の顔も見ずにぴしゃりと言う。「嘘だと思うならお兄様と御者に訊けばいいでしょう？　そのあとはボンド・ストリートに寄って、あなたへの贈り物を受け取ってきた。本当はふさわしいときを見計らって渡すつもりだったけど、もう無理みたいね」

ベルベットの小袋に入ったものを取りだしたポピーは、それを夫に投げつけたい衝動を必死に抑えこんだ。「これが証拠よ」とつぶやき、夫の手に押しつける。「自分ではきっと買わないだろうと思ったから選んだのに」

金無垢の懐中時計だった。ハリーは中身を手のひらに落とした。

のろのろと袋を開け、ハリーは中身を手のひらに落とした。

金無垢の懐中時計だった。ごくシンプルなデザインで、蓋にはJHRとイニシャルが刻みこまれている。

ハリーはなぜかまるで反応を示さなかった。うつむいているせいで、ポピーには表情も読みとれない。夫の手が懐中時計を握りしめ、口から長く重たいため息がもれる。

余計なお世話だったのかもしれない……ポピーは慌てて呼び鈴のほうに顔を向けた。「気に入ってもらえればいいけど」と抑揚のない声で言う。「夕食を持ってきてもらうわ。あなたは空腹ではないそうだけど、わたしは――」

いきなり背後から抱きすくめられた。両の腕が胸にまわされる。夫は片手に時計を握りしめたまま全身を震わせており、分厚い筋肉にポピーは押しつぶされてしまいそうだ。低くこもった声には後悔の念がにじんでいた。

「すまなかった」

抱きすくめられたまま、ポピーは夫に身をゆだねて目を閉じた。

「くそっ」ハリーが長い髪に唇を押しあてて悪態をつく。「本当にすまなかった。だがきみのなかにベイニングへの感情が多少なりとも残っているんじゃないかと思うと……平静ではいられなかった」

「その言い方は控えめすぎるわ」ポピーはさりげなくいやみを言いつつ夫の腕のなかで向きを変え、ぴたりと寄り添った。片手を夫のうなじに伸ばす。

「責め苦のようだった」ハリーはぶっきらぼうに認めた。「ほかの男のことはいっさい考えないでほしいんだよ。たとえわたしが、そうするに値する男でなくても」

夫に疑われた痛みが、ポピーのなかから消えていく。ハリーはいまなお、愛されている自分を受け入れきれずにいる。彼はポピーを疑っているわけではない。自分自身を信じられずにいるだけだ。彼はこれからもきっと、妻に関しては独占欲を発揮するにちがいなかった。

「やきもちやきなのね」ポピーは優しく咎め、夫の頭を肩に抱き寄せた。

「ああ」

「でも、そんな必要これっぽっちもないのよ。マイケルのことは、かわいそうで見ていられなかっただけ」夫の耳に唇を寄せる。「時計の刻印を見てくれた？　まだなの？　蓋の裏に入れてもらったの。ね、見てみて」

ハリーは身じろぎもせず、まるで命綱のようにポピーにしがみついている。いまはあふれる感情でなにもできないのかもしれない。「エラスムスの格言よ。父がロジャー・ベーコンの次に崇拝していたオランダの神学者なの。〝ありのままのおのれであることが、人の最大の幸福である〟」夫はまだ押し黙っている。沈黙を埋めたくて、ポピーはなにか言わずにはいられない。「あなたには腹が立つこともあるけど、幸せでいてほしいの。ありのままのあなたを受け入れているってことを、わかってほしいの」

ハリーの呼吸が荒々しいものになる。彼は百人の男を押しつぶせるのではないかと思えるほどの力で抱きしめてきた。「愛しているよ、ポピー」かすれ声で訴える。「愛しすぎて、地獄にいるような気分になってくる」

ポピーは必死に笑いを嚙み殺した。「どうして地獄なの?」夫のうなじを撫でてつぶやく。「ひとつまちがえば、多くのものを失うかもしれないとわかってしまったからだよ。それでもわたしはきみを愛しつづける。この気持ちを止める方法なんてない」ハリーは彼女の額に、まぶたに、頰にキスをした。「きみへのあふれる愛で、この部屋を満たせそうなほどだ。いや、この建物すべてを。どこへ行こうと、きみはわたしの愛でつつまれるんだ。きみはわたしの愛のなかを歩き、息をし……愛がきみの肺を満たし、舌の裏にとどまり、指やつま先のあいだにだって……」唇を熱っぽく重ね、彼女の唇を押し開く。

山を平らかにし、空の星を揺らすようなキスだった。天使も気絶し、悪魔もすすり泣くほどの……情熱にあふれた、激しく、魂を焼き焦がして、地軸すらもずらしてしまいかねないキス。

少なくとも、ポピーはそう感じた。

ハリーが彼女を軽々と抱き上げ、ベッドへと運んでいく。妻を横たえると、彼はふわりと広がった髪をそっと撫でた。

「二度ときみと離れ離れになりたくない。いっそ島を買ってそこにふたりきりで住んでもいい。必要な品は月に一度、船で運んでもらおう。それ以外の時間はずっとふたりきりで、木の葉を服代わりにし、果物を食べ、浜辺で愛を交わし……」

「移住して一カ月後には、島に会社をおこして輸出事業を始めているでしょうね」ポピーは淡々と指摘した。

自分でもそのとおりだと思ったのだろう、ハリーがうめく。

「ふん。よくこんな男と一緒にいられるな」

ポピーはにっこりとして両腕を夫のうなじにまわした。

「だって、仕事はあったほうがもちろんいいわ。それにわたしも、よくこんな女と一緒にいられるなと思うもの」

「きみは完璧だ」ハリーは熱っぽく言った。「すべてが、言うこともやることも全部。たとえひとつふたつの欠点があったとしても……」

「欠点があるの？」ポピーはふざけて、怒った声を出した。

「欠点だって愛しているよ」

ハリーは彼女の服を脱がせていった。ポピーも同時に彼の服を脱がせようとしたので、作業は遅々として進まなかった。ベッドの上を転がり、身をよじりながら脱がせあう。互いを求める気持ちは高まるばかりなのに、布やら手足やらがからまりあった自分たちの格好を想像して、思わず笑い声をもらす。ずいぶん経ってから、ふたりはようやく一糸まとわぬ姿になった。すでに息も絶え絶えだ。

ハリーはポピーの膝の裏に手を差し入れ、脚を大きく開かせると、一息にわが身を沈めた。ポピーは叫び、激しく刻まれるリズムに圧倒されて身を震わせた。夫の優雅でたくましい体が、深々と突き立てて彼女を奪う。両の乳房が大きな手につつみこまれ、硬くなったつぼみが口に含まれる。ハリーが腰を動かすのと同時につぼみを強く吸う。

鮮やかな光がポピーをつつみこみ、えもいわれぬ解放感とうずきがそれにつづく。ポピーはあえぎ、歓喜の波に全身を洗われながら夫とともにリズムを刻み、さらに荒々しさを増していく挿入に、ついには身を硬直させた。ハリーが唇を重ねて、ポピーのすすり泣きをのみこむ。彼女が泣きやみ、喜びですっかり満たされるまで、ハリーは挿入をやめなかった。

見下ろす夫の瞳は力強く、顔は汗に光り、瞳はトラのように輝いている。ポピーは四肢を夫にからませ、夫と溶けあおうと、あたうかぎり互いの身を密着させようとした。

「愛しているわ、ハリー」ポピーはつぶやいた。そのせりふにハリーが息をのみ、全身をわなわなと震わせる。

「愛してる」

彼女がくりかえすと、ハリーはさらに深々と激しく突き立て、ついに自らも精を放った。

絶頂を迎えたあと、ポピーは夫の腕のなかで丸くなった。大きな手が彼女の髪を優しくもてあそぶ。ふたりはともに眠り、ともに夢を見た。夫婦のあいだに立ちはだかる障壁はもうない。

そして翌日、ハリーは姿を消した。

26

ハリーのようにスケジュールを重んじる男にとって、遅刻はめったにないことであるばかりか、大失態でもある。だからこそ、彼が午後に剣術クラブに出かけたきりホテルに戻らなかったとき、ポピーはひどく心配した。本来の帰宅時間を三時間過ぎ、それでもまだ夫が帰ってこないとみると、いよいよジェイク・ヴァレンタインを呼んだ。

夫の補佐役はすぐに現れた。ひどく狼狽した表情で、茶色の髪はまるでめちゃくちゃにかきむしったかのように乱れている。

「ミスター・ヴァレンタイン」ポピーは眉根を寄せた。「夫がいまどこにいるか、あなた知らない?」

「いいえ、奥様。じつはたったいま御者がひとりで戻ったところでして」

「なんですって」ポピーはうろたえた。

「いつもの時間にいつもの場所でだんな様を待っていたらしいのですが、一時間経ってもだんな様が姿を現さないので、剣術クラブに行って確認したそうなんです。クラブ内を捜索したのですが、どこにもいなかったそうで。クラブの師匠が会員の方々に訊いてくださったんですが、だんな様が誰かと出ていくところや馬車に乗りこむところを見た人も、稽古後の予定を聞いた人もいないとかで」ヴァレンタインはいったん口を閉じ、口元にこぶしを押しあてた。そのように落ち着かないそぶりを、彼がポピーの前で見せたことはない。「まるで、どこかに消えてしまったみたいだ」

「以前にもこんなことがあったの？」

ヴァレンタインが首を振る。

なにかがあったにちがいない。ふたりは顔を見あわせ、無言のうちに了解しあった。

「クラブに行ってもう一度だんな様を捜してみます。誰かしらが、きっとなにかを見ているはずですから」

ポピーは部屋で待つことに決めた。大丈夫、なんでもないわ。たぶん知りあいとどこかに出かけただけ。じきに帰ってくる。そう自分に言い聞かせた。けれども直感が、夫の身になにか起こったのだと訴えていた。体じゅうの血が冷水に変わってしまったかに感じる……ポピーはぶるぶると震えた。感覚が麻痺して、不安だけが残る。彼女は室内をぐるぐると歩きまわり、しばらくすると部屋を出てフロント係の執務室に向かった。従業員たちも心配そうな表情を浮かべていた。

ようやくヴァレンタインが戻ったときには、ロンドンの街はすっかり闇につつまれていた。

「手がかりひとつ見つけられませんでした」彼はそう報告した。

ポピーは冷たい恐怖に襲われた。「警察に知らせましょう」

ヴァレンタインがうなずく。

「すでに通報は済ませました。以前にミスター・ラトレッジから、このようなことが起こった場合にはそうするよう指示を受けていましたので、ボウ・ストリートの特別警察官に連絡してあります。それと、サウス・ロンドンのクラックスマン、ウィリアム・エドガーにも」

「クラックスマン？」

「金庫破りですよ。密輸入もときどきやっているようですが。ロンドン中の通りや貧民窟に通じた男なんです」

「夫はあなたに、万一の際には警察と犯罪者に知らせるよう指示したの？」

ヴァレンタインがややまごついた表情を浮かべる。「はい」

ポピーは両のこめかみを指先で押さえて、次から次へと浮かぶ不吉な想像を抑えつけようとした。我慢しようとしたのに、喉の奥からすすり泣きがもれてしまう。彼女はドレスの袖で、濡れた目元をぐいとぬぐった。「朝までに見つからなかったら」言いながら、ヴァレンタインの差しだすハンカチを受け取る。「情報提供を呼びかける広告をうってちょうだい」ポピーはちんと洟をかんだ。「有益な情報への報奨金は五〇〇〇ポンド――いえ、一万ポンドよ」

「承知しました」

「それと、警察に一覧表を渡しましょう」

補佐役がぽかんとする。「一覧表？」

「夫に危害をおよぼす恐れがある人の」

「すぐに作れるかどうか」ヴァレンタインはつぶやいた。「だんな様のご友人と敵は、なかなか見分けがつかないんです。ご友人のなかにもだんな様を殺したいくらい憎んでいる人がいるだろうし、敵のなかにも何人か、自分の子どもにだんな様の名前をつけた人がいるくらいですから」

「ミスター・ベイニングも容疑者のひとりとして考えられるわね」ポピーは言った。

「おれもそう思います。先日の一件もありますし」

「そういえば昨日の陸軍省での会合――軍の人たちが憤慨していたとハリーは言っていたわ。それから――」ポピーははっと息をのんだ。「ミスター・キンロックが夫をどこかに閉じこめてやると脅し文句を口にしたって」

「急いでボウ・ストリートに知らせてきます」ヴァレンタインがすぐに反応する。ポピーの瞳に涙があふれ、口元がゆがむのに気づいたのだろう、彼は慌ててつけくわえた。「きっと見つかりますよ。おれが約束しますから。それにミスター・ラトレッジのことです、なにが起ころうとわが身を守るすべはわかっていると思いますよ」

言葉をかえすことができず、ポピーはただうなずいて、丸めたハンカチを鼻に押しあてた。

補佐役が出ていくとすぐ、彼女は鼻声でコンシェルジュに頼んだ。

「ミスター・ラフトン、手紙を書きたいからあなたの机をお借りしてもいい？」

「もちろんですとも、奥様！」机に紙とインクと金属のペン先がついたペンを用意したラフトンが、手紙をしたためるポピーの背後で静かに待つ。

「申し訳ないのだけど、これを兄のラムゼイ卿にいますぐ届けてくれるかしら。兄と一緒に夫の行方を捜すわ」

「かしこまりました……ただ、時間も時間です。こんな夜中に奥様がお出かけになって、ご自分の身を危険にさらすようなまねをなさるのは、だんな様も望まれないのではないかと」

「あなたの言うとおりよ、ミスター・ラフトン。でも、これ以上なにもせずに待っているのは耐えられないの。気が変になってしまいそう」

ありがたいことに、レオはすぐにホテルに来てくれた。慌てて着替えたのだろう、クラヴァットがゆがみ、ベストのボタンも留めていない。「なにがあった?」兄は前置きもなく詰問した。「〝ハリーが消えた〟とはどういう意味だ?」

ポピーはできるかぎり手短に状況を説明し、兄の袖をぎゅっとつかんだ。

「お兄様に連れていってほしい場所があるの」

兄の顔に浮かぶ表情から、即座に行き先を悟ったのがわかった。「しかたない」兄は張りつめたため息をもらした。「ハリーがしばらく見つからずにいてくれることを祈るとしよう。わたしがおまえをマイケル・ベイニングのところに連れていったことがばれたら、ただではすまされないだろうから」

マイケルの家に向かい、従者にあるじの行方をたずねてから、レオとポピーは紳士のためのクラブ〈マーロウズ〉に向かった。〈マーロウズ〉はたいそう閉鎖的なクラブで、祖父も父親も会員であった者でなければ足を踏み入れることさえできない。そこに集まる貴族たちは、クラブに入ることを許されない人びと――さほど由緒正しくない貴族も含まれる――をあからさまな蔑みの目で見下すのが常だ。そのようなクラブの内部をかねてのぞいてみたいと思っていたレオは、マイケル・ベイニング捜しを口実に、ついに願いを果たせると知ってわくわくしていた。

「お兄様が入れてもらえるわけがないじゃない」ポピーは指摘した。「絶対に門前払いされるわ」

「ベイニングが誘拐計画の容疑者に目されていると言えば大丈夫さ。それでも入店を断れば、クラブの連中は共犯者とみなされる」

白石にスタッコ塗りの古典的な正面玄関《ファサード》が美しい〈マーロウズ〉の前で、ポピーは兄が玄関に向かうさまを馬車の窓から見つめていた。やがて、門衛と一、二分ほど会話を交わしたのち、兄はクラブに入っていった。

ポピーは腕組みをして寒さをまぎらわした。体の内も外も冷えきって、いまにもパニックを起こしそうになっている。ハリーはロンドンのどこかにいる。ひょっとしたらけがをしているかもしれないのに、いまは手で触れることもできない。夫のためになにもしてあげられずにいる。キャサリンから聞かされた夫の幼少時の逸話がふと思い出される。二日間も部屋に閉じこめられたハリーを、誰も気にかけてくれなかった……想像しただけでポピーはわっと泣きだしそうになった。

「絶対に見つけてあげる」彼女はささやき、座席の上で小さく体を揺らした。「すぐに行くわ。あともうちょっとの辛抱よ、ハリー」

そのとき、馬車の扉が勢いよく開かれた。

そこにはレオがマイケル・ベイニングとともに立っていた。マイケルの容貌はこのところの不摂生がたたってすさみきっている。上等な服と一分の隙もなく巻かれたクラヴァットも、顎のたるみと頬にとぎれとぎれに浮かぶ赤い血管をかえって際立たせるばかりだ。

ポピーは呆然と彼を見つめた。「マイケルなの?」

「だいぶ酔ってはいるが」レオが説明した。「まだ話はできる状態だ」

「ミセス・ラトレッジ」マイケルは口の端をゆがめた。ジンの臭いがぷんと漂う。「ご主人が行方不明だそうで。ぼくがなにか知っているのではないかとお疑いのようですが、あいにく……」顔をそむけて、小さなげっぷをのみこむ。「なにも知らないんですよ」

ポピーは不快感に目を細めた。「嘘よ。あなたは夫の失踪に関係しているにちがいないわ」

マイケルはねじまがった笑みを浮かべた。

「四時間も前からここにいるんですよ。その前は家にずっといました。というわけで残念ながら、ご主人に害をなすような計画はいっさい立てていない」

「だがきみは彼に敵意を抱いていたはずだ」レオが指摘した。「脅迫まがいのこともしたそうじゃないか。ホテルで拳銃を振りまわしたと聞いているぞ。つまり彼の失踪には、きみがかかわっている可能性がきわめて高い」

「ぼくとしても、犯人は自分だと言いたいんですけどね」マイケルはつぶやいた。「じつに残念だ。あいつを殺せるなら、縛り首になってもいいくらいなのに」血走った目でひたとポピーを見据える。「ひょっとしてどこかで女と一晩遊んでいるんじゃないのかい？　もうきみに飽きたのかもしれないよ。家に帰りたまえ、ミセス・ラトレッジ。そうして、どうか夫が帰りませんようにと祈るといい。あんなけだものと一緒にいないほうが、きみは幸せになれる」

平手打ちでもされたかのように、ポピーは目をしばたたいた。

レオが落ち着いた様子で割って入る。

「ベイニング、いずれにしてもきみはこれから数日間、ハリー・ラトレッジの行方についてたっぷりと取り調べを受けることになる。きみの友人知人も含めた街の誰もが、一番怪しいのはきみだと言うだろうな。明日の朝にはロンドン中の市民に追われる立場になるぞ。それがいやなら、この場でわれわれに協力するんだ」

「だから言ってるだろうが、ぼくはまったく関係ないんだよ」マイケルはぴしゃりと言った。「とはいえ、あいつがすぐに発見されるよう祈っているよ——テムズにうつ伏せに浮いている状態でね」

「いいかげんにして！」怒りに震え、ポピーは怒鳴りつけた。驚いた男ふたりが彼女を見る。「あなたがそんなことを言うなんて！　たしかにハリーはわたしたちを騙したわ。でもすでに謝罪し、過去を償おうと努力しているのよ」

「ぼくには謝罪も償いもしていないじゃないか！」

信じられないとばかりにポピーはマイケルの顔を見つめた。「謝罪してほしいの？」

「いいや」マイケルがポピーをねめつけ、かすれた声で哀願する。「ぼくがほしいのはきみだ」

憤怒のあまりポピーは顔を真っ赤にした。「ばかを言わないで。もともと無理だったのよ。あなたのお父様は、わたしを義理の娘として迎えることを認めようとしなかった。わたしを息子よりも劣る人間とみなしていたからよ。でもじつは、あなた自身もわたしを自分より劣ると思っていた。そうじゃなかったら、お父様に認めてもらうためにもっといろいろな手段を講じることができたはずだわ」

「人を俗物扱いするのはよしてくれ。ぼくのような考え方はごく普通だぞ。俗物なんかじゃない」

ポピーはいらだたしげに首を振った。貴重な時間を、このような口論で無駄に費やしている場合ではない。

「どっちだっていいわ。いまではわたし、夫を愛しているの。死ぬまで彼についていくわ。だからお互いのために、醜態をさらし、周囲に迷惑をかけるのはもうやめて、まともに人生を歩んで。あなたはそんな暮らしを送るのにふさわしい人ではなかったはずよ」

「よくぞ言った」レオがつぶやき、馬車に乗りこむ。「行こう、ポピー。こいつと話しても埒《らち》が明かない」

するとと兄が扉を閉める前に、マイケルがその端をつかんできた。「待ってくれ」とポピーを呼ぶ。「もしもご主人に万一のことがあったら……ぼくのもとに来てくれるかい？」

哀願の色をにじませたマイケルの顔をまじまじと見つめ、ポピーは首を振った。まさかこの期におよんでそのようなせりふを吐けるとは。「いいえ、マイケル」彼女は静かに告げた。「あなたみたいに普通の人は、わたしに合わないわ」

呆然とした表情のマイケルの目の前で、レオが扉を閉める。

ポピーはなすすべもなく兄を見つめた。

「ハリーの失踪に、マイケルは関係していると思う？」

「いいや」レオは身を乗りだし、御者に出発するよう指示した。「あの状態で立てられる計画といったら、次に飲む店を決める程度のことだろう。彼はただ自己憐憫に浸っているだけで、根は悪い人間じゃない」動揺しきった妹の表情に気づいて、手をとり安心させるように握りしめる。「ひとまずホテルに戻ろう。きっと誰かから情報が入っているよ」

沈痛な面持ちで、ポピーは押し黙っていた。脳裏で悪夢が現実味を帯びていく。

通りを行く馬車に揺られながら、レオは妹の気をそらそうと必死だった。

「〈マーロウズ〉だが、期待したほどいいクラブではなかったよ。たしかにマホガニー張りの壁は立派だったし、高そうな絨毯が敷かれてはいたが、あれでは息もできないな」

「どうして？」ポピーは暗い声でたずねた。「タバコの煙が臭かったの？」

「いや」レオはかぶりを振った。「うぬぼれ屋どもの臭いがぷんぷんしていたからさ」

翌朝には、ロンドン市民の半分がハリーの行方を捜していた。レオとジェイク・ヴァレンタインが紳士のクラブや居酒屋、賭博場を夜どおし見てまわる一方で、ポピーは手がかりが届くのを待って眠れぬ夜を過ごした。待つことしかできない自分にいらだちを覚えたが、打てるかぎりの手はたしかに打ったのだ。金庫破りのミスター・エドガーも、仲間内の情報網を駆使してハリー失踪に関するわずかな手がかりでも見つけようと約束してくれている。

ヘンブリー特別警察官も多忙をきわめていた。会合の際にエドワード・キンロックがハリーに脅し文句を吐いた事実を、陸軍省のサー・ジェラルドが認めたためである。これを受けてヘンブリーはさっそく、ボウ・ストリートの治安判事に捜索令状の発行を依頼し、早朝にもキンロック邸の捜索を行った。しかし徹底的な捜索にもかかわらず、ハリーの手がかりはいっさい発見できずじまいだった。

ロンドン警視庁の長官代理でもある内務大臣は、犯罪捜査隊に事件の担当を命じた。こうして、警部ふたりと巡査部長四人からなる総勢六人が総出で、剣術クラブの従業員やキンロックの使用人も含め、あらゆる関係者を対象に聞き込みを進めていった。

「まるで薄もやにつつまれて消えてしまったみたいですね」ポピーがいれた紅茶を受け取りながら、ジェイク・ヴァレンタインが椅子に腰を下ろし、疲れた声で言った。ふたりはいま、ホテル内の夫婦の住まいにいる。補佐役は憔悴しきったまなざしを彼女に向けた。「ホテルのほうは大丈夫ですか？　おれは日報にも目をとおしていなくて――」

「今朝のうちに読んでおいたわ」ポピーはぞんざいに答えた。ハリーはこんなときでも平常営業を望むはずだった。「おかげで気がまぎれたみたい。なにごともないようだから安心して」両手で顔をこする。「なにごともない、か」彼女は冷え冷えとした声でくりかえした。「彼がいないことを除けば、よね」

「見つかりますよ」ヴァレンタインが言う。「すぐに。見つからないわけがないじゃないですか」

そこにレオが現れ、ふたりの会話をさえぎった。「ヴァレンタイン、のんびりしている場合じゃないぞ」といきなり言う。「ボウ・ストリートからたったいま、少なくとも三人の男がハリー・ラトレッジを名乗り、救出者をともなって現れたとの知らせが届いた。どうせただの詐欺師だろうが、いずれにしても確認には行ったほうがいいだろう。ヘンブリー特別警察官がいれば、話も聞けるだろうし」

「わたしも行くわ」ポピーはすぐに申し出た。

兄が陰気な目を向けてくる。「ボウ・ストリートにいるのがどんな連中か知っていたら、おまえもまさかそんな頼みは口にすまい」

「頼んでいるのではないわ」ポピーは訂正した。「わたしを置いていくのは許さないと言っているの」

しばし妹の顔をじっと見つめてから、レオはため息をついた。「マントを用意しなさい」

ボウ・ストリートは、裁判所を擁する三番館と治安判事の公邸として機能する四番館からなる。建物自体はごく簡素なデザインで、その内部で行使される権力の大きさのほどは、はためにはまるでわからない。

兄とヴァレンタインとともに正面玄関に向かったポピーは、建物の周りから通りの先まで数えきれないほどの市民がたむろしているのを見つけて目を丸くした。

「誰ともしゃべるんじゃないぞ」兄が耳打ちをする。「そばにも寄るんじゃない。それから、不快なものを聞いたり見たり、いやな臭いを嗅いだりしても文句は言うな。わたしは先に警告したんだからな」

三番館に足を踏み入れるなり、汗臭い体臭に、真鍮磨きや漆喰の臭いが入り混じった悪臭につつまれた。細い廊下の左右には、留置室や取調室、執務室などが並んでいる。どちらを向いても人がひしめいていて、館内に響きわたるわめき声や怒鳴り声は耳を聾するほどだ。

「ミスター・ヘンブリー」ヴァレンタインが呼びかけると、白髪交じりの髪を短く切った、細身の男性が振りかえった。細長い顔に、知性が光る灰色の瞳。「特別警察官のミスター・ヘンブリーですよ」ヴァレンタインがポピーに説明する。

「やあ、ミスター・ヴァレンタイン」特別警察官は歩み寄りながら言った。「こっちに到着するなり、ばか者どもが集まっていると聞いてまいったよ」

「ばか者どもの集まり？」レオが詰問した。

ヘンブリーがレオに視線を向ける。「ええ、ミスター・ラトレッジ失踪の一件が今朝のタイムズで報じられ、おまけに報奨金のことまで書かれてしまったものですから。氏の人相までご丁寧に。おかげでロンドン中の黒髪で長身の詐欺師どもが、ボウ・ストリートに朝から集まったというわけです。警視庁も同じ状況でしょう」

　廊下の先に集まった人の群れを見るなり、ポピーは口をあんぐりと開けた。少なくとも半分は、たしかにどことなく夫に似ている。「あの人たちがみんな……ハリーだと言い張っているの？」彼女は呆然とたずねた。

「そうみたいだな」兄が応じた。「報奨金目当てで、勇敢なる救出者まで連れて集まったわけか」

「執務室にどうぞ」ヘンブリーに促され、一行は廊下を進んでいった。「そのほうが静かですから。お耳に入れておくべき情報もあるんです。いくつか手がかりが得られまして……ミスター・ラトレッジが何者かに拉致され中国行きの船に乗せられるところを見たとか、売春宿で金品を奪われているところを見たとか、その程度の目撃情報ですが……」

　ポピーとヴァレンタインは、レオとヘンブリーの後ろを歩いていた。

「ふざけた話ね」彼女は低い声で言いつつ、ずらりと並ぶ詐欺師たちを見やった。「他人の名を騙り、報奨金をせしめようだなんて」

　執務室にたどり着いたところで、戸口をふさぐ者たちをどかせるために一行はいったん立ち止まった。

　ちょうどポピーのそばに立つ黒髪の男が、芝居がかったしぐさで彼女に頭を下げた。「ハリー・ラトレッジでございます。こちらのべっぴんさんは、どこのどなたで？」

ポピーは男をにらみつけ、「ミセス・ラトレッジよ」とぶっきらぼうに応じた。

ほかの男がすぐさまポピーに気づいた。「やあ、おまえ！」と呼びかけながらポピーに向かって両腕を伸ばす。彼女はぞっとした表情を浮かべて身を引いた。

「ばか者どもが」ヘンブリーがつぶやき、声を張り上げる。「誰か！　ここにいる自称ラトレッジたちをどこか一カ所に集めてくれ、これでは廊下も歩けん」

「かしこまりました！」

四人はようやく執務室に入り、ヘンブリーがぴたりと扉を閉ざす。

「お目にかかれて光栄です、ミセス・ラトレッジ。ご夫君を捜しだすため、全力を尽くしておりますので」

「こちらは兄のラムゼイ卿です」ポピーが紹介すると、ヘンブリーは兄に丁寧におじぎをした。

「それで、なにか有益な情報は？」レオが促す。

ヘンブリーはポピーのために椅子を引きながら報告を進めた。「じつは剣術クラブの裏手にある馬屋で働く少年が、ミスター・ラトレッジが消えたと思われる時間に、ふたり組の男が路地を抜け、待たせてある馬車に人《ボディ》を運びこむところを見たというんです」

ポピーは身を硬くして椅子に腰を下ろした。「遺体《ボディ》を、運びこむ？」とささやく。脂汗が額に浮き、吐き気がこみあげてくる。

「意識を失っていただけですよ」ヴァレンタインが慌てて口を挟んだ。

「その少年が、馬車も目撃したそうで」ヘンブリーは報告をつづけ、机の脇に戻った。「黒のラッカー塗りで、荷物入れに小さな渦巻き模様が入っていたとのことです。この証言が、メイフェアにあるキンロック邸の馬屋に置かれた馬車と一致しました」

「今後の捜査方針は？」レオの青い瞳が鋭さを増した。

「キンロックを呼びつけて取り調べを行います。同時に彼が自宅のほかにどのような不動産を所有しているか調べて――武器製造工場などですね――それらについても捜索令状をとり、徹底的に捜索を行います」

「メイフェアの屋敷にハリーがいないのはたしかなんだろうな？」レオがたずねた。

「わたし自身がくまなく捜しましたから。あの家には、たしかにおられません」

「その家に対する捜索令状はまだ有効なのか？」レオはなぜかこだわった。

「ええ、有効ですが」

「だったら、あらためて屋敷を捜すこともできるな？　いますぐ？」

ヘンブリーはまごついた表情になった。「可能ですが、いったいなんのために？」

「試しにちょっと見てみたいんだよ」

警官の灰色の瞳にかすかないらだちがよぎる。尊大な貴族がいいところを見せようと張り切っているだけだ……そんなふうに思っているのが表情からわかる。

「すでに屋敷内も敷地も念入りに捜しましたから」

「それはそうだろうとも」レオが応じた。「だがわたしは数年前に建築を学んだことがあってね。だから建築家の視点から屋敷の構造を見られる」

ジェイク・ヴァレンタインが口を開いた。「つまり、隠し部屋があると？」

「もしあるなら」レオは淡々としている。「見つけるのは難しくない。万が一なくても、二度目の捜索が行われたと知ったらキンロックはさぞかし慌てるだろうから、それだけでもやってみる価値があるというものさ」

ヘンブリーの判断を、ポピーは息を詰めて待った。

「いいでしょう」警官は長い沈黙の末にうなずいた。「こちらでキンロックの取り調べを行っているあいだに、わたしの部下と一緒に行ってください。ただし、捜索時に法を犯すようなまねはなさらぬよう。万一の場合には、同行する警官がしかるべき措置をとりますからそのおつもりで」

「心配は無用だ」レオは重々しく言った。「昔から法はきちんと守るたちだから」

ヘンブリーはその言葉に安堵した様子はいっさい見せない。

「では少々こちらでお待ちになっていてください。判事に相談して、同行者を決めてきますから」

彼が執務室を出ていくとすぐ、ポピーは椅子から勢いよく立ち上がった。

「お兄様、わたしも――」

「わかっている。おまえもついてこい」

キンロック邸は内装がシックな暗紅色と緑でまとめられ、壁がオークの板張りの大きな屋敷だった。洞窟を思わせる玄関広間は石敷きで、足を踏みだすたびに靴音がこだまする。だがその屋敷で最もポピーの目を引き、なおかつ不安を駆りたてたのは、各部屋や廊下に置かれた装飾品だった。そこには一般的な絵画などではなく、驚くほど多種多様な剝製が飾られていたのである。剝製はいたるところにあり、ガラスの目玉がポピーとレオとジェイク・ヴァレンタイン、同行した警官をじっと見つめている。玄関広間だけでも雄ヒツジ、サイ、二頭のライオン、トラ、雄ジカ、ヘラジカ、トナカイ、ヒョウ、シマウマ、その他名前もわからない動物たちの頭部剝製があった。

ゆっくりとその場でまわりながら、ポピーは胸の前で腕を組んだ。

「ベアトリクスがここにいなくてよかった」

そうつぶやくと、兄の手がそっと背中に置かれた。

「ミスター・キンロックは相当、スポーツ・ハンティングが好きだったみたいですね」ヴァレンタインが気味の悪い装飾品を眺めて言う。

「大型動物を狩る行為のどこがスポーツなんだ」レオが不快げに言う。「スポーツというのは、双方が等しく防具を身に着けて挑むものだろうが」

歯をむきだした表情のまま凍りついたトラの剝製を凝視していたポピーは、冷たい不安に襲われるのを感じた。「ハリーはここにいるわ」とつぶやく。

兄がさっとこちらを見た。「どうして断言できるんだ」

お兄様」

「ミスター・キンロックは、おのれの力を誇示するのが好きなのよ。そうすることで他人を支配したいの。そしてこの屋敷は、彼が戦利品を持ち帰る場所」かろうじてパニックを抑えこみ、兄を鋭く見やる。ポピーの声は聞きとれないほど小さかった。「ハリーを見つけて、お兄様」

レオは短くうなずいた。「わたしは屋敷の外側から見てみる」

ヴァレンタインがポピーの肘をとる。「われわれはまず一階の部屋を見てまわりましょう。壁板の継ぎ目に隙間がないか調べるんです。そういう場所に隠し扉がある可能性がありますからね。本棚とか衣装だんすみたいな、大型家具の裏も見たほうがいい」

「それと、暖炉も」ラトレッジ・ホテルの隠し部屋を思い出し、ポピーは指摘した。

ヴァレンタインが小さくほほえむ。「そうですね」同行した警官の承諾を得て、彼はポピーを居間のほうへといざなった。

ふたりはそこで半時ばかりかけ、壁のひび割れや表面の妙な出っ張りを逐一見てまわった。壁を手のひらでなぞり、床に這いつくばり、絨毯の隅をめくって見たりもした。

「あの、ちょっと質問なんですが」ソファの背後を調べているヴァレンタインのくぐもった声が聞こえてくる。「ラムゼイ卿は本当に建築を学んだんですか、それとも単なる……」

「好事家？」ポピーはあとを継ぎつつ、炉棚の置き物をすべてどけていった。「いいえ、正真正銘の建築家よ。パリの有名美術学校、エコール・デ・ボザールで二年間学び、その後はロンドンの著名建築家ローランド・テンプルの下で製図工として働いていたの。お気楽な貴族のふりをするのが気に入っているようだけど、周りが思っているよりもずっと賢い人よ」

しばらくするとレオが邸内に戻った。部屋から部屋へと移動しては、壁と壁の距離を歩測し、そのつどメモをとっていく。ポピーとヴァレンタインも懸命の捜索をつづけ、すでに居間から玄関広間の階段まで作業を終えていた。だが一分一秒を追うごとに、ポピーのなかで不安は鋭さを増していくばかりだった。ときおりキンロック邸のメイドや従僕が通りかかっては、好奇心に満ちた目で彼らを眺め、しかしなにも言わずに立ち去っていく。

ポピーはいらだちとともに思った。彼らのなかの誰かしらがなにかを知っているにちがいないのに。どうしてハリーを捜すのを手伝ってくれないのだろう。あるじにまちがった忠誠心を誓っているせいで、人としての品位まで失ってしまったのだろうか。

そこへ腕いっぱいのリネン類を抱えた年若いメイドが通りかかったので、ポピーはついに胸のうちをぶちまけた。「どこなの?」メイドをにらんで怒鳴りつける。

驚いたメイドはリネンを床に落とした。目を皿のように丸くして、「な、なんのことでしょうか?」と甲高い声でたずねる。

「隠し扉よ。秘密の部屋があるのでしょう? 人がひとり、この家のどこかに閉じこめられているの。その人の居場所を捜しているんじゃないの!」

「あ、あたしはなにも知りません」メイドはぶるぶると震え、わっと泣きだした。落としたリネンを拾い、逃げるように階段を駆け上る。

ヴァレンタインが茶色の瞳に思いやりをたたえて静かに言った。

「使用人たちはもう取り調べを受けたはずです。本当に知らないのか、雇い主を裏切る勇気がないだけかはわかりませんけど」

「人がひとり消えたというのに、どうして知らん顔ができるの」

「近ごろでは雇い主に紹介状ももらえないまま解雇された使用人は、まず次の職場を見つけられません。つまり首になったらおしまい。飢え死にするしかないんです」

「ごめんなさい」ポピーは謝罪し、唇を噛んだ。「でもいまは、夫の身の安全以外はいっさい気にしていられないの。絶対にこの家のどこかにいるはずよ。捜しだすまで帰るものですか！　必要とあらばこの屋敷を粉々に——」

「その必要はなさそうだ」玄関広間にレオの声が響く。そこから枝分かれしている廊下のほうに、兄は意味ありげに顎をしゃくってみせた。「ふたりとも書斎に来てくれ」

　ふたりは電流を流されたかのような勢いでレオのあとを追った。警官もそのあとにつづく。

　書斎は、重厚なマホガニーの家具が並ぶ長方形の部屋だった。三方の壁は棚付きのアルコーヴが設けられて書架が並んでおり、その上部に壁と一体化したコーニスがあしらわれている。オークの床は絨毯敷きだが、床板がむきだしになっている部分は傷が目立ち、年を経て風合いを増していた。

「この屋敷は」レオがカーテンの掛かる窓辺に歩み寄りながら説明を始める。「古典的なジョージ王朝様式だ。つまり、屋敷のこちら側半分にあるデザイン上のいっさいの特徴が、反対側にも完璧な対称をなして確認できなければならない。わずかな差異も、この建築様式では大きな欠点とみなされる。完璧な対称をなすのが前提であれば、この部屋には反対の棟にある部屋と同様、この壁に三つの窓がなければならない。しかし窓は二枚だけだ」レオはさっとカーテンを開いて、陽射しを部屋いっぱいに招き入れた。

その勢いで宙を舞った埃をいらだたしげに手で払いのけながら、二枚目の窓に歩み寄り、同じようにカーテンを開く。「そこでわたしは屋敷の外にまわってみた。すると、三枚目の窓があるべき場所で、レンガの目地仕上げがほかとちがうことがわかった。さらにこの部屋と隣室の寸法を歩測し、外壁に沿って二部屋を合わせた寸法と比べてみると、幅二・五メートルから三メートルほどの、なにもない空間があることが判明した」

ポピーはすぐさま書架の並ぶ壁に駆け寄り、無我夢中で扉のありかを探した。

「ここに扉が隠されているのね。どうしたら見つけられるのかしら」

兄がとなりにやってきて、しゃがみこんで床を調べだす。「床板に、ごく最近こすれたとおぼしき場所がないか探すんだ。こうした古い家の床は平らではないからな。あるいは、書架のあいだに服の繊維などが挟まっていないかどうか見てくれ。それと――」

「ハリー！」ポピーは大声をあげ、本棚の枠をどんどんとこぶしでたたいた。「そこにいるんでしょう！」

四人とも黙りこみ、返事がないかと耳をそばだてる。

なにも聞こえなかった。

「ありましたよ」警官が言い、床が白っぽくこすれた場所を指差した。「まだ新しい跡のようだ。その書架を横向きにしたときに、ちょうどこの位置に跡がつくはずです」

四人は問題の書架の周りに集まった。レオがそれを押したり、引いたり、角をたたいたりする。だがびくともしない。レオはしかめっ面をした。

「隠し場所の見つけ方はわかるんだが、入り方を探すのは苦手だ」

するとヴァレンタインが書架から本を抜きだし、乱暴に床に放り投げた。「ラトレッジの隠し扉は」と説明する。「滑車とダボを使って開閉を行っています。滑車に取り付けたワイヤを、近くにあるなにかにつないでおく。そのなにかを動かすとワイヤがダボを引き上げ、扉のロックが解除される仕組みなんです」

ポピーも手近な本をつかんでは床に放っていった。そうして手をかけたある一冊が、そこにぴたりとはまっていることに気づいた。「これだわ」とあえぐように言う。

ヴァレンタインが本の上部に手を這わせてワイヤがあることを確認し、そっと引っ張る。とたんに書架はするりと横に動き、鍵の掛かった扉が現れた。

レオが扉を思いきりたたき「ラトレッジ?」と呼びかける。

ほとんど聞こえないくらい小さく遠い声がこたえ、内側から扉をたたく振動も感じられる。

書斎の戸口には数人の使用人がぽかんとした顔で集まって、成り行きを見守っている。

「このなかにいるんだわ」ポピーはささやいた。心臓が早鐘を打っている。「扉を開けられないの、お兄様?」

「鍵がないと無理だ」

「失礼」ヴァレンタインは肩でふたりを押しのけるようにして前に進みでると、上着のポケットから小さく丸めた布を取りだした。そのなかから薄い金属の道具をふたつつまみあげ、扉の前にひざまずいて、鍵を開ける作業に取りかかる。ものの三〇秒と経たないうちに、かちりという音が聞こえてきた。

扉が開かれる。

なかから現れたハリーの姿を見るなり、ポピーは安堵にすすり泣きをもらした。剣術用の白い運動着は埃で薄汚れ、青ざめた顔にも泥がついているが、思ったよりも落ち着いた様子だ。ポピーがすがりつくと、ハリーは彼女を抱きしめ、かすれ声で名前を呼んだ。

部屋の明るさに目を細めつつ、ハリーはポピーを抱いたまま、片手を差しだして救出者たちと握手を交わした。「心から感謝するよ。まさか発見してもらえるとは思わなかった」ずいぶん長いこと助けを求めて叫んだのだろう、その声はひどくざらついていた。「音が外部にもれないように、岩綿で防音をほどこしてあったらしい。で、キンロックのやつはどこに？」

警官が答えた。「ボウ・ストリートで取り調べを受けているところです。できればいまからあちらにご同行いただいて、やつを拘束できるよう、証言をお願いしたいのですが」

「望むところだ」ハリーは敵意のこもった声で応じた。

義弟の背後にひょいとまわったレオが、薄暗い隠し部屋に入っていく。

「じつにみごとな手さばきでした」ポケットに万能鍵をしまうヴァレンタインに警官が声を

かける。「褒めたたえるべきか、それともこの場で逮捕するべきか悩むところです。いったいどこで身につけたんですか？」

ヴァレンタインがにやりと笑ってハリーを見やる。「雇い主に仕込まれたんですよ」

やがてレオが隠し部屋から戻ってきた。「机と椅子と毛布しかない」とつまらなそうにつぶやく。「やつはおまえに、ここでなにかを設計させるつもりだったんじゃないのか？」

ハリーは苦笑交じりにうなずきつつ、頭部の痛みが残る場所に手をやった。

「剣術クラブで頭を殴られたのが最後の記憶で。目覚めたときにはキンロックが立ってわたしを見下ろし、なにやらわめいていた。やつの話をまとめると、ここで新型小銃用の設計図を描けということだったらしい」

「そのあとは」ヴァレンタインが暗い声で言う。「ミスター・ラトレッジが用済みになったあとは……どうするつもりだったんでしょうね」

妻が震えているのに気づいて、ハリーはその背を手のひらで撫でた。

「さすがにそこまでは話さなかった」

「共犯者に心当たりなどは？」警官がたずねる。

ハリーは首を振った。「あいにく顔も見なかったもので」

「ともあれご安心ください」警官が力強く言う。「一時間後には、キンロックはボウ・ストリートの拘束室行きです。この事件にかかわったほかの連中も、一人残らず逮捕してみせますよ」

「ありがとう」

「どこか痛むところは？」ポピーは心配そうにたずね、夫の胸元から顔を上げた。「本当にこれからボウ・ストリートまで行ける？　無理なら——」

「大丈夫だよ」ハリーはささやき、妻の顔にかかったほつれ毛をかきあげた。「ただちょっと喉が渇いているだけだ……それと、戻ったら一緒に食事をしよう」

「心配でたまらなかった」ポピーは喉を詰まらせた。

妻を抱き寄せ、ハリーは優しい言葉をささやきつづけた。ぴったりと身を寄せあい、妻の頭を胸にきつく抱きしめる。

見守る三人の男たちが、ふたりにつかの間のひとときを楽しませてやろうと、暗黙の了解で書斎をあとにする。

ふたりのあいだには、交わすべき言葉がたくさんある。あまりにも多くの言葉が。だからハリーはただポピーを抱いていた。思いのたけを伝えあうのは、あとでいくらでもできる。

そう、彼さえ道を誤らなければ、これから生涯ポピーと語りあっていける。

ハリーは身をかがめて妻の赤らんだ耳にキスをした。「そうしてお姫様は、ならず者を救いだしましたとさ」とささやきかける。「一風変わったおとぎ話も悪くないだろう？」

ボウ・ストリートで行われたいつ終わるとも知れない事情聴取がついに終わり、ハリーはようやくホテルに戻る許可を得た。帰りしな、エドワード・キンロックとふたりの使用人がすでに拘束室に連行されたと聞かされた。現在は、その他の容疑者の追跡も進められているという。ちなみに、われこそはハリー・ラトレッジだと名乗りでてきた詐欺師たちは、ひとり残らず姿を消していた。

「今日という日にひとつ明らかになったことがあるとしたら」ヘンブリー特別警察官が言った。「この世界にハリー・ラトレッジはひとりで十分ということでしょうかね」

ハリーの帰還にホテルの従業員は大喜びで、住まいに向かおうとする彼をみんなで囲んでなかなか放さなかった。代わる代わるハリーの手を握りしめ、背中や肩をたたき、無事にお戻りになられてよかったと大声を張り上げ、雇い主への親愛の情を惜しみなく態度で示した。以前なら、そのような光景は望むべくもなかっただろう。

そんな彼らの態度に当のハリーも困惑気味だったが、それでもまんざらではない様子でじっと耐えていた。「そろそろ夫に食事と休息の時間をあげなくては」とポピーが宣言して、喜びにわきかえる従業員たちはようやく静かになった。

「すぐにお食事のトレーをお持ちいたしますね」というミセス・ペニーホイッスルの言葉を潮に、みんなすばやく持ち場に散っていく。

そうして夫婦はようやく住まいに戻った。ハリーはまずシャワーを浴び、ひげを剃り、ガウンに着替えた。食事はほとんど味わいもせずむさぼるように胃におさめ、ワインもたっぷり飲んだ。やっと落ち着いたところで、疲れてはいるが満ちたりた顔で椅子の背にもたれた。

「まったく」ハリーがつぶやく。「わが家ほど落ち着く場所はないな」

ポピーは夫の膝にのり、首に両の腕をまわした。

「このホテルを、わが家と思うようになったのね？」

「ホテルをわが家と思っているわけじゃない。きみがいるところが、わたしのわが家だ」ハリーは妻に口づけた。優しいキスが、すぐに熱を帯びていく。さらに激しさを増し、むさぼるように唇を吸う。彼女が甘い情熱でこたえると、それが夫の高ぶりに火をつけたようだ。ハリーは顔を上げ、荒い息をつきながら、両腕で彼女を強く抱きしめた。硬くなった彼のものが尻にあたるのをポピーは感じた。

「ハリー」彼女はあえぎながら夫の名を呼んだ。「いまは睡眠のほうが大事よ」

「そんなわけがあるものか」夫はそう応じてポピーの頭にキスをし、きらめく髪に鼻をすり寄せた。その声がだんだん深みとやわらかさを増していく。「あのいまいましい部屋にあと一分でも閉じこめられていたら、頭がどうにかなっていたよ。きみが心配でしかたがなかった。座ってじっと考えていたんだ。この人生でたったひとつの望みは、きみとできるかぎり長い時間を過ごすことだって。そうしたらふいに、これまできみがこのホテルに三シーズンも泊まりに来ていたことが思い出された。三シーズンも……きみと出会わないまま過ごしただなんて。出会っていたら一緒に過ごせたのに、そんなに長い時間を無駄にしてしまったとは」

「でもね、ハリー……もしも三年前に出会って、そのときに結婚していたとしても、やっぱりそれ以前の時間を無駄にしたと言うのでしょう？」

いんだから」

「そりゃそうさ。出会う前の一日一日が、きみと一緒ならもっと幸福に過ごせたにちがいないんだから」

「ハリーったら」ポピーはささやき、指先で夫の顎をなぞった。「とてもすてきな話ね。わたしを時計の部品にたとえた話より、ずっとロマンチックだわ」

ハリーが彼女の指を口に含む。「からかっているのかい?」

「いいえ」ポピーはほほえんだ。「歯車や部品に対するあなたの深い思いはよくわかっているもの」

軽々と妻を抱き上げ、ハリーは寝室へと移動した。「じゃあ、それをどうするのが好きかも知っているかい?」と優しくささやく。「ばらばらにして……もう一度組み立てなおすんだ。どんなふうにするか、見てみたいかい?」

「ええ……見たいわ……」

そうしてふたりはけっきょく、睡眠は少しばかりあとまわしにすることにした。

なぜなら愛しあう男女は、けっして時間を無駄にしてはいけないのだから。

エピローグ

三日後

「遅れているわ」ポピーは思案顔でつぶやき、純白の化粧着のベルトを締めながら朝食のテーブルに近づいた。

ハリーが立ち上がって椅子を引き、腰を下ろそうとする彼女の唇をすばやく奪う。

「今朝は約束なんてあったかい？　記憶にないが」

「そういう意味の遅れじゃないわ」きょとんとする夫にポピーはほほえみかけた。「わたしが言っているのは、月のもののこと」

「それは……」まじまじと見つめてくるハリーの顔に、とくにこれといった感情は読みとれない。

ポピーはカップに紅茶をそそぎ、角砂糖をひとつ落とした。「ほんの二、三日の遅れだけど」と、さりげない口調をよそおってつづける。「これまでこんなことなかったから」ミルクもくわえ、カップを口元にそっと運ぶ。その縁越しに夫を見やり、反応をうかがう。

ハリーはごくりと唾をのんで目をしばたたき、彼女をじっと見つめた。顔に赤みが差し、そのせいで瞳の緑が驚くほど濃く見える。「ポピー……」息がつづかなかったのか、そこでいったん言葉を切った。「ひょっとして、子どもができたのかい？」

ポピーはほほえんだ。わずかな不安が、あふれる喜びを抑えこんでいる。「ええ、そうだと思うわ。もう少し経ってみないと、確実なことは言えないけれど」夫が無言なのに気づいて、笑みがぎこちないものになる。早すぎたのだろうか……彼はまだ子どもがほしくないのだろうか。「もちろん」彼女は淡々とした声音を作ってつづけた。「親になる自分を受け入れるには少し時間がいるでしょうし、それがごく自然な――」

「時間なんているものか」

「本当に？」ポピーは声を上ずらせ、勢いよく椅子から立ち上がると、夫の膝に腰を下ろした。たくましい両の腕が彼女の体にきつくまわされる。「じゃあ、赤ちゃんがほしい？　産んでもかまわないの？」

「産んでもかまわないか、だって？」ハリーは妻の胸元に頬を押しあて、あらわな肌に、肩に、首筋に熱っぽく口づけた。「どれほど赤ん坊がほしいと思っていたか、言葉では言い表せないくらいなのに」顔を上げた夫の瞳には、息をのむほどの深い感情が浮かんでいた。

「小さいころからずっと、ひとりぼっちだった。でもこうしてきみを手に入れ……今度は赤ん坊まで……」

「まだたしかめたわけじゃないわ」ポピーはほほえみ、雨のようなキスを頬に受けた。

「じゃあ、わたしがたしかめてやる」彼女を抱いたまま椅子から立ち上がったハリーが、寝室へと向かっていく。

「午前中のお仕事はどうするの」ポピーは抗議した。

するとハリーは、生まれて初めてのせりふを口にした。「仕事などくそくらえ」

そこへ扉を小気味よくたたく音が聞こえてきた。「ミスター・ラトレッジ？」と呼ぶジェイク・ヴァレンタインの声がつづく。「日報をお持ちしました――」

「あとにしてくれ」寝室に向かう歩みを止めもせず、ハリーが答える。「忙しいんだ」

応じるヴァレンタインの声は、扉のせいでくぐもって聞こえた。「かしこまりました」

頭のてっぺんからつま先まで真っ赤になりながら、ポピーは抵抗した。

「ハリー、冗談はよして！　彼がいまごろなんて思っているかわかる？」

妻をベッドに横たえ、化粧着の前を開きながらハリーは答えた。

「さあね、なんて思っていると思う？」

ポピーは身をよじって抗いつつ、夫の唇が下のほうへ這っていく心地よさに忍び笑いをもらした。「世界一よこしまな男だって……」

「そのとおり」ハリーは満足げにつぶやいた。

そんな彼だからこそポピーは求めたのだ。そのくらい、ふたりともちゃんとわかっていた。

その日の夜……

思いがけないレオの帰還に、ラムゼイ・ハウスは大いにわきかえった。メイドは大急ぎで彼の部屋を整え、従僕はテーブルに彼のための席を用意した。家族もみな温かく迎えてくれた。夕食の支度ができるまで居間で話すことになると、メリペンが上等なワインをグラスにそそいで寄越した。

「それで、温室の件はどうなったの?」アメリアがたずねた。「気が変わった?」

レオはかぶりを振った。「大がかりな計画ではないから、その場で簡単な見取り図を書いたよ。向こうも気に入ったようだ。こまかい部分はこっちで仕上げて、最終的な設計図をロンドンに送ろうと思う。だがそんな話はどうでもいい。ちょっと愉快なことがあってね、おまえたちもきっと興味があるはず……」レオはハリーが誘拐され、無事に救出され、その後エドワード・キンロックが逮捕された一件を家族に話して聞かせた。家族はみな、驚きと不安がないまぜになった表情を浮かべ、ハリー救出時のレオの活躍に賛辞を贈った。

「ポピーの様子はどう?」アメリアがたずねる。「これまでのところ、あの子が望んでいた波風のない静かな生活とは程遠い暮らしぶりのようだけど」

「見たこともないくらい幸せそうだよ」レオは答えた。「あいつもようやく、人生の荒波は避けられないものだとわかったんじゃないか。大切なのは、ともに荒波に立ち向かえる伴侶を見つけることだって」

美しい黒髪の息子を胸に抱いたキャムが、ふっとほほえむ。

「いいことを言うじゃないか、パル」

立ち上がったレオはグラスを脇に置いた。「食事の前に着替えてくるよ」室内を見わたして、わずかに意外そうな表情を浮かべる。「ミス・マークスの姿が見えないな。食事のときには下りてくるだろうが——口論の相手がいないとつまらん」

「わたしが最後に見たときは」とベアトリクス。「靴下留めがなくなったと言って屋敷中を探しまわっていたわ。ドジャーが引き出しから全部盗んでしまったの」

「あのね、ビー」ウィンが小声で諭す。「殿方もいる場所では、靴下留めなんて言葉を口にしてはだめよ」

「わかりました。といってもどうしていけないのか理解できないけど。だって女性ならみんな身に着けているものでしょう——なぜ秘密みたいな顔をしなくちゃいけないの」

納得のいく説明を必死に考えるウィンを横目に、レオは笑って部屋をあとにし、階段のほうへと向かった。だが自室には行かず、廊下を突きあたりまで進み、そこで右に曲がって、目の前に現れた扉をノックした。返事も待たず、扉を押してなかに入る。

キャサリン・マークスがくるりと振りかえり、息をのんだ。「どうして勝手に人の部屋に……」レオが扉を閉めて歩み寄ると、彼女は言葉を失った。舌先で唇を濡らし、後ずさりをして、ついには小さな化粧台の端にぶつかる。金色の髪は絹の小川のように両肩に流れ、瞳は荒れ狂う海原のごとき灰色がかった青みを帯びている。レオをじっと見つめた彼女の頬が、薔薇色に染まる。

「どうして戻ってきたの?」彼女は弱々しくたずねた。

「訊くまでもないだろう」レオはゆっくりと化粧台に、キャサリンの両脇に両の手を置いた。彼女がしりごみするのがわかったが、もう逃げ場はない。レオの鼻腔を彼女の肌の匂いがくすぐる。石鹸と、庭で花開いたばかりのつぼみの香り。あの日の記憶がよみがえってふたりをつつむ。キャサリンが身を震わせるのを見てとるなり、レオは思いがけず体が熱くなり、全身の血液が流れるのを感じた。

それでも懸命に自制心をかき集め、深呼吸をして気持ちを落ち着ける。

「キャット……あのときのことを、話しあうべきだと思わないか?」

訳者あとがき

ハサウェイ・シリーズ第三部となる本作『黄昏にほほを寄せて（原題 *Tempt Me at Twilight*）』。舞台はロンドンの有名ホテル〈ラトレッジ〉と、ハンプシャーにあるハサウェイ邸ラムゼイ・ハウス。ヒロインは三女ポピーです。シリーズの時系列でいうと、第二部の第二三章と、その数年後にあたるエピローグのあいだの物語となります。

「変人揃い」と周囲からときに揶揄されるハサウェイ家のなかで、ポピーは「波風のない穏やかな人生」「平凡な結婚生活」を望んでいました。けれども彼女もすでに二三歳となり、ロンドン社交シーズンもついに四度目。今期こそ、理想の結婚相手を探さなければオールドミスはまちがいなしです。

とはいえ、そんな平凡な幸せを望むポピーの未来はまずまず順風満帆でした。アンドーヴァー子爵の長男マイケル・ベイニングと出会った瞬間から恋に落ち、ほとんど婚約したも同然だったからです。

唯一の障害はマイケルの父アンドーヴァー卿。マイケルは厳格な父に、けっして由緒正しい家柄の出とは言えないポピーとの結婚を、なかなか切り出せずにいます。それでもふたりは未来を約束しあい、幸福を夢見ていましたが……。

ある日ポピーは、シーズン中の定宿であるラトレッジ・ホテルでちょっとした騒ぎを起こしてしまいます。そこで出会ったのが、ホテルの経営者であるハリー・ラトレッジ。人前にめったに姿を見せず、謎につつまれた過去を持つハリーは、ほしいと思ったものはすべて手に入れてきました。ポピーと出会うなり、またぞろ所有欲に駆られたハリーは、彼女を手に入れることを心に決めるのでした。

社会的な、あるいは金銭的な理由で結婚するのが通例だった時代に、ロマの青年と愛のための結婚をしたふたりの姉を持つポピー。彼女が未来の伴侶に、慈しみと愛情だけを求めるようになったのは当然のことだったのかもしれません。

にもかかわらず彼女は、いったいどんな運命のいたずらなのか、「愛されたいなどと思っていない。誰かに愛された覚えもない」と言い放つ冷酷な男性との結婚を余儀なくされてしまいます。

誰よりも深く愛を求めていたのに愛のない人生を歩みだしたポピーが、日々の暮らしのなかで徐々に夫の真の姿に気づいていく過程が本作の読みどころです。互いに愛情を抱かないまま結婚し、やがて愛を育んでいく、という筋立てはクレイパス作品では比較的珍しいものでしょう。ただ、当時は愛のない結婚生活はごく普通のことでした。

それでもポピーと夫が、紆余曲折を経て信頼関係を築くことができたのはなぜなのか——

ポピーの兄レオが妹の一番の美点として、「自分を振りかえり、必要とあらば考えをあらためられるところ」といみじくも語っていますが、まさにこの美点こそが彼女と夫の距離を縮めたのではないでしょうか。意外と頑固なふたりの姉を持つポピーですが、そうした柔軟性は兄レオに似ているのかもしれません。

一方、不幸な幼少期を送ったポピーの夫は、そのつらい過去を思い出さないためにも、自分と向きあうということをこれまで意図的に避けてきました。じつはハサウェイ家とはまったく赤の他人という間柄でもない彼ですが、ポピーとの出会いによってようやく過去との折り合いをつけ、前を向いて歩きはじめます。ずっとひとりぼっちで、世をすねて生きてきた彼が、いつの間にかハサウェイ家という大家族の一員になりきっているのですから、やはり人を変える最も大きなものは愛情なのかもしれません。

というわけで、第一部で醜態をさらしまくったレオは、第二部につづき本作でも要所要所でしっかりと活躍しています。前作以来、妹たちとその伴侶をひたすら救いまくるばかりのレオにも、早くよい人が現れますように！と願わずにはいられません。

そうして残るもうひとりのハサウェイ、末っ子のベアトリクスはといえば……本作ではまだまだ野生児のまま、相変わらず自由奔放に暮らしています。でも意外と社交界では人気の様子。果たして彼女がどんな男性の心を射止めるのか、今後の楽しみのひとつですね。

二〇一一年五月

ライムブックス

黄昏《たそがれ》にほほを寄《よ》せて

著　者　リサ・クレイパス
訳　者　平林《ひらばやし》 祥《しょう》

2011年6月20日　初版第一刷発行

発行人　成瀬雅人
発行所　株式会社原書房
〒160-0022東京都新宿区新宿1-25-13
電話・代表03-3354-0685　http://www.harashobo.co.jp
振替・00150-6-151594
ブックデザイン　川島進（スタジオ・ギブ）
印刷所　中央精版印刷株式会社

落丁・乱丁本はお取り替えいたします。
定価は、カバーに表示してあります。
 ISBN978-4-562-04410-8　Printed in Japan